本書獲福州外語外貿學院學術著作出版基金資助

序

陳慶元

一九九二年，周祖譔先生邀我到厦門大學擔任研究生葉之華的論文答辯委員會委員。我和周先生的弟子林繼中、吴在慶、賈晉華同輩，因此不免有點惶恐。或許我是段熙仲（一八九七—一九八七）先生學生的緣故，故每每得到周先生提攜。周先生八十華誕，我説雖然自己未能入周先生門牆，但以私淑弟子自許，周先生也予默認。在慶兄第一屆的碩生李菁，我也是答辯委員會委員，後來，李菁讀博，升任副教授，也開始帶碩士生。有一天，有一學生聯絡我，説要考博，一問，她是李菁副教授的碩士張小琴。小琴成績不錯，録取到吾友王漢民教授門下。

漢民教授近年對福建的戲曲頗爲關注，不僅搜集整理了《福建文人戲曲集》（二〇一二），還對福建多種戲劇的舞台表演藝術有濃厚的興趣，研究福建戲曲在海外的傳播。小琴入漢民教授門下，她的博士論文作的是明末清初陳軾的研究。陳軾（一六一七—一六九四），字靜機，號靜庵，候官（今屬福州市）人。崇禎十三年（一六四〇）進士，授海南縣令，升御史，入清不仕。於故鄉築道山堂，有《道山堂集》及傳奇《續牡丹亭》傳世。陳軾研究，兼顧了傳奇和詩文兩個方面。小琴攻讀的是戲劇戲曲學，所以論文不能離開戲曲，這是一方面；另一方面，研究戲劇，又不能離開戲劇家的『全人』，即不能離開他的生平事跡和詩文集。自上世紀八十代以來，中國内地實施學位教育，學業有專攻是對的，但是有的學科似有劃分過細過窄之嫌。以文體研究爲例，研究詩文者不太關心戲曲小説，研究戲劇小説的一般也不太關心詩文。小琴的陳軾研究，在某種程度上克服了這一弊端。

小琴獲得博士學位後到閩南師範大學工作，經過兩三年的努力，點校了陳軾的《道山堂集》，前後八易其稿，用心可謂細矣，用力可謂勤矣！

在《道山堂集》即將付梓之前，小琴問序，我想借此機會略説幾句晚明閩中戲劇活動的情況。陳軾出生時，作過《觀燈記》等傳奇的福清人林章已經過世，但從萬曆中後期，中間經過天啟、崇禎，直至明亡，閩中戲劇活動經久不衰。

首先，我們試着對崇禎期間某些戲劇演出活動略加討論。崇禎二年（一六二九）正月十三日，立春，是夜三山社詩友社集，黄三卿開社於城東草堂，演《張儀雜劇》。鄧慶宷作《十三夜立春，黄三卿開社，集陳惟秦、洪女含、陳泰始、徐興公、曹能始、陳長源、安藎卿、陳昌基、李子山、陳磬生、周章甫、林異卿、陳軒伯、倪柯古、林懋禮、曹能證、高景倩、康仙客城東草堂觀〈張儀雜劇〉，分韻得寒字》：『元夕春生尚嫩寒，華燈邀客座中看。登場古在避秦易，結社詩成和郢難。城市喧闐人盡醉，海天空闊月將團。歸遲已弛金吾禁，暮管銅龍報漏殘。』（《還山草》不分卷）共同觀賞《張儀雜劇》

圖書在版編目（CIP）數據

道山堂集 / (清) 陳軾撰 ; 張小琴點校. -- 揚州 : 廣陵書社, 2016.12
(閩海文獻叢書 / 陳慶元主編)
ISBN 978-7-5554-0654-9

Ⅰ. ①道… Ⅱ. ①陳… ②張… Ⅲ. ①古典詩歌—詩集—中國—清代②古典散文—散文集—中國—清代 Ⅳ. ①I214.92

中國版本圖書館CIP數據核字(2016)第318964號

ISBN 978-7-5554-0654-9

書　　名　道山堂集
著　　者　(清)陈　軾撰
點　　校　張小琴
責任編輯　李　潔　張　敏　李　佩
出 版 人　曾學文

出版發行　廣陵書社
揚州市維揚路 349 號
郵編　225009
http://www.yzglpub.com
E-mail:yzglss@163.com
印　　刷　無錫市極光印務有限公司
裝　　訂　無錫市西新印刷有限公司

開　　本　889 毫米 × 1194 毫米　1/32
印　　張　14.75
字　　數　280 千字
版　　次　2016 年 12 月第 1 版
印　　次　2016 年 12 月第 1 次印刷
書　　號　ISBN 978-7-5554-0654-9
定　　價　98.00 圓

閩海文獻叢書

叢書主編 陳慶元

道山堂集

（清）陳軾 撰

張小琴 點校

廣陵書社

可考的社友有：主人黄三卿，客人陳仲溱、洪士英、陳一元、徐㶿、曹學佺、陳圳、安國賢、陳肇曾、李岳、陳衍、周之夔、林寵、陳鴻、倪范、林叔學、曹學修、高景、康仙客、鄧慶寀，共二十人。陳一元作有《元夕立春，社集黄三卿東第，分得八庚》（《漱石山房集》卷五），曹學佺作有《元夕立春黄三卿直社，分得四豪》（《賜環篇》下），周之夔作有《元夕黄三卿宅社集觀劇，分得江韻》（《棄草集》卷五），陳鴻作有《十五夜集黄三卿新居》（《秋室編》卷五），陳衍作有《上元社集觀燈演〈張儀雜劇〉是日立春》（《玄冰集》卷九）。詩人們既觀劇，又作詩，可稱一時之盛。二十四節氣中，立春是第一個節氣，一年復始，萬象更新，明代福州慶成寺年年都舉辦迎春活動，喜氣洋洋。立春演劇，可能也是一種民間習俗，值得我們的民俗學家們重視。這一次，正好趕上新年詩社開社，新春聚會，觀劇作詩，熱鬧非同尋常。

一場盛大的觀劇作詩的聚會過後，元夕後的第五天，即正月二十日，緊接着又是另一場觀劇活動。這一場是在陳一元宅中舉辦的。陳一元有《元夕後五日，邀同社集草堂放火樹，演劇，得八齊》：『春宵開宴草堂西，堂下燈花散彩霓。一部歌童爭舞鴿，（晉謝尚喜作《鸜鴿舞》。）四筵詞客共揮犀。（宋彭乘著《墨客揮犀》。又，唐歐陽通以犀爲筆管。）繽紛花朵從空墮，的爍星毬入戶低。却喜金吾猶弛禁，玉鞭催建任驕嘶。』（《漱石山房集》卷五）周之夔也作有《元夕後，京兆陳太始先生宅社集，觀放烟火，分得支韻》（《棄草集》卷五）。這一場，演的是什麽劇目，可惜沒有載述。

正月有立春、元夕，兩場演出剛過，二月的花朝又到了。二月十五日，花朝這一天詩友再次社集，洪士英中翰值社，在其宅中演《鳴鳳記》傳奇，照例又是既觀劇又作詩。《鳴鳳記》約成於隆慶年間，無名氏所作。陳一元《花朝集洪汝含宅觀〈鳴鳳記〉，共限場字》云：『惜春無奈卉群芳，酒伴相招到草堂。花韡雕欄香自遠，月窺繡幕漏自長。閒心降付枌榆社，往事驚看傀儡場。雙捧玉觥頻倚翠，敢云尚學少年狂。』（《漱石山房集》卷五）曹學佺作有《花朝洪中翰汝含直社》（《賜環篇》下），鄧慶寀作有《花朝社集洪中翰宅觀演〈鳴鳳記〉傳奇，共限場字》（《還山草》不分卷）陳衍沒有參與社集和觀劇的活動，也補作了一首《花朝社集未赴，聞演近事雜劇，同用場字》（《玄冰集》卷九）。

以上三場演出劇活動，分別在黃、陳、洪三家各自的宅第舉辦，很可能黃、陳、洪都各自有戲臺或演出場所。戲臺或演出場所數量的多寡，也是研究一地戲劇活動是否頻繁興盛的一個指標。福州城内外，可供演戲的私人場所，這三家之外，至少還有徐𤊹風雅堂、曹學佺石倉園、曹學修西園、安國賢聞鐘館等處。

其次，同年二月，曹學佺過福州臺江，民間賽會，戲棚戲臺一個接著一個，演出一場接着一場，雖說爲的是取悦於神，而開心的卻是當地和過往的民眾，目不暇接，大飽眼福，到處都在談論劇情和觀感。曹學佺作《路過臺江觀賽會者臺閣極盛，因宿陳振狂館中》以紀其事：『百戲千場爲悦神，但祈開霽有兹辰。平生創見纔稱巧，故事庸談出辦新。賸得殘芳歸步輦，尚留餘艷灸燈輪。臺江月色清如許，散步閒吟復幾人。』（《賜環篇》下）黃、陳、洪三家的演出都在自家宅第舉行，不一定向社會開放。如果説三家的演出是屬於比較高雅的文士活動的話，那麼臺江這個船只菌集，行旅穿梭的商業之區的演出，就顯得更爲通俗、更爲大衆化。高雅的文士私人宅第的演出，與通俗的民間的公開演出，兩者的疊加、組合，這就是閩中一地的戲曲活動的總環境。陳軾生長於福州，這一年他已經十三歲，已經是一個能記事、懂事的少年，在這一個環境裏成長，或許也培養了他對戲劇的熱愛。

再次，中國幅員廣大，各地的文化一直處在相互交流和相互影響的狀態。戲曲創作演出也是如此。崇禎四年（一六三一）九月社集，陳一元值社，演出屠隆的《彩毫記》。陳一元有《九月望日直社，觀〈彩毫〉劇，分得三江》紀其事：『詩賡白社孰先降，爭羡人才筆似杠。劇演彩毫聲嫋嫋，香吹紅袖隊雙雙。捲簾明月飛銀鏡，入座涼風動綺窗。此曲應干天上緯，青州莫惜倒盈缸。』（《漱石山房集》卷六）屠隆（一五四二—一六〇五），字長卿、緯真，號赤水，鄞縣（今屬浙江）人。詩人，戲曲家。萬曆五年（一五七七）進士，任吏部主事、郎中等，罷官歸。萬曆三十一年（一六〇三）遊閩，是歲中秋，在烏石山舉辦超大型的文人筆會，與會者百人，名曰『神光大社』，特設鼓吹兩部，唱曲演出，在明末清初的閩地文人中留下非同尋常的印象。事隔近三十年，陳一元挑選屠隆所作的《彩毫記》在自己宅第進行演出，也許有記念屠隆的意義。

或許出於巧合，這一年茅元儀（一五九四—一六四〇）入閩。元儀，字止生，茅坤之孫，歸安

（今浙江湖州）人。崇禎初，以薦授翰林待詔，尋參孫承宗軍務，改授副總兵。旋以兵嘩下獄，遣戍福建漳浦。另一位浙江人謝國正好在福建當總兵。謝國，又名弘儀、弘義，字簡之，號寤雲，又號鏡湖釣碣，會稽（今浙江紹興）人。萬曆三十八年（一六一〇）庚戌科武狀元。崇禎年間，在福建任鎮守總兵官。謝國作《蝴蝶夢》傳奇，在自家宅第演出，請茅元儀觀賞，茅元儀作《觀大將軍謝簡之家伎演所自述〈蝴蝶夢〉樂府》：『耳目無久玩，新者入我懷。奇賞竟何許，忽在天之涯。豈無歌舞圍，蠻音習濫哇。塞耳亦已久，負此風日佳。我公宴笑餘，奴隸狼與豺。開尊出家伎，惠我忘形骸。鍊音變時俗，出態如初芽。命意何寥廓，托詞非優俳。哀我勞生久，將與大道偕。我思漆園叟，語曠因心悲。飽鴟寧得已，不甘螻蟻欺。恣謔我尼父，道偽恨切肌。非不愛令尹，聊欲免文曦。名泰身則否，監河亦何漓。公將極人臣，去就何坦夷。道齊遇自殊，樂哉鐘鼓宜。莫言今日易，歌舞垂光儀。』（《石民橫塘集》卷二）『豈無歌舞圍，蠻音習濫哇。』此二句透露一個重要信息：疑謝府的唱腔是地方腔，道白是方言，即浙江人茅元儀聽不懂詞的『蠻音』；蠻音，即閩音，也即閩中一帶的唱腔唱詞；這一舞臺演出，或許就是早年的閩劇。『塞耳亦已久，負此風日佳。』茅氏入閩後觀地方戲，聽『蠻音』，『塞耳』『已久』，不止一時一處，可惜全然聽不懂，十分可惜。詩題『謝簡之家伎』，詩中『出家伎』，明確說《蝴蝶夢》的演出者是謝氏『家伎』，也就是說謝國將軍自己的宅中蓄有一班演員，由這批演員組成了這個戲班。崇禎四年（一六三一），這一年陳軾十五歲。

崇禎八年(一六三五),陳軾已經十九歲。這一年,江西宜黄(屬臨川府)一個專門演湯顯祖《臨川四夢》的梨園戲班入閩。從徐㶿的尺牘,我們知道這個戲班是由一位叫許世達的主持,先到福州演出,演出的時間可能不長。由於福州文壇領袖曹學佺此時於歌舞興味索然,許世達又和他處得不怎麽好,曹學佺對許氏戲班來閩中演出不熱心,徐氏先後把許世達這個戲班介紹給芝城(今福建建甌)和清溪(今福建清流)的朋友,讓這個戲班另謀出路。宜黄梨園到福州及福建各地演出《臨川四夢》,是湯顯祖的戲劇向福建的傳播,也是福建人對湯氏《臨川四夢》由文本到舞臺的接受。我們不能斷定陳軾一定看過宜黄許世達班子所演的《牡丹亭》及其他傳奇的表演,但是我們知道陳軾所創作的傳奇《續牡丹亭》,所續的正是來自湯顯祖的《牡丹亭》,至少,許世達的宜黄戲班入閩演出對陳軾起了潛移默化的影響。宜黄戲班入閩演出的社會影響,在我看來,似不可低估。

上文提到的陳一元、茅元儀等人的七八首詩,都是詩人們觀劇之後所作,發表了他們對劇本以及表演藝術的見解,我們只是點到輒止,沒有進一步研究探討。我們之所以引用這些資料,無非是想説明一個問題:研究戲曲,戲曲家本身的詩文,以及與他們同時代作家的詩文,都是很值得重視的文獻資料。因此小琴把《續牡丹亭》的作者陳軾的詩文集整理出版,就研究陳軾的《續牡丹亭》來説,其價值與意義,也是不可言喻的。陳軾明崇禎末年成進士,改朝换代之後一直活到康熙年間,他的詩,有不少和明遺民酬唱的作品,其詩風,也隨着由晚明到南明、再到清初詩風的不斷轉變而變化。《道山堂集》的出版，對研究明末清初詩歌的演變，也極有重要的參考價值。

海島冬天少雨，海天一色，空氣透明如洗，風和日暖，到處散發着草樹的清香。讀小琴點校的《道山堂集》第八稿，心情也非常愉快。趁作序的機會，稍作發揮如此，聊弁其卷端。

附筆：感謝福州外語外貿學院對《道山堂集》出版的資助。

二〇一六年十二月三日於金門大學

目録

道山堂前集詩……五二

五言律

五言排律……八三

五言絶句……八六

七言律

七言絶句

道山堂後集・文集卷二……一七一

道山堂後集·文集卷三……一九八

道山堂後集·文集卷四……二一九

道山堂後集・文集卷五（俱代言）……二五八

七言古……三二〇

道山堂後集・詩集卷二

道山堂後集·詩集卷三……三六八

五言排律……三六八

五言絶句……三七四

道山堂後集·詩集卷四……三八〇

道山堂後集·詩集卷五

前　言

陳軾（一六一七—一六九四），字靜機，福建侯官人，明崇禎十三年（一六四〇）進士，授南海知縣，南明隆武朝擢御史，永歷時官蒼梧道，入清後歸隱，以遺民自居。陳軾踐行『不降其志，不辱其身』的遺民氣節。

陳軾父，太僕，早逝。陳軾三位叔叔：陳瀚、陳騮和陳湛苑。陳瀚，字伯熊，有詩名，晚年隱居溪湄。陳騮，字伯騶，爲順治（一六四四—一六六一）間歲貢生。性聰穎，幼即工詩。中年縱游燕、齊、吴、越，著作頗富。陳湛苑，工於詩作，其詩筆才華、品德修養對陳軾的影響至深。陳軾的外祖父昆明長石鼓林公，博學多才，切磋文章，善與人交流，追隨者絡繹不絕。陳軾的外伯祖林學博治理饑荒，樂於助人。其舅父林樂宗忠於明朝君主，改朝易代後抱節守志，決志終隱。陳軾家族和外族先輩，不乏才學之士。他們從生活態度、品德修養、思想意識和詩文創作等方面，影響了陳軾一生。

陳軾一生著述頗豐，是明末清初重要的文學家，擅詩文，工詞曲，集文人、志士于一身。現存可考的作品有詩文詞集《道山堂集》和劇本《續牡丹亭傳奇》及其與金鋐、鄭開極等合纂的《福建通志》（六十四卷）。《續牡丹亭傳奇》，有南京圖書館古籍部藏清三槐堂刻本，國家圖書館藏民國古吴蓮勺廬抄本。今收録于王漢民老師輯校《福建文人戲曲集》（元明清卷），海峽文藝出版社（二〇一二年版）。劇本體現了作者複雜多元的情感内涵和深刻的思想意藴，對深入探討清初遺民文人心態有重要的參考價值。

陳軾參纂的《福建通志》（六十四卷），今存有清康熙二十三年（一六八四）刻本。北京圖書館、中國科學院南京地理與湖泊所、上海師範大學圖書館、江蘇省地理研究所圖書館、四川大學圖書館等地均有收藏。上海圖書館亦有收藏《福建通志》清康熙二十三年刻本，共三二册，但缺第六十四卷。作爲明清之際的福建省志，其政治、經濟、文化等諸方面的記載，對於我們了解易代之際福建地區的社會整體概況，其作用是非凡的。

本書稿所收録《道山堂集》，有康熙間刻本分别藏於國内各大圖書館，但其卷數、册數不一。國家圖書館藏《道山堂詩集》（六册），《道山堂集一卷後集二卷》（八册）；復旦大學圖書館藏《道山堂前集不分卷後集七卷》一函十二册，其中《道山堂前集》六册，文、詩各三册，《道山堂後集》六册，文二册，詩词四册。上海圖書館藏《道山堂集》（不分卷）二册，係《道山堂前集》詩歌，分體排列，依次是古樂府、五言古詩、五言律詩（包括五言排律）、五言絶句、七言古詩、七言律詩、七言絶句及词等。福建師範大學圖書館古籍部藏清康熙甲戌年（一六九四）閩中陳氏刊刻《道山堂集》六册，前集不分卷後集十卷。《四庫全書存目叢書》第二〇一册據之影印。本書稿以福建師範大學藏刊刻本（簡稱爲『福師大本』）爲底本，其他圖書館藏刻本爲校對本。

《道山堂集》（前集不分卷後集十卷），共收録黄周星、黎士弘序各一篇，黄曾樾跋一篇。收録陳軾文一百七十六篇、詩五百八十六首、詞一百四十五首。《道山堂前集》未分卷，分文、詩、詞等。其中文三十八篇；詩二百九十二首，包括古樂府十二首、五言古詩四十五首、五言律詩五十首、五言排律四首、五言絶句十六首、七言古詩二十五首、七言律詩八十八首、七言絶句五十二首；詞四十七首，其中小令二十四首、中調十三首、長調十首。

《道山堂後集》共十卷，包括文集五卷，詩詞集五卷。文共一百三十八篇，其中卷一二十四篇、卷二二十五篇、卷三二十三篇、卷四三十一篇、卷五三十五篇。詩詞共三百九十二首，卷一五言古詩四十首、七言古詩十九首，卷二五言律詩五十五首、七言律詩一百三十二首，卷三五言排律十一首、五言絶句五首、七言絶句三十一首、四言一首。卷四長調五十九首，卷五小令十一首、中調二十八首。

黄周星《道山堂集序》評陳軾曰：『其詩文之瑰麗沉雄，詞劇之鮮妍香艷，又復劘古轢今，絶無而僅有乎？』

黎士弘《道山堂後集序》曰：『先生高文秀德，爲閩中碩果。……故其發爲文章，大雅舂容，言也可思，歌也可詠。有合於古人不怨不傷之旨。』

永安黄曾樾《跋》云：『《道山堂文》雖未深厚，而清婉和雅有如《四庫提要》所云者，不愧一時作者之翹楚矣。其尤可貴者，傳誌諸篇，皆有關明末史實，如林心宏、黄九煙、鄧緒卿、胡將軍諸傳，蔡靖公、黄處安、毛日華諸誌，趙止安墓、表等，足見明清之際吾族抗清同仇敵愾之烈。與夫中原板蕩，民不聊生之情，而尤於明之遺臣，抱滄桑之感者，三致意焉。處文字獄正熾之時，其措詞委婉，具見深衷。讀其文，然後知軾實有心人也。《道山堂集》堙晦幾三百年，世罕知者。今福建師範學院圖書館忽得此書。吾幸而獲讀，故表而出之。』

《道山堂集》灌注了陳軾對明末清初社會和人生的深刻認識與思考。作品注重體現其堅定不移的遺民品質與强烈的民族主義意識。其散文内容頗爲豐富，能反映明末清初諸多史實。黄曾樾認爲陳軾的文章風格清婉和雅，措辭委婉，更爲可貴的是，這些篇章真切地反映明末史事。

其論説文在其古文中所佔分量不多，但其中涉及社會現實，君臣執政行爲、歷史人物事件，質實可讀。不少作品體現作者堅守民族氣節，拒絶徵召，忠於故國君主的遺民品質。尤其是《朝廷處分已定論》《逋田者説》《三案論》及《穴蟲説》等散文，敢於抒發己見，對社會種種弊端加以批判，筆力勁健，感情自然真切，驚警動人，鮮明地體現了遺民文人身上所特有的强烈的憤世情懷與救世意識，寄予著不凡的膽識氣魄與深沉的遺民之思。

陳軾的序文多爲親友而作，作者在文中發表見解與主張，抒發深切的感慨，情感真切可讀，具有一定的文學色彩與社會價值。其行文形式多樣，開篇議論，且能綜合運用比喻、對偶等多種修辭手法，使文章顯得生動形象，具有豐富的哲理性。

陳軾的傳記文包括傳、墓表、墓誌銘等。陳軾善於結合史事，叙述亡友的姓名、籍貫、生平事略，叙、議結合，對逝者一生給予評價。並通過細節描寫等方法，刻畫親友的人物形象和性格特徵，表達對親友的悼念和讚頌之情，抒發作者的人生感慨，寄寓著作者鮮明的思想傾向。陳軾的散文，充分體現了其淵博的學識、嚴謹的問學精神與敏鋭的思辨能力。

其詩歌藝術手法多樣，題材廣泛，内容豐富，包括懷念故國舊君，稱賞親人好友，贊許明代遺民，抒寫志節情懷，表彰忠義，充滿豐富的思想感情與人生哲理，是陳軾一生在易代之際多重思想和複雜遺民心態的寫照。

陳軾的詞主要爲閨怨詞、寫景記事詞、述志詠懷詞和贈别祝壽詞等四類。詞作直接鋪寫詞人的身世經歷和人生感慨。讀之，也可從中窺探陳軾的生平行蹤與思想狀態。

陳軾對社會歷史與現實的了解與觀察細緻入微，具有敏鋭的洞察力與鮮明的思想主張。其知識之廣博與閱歷之豐富，從《道山堂集》可窺見一斑。《道山堂集》對於我們研究明末清初遺民文人心態具有重要意義。

由於本人的學識和閱歷十分有限，書中難免存在錯誤之處，祈請方家不吝指正！

張小琴

二〇一六年十二月於漳州薌城問樵書屋

點校凡例

一、《道山堂集》（前集不分卷後集十卷）以福建師範大學圖書館藏清康熙甲戌年（一六九四）閩中陳軾刊刻本爲底本，下文簡稱『師大本』，以復旦大學圖書館古籍室藏康熙刻本和上海圖書館古籍室藏康熙刻本爲校對本，下文分別簡稱『復旦本』和『上圖本』。

二、刻本所用異體字，如『窓』『眞』『宮』『呂』『别』『庵』等均統一爲常見繁體字『窗』『真』『宫』『吕』『别』『安』，並不出注。

三、底本缺損模糊處，以國家圖書館、復旦大學圖書館、上海圖書館等館藏刊刻本爲參校本進行參校，如參校本仍模糊不清者，只能根據前後文意、詩意加以判斷作校，無把握者，暫付闕如。

四、校勘記以尾注形式出注。

五、『己』『已』『巳』，『戌』『戍』等組字相混，據文意酌定，不另出校；『侄』與『姪』之類同義異形字，在底本中均有出現，予以統一，亦不再出校記。

六、《道山堂前集》文《虎山東獄廟記》和《道山堂後集》文《王郡尊壽序·又序》底本未録内容，據國家圖書館藏清康熙刻本補録。

七、序文、正文，均加標點。題目及題下簡注不加標點。詩中的書名、篇名不加書名號。

道山堂集前集不分卷

道山堂集序

往庚[一]辰南宫之役，余同籍士三百人，而八閩乃居四十。時靜機裒然爲[二]英妙之冠。蓋其齒纔廿四耳，余時亦將及三旬，似皆可備彧、莊、韜、偃之數者，而是科竟不選庶常。余廷對策，雖精楷合格，讀卷者擬奏名第二，已三日，至臚傳時，乃抑置二甲，當授郎官。而靜機則亦忽忽綰墨綬以去。嗣是河山阻越，絶不相聞。至乙酉秋，板蕩間關，崎嶇嶺海，余乃復得與靜機相見于榕城。榕城，固靜機家鄉也。余時以羈靮至，裋褐麻鞋，憔悴枯槁，而靜機顧独踔厲飛揚，意氣軒舉。余睹之茫若有所失也。已復得追隨後塵，左右櫜弭。未踰期而板蕩又見告矣！于是復蒼黄與靜機相失。今忽忽三十三年矣！地老天荒，杳然隔世。曩所謂同籍三百人，葢廑有存者。至今年丁巳冬，乃忽與靜機相見于吴門。噫，醒耶？夢耶？真耶？幻耶？相與拊手一拜，凄然不知涕之何從也。夫人

[一]『庚』師大本缺，據复旦本補録。
[二]『爲』，師大本均用『爲』，據改，下文同。

生自少而壯，壯而老，計其歲月，多不過百年耳。此百年之内，哀與樂相尋，離與合相禪，大氐不幸生此缺陷世界中，未有樂而不哀，合而不離者。然亦有時哀而復樂，離而復合，此則意計之所不及，而或有鬼神控揣于其間。若吾兩人今日之晤對，豈不誠幸矣哉？余既與靜機慷慨欷歔，已而酒酣耳熱，因與抵掌論才，點勘風雅。余有詩，靜機亦有詩。余有文，靜機亦有文。余有填詞，靜機亦有填詞。余有傳奇、雜劇，靜機亦有傳奇、雜劇。凡余所能者，靜機類皆能之。而靜機所能者，余顧未必能也。何也？蓋余之不如靜機者有三：靜機家世通顯，簪笏蟬聯。而余崛起单寒，親無强近，其不如一；靜機精神滿腹，弘潤通長，而余體羸善病，峭性寡諧，其不如二；靜機著述滿家，力能壽梓。而余積文成冢，徒飽鼠蟫，其不如三。坐是三者，余固宜瞠乎其後矣！而況其詩文之瑰麗沉雄，詞劇之鮮妍香艷，又復劘古轢今，絶無而僅有乎？兹余于靜機既感其晤合之奇，復歎其文章之妙，欣慨交並，曷能自已。適靜機以《道山堂集》屬余序，因亟爲數語識之。嗟乎，俛印今昔，欻忽且四十年。靜機齒已逾六，而余則望七矣。回視夫金門待詔之年、紫陌看花之日，豈不猶槐螘蕉鹿也哉？過此以往，靜機之潛躍變化不可知，而余則癖好神仙，行且訪洪崖而從赤松矣。請戲與靜機約，再閲四十年，吾當遇君于武彝、太華之間。

鍾山年弟黄周星題

道山堂前集文

蔬説

山野之間，有一丈人，趣舍聲色，俱與人異。問其所食，則蔬也。或告之曰：『天下之味不勝窮也，人之嗜好無有終極也。吾見乎鼎食之家，擊鮮而樂，噬脂而安，鶊髀熊蹯，犓腴虬絲。聶之、切[一]之、燔之、炙之，其意止於自適而已。而天下之人，爭望[二]其羶，薌[三]而亟欲附之刀俎之中，似有神焉。吾未見其膏也，不如其蔌也。』丈人曰：『子之徒羡乎肉食也，是知乎饇牽之盛與鱠鯉之美也，亦知其所自來[四]乎？一臠[五]之積，一脯之設，吾知曲卷其形，淖約其情，而後得之矣。毀

[一]『切』，師大本缺，據復旦本補録。
[二]『望』，師大本缺，據復旦本補録。
[三]『薌』，師大本缺，據復旦本補録。
[四]『來』，師大本缺，據復旦本補録。
[五]『臠』，師大本缺，據復旦本補録。

廉隅、極洩涩以求饜沃，未有不遇毒而敗者也。且夫蔬之爲物也，取兵潔也。禮大胥，舞者持芬香之菜，謂之合舞。《詩》言『蘋蘩』，以祭宗廟，神鬼且格，而况于人乎？野人之芹可以獻尊，南山之蕨可以避亂，而况於尋常日用之資乎？方未生也，因其利於天，懼菑僅之乘其後也；順其宜於地，懼土膏之薄也；搰搰焉抱甕出灌，惟恐其不力也。既已治之，見有若直遂者矣，若秀折者矣，若雲矗而委者矣。若經烈日者矣。若傲霜雪者矣。采之欲其柔也，蓄之欲其久也。始以治圃畦之勤，而繼以歷歲時之遠。飽食而寢，其樂于于天下之味，孰有踰于斯者乎？信子之言，謂膏之過於蔌也，吾其棄諸鼠壤久矣，何蔬之是務爲？』

穴蟲説

天下之患，莫大於有所嗜。有所嗜，則敝敝焉。延頸舉踵，竭蹷以厭其所求，而有所不給。是故周防其身，惟恐其螫已也。伺隙而動，聞聲而退，利于陰，不利于陽；宜于昏，不宜於旦。偶有所得，則沾沾而自喜，嘐嘐而不息。甚有偷樂不反，而不復周防其身者矣，以溺于所嗜之故也。穴蟲之爲物也，吾知之也。忽然而出，忽然而没，至疾也；乘于不及覺，動於不及制，至詐也；攫他物以遂己欲，至貪也；搏噬燕鵲而破碎完好，至忍也。疾則恃剽輕之智，詐則多巒卷之形，貪則昧止足之義，忍則肆其戕殺暴殄而莫之恤。夫以養生之故，而延頸舉踵以謀其生，始於有所嗜，而終於無所畏。故曰『竊』也，吾怪乎天之生是物，甚無謂也，樊而畜之，不足以窮玩好；磔而刃之，不足以膏斧鑕；

炰而燔之，不足以供尊俎。使天而不生是物也，則天下之庾億坻積，與夫殘羹餕飯，俱可以無慮也。扃欲其固，槖欲其堅，拒之使不能入者，俱爲贅麗也。惟其可以不生，而天必欲生之，使之叫呼朋黨，處于奥窔深邃之中，而又假以齒牙，以任其所欲爲，豈非教乎爲竊者哉？雖然，天下之陰狡，非無法以制也。彼之延頸舉踵，竭蹷而不給，一怯弱之狸狌，得呃其喉而啖其肉矣。穴蟲其小者也，胠篋發匱，遇慢藏則取之，雖宿息聚橐而姦宄不止，猶之穿墉之智也。然士師之力，得而縶之矣。胠篋發匱，其小者也。掊擊聖賢，而厠于皮弁鷸冠之列，割裂廉隅，而貌爲箕山首陽之節，是與於胠篋發匱之甚者也，此又穴蟲之所不屑也。

螢説

晝夜之相禪也，各以其時。而所生之物，亦因其時以爲勝。時而晝也，天日之烜赫，花卉之發榮，以及青黃黼黻之屬，皖皖乎其無不見也。及至于夜而闇蔽生矣，在氣爲濁，在數爲陰，在倫類則爲小人，而至微之物，遂得挾其毫末之光，以炫耀于時。故其入于簾幙，點於衣襟，耀于棘林，照於卷軸，若出若没，若隱若現，而不能測其所以然，則螢是也。今夫行于夜者，月也。或以爲免魄，或以爲寶鏡，其出而皎也，如雪之凝，如霜之縞，而天下皆被其光華。周于夜者，星也。或以爲恒，或以爲經，其見而芒也，如貝之連，如雁之行，而天下莫不仰其精采。螢則何居乎？挾其毫末之光，而以爲燭幽抉微，莫我若也，是不知有星與月之在其上也。不見乎驪龍乎？非不能噓雲震電而張其靈怪也，方其蟠於深淵，蝍蛆得而傲之；又不見乎威鳳乎？陽精靈質，非無千仞之能也，然而没其羽儀，鴟之得腐鼠者，從而嚇之矣。螢之不知有星與月也，蝍蛆與鴟之不知有驪龍、威鳳也，一而已矣。《月令》曰：『季夏之月，腐草[一]化爲螢。』蓋天下光明俊偉之氣，散布于天地河嶽之間，必經蒸鬱磅礴而后出。腐草者下於灌莽，而草之極賤者也，生無杜若之香，長無屈軼之指，以朽敗之資，而欲變化氣質，使之光明而俊偉也，豈不難哉？豈不難哉？

唐若營字説

任天下者，未有無所營而任也。譬如作室，或爲文櫰，或爲長廓，麒麟鳷鵲之餙，白玉欝金之貴，其始必審曲面勢，相其高下方員之宜，而后引繩切墨，斤斲斧削。因其規畫，以底于成。不則棟撓之凶，其所不免。然則梓慶之鐻木，不敢以耗氣往，與夫臨事好謀，其理一也。今有人焉，霾霧擁于上，燔灼盛于下，堙欝洶湧，號鳴大吒，而吾方欣欣懌愉，如冰炭之不相入，是其身爲木石，而肺肝爲矛戟也。如有能救之者，而其勢不能以驟得，則必委屈經營，而謀所以救之矣，未聞蹶張震怖，思慮委頓，安坐而救之也。夫任天下者，方也；營天下者，心也。未有心赴而力不赴者也。唐子君知名其子曰宇肩，澹歸上人，字之曰若營，其與命名之義，洵有合矣。雖然，君知厲甄、蘇之操，隱身不仕，

[一]『草』，師大本缺，據復旦本補録。

其意似無所營，非無營也。世人所營者，利禄；君知所營者，氣節。世人之營可以不必營，君知之營，則尤世人之所不能營。今以此而授其子，蓋氣節者，言語事功所從出也，亦因其時而已。若營勉乎哉！

逋田者説

余鄉之人，有受田而逋于外者。余遇而問之曰：『爾何愚之甚也？古先王之寶，稼穡也。以土穀爲本，辨之以壤，蓺之以種，任之以地，受之以人。遂師、遂大夫、縣正、鄰長之屬，皆爲田而設官。惟其懇草邵農，所以財用蕃殖，國無捐瘠。井田以降，而兼并者遂分其利，農夫霑體塗足，竭四支之力，尚恐不給；受田之家安坐堂奥，而京坻委積，凡所以易貨、賄供、粢盛、弔死、問疾、養孤、長幼皆于此而具。假使無蛆蠕蚼蠋之傷，與寇賦兵革之警，則爾之爲樂亦侈矣。今乃捐親戚、棄廬墓而輕去其鄉，何愚之甚也？』逋者曰：『子徒知田之利，而未悉田之害也。吾之祖若父，或日一積焉，或歲一積焉。蓋嘗勤其思以取之，多其藏以致之，亦以爲子孫萬世無窮之利也。至于今日，其田愈衆，其家愈蹙。昔之患者在于蛆蠕蚼蠋，今豐與祲而俱困也；昔之患者在于寇賊兵革，今治與亂而俱憊也。吾見昔之華粱綺井，夏屋渠渠者，今則葭墻艾席，爲田而廢其居；昔之履絲曳縞，西人粲粲者，今則肘見踵決，爲田而敝其衣；昔之櫛比崇墉，婦子寧止者，今則鬻妻質孥，爲田而棄其帑。甚者高官膴仕，爲田而黜其爵，則纓弁寘諸原野；春誦夏弦，爲田而詘其業，則詩書變爲榛蕪。田之爲害，不可勝指也。且古者刑辟之設，所以防姦宄、止淫慝也。然獄必三訊，以大小比而得成，今受田之人無重法可以傅會，無深文可以捃摭，惟視田之厚薄以治其獄之重輕，以槍刈耨鎛爲鑽鑿，以溝畛洫涂爲圜土，赭衣載道，號呼罔聞。然則祖若父之以田與我，是榜箠我也，刀鋸我也，是殄滅我而泉隧我也。吾是以懼也。今夫人之血氣稍爾乖盭，則癰瘍乘之。虺蜴之爲物，穴出草居，畜怒而螫人。今吾有田，瓩羸之苦，過于癰瘍；毒螫之禍，甚于虺蜴。若任其潰决而不能止，縱其毒螫而不知避，吾誠愚甚矣！吾是以逋也。不然，夫豈不知輕去其鄉者之爲非也？』余曰：『信哉，田之爲害有如是夫！』因書之以告世之殖田而益富者。

擬師丹與孔丞相書

丹蒙主上不即誅戮，放歸田里。自分杜口齰舌，不言時政，且朝廷之事，非草野所宜言也。惟是丹與君侯，夙昔同朝，往爲傅太后尊號，力排母以子貴之説，與君侯議論頗合。今雖升沉異執，而志意相關，故敢獻其狂瞽，惟君侯財覽焉。丹聞之，古之人臣，公忠體國，苟利社稷，死生以之。然必有剛正不阿之節，利害得失不以易其心，而後能當大任、犯大難而不辭。夫太平無事之世，中材猶優爲之，而至於竦容奮褎，譏氣激發，窒隙蹈瑕，不爲屈折，惟剛正者足以辨此。若夫蹠蹠廉謹，嗛退自居，此曲士之行，非社稷之臣所宜有矣。董聖卿封爵過濫，權傾朝右，前者新甫侯封上詔書，與故安檄召鄧通略似，乃至觸忤主上，不能如申屠之見容，卒與蕭太傅弘石之禍，同其慘酷。當時君侯位居光禄，宜疆諫固爭，冀回上意，乃竟以罔上不道，依違議奏，是非混亂，刑罰失當，凡有血氣，莫不憤懣。且新甫侯下獄時，常喟歎，以賢不能進君侯爲恨。而大獄之成，倡自君侯，無論違天下之公議，君侯亦何以報知己乎？聖卿不過一弄臣耳，雖爲三公，而聖卿之父曾爲君侯屬吏，使君侯持以尊重，稍抑其執，未必即有禍害。乃拜謁迎送，過爲恭謹，至不敢處以賓客鈞敵之禮，自是董氏益横，皆君侯成之。端揆何地，宰相何官，而諂事佞幸，體統凌夷，誠可惋惜。且聖卿大司馬册文有曰：『允執其中。』明係堯舜禪受之旨，假使主上真以天下讓聖卿，君侯亦從而將順之歟？在君侯持禄保位，迎合主上，富貴終身，自謂得計。而枉道事人，阿諛蒙譏，服儒衣冠而柔輭若婦人，誦聖人書而悖患失之戒，非丹之所敢望也。故質直冒觸，伏惟垂聽。不宣。

擬趙邠卿與馬季長書

岐白：竊見足下蘊畜古今，聞譽日甚，四方之士嬴糧負笈，爭出其門，固已駕人倫之上，極稽古之榮矣。岐幸托至戚，比于孔門，爲南容之亞茀。素性堅執，從未曳裾叩謁函丈。足下每過岐家，屢問：『趙處士安在？』岐乃遠引而避，不欲望見顔色，非岐之敢拒足下也。足下自思之，其所以使岐不欲見者，蓋有在也，請言之。足下早年曾從摯季直遊，季直隱居南山，不應徵聘，至以女歸足下，豈不以高尚之志互相勸勉哉？足下始猶硜硜，辭大將軍舍人之命，頗以名節自重。迨遇羌亂年荒，悔而歎息，遂鄙曲士之行，往應辟召。夫丹精之質，不可雜以鑌銕；虹白之氣，不可溷以碔砆。士君子之立身，猶江河之有隄防也。江河之水易于衝潰，不有以束隘而堙塞之，則必决堰汨川，滙成巨浸，而變爲毒冒蛇龍之區；士君子之立身，易于萎薾，不有以堅忍而禁制之，則必槃旋偃仰，廉恥幅裂，而心腑頤頰盡以要能釣利，而不可復止。足下拂巾袵褐，以企鄧氏之招，是隄防初决之時也。始進不慎，而足下人品，遂自此定矣。南鄭李太尉，社稷之臣也。守節持重，力爭大義。觸忌梁冀，遂見誅戮。然爲冀草奏者，足下也。戕賊大臣，始繇于冀，而羅織成獄，實自足下。夫以刀鋸殺人，與以文字殺人，何以異？雖曰勢家不敢違忤，非出足下本意。計足下于此時，抗論救止，抵死不辭，上也；投版棄官，不與其事，次也。乃至依阿黨同，助其凶焰，致使忠正蒙非刑之冤，國家受顛覆之禍，此天地鬼神共爲隕涕者也。當太尉下獄，詣闕通訴者，有河内李承等十數人。及露尸四衢，汝南郭亮，左提章鉞、右秉鈇鑕，詣闕乞收太尉屍，守喪不去。亮年方曈曚，尚能義氣震動，奮不顧身，足下獨何心而甘爲冀鷹犬乎？且足下亦何面目而見當世之士乎？足下所恃者，博洽多聞，尤長賦頌，觀其詞藻駢麗，鞶帨組纂，固文章之家也。然足下所工者賦頌，而所病亦以賦頌。大將軍西第之文，縱極意雕繪，不過如子雲之《劇秦美新》而已。一代著作，固如是乎？岐又聞天下之學，莫重于師。《記》曰：『師嚴，然後道尊。師者，所以爲法于人也。爲法于人，而不先自正其己，未有能正人者也。』齊人歸魯女樂，孔子下仕而去。足下前受生徒，後列女樂，如所傳者，聖人之教與？則聲伎娱，宜皆擯去。今乃詩書之側，錯以環珥；問難之英，等於俳優。聖人之教，澌滅盡矣。涿郡盧子幹、犨汝延叔堅、北海鄭康成，皆足下弟子，名重于時，彼皆出幽谷，遷喬木，未必盡私淑足下也。

子幹嘗侍講積年，見足下女倡歌舞，未曾轉盼，斯其人品過于足下，不已遠乎？足下大節已隳，齒復衰落，岐雖百端諷諫，無所補其闕失。但恐後世之士不察其故，謂坐高堂、施絳帳，侈爲盛事，羣而慕之，其貽悮於師儒正不少也，故輙痛切及之。岐惶恐頓首。

叔孫通論

天下之不變者，道也。而其必變者，時也。人而欲有爲于世，不因乎時，而相其所必趨，則不能以成功。惟知變之士，能識其所以然，故雖近於盤旋偃仰、智算迎合者之所爲，而其議出于正而不詭，天下後世，卒不得而訾之。叔孫通可謂識時變者也。論者以爲諛，則非也。夫所謂諛者，必其一意將順，不問其事之是非，而讇曲以成其過，甚至禍人國家而有所不顧，通非其人也。通初降時，服短衣楚製，未爲失也。世治，則行步偊旅，高于蹶張之將；世亂，則羣盗大猾，勝于曲謹之儒。固其埶也。當高帝從五諸侯入彭城，戰鬬未息，而欲以雍容儒雅，馳騁于鎧扞刀弩之間，則誖矣。通不進諸弟子，而先言斬將搴旗之士，所謂趨時之所急也。迨帝即位定陶，通始進以儒者守成之説，且知帝之畏于煩難也，先爲緜蕞以習之。雖禮文麤具，而位次不紊，殿廷齊肅，君臣之體，繇是而定。通嫺當世之務，以成一代之制作，非阿諛以狥功名者比也。至于帝欲易太子，通言之痛切，曰：『本一摇天下震動。』而父子之義著。孝惠築複道武庫南，通請改爲原廟，及出遊離宫，請以櫻桃薦熟，而尊祖敬宗之義著。通之言合于禮，皆可以爲後世法焉。夫人終其身，立朝所得自建明者，不過一二事。此一二事，既不詭于正，而其人之生平亦可以勒之史策，而不愧論者。以通之見用，會其時之可爲，而其言皆見之施行，遂以爲希世之流耳。其實，通乃識時變者，而非諛也。

貫高論

凡人殺其身而有利于主，則爲義烈以捐其生。殺其身而有害于主，此昏眊亡行鹵莽者之所爲也，雖其意以爲其主，而罪與殺其主等，漢貫高是也。高帝之嫚罵，高帝之常態也。九江王布歸漢，距牀洗足召之入見，及出就舍，帳御飲食從官，皆如王居。周昌白趙壯士可令將者四人，且嫚罵曰：『豎子能爲將乎？』後封各千戶以慰趙子弟。諸如此類不可勝紀。蓋天下豪傑之士，英概飄忽，如奔踶之馬。委轡僨橛，不掯勒鞬鞘以挽其執，則衝突而莫救，故欲得其力，先制其命，則必倨侮屈辱以折其剛鋭之氣，而後可以惟吾驅使而不爲患。帝常用此，以爲駕御天下之術，非猶夫人之嫚罵也。趙王敖嗣父爲王恩遇至厚，加以子婿骨肉之親，帝從平城過趙，箕踞罵詈，即甚無禮，敖宜安卑下之分，不當妄生觖望。趙相貫高等忿憤不平，義不受辱，柏人置厠，幾危高帝，不知高等何故而爲此也？夫嫚罵乃高帝之常，使人人受之而必欲報，則其仇視高帝者不知其幾矣。高等不自揣量，行刺至尊，事成陷主以不忠之名，不成貽主以誅滅之禍。高等之悖逆不道，膏以質鈇，猶有餘戮也。及逮捕反者，趙午等十餘人皆爭自刎，而高獨不死，以白王之不反，榜笞數千，終不復言。雖敖自此蒙赦，然豈足贖高罪之萬一乎？且敖之得生，未必出于高也。敖知之當坐，敖不知，而行刺乃趙之相亦當坐。

況高曾已説敖，齧指出血，而敖不發其謀，亦當坐。敖之所以生者，獨恃魯元公主耳。吕后爲帝數言張王以魯元不宜有此，雖帝有『豈少廼女』之言，而從中護持之者，后必不遺餘力。其後，齊悼惠王獻城陽郡爲公主湯沐邑，后喜而遣歸國；爲惠帝立后，乃公主之女：后之愛魯元者，無所不至，則其不置敖于死，明矣。不然，敖知與不知，皆當坐罪，雖百貫高豈能白之哉？故曰：『高爲其主，與殺其主等也。』

姜肱論

《易》『乾』初曰：潛龍勿用；『乾』二曰：見龍在田。各有定位，不能易也。孔子曰：『用之則行，舍之則藏。』與《易》通矣。然後世有一於藏，用之而必不行者，毋乃悖孔氏之旨乎？夫賢人君子之處於世，未有不欲用者。其用之，而必不行，蓋有所不得已焉爾。漢姜肱，有道之士也，桓帝時徵之不至。其後帝下彭城，使畫工圖其形狀焉。人之遇主，至使其主思之而必欲見，既不得見，而思見其形，如見其人，其勤懇周至，與夫審象旁求，意豈異哉？乃肱以被韜，面拒畫工使不見，似乎用之而必不行者。雖然，非所以知肱也。人主之用人也，將理政寧人以圖治安，非尚虚聲而已。高宗之用傅説也，其先恭默思道，而後感之于天，假之于夢，及其用之，則曰：『啟心沃心。』桓帝豈其人乎？誅戮正人而不知戚，信任閹豎而不知悔，無朝夕納誨之誠，而强爲審象旁求之事。有用之名而無用之實，猶之乎不用也。或曰：『桓、靈之世，皇路險傾之時也。使人人皆有陵阿之志，濟險定傾，將誰任乎？』夫賢人君子，得志行道，宜於泰，更宜於屯。譬如乘黄之馬，日行萬里，與之踐莊馗之塗，和鑾節奏，按步徐進，則無所見其長。及試之陀嶇邐倚、修廻盤曲，庸騶之姿，没趾滅跗，而此獨能追風而奔，若不經意。凡人之欲有爲于天下，未有不以濟險定傾爲任者也。惟是險無可濟，傾無可定，材窮而力絀，殉其身而有益于國，智者猶爲之，如李固、陳蕃；殉其身而無益于國，肱所不爲也。善乎，徐孺子之言曰：『大樹將顛，非一繩所維，其志致葢遠矣。』今人之論石隱者，莫不慕其名高以爲辭隆從窳是其天性，抑知其放聲遯跡，皆其不得已而爲之，非徒遠害以全其身者也。』

張禹論

人臣之患，莫大乎有當爲之任，而故讓之；有可進之機，止而不能發也。視其君之不振與其國之將傾，而不之恤，斯其人之罪，雖萬死不足贖矣。吾讀史至朱雲折檻之事，未嘗不喟然太息焉。雲以張禹爲佞人，佞誠未有過于禹者也。西漢之禍，繇于王氏，而王氏之盛，成帝釀之，而實禹成之。帝太子時，禹爲《論語》師。帝壯好經書，博覽古今，有儒者之度，使師傅得人，凡理國治人之務，其訓導而曉譬之者，宜可實見于政事之間。禹則非其任也。建始以來，禹與王鳳並領《尚書》。河平四年，代王商爲丞相，在位六載。當時鳳顓權用事，至使中常侍之官，天子不敢拜。禹職列三公，所彌縫而匡救者，爲何事歟？鉅平王章奏鳳誣罔不忠，言甚激烈，帝謂章曰：『微京兆尹直言，吾不聞社稷計。』夫以社稷之計，丞相不言而待京兆尹言之，則丞相之曠職已瞭然天子之意中矣。且帝非昏聵之主也，獨以濡忍不斷，知其言之善，而不果于用。禹以平昔親厚之臣，使譽其剛直，而因以暴鳳之罪，則章可不至于死。禹乃宛舌固聲，不出一言，此非天子之大臣，直王氏之私人耳。更可惜者，永始、元延間，灾異屢見，吏民上書，譏切王氏。帝車駕至，禹第辟左右親問。此可以言之時也，禹乃曰：『新學小生，亂道誤人。』宜無信用。自是王氏益横，而漢事遂不可爲矣。夫始關内侯，繼封安昌侯，元功之典，不可謂不尊也；及老病乞骸骨，賜安車駟馬，置從事史，前後賞賜數千萬，賚予之恩，不可謂不渥也。以人主禮遇之隆如此，至於宗社存亡之際，而曾不足以動其情，禹可謂忍于不忠者也。蓋人臣之忠其君，必公爾忘身，國爾忘家，而後謂之忠。禹厚殖貨財，田極膏腴，身居大第，則念在田宅；後堂理絲竹筦絃，與婦女優人相習，則念在聲色；愛婿徙爲弘農守，小子拜爲黄門，則念在兒女。夫人臣匡難補闕，昕夕周營，不過方寸之地，而田宅奪之，聲色奪之，兒女又奪之。富貴逸樂之娱，乘于其前；利害禍福之見，復躡于其後。雖有忠愛之心，所存亦無幾矣。雖然，禹説《論語》者也。《論語》曰：『所謂大臣者，以道事君。』又曰：『弑父與君，亦不從也。』禹遇文學之主，而不能引之于道。王氏弑逆之謀已肇，而禹依阿以長其執，與從之者無異。所謂説《論語》者，果安在也？然則讀聖人之書，貴乎身體而力行之。行之不力而徒得其意之所在，擬議于章句之餘，此訓詁之學，博而無用者也。吾以爲行之不力，未有能得其意者也，未有得其意而不能行者也。漢諸儒之言曰：『欲爲文，念張文。』果如張文之説《論語》，而猶終其身爲佞人也，則又何以《論語》爲哉？

隗囂論

從來豪傑舉事，每因天以爲功。苟非天之所授，而欲恃其材力與之抗衡，未有不敗者也。漢自新莽篡位，天下謳吟而思，非一日矣。天下思漢而推劉氏，又於諸劉而推光武，其名既正，而其統不得不一。當時天下已定，而不屈者，公孫述、隗囂二人而已，然囂所處之勢與述異。述恃龍興之異，妄引讖記，翅爲『一姓不再興』之説，其心固已無漢，又以自立爲帝，勢不能以相下，刺胸墜馬，固其甘心。而囂未嘗帝制自爲也，舉兵之時，立高祖、太宗、世宗之廟，稱臣奉祠。更始二年，遣使徵囂，方望固止之。囂徑入長安。及聞光武即位，囂説更始歸政。光武後，復遣長子恂隨來歙詣闕。豈不明强弱之勢、審去就之分，而志存乎輔漢耶？輔之於始，不復輔之於卒，而其勢不能以自全，則終疑貳觀望，以及于敗而已。且其異者，智窮計蹙，歸命於蜀，冀延餘息。夫光武之與公孫述，其名號之邪正易明也；乘龍御天與井底之蛙，易辨也；天下郡國百十有六，與西川之一隅，不啻逕庭也。捨全盛之朝，而就危亡之國，無馬援、竇融之智，而有彭寵、龎萌之禍，卒至城破國亡，恚憤而死，豈不悲哉？或曰：『囂之不顧内事，王元誤之也。』元以天水完固，表裏山河，所謂泥丸封函谷關者，其計安在？此非元之罪，而聽元者之罪也。觀光武之詔囂，曰：『高皇帝云：「橫來大者王，小者侯。」』然囂豈橫之比乎？橫起田氏，而爲其舊疆，志在復仇，與新附者不同。及乘傳詣洛陽，恥北面漢，英雄之倔强，理固應爾，而非所論於囂也。嗚呼！使囂隴坻稱雄，不忘奉璧割牲之語，將與仲華諸人鐫功雲臺之上矣，不此之務，而欲退爲成紀之匹夫，何可得已？

後唐莊宗論

國家安危之理，在于官人。古者賦職以任功録能，以詔事務，使官與人相得而天下治。夫不訾相其材之稱否與品之高下，而妄以己之私意除授，於其間視先王八法、六計之典，澌滅無餘，則官與人相軋，而僥倖之流啗利，鬻國不至，傾覆不止矣。惜乎，唐莊宗有取天下之才，而不知治天下之道也。刺史之職，所以親民也。選人爲吏，以親其民，必其人之名足以服其民，而後可以約束撫御而爲之上。苟其名不足以服其民，則民將謂其人之卑賤，吾所不屑爲也，今俛首而爲其下，則是朝廷以其人臨我，實輕我也。況彼之污辱亡行，一旦得志，虐使其民無所不至，而欲責其爲良吏，何異強鼂雛之鳴而爲雝喈之音，取蛣蜣之轉而爲婉蟬之舞乎？莊宗以伶人爲刺史，是禍天下之本也。天子之體不可使媟，媟則侮之者至。以萬乘之尊，而自傳粉墨，使優人得而批其頰，是開弑逆之漸也。至于宫掖之間，寢食之處，所與共者，惟此教坊供奉之輩，且干預政事，毒流縉紳，積毀則羅貫暴屍，風聞則存乂繼麟就戮。在莊宗之意，以爲吾之待伶人者如此之厚，則其竭忠盡瘁，宜無如伶人之矢心而無他者矣。而汜水之亂，身死伶人之手，將平日之寵而任之者，適所以取禍與？夫人主旁求俊乂，雖歷數百世，猶獲尊賢敬士之報，何伶人之背恩忘義，一至於此與？雖然，叔寶作《玉樹》《臨春》，而受景陽之辱；明皇置梨園子弟，而致漁陽之變。此皆躭溺音樂而失天下，固無論也。莊宗猶有爲之主也。當晉王克用將終，遺以三矢，莊宗藏之于廟，用兵之日，負而前驅。及殄友貞于大梁，執仁恭于幽州，敗契丹于河上，卒能復父之讐，享有天下，何其壯也！使其引用文學之士，存恤百姓，消弭兵革，則其後可無石郎割地之禍。然以百戰得之，以伶人失之，爲人主者，何故而與伶人共天下哉？

張昭論

凡有天下之略者，必不屈而下人。屈而下人者，受制于人者也。勝敗之數，勇怯之形，存乎我而已矣。蓋偷安旦夕，不可以守一隅而有恃無恐，乃可以决千里不修，其在我，而以彼之強形己之弱，則其謀益短，而其執益蹙。是故朝廷之上，其君臣震動恪恭，教戒明備，士懷陷陣之忠，人有死綏之志，不待白刃相交，知其國可以常勝而不敗。東吳赤壁之役，曹操遺孫權書曰：『今治水軍八十萬衆，與將軍會獵于吳。』當時江東半壁，豈遂束手待斃？何至羣下錯愕失色，而持重如張昭，乃倡請迎之議？此不可解也。城下之盟，《春秋》恥之，况于迎乎？昭之智計，雖不及孔明、公瑾，然以帷幄重臣而國家存亡介在呼噏，獨不一慮及此乎？操之東下也，目無全吳并吞之意，蓄之已久，假使吳迎之，操之師可以退乎？操師不能退，而江東已非吳之有，則吳當繼新野而北面，幾何不與景升之子同類而共笑也？孔明之言曰：『田横，齊之壯士，猶守義不受辱。』公瑾之言曰：『將軍兵精足用，當爲漢家除殘去穢，况操自送死，而可迎之耶？』觀周、葛之發憤欲戰，不可遏止，固已褫操之魄，而奪其氣。其後赤壁一擊，北軍自潰，則擊而破之，與畏而迎之者，其勝敗之數，相去不啻千萬也。或曰：『燥荻枯柴燒盡北船，天實使之。非得東南風，勝敗未可知也。』夫沍寒之時，而風遇東南，以論天意，不謂無助，但以上將行師建威制變，而徼倖于不可知之天意，是以三軍爲戲也。蓋兵家機會，變在須臾，原無定形可測。黄蓋之謀，適會其時，以因其功，使風非東南，而周、葛之出奇，更有踰于詐降、縱火之外者。何者？以近待遠，以佚待勞，乘其疲弊而攻其素所不習，是豫爲必勝以待之也，豈昭所能知哉？昭始爲孫策長史，策信任之專，比之仲父。及公瑾薦魯肅，昭以爲少年粗疎，從而毁之，則其無知人之明可知。至于釣臺飲酒，灑水羣臣，以紂長夜爲比；公孫淵燕王之封，力止兩使勿往，具有抗直之節，差强人意。以昭觀之，大約諷諫之任，非將帥之材也。然則人臣處人國家而臨大敵，當思有以禦之，慎無以請迎爲苟全之計，則善矣。

魚朝恩論

古有寺人，供門闈灑掃而已。商君因景監以見秦孝公，趙求人使報秦者，繆賢曰：『臣舍人藺相如可使。』論者謂景監、繆賢有足多者，以其能薦賢也。然薦賢乃士大夫事，非寺人所能與。使薦賢之權，可以假之寺人，則朝廷之事，宜無一而不可假者矣。何者？防其漸也。唐代宗以魚朝恩爲天下觀軍容宣慰處置使總禁兵，何歟朝恩而知兵也？體非全氣，軍容自此而隳，況乎險佞怙寵，敗國蠹政，已非一日。邙山之役，李光弼奏稱賊鋒尚鋭，未可輕進，朝恩屢言於帝，趣使出師，以致敗績，河陽、懷州皆陷，朝恩之輕躁無能，已自可見。且九節度之兵，各稟號令，不相統一，欲以朝恩處置其間，無以服各鎮之心而慰元勳之望，上下解體，不戰而潰，執固然也。前此程元振居中，徵諸道之兵，無一至者，用一元振，而公卿將帥、三輔四方，皆不用命。若棄元振而用朝恩，是又一元振也。古者，天子六軍、諸侯三軍。軍皆命卿，帥師皆中大夫，旅帥皆下大夫，卒長皆上士，兩司馬皆中士，所以慎重其人者如此。其至晉伐齊，齊師敗遁，奄人宿沙衛連大車以塞隧而殿，殖倬、郭最曰：『子殿國師，齊之辱也。』以殿師而辱，未有觀軍容而不辱者也。至于古宿衛之兵，掌以虎賁，統以太僕，帥以師氏，令以司隸，其所選用多出士人。漢南北軍皆隸三公，凡更直執戟，無非經明行修之士，猶有虎士遺意。自武帝以期門、羽林、佽飛之屬隸于光禄，爲天子私人，而衛尉之職，往往以中朝領之，遂開後世專任之害，然未有任宦官者也。宦官典兵，自唐用李輔國始。肅宗用之，代宗遂因而不改，則貽謀之不善，有以啟之也。蓋唐之作俑者有二：自太宗寵巢刺王之妃，而高宗武氏即太宗才人、明皇楊氏即壽王瑁之妃，瀆倫亂教，幾失天下；肅宗用李輔國典兵，而宦官之横，四弑其主。夫太宗固英斷有爲，而肅宗亦中興之主也。情蔽於所喜，而勢成于所昵，其始不慎，浸淫不已。後之人以爲我之祖宗既已行之，而不復鑒其失也，遂任其積重而不可反。所謂君以此始者，亦以此終，可不悲哉？《易》曰：『臣弑其君，子弑其父，非一朝一夕之故，其所由來者漸矣。』有天下者，履霜之戒，宜早圖之可也。

宋高宗論

天下之所恃者，埶也。而埶之所恃，專在于氣。無氣，則勢不能立。是故有不可敗之勢者，必有不可屈之氣。譬如人之一身，五官百體，運用存乎一心，而輔心而行者，惟氣。無氣，則痿痺尫羸，漸不可救。况乎人主之治國家，其氣可使屈哉？宋高宗之請和割地，非其力不足以濟之，實由氣不足以勝之也。勾踐之稱臣于吴也，身爲俘囚，冀延餘息以圖後舉；高宗有東南之資，勤王之師將數十萬，忠義之士，奮臂爭驅，不俟生聚教訓之久也，而俛首稱臣，恬然而不知耻，何與？且君父大仇也，人執其父，其子反以爲君而北面以事之，是以執其父爲幸也。夫以復仇大義，如其力所不能爲，則亦已矣。然以可爲之勢，而天下之人心無不抽戈礪刅，群起而爲之復，而此一人者，方辱身事仇，奉命惟謹，甘爲僕妾而不辭，且並其抽戈礪刅者，從而寘之法，惟恐其軋己也。天下有無父之人，而可與之論大事哉？讀史至朱仙鎮班師，及莫須有成獄，令人哽咽憤激，毛髮盡豎，不知當日是爲何心。蓋高宗以恇怯無能，而遂流爲殘忍之事。天下之不仁，未有不始于不勇者也。今夫負嵎之虎，鈎爪踞牙，聲震山谷，得善擊之卞莊、善射之李廣，不難扼其頞而批其頤，使其啖以粱肉，實其口腹，則將返，而噬人。金人，負嵎之虎也；岳武穆，當時之卞莊、李廣也。不擊虎射虎，而反飼虎，則其爲患無已时也。雖然，澶淵之役，契丹大舉入寇，賴寇準勸駕親征，自是不生邊患。使非真宗之能用人，則必從欽若、堯叟之議，而京城淪陷，不待靖康之日矣。然準之所以取勝者，惟在帝之渡河。

渡河，則氣百倍，我之氣勝，則敵之氣自懾，必然之理也。高宗之時，非無寇準也，特以沮于小人而不能用。然則高宗者，誠真宗之罪人也夫！

朝廷處分已定論

天下事變之來，莫不於其猝然也。來之猝然，而防之者亦于其猝然，則不及防者多矣。天下之事，非可以倖致也。況乎兩軍相持介在呼吸存亡之頃，欲以儌倖之術，聽于不可知之數，斷未有不遇敵而潰者也！蓋臨事而懼，行軍之要，然必有所懼于其先，而能無所懼于其後。懼之于先者，防之無所不周，而無所懼于後者，乃能持勝算、策萬全而立于不拔之埶。故胼胝治之而不足者，安坐治之而有餘。何則？輈張謅詷，常得天下之輕，整暇雍容，常握天下之重，要在能定與不能定之間而已矣。東晉符氏大舉入寇，桓冲遣精銳三千人入援。此時以寡弱而臨大敵，宜以益兵爲上。謝文靖固却之曰：『朝廷處分已定。』何與？當其警息倥偬，日不暇給，遊談睹墅，大拂常情。冲對佐吏而歎其爲根本之慮，誠非無見，不知文靖之所謂定者，蓋其確然已定，而非矯情之説也。秦之輕晉，在于入寇之日，而秦之窺晉，不在于入寇之日。如待其入寇而爲之備，與雖益以冲什倍之兵，亦無濟于成敗。如未待其入寇而先爲之備，與雖不益兵可也。爲相之職，在于用人，而戰勝廟堂，尤先任將。昔趙括擁四十萬之卒坑于長平，安平君以即墨三里之城而反千里之齊，非勢有强弱，所用之將異也。將得其人，則戡平禍亂寄之，閫外而已無餘事矣。秦入寇以太元八年，文靖之用謝玄也以太元二年。將帥之略，玄所素嫺，而知其材而任之者，固已豫知其入冦而爲之備。此非旦夕猝然，而以疆埸之事嘗試之者也。且帷幄之密謀，非可參以盈廷之聚議，當局之智計，又不同于旁觀之懸揣。以文靖之遊談賭墅，而議之曰不問將略，則是處分未有定也。而孰知定之已久哉？雖然，永和之殷浩，未嘗不勤思遠大也。志在中原，而鋭舉北伐。雖以管、葛之虚譽，而不能救輿尸之凶。文靖安雅鎮物，澹若無事，不出階闥而决勝千里。使文靖處永和之時，則必無壽春之敗；浩而處太元之時，則司馬昌明其不爲尚書僕射也幾希矣！無他，浩用謝尚、荀羨而喪師，文靖用謝玄而制勝，故曰所用之將異也。噫！人主而欲擇將，必自論相始，未有得良相而不能致大將者也，未有良相在内而大將不能成功于外者也。淝水之戰，足以鑒已。

王欽若論

君子之事君也以直，小人之事君也以諛。以庸愚之主而遇正直之臣，以聖明之主而遇阿諛之臣，勢每相反，如水火之不合也。蓋小人之智，巧于嘗試，而工于附會。始伺其主之所欲，而因端以投之，及其有隙可乘，則任其荒誕不經、旁岐揉曲，而其計無所不行，説無所不入。是故弄其主如嬰兒，視其主如土木，而後其術可以百發而百中。王欽若之論封禪是也。封禪何昉乎？《虞書》載：歲二月，東巡狩，至于岱宗。五月南嶽。八月西嶽。十一月北嶽。一如岱宗之禮，中嶽則五載一廵狩焉。周公相成王制禮作樂，有曰：『天子祭天下名山大川，懷柔百神，咸秩無文。』古帝王明德恤祀，無非以勤修典禮，肅祇神明，非故爲侈大之觀也。考古封泰山禪，梁父七十二家，自無懷氏已然。其時制度簡樸，未嘗有詭譎靈怪之事，如所云天書，則渺無聞也。自東遊海上，求仙人羨門之屬，而神仙之説始于秦皇，魏脽寶鼎，緱氏大人，而祥瑞之興、鬼神之迹始于漢武。然秦皇封禪十二年，而秦滅；武帝脱屣，欲比鼎湖，封中能致雲氣，而巫蠱之禍，不能庇其妻子。則秦漢之不足法也亦明矣。且宋初詔求遺書，崇文三館，貯至八萬卷，太宗開卷有益，樂不爲疲；趙普佐太祖、太宗，惟讀《論語》。天而無書，何損于治？夫人主欲得書，而覽之，將以謂治國平天下之道，得以考鏡其得失也。如天之書有益治平，天雖神異，襲微要眇不能有逾于古之帝王、古之聖賢；如天之書無益治平，燬之可也。况乎天之有書，不待識者而知其妄也。無書而爲有書，是自欺也。天無書，而矯誣天以有書，是欺天也。自欺不可，而更欺天乎？以不可致之物與必不有之事，自欺欺天，以惑亂乎人，彼以爲天下後世之人，果信其功德如此之盛也？然而取笑當時，貽譏史册，天下後世之人，其孰從而信之？惟是小人阿迎主意，穿鑿其説，欽若一唱而丁謂、陳堯叟之徒，因而和之，爭頌功德，以千百數。當時群下非盡矇瞽，特以風尚所趨，勢不能返，使不從而將順之，則無以固其位而安天子之心。彼王旦尚受美珠，不敢異議；寇準獻乾祐山[一]天書，因得召用。正人如是，而况其他乎？然則欽若者，殆少翁、欒大之流也。欽若害于其君，而得免于其身，有飯牛求師之詐，而無文成五利之禍，

[一]『切』，師大本缺，據復旦本補録。

則真宗之待小人，可謂任之專而信之篤矣！善乎，孫奭之言曰：『天何言哉？豈有書也？』而真宗不之悟，吾見其惑也。

南山移文

南山之靈，質直信誓，其體嶄巖，其容屼巘。曠觀人物，辨晢倫理，摹倣德璋，勒移宣旨。夫以高搴之氣，凌厲九垓；寂默之性，冥淪萬象。黄菁負甑于峩眉，桑苧誦詩于苕上。斯已詘物而信道，崇實而止謗矣。若其托志白駒，游心黄鵠。結舍籬根，披蘿草服。鯤背委垂，龍文偃伏。淨若處子，羸若槁木。縹渺崇崗，裴回蒼麓。嶠路獸蹲，石勢劍鏃。鳥掠平林，蟲吟幽竹。犂栗飼鼯，蕉花供鹿。蒲長秔齊，葛苞菌蔟。叢薄鮮藻，修垌紛郁。登壟雉馴，臨川鳧浴。青藹結紋，廻風擊築。聽百籟以怡情，向千峯而托宿。斸靈藥于青畦，殞錦霞于穹谷。哀楓斜月，摇金兔之波；奔澗落泉，奏朱鷺之曲。並漆園之生龜，比巢父之牽犢。長仲蔚之蓬蒿，植淵明之松菊。豈非坦然獨行，詡然自足者哉？亡何厭視黔婁，恥言於陵。紛淪姚佚，希合顯榮。志隨波而易脆，節逐物而遽更。見夫層城北闕[二]，列隧瑶京。黄圖效祉，華域昇平。畫本作屏于麟臺，碧衣引對于延英。問鬼神于宣室，從較獵于上林。心摇摇而喜懌，神藹藹而周營。遂去奥渫，軼淵塗。據徼乘邪，介紹稱譽。負

[二]『闕』，師大本缺，據復旦本補録。

璽分珪，緤組佩魚。赤幢曲蓋，丹轂朱車。展采錯事，瀝血殫謀。夾介劬瘁，獻納發攄。俛仰皇昐，緝熙帝謨。亮有邦之庶績，步達士之亨衢。俄而陽馬陰虬，繪簷刻閣。芳椒翠羽，參伍閃爍。庭逼層霄，戶扃金鑰。雕俎綺肴，豐膳醇酪。烏孫青田，西羌桑落。舉燧鳴鍾，觴醳命酌。南金北毳，塞谿充壑。山棧海航，崴裹叢錯。嬙媛曼姬，細膩娉嫋。素縑丹珀，蕩漾簾薄。調笙炙簧，含商轉角。色授魂往，香來膽素。且其勃沓成霆，咳唾作雨。奇辭坌湧，英風騰翥。納駟接軫，希聲景附。省掖徐劉，書記琳瑀。金谷讌集，選義掇句。窮巷之儒，葭墻之子。仰末光于宵燭，分餘粱[一]于雁鶩。尤念盛名不再，妬嫮易傷。鴆鳥飄林，水弩浮江。懼萟草之易怒，感謠諑之難防。欲鑽龜而猶預，頻撫膺而旁皇。苟彌縫其闕失，雖突梯其何妨？嗚呼，方其始也，跡倫好遯，位值初乾。冰雪無以方其潔，金石無以踰其堅。及其受徵韜傳，馳跨錦韉。似甯戚之于齊，同郭隗之趨燕。蹈海之舟已折，西山之蕨旋蹎。阿俗悦衆，怙勢脅權。惟行媒之孔亟，冀一日之九遷。于是膏畊爲墟，蕪園不灌，窟穴沃焦，樹木凌亂。列夔發憤，衆岫譏彈。虎豹號呼，鸑鷟恫歎。勿謂山愚，具有月旦。勿謂山冥，亦嚴青簡。爰掩東墅，焚西棧。秘高崖，封碧澗。藐之如蜉蝣，卑之如鷖鶡。任酣豢而無極，且勿窮其逋竄。

[一]　粱，師大本作『梁』，據改。

鐵筆先生傳

鐵筆先生者，不知其何方人。日執管城于市，招致四方之人。若上若下，若老若幼，趾相接也。先生忼慨疾書，臧否人物，若不經意。某也貴，某也賤，某當禍，某當福，四方之人，信若蓍蔡，有聞而喜者，有聞而懼者。獨計先生特賣卜之流耳，何以能喜人、能懼人如是？何以能使四方之人頫首聽説如是？余叩其所以，先生曰：『予非臆説也。凡陰陽之理，生剋之數，古人已著之于書。余準古人之書而言之，不差錙黍。是者是之，非者非之，雖帝王之衮鉞，不嚴于此矣；善則告之，不善則告之，雖鬼神之妖祥，不先于此矣。』余曰：『子之術誠然也。人之命，其有定耶？無定耶？如其已定，何説之爲？子能使殤子而爲彭籛乎？能使黔婁而爲猗頓乎？能使勇之敵萬人者，盡皆斬將搴旗；文之空今古者，盡皆掌壺負璽乎？』先生曰：『不能也。人之有命如其面然，一爲無鹽，一爲西子，賦形已定，不得而易也。其爲高門之命與？雖軨才渺識，卑同蠛蠓，吾斷之曰：「此必揚幢鼓吹，仗鉞呵叱者矣。」其爲縣薄之命與？雖清流雅望，重[一]如僑肸。吾斷之曰：「此必短褐殘絮，吹簫行乞者矣。」吾能知命也。豈能移命哉？』余曰：『子不能移命，甚矣，四方之人愚也！愚者爲天所用，而不能用天，終其身蹙蹙然。勤苦不息，禱祠以媚天，而天則狎之；鬭捷以勝天，而天則制

[一]『重』，師大本缺，據復旦本補録。

之。是以巧與天，而以拙自予，故使子之説得行乎其間。達者不然，其一命而能安，勢成而不恃，身退而不懟。莊子曰：「知其無可奈何，而安之若命。」是也是之謂任天。其一命而能忘，一生死、齊得喪，官骸不能縶，夢覺不能汨。不訢不距，與道屈伸，是之謂樂天。任天者，與天爲遊。樂天者，與天爲化。則陰陽生尅之説，至此而窮。而妍媸低昂之見，亦無自而起。且子安能毀之？安能譽之哉？』先生曰：『唯唯，敬聞命矣！』遂焚管城，變姓名以去。

妙峰靈谷上人詩序

昔白香山與普濟大德唱酧，曰：『先以詩句牽，後令入佛智。』疑者謂詩句與佛智有何交涉，得無香山空中囈語？然而非也。聲音一道，深妙無窮，世尊謦欬、彈指，地皆六種震動，修多羅中諸佛菩薩，作偈唱讃。或四言、五言、七言，與今人賦詩，體無差别。誰謂詩句非佛智也？靈谷師上根慧性，居山二十餘年，潛心學道，恥于榮利。静修之暇，吟詠見志。余近避夏山中，始把臂言懽，因得恣觀其詩，辨才無礙，思如湧泉，信乎詩之近于自然也。葢師居妙峯爲洪山絶頂，回崖疊峯，翠影紛沓。且俯瞰大江，寒沙去烏，曠然心目，意山水之能益人神智耶？夫詩句之與佛智，皆在非離非即之間。淺者眎之食醯腐𬬻，詡然自足。輕則孿曲，重則跰躃，曼衍打混，一味顢頇。惟靈心妙手，愈入愈工，層層揆進，如剥芭蕉。至于心手俱熟，不覺冰解凍釋，鏡光天色，一齊迸發，殺活權實，無不可者。葢學道而非解脱，不可以言道；學詩而非解脱，不可以言詩也。師之詩，妙在不著色相，字字解脱。余不第以師爲風雅中人，直以師爲三昧中人。從此大嘯峰頭，横吞栗棘，且將長揖惠連，笑指寒山，唐宋諸家瞠乎後矣。

壽安遜庵語録序

余家自東甌玉蒼，入閩二百餘年，登朝結綬，連鑣接軫，從未有探性海、建毒鼓，闡大雄之教，而踞法王之座者。何選官之易，而選佛之難與？壽安遜庵和尚，余之侄孫也，雲遊學道已三十春秋。余向未知蹤跡，今春過吴門，相值於湧蓮淨室，始知其得法芙蓉，舉揚宗旨，稱人天之師，蓋已久矣。是余家二百餘年所僅見之一人也。夫以選佛之一人，不可見而僅見之，則其功德利益，必萬倍於選官之人。一笻一鉢，雖文軒丹轂，不與易也。雖然，今天下之選佛，流弊極矣。世尊説法，弟子多所授記，而靈山拈花，惟以正法眼藏付囑迦葉。東土花開，五葉衣鉢，止于單傳。近者提唱之家，思其名之不章，而欲其子孫之盛，其所付囑多數百人，少亦數十人。取之既寬，則其途不得不雜。譬如梧臺燕石，什之緹縚，未有不掩口而笑也。夫選官不得其人，則嚅唲嬬阿，賕賂相尚，必至蠹政害民，而其禍中于國家；選佛不得其人，則支離跛挈，訛謬流傳，執土缶爲警鈴，誤毒井爲藥地，勢必壞教滅宗，而佛祖之[一]苦心大力，遂剥爛而無餘。然則三百赤芾之刺，其[二]在今日之祇林，爲更甚也。

[一]『之』，師大本缺，據復旦本補録。
[二]『其』，師大本缺，據復旦本補録。

余觀遜庵淨行純白，功力完熟，學無不貫，道無不徹。讀其語録，寂照具足，德用雙融，至理設于空假，妙諦寓于權實。余固信之曰：『此真宗門之大鑪鞴，可以當善知識之名而不媿者也。』抑余更有進焉。今之出世爲人者，求正法之行，必先救末法之獘。倘知其獘，而不爲之所，則將流而不止。吾願遜庵修而益修，證而益證。成天下之材，而持之以嚴；啟方來之悟，而擇之以慎。障狂瀾于既波，延晷景于將昃。千聖一綫，其將賴之矣。余以告遜庵，且以告諸方也。

黄蘗虚白禪師語録序

嵩壁云：『我法以心傳心，不立文字。』於不立文字之中，忽立一文字之相，雖有顯有密，有權有實，何異妄相，横見空華，如是則如來教指，皆藤蔓耶？然執一切法而爲實有，遂至拘牽文義，算沙畫地，擬心即差，舉念便錯。使無取無見，不澁不滑，新生慧解，都没著落，無一非文字相，即無一是文字相，便知三藏五燈，佛祖舌頭拖地，横説豎説，并無一箇文字被人覰破。吾閩黄蘗，自斷際禪師開山，後運禪師大雄採[一]菌，傳播諸方，臨濟一出而黄蘗大振矣。今黄蘗名藍遍天下，而吾鄉其祖庭也。隱老人横揮麈尾，截斷衆流。繼而提唱主席，則有虚白大師。余向夢遊黄蘗，至今秋乃策笻其地。因而謁師，縱談數日，如坐十二峯上，只見雲駛鳥飛，爽然心目，其殆大機之川，一綫猶存

[一]『採』，師大本缺，據復旦本補録。

者與？披其語録，鉗鎚俱在，鑪鞴宛然，作文字相可也，不作文字相可也。今末[一]法紛淪，不聞正令。高者掠虛鬼窟，草蛇灰線；卑者竊[二]取殘汁，割棄靈根。愚弄鼷鴙，有同角觝。得師以救正之，庶幾宗門種草，不致野狐嚼破。諸佛、諸祖。實式憑之。天下後世，見黄蘗兒孫，如見黄蘗；見黄蘗兒孫一棒一喝，如見黄蘗一棒一喝。則師繼往開來，擔荷不小。大衆試將者本話頭且莫當作話頭，却如龍潭出没，波濤萬狀，又如長松翠竹，生動自如，纔是真手眼所在。雖然不免爲師注脚了也。

福清縣誌序

天下事，有似緩而實急者。前之人諉之于後，後之人復從而諉之，以爲事非獨任，而我將有以辭其責也。遂至因循不舉，任其廢佚散失而莫之釐正，如郡邑之誌是已。誌者，史也。昔云：『史之爲書，勸善懲惡，亞于六經。』誌之義例，詳略與史同。非有良史之才，不能誌也；非博通諸家之史，不能爲一方之誌也。融爲吾閩望邑，自嘉靖甲午，莆中林寒谷先生編輯以來，嗣少師葉文忠公有意屬筆，僅具城池、人物、列女、武功數欵，而未遑卒業，計今闕略未修已百三十餘年。豈非事之似緩而實急者耶？余年友郭蓮峰侍御，挾名山之秘，慨然已任，不憚勤瘁，凡十餘稔而書始成。書

[一]『末』，師大本缺，據復旦本補録。
[二]『竊』，師大本缺，據復旦本補録。

分二十二卷，其取類也詳，其辨物也細，採摭具備，筆削恰當，葢粲然大觀焉。夫文之有關于風俗、政教者，不在縷貼鞶帨以就篇帙，而在乎見聞之實，質古訂今，足以考得失、示鑒戒。余讀玆誌，信乎爲一邑之佳史也。葢郭氏先世以史學名家，比部雲橋公、明經海嶽公曁忠烈鶴皐公，文章節義，萃于一門。其於融邑圖記、傳誌業有成書，蓮峰因而成之、以作爲述，斯可謂之善繼志者也。昔裴松之後有子野，姚察之後有思廉；延壽之南北史始于太師，百藥之齊史本于德林。史學淵源，不信然與？雖然，士君子幸而芸臺策府，陪甘泉之侍從，覽秘閣之奇文，秉直據法，撰成國典；不幸而稿守蒿萊，掩目盥耳，扃戶著書，亦足以猶狎而自得。蓮峰以柱史退休，揲策初潛而嘯吟較論，手不釋卷，猶得以餘力留心梓里，博徵文獻，爲億代眉目，其意念遠矣。若以矜掇拾之長，資職方之採，則淺之乎視是書也。

贈諸遠之序

天下之一定不可易者，形也。循環無端者，數也。形爲之明，而數爲之幽。天之所以與人，如是而已。人雖材智能勝于天下人之衆，而形之修短、好醜、豐瘠、黑白，不能以自變。譬如埏埴之工，範金合土，方圓大小，惟甄所設厲。與西施、叔寶之傾人，與左思之委頓，非可意爲增損也。而其間之榮悴、得失，其理不一，皆命之於數。杳冥恍惚之中，若有陰爲之制者。人亦蠕蠕攘動，任其所之而無以自主。天能使之忽然而愉，亦能使之忽然而戚。能使之扶搖而上，隨萬竅而怒呺，比于垂天之雲；亦能使之肌革慘慄，步武踣仆，樊畜于桑顛籬下，拳拘而不能肆。是恇怯選懦莫如人，而俶詭變幻莫如天也。夫天日恃其杳冥恍惚，以求勝乎人，以謂事至幽賾，千百世而下，卒莫能明其故也。然不知天之數即窮於形之中，數不可見而形則可見。因其可見，以求其不可見。將所謂杳冥恍惚者，一一能舉其毫末，而知其所以然。信斯術也，以相天下士庶，幾近之矣。虎林諸遠之以相術名，余訪于毘陵僧舍，見所談論多稱引老成高節之士。以余之窮愁隱約，羈旅無聊，輒披見情愫，無有所隱。遠之其相者耶，非相者耶？今天下之人，未有能知人者也。人之遇不遇，時也。時之去來，非有方物，安知殖者之不爲落，落者之不爲殖也？世人因仍于眉睫，踽踳于俄頃。以其遇也，從而譽之，以不遇也，從而誹之。是擊鐘鼎食，遇于簞瓢之癯；甕牖繩樞，不及夏屋之貴也。今夫崑山之璞，可以抵鳥鵲，而識者無至焉；燕石之寶，同于瓦甓，鬻于市而得售。若以售于市者爲貴，則瑱琗琬琰之姿，皆退而卻走矣。夫遠之者，豈其與時俛仰、阿合和同云爾哉？且其相人者，豈但據其榮悴得失，而以爲先識蚤見莫已若哉？必將取其人之賢與否，而論斷之。蓋人之賢否已定，即以其人之出處，卜天下之治亂。然則榮悴得失，遠之所敢言也；其人之賢與否，遠之所不敢言，諒必有灼然于中者也。吾謂得遠之之術[二]，即以此進退天下士可也。

[二]『術』，師大本缺，據復旦本補録。

贈楊生序

楊子璧光坎體不聞，其名曰希。人曰：『楊子病也。』聽以作謀，聽以達知，耳爲人己之關，不聽不聽，無以通人于己。楊子誠病也。余曰：『楊子何病也？天地之氣，戰于勞而休于息。人之五官六鑿相攘，其形不寧，其神日贓。人知徹之爲聽，而不知塞之爲聽；人知聞之爲聽，而不知不聞之爲聽。與其強而忘之，不如無所強而忘者之爲至也。今夫聞鳳凰之雝喈，則其心和；聞虎豹之咆唬，則其心厲；聞雲笙月鼓、響屧板袍，能使人陶然似春；聞江海溯湃、風雨喧豗，能使人凄然似秋。蓋心有所觸而生，則性情隨耳而轉，遂至勃谿爭急，哄然而不可止，未必耳之非病也。古者堯聘許繇爲九州長，繇聞之，逃于潁水而洗其耳。王笠不仕隋文，匿于嵩山，佯狂詐聾，每有言說，則畫字而解之。二人者，皆隱君子也。特以世間名利相軋，刺刺不休，皆足爲一身之累，故托之自晦，以成其高。假使二子而皆楊子若也，耳可不洗而聾，不必詐也。韓退之代張籍曰：「當今盲于心者皆是。籍自謂盲于目耳，其心則能別是非也。」夫目足以決眥横流，而蔽于蚊睫；耳足以屬垣測遠，而困于帷闥。人人皆以爲離曠，而曚瞶沉痼者什之八九。楊子者，聾于耳而不聾于心者也。且楊子之賢不賢，固不以耳也。吾慨眇識之徒，自矜姣慧，視其言之可悦，則剽而取之，塗而説焉。甚者，鳥喙聚亂，○[一]喋喋捷給，醉驚曭，恍邪正，眩鼓惑于群議而不能斷，此與呼之不應、叩之不發者何異？是則真病也，楊子之耳何病也？莊生曰：「德有所全，而形有所忘。」楊子自適其天，而以全其德，安時處順，任而不尸，庶幾其進于道，無待傾耳以聽，而耳無不治，安用役役于聲音之末哉？』

贈湯及泉序

蘭陵城東，有及泉湯翁者。余式廬而問焉，葢衛武《懿戒》之年也。人知翁年之高，而不知翁之高不苐以其年也。翁先世以醫顯，少而知其術，壯而爲名醫者，迄今五十餘年。余謂天下之學，可以救人，未有甚於醫者也。天下昏墊之未寧，戰鬬之未息，堙塞草昧之未開，機辟網罟之未解，惟天子宰相得以節其姚佚，補其鑿裂，與其所甘，而澮其所苦。至于百骸九竅六藏，人之一身，變溢萬態，其中癥結壅閼、怔忡耗散、水火寒煖，茫乎莫知其端倪。雖以堯舜皋益，聰明人聖，力窮計絀，而巫咸越人得起而用其所長，掣頓以安，踣弊以立，則救人之功與天子宰相等。自公之以醫名也，日而求者且數十人，積之五十餘年，所救之人，不知其數矣。今夫人席有權藉，得以直達其志，及其伏處隱約，窮巷掃軌，不能以澤一人。子牙之渭水、四皓之商山，皆爲閒置無用之日，必待後車同載、太子入侍，而後有益于人國。所以日月逝于上，人事衰于下，觤兀感欝，英雄同歎。孰如翁者，日以救

[一] 底本此處作『○』。

人爲事，天所與之歲月，不爲閒置無用。其年愈劭，則其及人愈深。是翁之高不第以其年，然非以其年不足顯翁之高也。翁八十一始舉子，貌臞而中腴，健食順氣，康疆壽善，天分使然。余固樂而道之，以見翁之利賴一方者，且未已焉。是爲序。

鄭崟陽文集序

余鄉漳浦相國，立朝大節與夫殉難本末，炳爍天地間，而生平所相信者，莫如崟陽鄭先生。流連於患難之際，痛哭於君父之前，至於觸忌諱、受譴謫而不少悔，古今交誼之深，未有踰於漳浦者也。然此可以知先生之爲人矣。余幼時讀先生制義，私意爲一代文人，及披從信録，讀先生《諫留中疏》，風采奕奕，知先生非但以文名也。當時逆奄方煽，履霜始凝，先生逆知異日必有黄門北寺之禍，疏中伏戎援奥，直擿其奸，繼與湛持相國同被削籍。迨鈎黨獄起，先生變服易名，遨遊於匡廬、羅浮之間，如夏馥逃亡林慮，申屠蟠絶迹梁碭，其不隨楊、左諸公於地下者，葢有天幸焉，瑠禍既解，先生召還，而烏程當國，忌先生柄用，羅織罪案，違衆特糾政府彈章，創自烏程。其以私臆陷先生，路人而知之也，及莫須有獄成，無不爲先生惜者。噫，嬋媛申申之詈，始于妬嫉，遂爲刀鋸屠割之所伏。先生雖死，而先生之名如木蘭之不隕，宿莽之不枯。彼威福熏灼、肆力搏噬者，亦既捷徑窘步，而其骨亦已朽，其與先生得失孰多哉？余讀漳浦相國之誌先生也，曰：『余惟崟陽忠孝而遭顯禍，文士而蒙惡聲，自古有之，而未有如是之甚者也。』此足以盡先生矣。余客毘陵蕭寺，乃先生太翁儀部公所捨宅，因與先生長君素居游，盡取先生之集而竟讀焉。蓋先生學無所不該，而才無所不贍，微之性命，顯之經濟，明體適用，膏沃而光曄。至於出《風》入《雅》，音節舂容，雖煩冤菀結，不能自直，而絶無侘傺忳鬱，近于怨誹之所爲。是達於死生之義，非《懷沙》《哀郢》所得而比也。先生不但以文名，而讀其文，亦可以尚論其人也夫。

賀楊母張孺人八十序

余客毘陵蕭寺，與楊君組玉則比鄰也。組玉爲余年友，鳴玉介弟，則忝同籍之好也。組玉博通今古，於治亂得失興壞之理，無不照燭，風聲氣烈，可以卷波洑淩丘阜。乃早歲棄諸生，以榮進爲恥，與古人之釣濮水、棲白鹿者相似。何其果於肥遯，而不一動其心？與及登堂而詢其所以，則知組玉之材行完潔，得爲隱君子者，皆其母張孺人教也。豐灌之木，封殖必蟠其根；長波之水，煦激必歸其源，理固然也。彼流俗之見，困于方隅，莫不貪燻灼而厭枯萎，以鬚眉之識，而便僻匍匐，踰防敗簡者，比比而是。而閨閣之中，乃能以名節教其子，則其賢於流俗遠矣。功名之與節義，二者不能相併。重功名者，道絀而勢伸；重節義者，時窮而德顯。孺人豈不知捧檄之可喜，而妄冀翟茀之爲榮哉？顧義有所不可者。孺人平日侍總憲公左右，習見朝廷寵異之數，念國恩之深，寧使其子憾頓窮苦而不悔也。且婦人之賢，不僅於婉嫕淑慎，而在於識大體；人子之事親，不在于供裘葛、具魚菽，而在于愛鼎樹品以娛其親。觀組玉之孝，而益知孺人之高。孺人諸孫有四，皆俊偉飈發。長孫大聲，能爲古文詩歌，灑灑數千言，瀏亮爽朗，得歐、蘇大家之體，且究心理學，于天文郊禘及心性動靜之説，無不一一究其源要。孺人教子以及孫，德行文章，萃于一門，可謂極盛。兹以菊月某日爲設帨之辰，謹述孺人母教，以當頌禱。異日組玉以商洛遺逸，光贊王室，諸孫舄奕繁衍，擁笏垂魚。孺人之教，又在《乾》之二爻矣。

陸孝標壽序

世有襲朱芾、揚令望，馳騁影靡，而焯爍其家聲者，此其重輝疊武，人之所知也；有歷坎壈、受荼苦，搘柱名節，而不隕其家聲者，此其清修勁操，非人之所知也。夫以名賢之盛，累閥之貴，有朱門列戟以夾日月，即有茂林豐草以傲霜雪，魏闕之榮與山澤之癯，其致一也。吾於毘陵得孝標陸先生。先生，少保之子也。少保公以圻父上樞，登陴督戰，擁衛京師。維時先生趨侍左右，習見疆埸之事與夫制軍詰禁之法，又見朝廷之優待大臣，琱戈方鼎，其所以賞功酬庸者，恩禮無所不盡。曾幾何時，而天地慘黷，流冦忽至，目無堅城。使甲申之歲得少保公而在，尚能慎固封守，以待四方勤王之師。至於宗周板蕩，荆棘興嗟，未嘗不嘆古今之相左，而人材之難也。先生追蹤先烈，雅以經濟自見。世變之後，幅巾里門，視夫物態凉薄，日以更易，在凡人不勝其感憤抑塞，先生處之若無與焉。然而持向邴[一]之節，蓋三十餘年如一日也。昔輕車之後，而有都尉；諫議之後，而有侍中，皆不足爲門戶重。而先生獨蕭閒自足，以歷於日月綿邈之間，是飄風隕擇之所不能驚，而綏纓束帶之所不能動也。先生儻朗曠遠，博洽多聞，凡先朝之掌故，人材之可否，取諸腹笥，無不歷歷道其所以然。今者宿素凋落，求一黄髮老成之人，所謂存千百於一二，徵文考獻，其在斯乎？余讀漢史，轅固生年九十餘，尚以廉直拜清河王太傅，申公八十餘，乘軺傳見天子，舍魯邸，議明堂事，先生殆其人也。兹以仲秋七日爲先生懸弧之辰。余在羈旅，得交先生，謹以此一言當祝嘏焉。

唐聞川孝廉七十壽序

人之立身所重者，節也。古之人有立節于一日者，可謂難矣。然歷於數十年之久，而如其一日，則節之立也更難。女子之守身也，詩云：『靡慝靡他。』言其永誓而不貳也。又曰：『婉兮孌兮，季子斯饑。』言其安於貧賤而不悔也。士君子之立節也，端蓍以利遯，蟬蜕以從化，牢關固距，不狥利禄，猶之女子守身，扃其洞房，謹其袿袖，使狡童之輩，曾不得攬袪而贈芍焉。惟是數十年之久，凉燠變于外，榮落感于中，頓頳跼顧，以致改行而易度者，不啻如沬鄉之期，狐綏之誘也。如是而欲爲天下之全人，其可得哉？毘陵聞川唐先生，所謂守之數十年而如其一日者也。先生江左名家，發祥

[一]『邴』，師大本缺，據復旦本補録。

九世中丞荊川公，以南宫第一，名重天下，而仗鉞禦倭，勲績爛然，奉常凝庵公，以理學顯嗣，是花磚繼響，文章品行萃于一門。先生貫穿經史，閎中肆外，早歲登賢書，適丁國難，繹于『龍德而隱』之義，深自韜晦。有勸之就長安道者，笑而弗答。葢慨乎世之隕墜家聲，其爲向、歆之恨者，比比也。吾不俛仰以負所學，庶幾克其家矣。又以天下之塗體沾足，往而不反者，病在知勞而不知逸，知作而不知止。吾寧偃焉、息焉已。晚年更號爲懶雲道人，以自明志云。今觀先生如鳴崑丘，飲砥柱，而爲千仞之翔也。又如百丈之松，孤直聳秀，蕭蕭然神王也。吾于是始信先生之爲全人也。或曰：『先生性躭聲律，嘗按善才之舞，度繙綽之曲，以是而假日焉。』是未知先生意也。古者東山畜妓，謝公懷同憂之志；宴飲吹笛，桓伊吐忠信之辭。聲律何足爲病？况夫法部所載，俳人所習，多忠孝悲惻之文。至於捺瑟擊節，渙衍葺襲，一唱三嘆，無非以導其湮欝，發其沈憂，而豈僅耳目之娯耶？首春人日，爲先生嶽錫之辰，今且當楚丘披裘之歲矣。其爲天下之全人，可賀也。它日賜杖就室，如東園、綺季，衣冠甚偉，可賀也。余從覊旅之中得交先生，聊述先生所以自重而重于天下者，以當修盥之意。若云吉甫清風，則余未能也。

戶部主事靖公蔡公墓誌銘

余客毘陵，得交孝廉唐聞川、民部蔡靖公，恨相見晚。二公享靖節田園之樂，懷臯羽慟哭之思，見其言論風采，可以廉頑立懦。乃促膝未幾，二公相繼捐館，顧念三十載以來，志節之士，淪没于叢榛茀草之中，祇今所稱遺民佚叟者，尚有幾人？未嘗不嘆日月之云邁，而碩果之難存，爲可惜也。孝廉誕日，余曾有數言矗道其梗概。民部病革之日，遺囑其子，以銘爲請，余不勝哽咽而屬筆焉。

按狀，公諱元宸，字靖公，別字紫楓，號悔三。其先河南新蔡人。始祖源，仕宋，官焕章閣秘書郎。扈蹕南渡，居杭州。長子太伯，遷吴郡之西洞庭。十一傳思恭，居武進横林。又五傳曾祖模，登萬曆己卯榜，令東明、淳安。二邑祀鄉賢名宦。祖繼，登廪，例國子生，以積學弗售，闢圃城東隅爲歸隱計。生三子，長鳳，仕開封守，乙酉三月，殉節大梁；次鵬，登崇禎庚午榜，受知相國燕及姜公之門。鵬長子即靖公。公少聰穎，嶄然見頭角，讀書稍一寓目，記憶不失一字，爲制藝灑灑數千言，皆根據理要。先輩二無、九水兩張先生常奇其文曰：『此子崢嶸，非僅以科目顯者。』丙子補博士弟子員，己卯舉孝廉，癸未成進士。甲申假歸，三月，北都失守南渡。時公就選民部主事，攝郎中事。是時貴陽當國，專樹黨以傾正人，引用時輩，必欲出其門下。一時士大夫叠足搨翼，靡然而從之。公投謁，閽者曰：『必易門生刺。』公曰：『宰相無私人，何門生爲？吾官可棄，門生不可稱也。』貴陽聞之，恚甚。未幾，大司農以同官遲誤事劾及公，且曰：『此某授吾稿[一]，非吾意也。』或勸之踵門謝，公曰：『我無過，何謝爲？』且揭其疏中舛謬狀，見者皆相顧咋舌。又支放軍糧，有宿衛孫某者譁于庭，繫而杖之。其主者爲從龍内璫，復譁於大司農前。公持其袖與爭，不少屈。公居官日淺，

[一]『稿』，師大本作『藁』，據改。

而不洩汈便僻以阿權貴，視奄豎之輩，輕之如草芥。其風節踔厲，有足多者。乙酉，寧南晉陽之甲，謀除君側，率師南下。舉朝方興大獄以修舊隙，如紹聖、元祐故事，攻擊日益急，於是撤〔一〕江淮之戍以備楚皖。公發憤曰：『時事不可爲矣。』清兵渡江，公歸里，携父母避亂暨陽。丙戌偶過白下，登雞籠，望新亭，泫然出涕。時南安經畧方鎮石頭，延攬天下士，同年某特薦於南安，期以次日致公。公聞之，即策蹇逸去。公曰：『人臣國破，義固當死。吾所以不死者，以父母在也。』迨兩親繼没，公遂决意終隱焉。公性曠達，與人交披見情素，無有所隱。人有急難，殫力救之惟恐後。時嘗遊漢濱，見有墜江而起者，脱綈袍衣之，詢而知爲鄉人，假金以資其歸。季弟早夭，鞠其遺孤。教書授室，撫猶女，擇壻而歸之。燕居談笑，閒雜詼啁，其滑稽處，令人解頤。臧否在前，無所回互，人咸服其彊直。好劇飲，曹偶雜坐，箕踞岸幘，每懽噱達旦，以爲笑樂。吾觀古之豪傑，當厄塞鯢兀之時，進不能仰首伸吭，擐甲執杆以制千萬人之命，退則嗚咽蕭颯，無以自平，必托之荒腆湎淫，以抒其纏綿淒惻之意。公之流連杯酌，即此意也。公性好學，白首未嘗釋卷。爲古文辭，神采奕奕。爲詩一洗凡艷，有王孟風。又喜登眺，每遇斷水怪石，穹谷嵁巖，涉遠陵危，窮探而後已。嘗與孝廉唐聞川爲山水友，出必與偕。去歲汎桃溪，歸而得疾。聞川與君里居同，登籍同，爲隱君子同，聞川以今年正月卒，公僅後百餘日而已。公病劇，先取曆書選擇，指八日庚辰，曰：『吾將以是日歸。』又曰：『吾

〔一〕『撤』，師大本缺，據復旦本補録。

將以是日下春歸。』其方寸不亂如此。嗚呼！公之得爲完人，至葢棺而始定也已。公生於云云，雲咸等以某月某日葬公於百花墩之祖塋。爲之銘曰：『理之美兮，永昭質於無虧；荃之潔兮，匪艾椴之與俱。方不可刓兮，纆不可渝。蘇世獨立兮，潄清湍而據槁梧。離愍長鞠兮，其樂于于。余獨重其姱節兮，以爲百代之楷模。惟直達于天地兮，何愧怍于幽墟？』

兵部職方司主事趙公止安墓表

余同籍進士，其在毘陵者四人，曰毛公亶鞠、吴公蓼堪、楊公鳴玉、趙公止安。自亶鞠以吾閩學使者殉難，建溪三公，尚優遊林下。及余甲寅恒陽歸，過訪其地，而三公墓木俱已拱矣。遺老零落，惋惜久之。止安子慎旃既成進士，常謁余旅邸。見其言論，風采猶之乎見止安也。一日，慎旃涕泣，以其父墓表爲請余，義不敢辭。按：公諱繼鼎，字取新，號止安，本宋藝祖後。自魏王德昭傳十四世爲叔珍，依外家，農於常州之觀庄鄉。傳至八世，公始以儒術顯。祖珊，有隱行，歲祲，糜粥濟饑，全活甚衆。父名臣，吴郡諸生。公生日，父夢五色彩雲降庭前。年十七，母高氏疾篤，摩公頭角若不忍釋，公跽而請曰：『兒當讀書成名，以慰母地下。』母乃就暝。公貧而好學，揣摩爲文，如射者省括，必命中而後已。丙子舉于鄉，庚辰成進士，猶掇之也。是時流賊蹂躪内地，屠[一]燒城邑。大

[一]『屠』，師大本缺，據復旦本補録。

小之臣，文恬武嬉，率皆畏懦蹴[一]縮，無有援桴鼓誓衆而前者。至謁選外吏，視近寇之處，多方規避，惟恐其及。公例應補令，有同鄉要路啗以善地。公正色謝曰：『士君子始進，不可不慎。若以賂得官，異日何以爲廉吏耶？』遂力拒之，因得楚之公安。公甫至任，流寇衝突於豫，且將及楚。公曰：『義不辭難，臣之節也。』曰：『嚴封守，修城隍，飭團練。』悉以贖鍰治兵械、火器，及戰守之具。嗣後賊陷承、襄，毁興獻陵寢，督師自盡，而公安獨以有備，賊不敢犯。惠藩駐楚，例解祿米七百石。旗較守催傳食解戶，及至解納，又有樣米、篩搧、監收、撒批諸費浮於正額。蓋因舊例，預點解戶，使旗較得以指名橫索。公止於兑米時方行僉點，且親行督解，遂減舊費之半。邑有孱陵、民安、孫黄三驛，惠藩承奉包攬客裝，勒取供應，以是爲常。公廉其弊，青衣徒步，率衆夫而前，承奉問故，公曰：『公安疲敝，吾奉天子命，拊循兹土，不能使老弱疲于奔命，而顧晏然官署乎？』因覈其貨物，登記其數，諸賈人惶懼而退，另募民夫以行。公殆古之疆項者與？邑有逃排，難于勾攝。始強有方者，分隸里甲，詭射避役，輕重不均。公以名雖匿而賦尚存，人雖隱而田可稽，因籍以考其人，因人以平其賦，舉其上中下之數，則役平而籍定，逃排之弊遂絶。公忼慨直言，義篤僚友。石首令不受請托，爲權宦指摘，公白之巡方，直雪其枉。壬午分較楚闈，所得多名士。及輯瑞于朝，考最，舉卓異，擢兵部車駕司主事。未幾以父憂歸。會世變，杜門自放，不問人事。適爲族讐側目，中以飛禍。公佯

[一]『蹴』，師大本缺，據復旦本補録。

爲已死，發喪制服，以其身逸去。渡江而北，變易名姓，賣卜于市。有真州令者物色之。公度不能隱，具以實告，令白之直指。直指某即公摳部受代者也。直指爲念舊誼，趣請回籍，寄居爪渚。壬辰返故里，假東鄉莊舍居焉。鄉多盜，謂某某曾爲縣令，其家不貧，緘縢扃鐍，可攫而有。短槍白棒，夜瞯其室，衣櫛蕭然，惟見圖書數卷而已。甲午移居城隅，授業生徒。從游者日益衆，常與及門分析『志氣』二字。曰：『氣勃然一時，怯夫亦勇，移晷則索然盡。志則堅決于中，歷寒暑晦明，安危順逆，無悔無怠。』以是知公之守道絶俗、履窮無怨者，志定故也。生平尤慎然諾，同年毛公亶鞠，以幼子締姻京邸，毛歿，家益落，羔雁不備，公贅而同居者十載。内弟白元贇以患難締姻，白歿，幼子方十齡。其贅而同居也，亦如之同籍。給諫金公道隱薙染爲僧，過毘陵，次子鎬，公受而撫之，飲食教誨如己出。給諫貽公詩云：『無故老兄添一累，有緣稚子足三冬。阿誰落得便宜去，卧聽雲濤萬壑松。』蓋公之古誼，爲人所難云。嗚呼！世俗日偷，《谷風》興刺，其始非不同輿接席，氣若椒蘭，究以生死殊塗，菀枯易念。其爲信平市道之憤，孝標西華之悲，何可勝紀？而公獨全於朋友始終之義，非篤行君子，而能若是哉！慎旃舉進士歸，猶至皖江授業。少年持重，綽有父風。公易簀日，呼慎旃曰：『爾知所以字汝之意乎？慎則不敗，怠則多失。武侯王佐才，而其自信不過曰「先帝知臣敬慎」而已。詩云：「尚慎旃哉，猶來無死。」兒其識之。』公之臨終不苟如此。公享年六十有八，與元配白孺人葬于黄塘。其世次支胤載在誌銘。閩南陳軾表於其墓，曰：『人當天地決裂之後，而能全其身，復全其名，豈不難哉？彼齷齪依阿者，既不足主持風教，而皦皦自喜，復不能潛鱗戢翼，以及於禍。若公斂其才具，不使人知，爲縹帛之所不能及者，亦爲矰繳之所不能加。有疊山、信國之忠，而得遂梅福、逢萌之志。豈非龍德而隱者乎？余固表而出之，以備良史之採擇云爾。』

箕山亭記

行唐離城五十里，箕山在焉。何子西園搆亭其上，屬予爲記。余曰：『箕山者，隱士之名所由始乎？自伏羲一畫，而《乾》之『初九』已定位於其中，特未明，示以潛龍之説，當時之人，無有知之而爲之者。知而爲之，其許由乎？雖同時而生、爲之友者，更有巢父，然由爲讓天下而隱者也，巢父教以隱形藏光之道，由悵然而洗其耳。天生巢父，所以堅由之爲隱者也。當夫文明初肇，知識漸開，非如睢于之世，尚不知天子之貴也。使由以萬乘之尊，欣然而受之，則月正上日，受終文祖者，舍由其誰也？其後，舜受天下，初亦曰：「讓于德，弗嗣。」堯不之許，而舜亦不終于讓。何由之堅决如此之甚乎？且其時佐命諸臣，皆有天子之才，特屈于北面，效一職以自見。由不爲天子，獨不可爲天子大臣乎？豈工虞水火之官，反不及山間之野人乎？由乃計不及此，是必有所見者矣。莊生却楚威之聘，辭齊宣之幣，其意一本于由，其言由也娓娓而不倦，至於《讓王》之篇，以由爲養生完身之流，何與？《舜典》二十有八載，而帝殂落，未聞由至今存也。由之意謂開闢以來，聖君賢相皆已出於世，所少者隱士耳。吾知而爲之，使天下後世肥遯之士皆祖禰而尸祝焉。而嗜利覬榮，恬不知止者，亦引以爲媿。是故詩咏《考槃》《魯論》記沮、溺。蓋以著書而無隱士，亦不成爲聖人之書也，是由爲之倡也。何子今日之搆是亭，豈無謂乎？』因爲之記。

唐槐記

臨城之城隍廟，有古槐。其枝輪糾，其葉欝蓊，長二丈有餘。按邑乘所載，唐天寶時樹也，邑人相傳爲唐槐云。余見而異之曰：『有是夫，槐之若斯久也！』槐以唐名，槐之幸也。唐天寶時，天子奏淋鈴之曲，未央之楊柳、太液之芙蓉，化爲蔓棘，沉香亭畔，覓一墮珥遺璫而不可得，何有於鎮州之一槐乎？且漁陽作難，距趙地不遠，此固安史之所蹂躪也，而槐獨無兵燹之患，則何也？或曰：『槐爲虚星之精，上應列宿。古者取其黄中，以象三公之位。』然天下之槐衆矣，其爲夭札之所乘、槎蘖之所及，不知其幾，未聞以其象於三公而遂得享世之永也。斯槐之存，槐之幸也。蓋凡物之得全其生也，亦有數焉。天能生之，不能一一而全之。而獨以全其生者，私之一槐。夫大椿春秋，彭祖所不能並，今觀斯槐，逾于彭祖不已多乎？雖然，自唐以至於今，天下之人不知有唐久矣。唐亡而唐之名猶在于槐，則槐存而唐不亡也。余之爲斯記也，其有所感也夫。

翠雲峰記

姑蘇山塘之田間，有一峯巍然特出。遠望之疑有山，近而至其地，所謂崖麓者，無有也；所謂層岡重阻者，無有也，止孑然一峯爾。峯秀而麗，瓌瓏屈曲，似鑱刻而成。下有石盤負之，而立名曰

『翠雲峯』云。獨計此峯既有令名，不得與落雁、五老共峙于太華、匡廬之上，即在姑蘇，不得與洞庭之縹緲、天平之飛來並稱奇勝，而獨湮鬱于曠野寒壠，以自寄托，良可嘆也。詢之居人，曰：『此峯始産未知何地，然昔爲名園異玩，多不利于其主。今故置之。』葢此峯之磊落不偶，類人之骯髒直上者。使繚以重垣，蔽以周廡，則反拂其性，故寧放蕩於汙萊之壤，而不悔也。雖然，非特今也，北宋時採取花石，此峯爲朱勔所得，載舟而沉，易代始出，移于是處。噫！吾聞斯言，葢愛而惜之，尤敬而憚之也。夫以一石之微，輦之京師，遣以重臣，濟以舟車，其驛騷東南，糜費民力者不知其幾，朝廷之求之，不爲不切矣。而乃發憤詭恠，自比于沉湘之計，使至尊之上，曾不得顧盻而燕賞焉。意者懷土是安，與京汴之苑囿不相習與？抑或悼主上之遊荒，痛國祚之將昃，而故爲是諷諫，以冀其省悟與？吾慨乎物之餙觀于人者，物之下者也。天下至靈之物，不蕲勝于耳目，則必立新顯異，爲事所不恒有，而爲人所不可犯。宋自靖康變亂，艮嶽之石，一拳無有存者，而此峰尚留于吳郡。雖流落田間，而其嶔崟之質，靈峻之氣，終不可得而磨滅也。余之敬而憚之也，豈無謂哉？

邵二泉先生四戒詩題跋

人之一身有所正者，有所差。非身有所差也，心爲其端，而身受其成。《陰符》云：『火生於木，禍發必克。』葢木中之火能焚大槐，木與木相摩而火以生，執不可遏，反傷其母。始藉熲爚之光，而後成燎原之勢，與其已燃而熄之，不若未燃而預爲之制也。故曰：『丈人之慎火也，塗其隙。』人之本心，原自湛寂，而焰焰烈烈，欝攸潛扇，如啄鴞鳥之樹，而入神丘之穴，自焚其和，不可嚮邇，即欲從而止之，而抱薪而救者比比也。然則救之維何？亦曰戒之而已。人心之差，常勝乎正，順之則易，反之則難。與之爲沉屯，則沉屯而已，此順之説也。其勢不可以比，則必與之敵，而其力不能以遽至，其情不能以驟服，必如大師之克而后勝之，則反之説也。戒者，反之説也。古之臨大敵者，未聞櫜其箭筈、棄其戈殳，得以摧堅而陷陣。戒者，人心之箭筈戈殳也。邵二泉先生有四戒之詩，曰進、曰得、曰後、曰淫。余請得而論之：日之出也，始而曶爽，既而翔陽逸駭，盛于外壤。至于昧谷崦嵫，則反景而入；鳥之翬也。摶扶搖而上，遠而無所至極，然不能不棲于林麓，隱于翹錯。日過而思息，鳥倦而思戢，人進而思退，情也。若夫陷不測之淵而履高危之地，餙智求榮，巧相援引，廉恥决裂，頑鄙不恤，稍一跲仆，則剥丧頓悴，無以自容，何其愚也？則進之宜戒也。鮦魚之大，與以半體之豚，則吞餌而敗。今之人，皆鮦類也。盗跖之與曾史，非有異也，義利之辨而已。今以商賈之子，阜通貨賄，權其多寡有無之數，以射于市。使誦先王之言，躬聖人之行，而猶學洗削買脯以自封殖，卑賤則恥居桑蓬之名，貴顯則工爲寵賂之事，是與商賈無異也。則得之宜戒也。益者損之，其益無疆，盈者絀之，其盈不竭。天下有以約爲豐者，惟汰其泰甚而節其末流，匪特以惜物力，亦所以慎德隅也。黼黻文章，非不欲覩也，過則窮于目；鐘鼓筦絃，非不欲聽也，役則蕩于耳；庶羞酸鹹，非不欲適也。縱則佚于口。夫禮爲政教之本。古者車輿衣服宫室皆有制度，今則蕩軼亡等，愈趨愈敝，無復存古先之遺矣。使其崇尚素樸，根據典法，與其咏蜉蝣，不如其咏蟋蟀也。則侈之宜戒也。女謁者，伐性之斧也；練色者，伏邪之媒也。西施、太真，色之美者也，而卒以亡人之國。論者謂苧蘿之毒，憯于會稽，玉環之酷，烈于漁陽。葢敵國之患易防，而牀笫之禍難知也。惟明智者鑒其流失，而嚴爲杜絶。雖使香雜幽若，潔逾鮮霜，不過如土木之形，何有曲房隱間之中，足以惑志而變度者哉？則淫之宜戒也。持此四戒，而可與入道矣。二泉先生倡明道學，特以天理人欲之關，而發爲諷諭之辭。余因咏之，而爲之申其説云。

虎山東嶽廟記[一]

人之與神合者，恃有齊肅聰明之氣。惟有齊肅聰明之氣，雖非所在之山川，而焫炳簫所達，即與所在之山川無異。岱宗之祀，其來尚矣。七十二代之編録，聖帝明王所不能外。稽古：望秩山川，擇吉班瑞，其後立石頌德，耀長旟而肆玉軌，亦藉此以誇大其典文。今者閭巷之眾，村落之間，皆知禱祠，隨地而無不有。歲星之在其中，天孫之臨其上。金床玉几，若或見之也。以故民間之祈祝，與王者之禋祀等。吴邑西偏有虎山者，光福勝境也。舊有東嶽廟，值赤熛之劫幾百餘年。黄君人安，至誠正信，慨然以興復爲己任。庀材鳩工，五載而始告竣。樸斫丹雘，罔不勤也；跂翼矢棘，罔不張也；彤軒紫柱，罔不備也；步櫩長廓，罔不周也。至於莊嚴妙相，輝煌玉座，瓊幃錦旌，粲錯廣

[一] 此文師大本、上圖本無録内容，據復旦本補録。

庭，令瞻禮者肅然起敬，黄君之功巨矣！且虎山發源鄧尉，與圭峰對峙，諸山環抱，峆岈複岫，齒牙棋置，如列亭障。當其紫霧朝暾，青松煙蔦，泱背而鳥逝，嘯谷而風應，鈎爪踞牙，縈青繚白，狀若搏噬。而葳蕤景物，咸效伎於其前。更望虎山橋，遊菰翠翳，隨光猗萎。太湖一帶長波峻湍，潮汐鼓匼，天沼窮溟，蓋廓然一大觀也。橋通小市，人居上下，桑柘蒙密，樵歌榜語，與溪聲相應。下堰之水，分貫二脈，其一直瀰上堰，而橋跨之。以此勝地，而崇台延閣建立其間，將所謂周覽八極，具造化而稱神秀者。兖鎮而然，虎山而無不然也，豈必石閶、日觀瞻彼靈嶽，而始侈岱宗之異哉！落成之日，有燕來巢殿牖，物之感也，亦有神焉。是爲記。

道山堂前集詩

古樂府

獨漉篇

獨漉獨漉，顧影瑟縮。雖則神龍，弱如羔犢。冬夏更運，去如崔隤。晻晻西馳，下春夕催。噏毛長喙，狺狺衆多。瘈而噬人，傷如之何？惟舌有蘡，惟項有瘻。清矑睢盱，忽而遇眚。欲生交梨，須剪荆棘。欲溉甌窶，須除螟蝛。深泥踸踔，跬步踡踡。澎滜奔揚，望洋不前。百卉菸邑，值此嚴霜。顑頷忍饑，攬茝自將。

飲馬長城窟行

輪臺冰埃襞，城阿多馬迹。雪劒指金微，霜旗卷石磧。原野曀寒陰，古木動蕭撼。白露散高秋，隴坻屯烽逼。制作思舊秦，百代恒相因。龍荒開錦雉，萬里淨無塵。綏邊得長策，布置勢若神。抱杵皆髑髏，版築殊苦辛。壯士志不朽，金印欲繫肘。恥爲縫掖拘，敢落甘陳後。提刀刲黄羊，舉酌飲蘆酒。琵琶響入雲，惟聞折楊柳。蹀躞紫騮肥，金裝絶域飛。攘臂出漢墉，暮剪重圍歸。

關山月

關山月，曉暈落龍城。夜斗嚴，北風鳴，蘆管横吹荒塞清。碎影分光，層冰不澌。露湛珠浮，白草不肥。萬里平沙闊，纖衣皓彩微。蒼茫亭障空，坐見妖氛滅。思婦在高樓，卷簾見玉繩。瑶瑟芳聲斷，娟娟孤鏡升。明月自有光，故人自有心。故人不可見，安知心淺深？斜燈照玉牀，掩淚恨有餘。月來粉壁流，月去翡帳虚。關山月，青海灣無極。漠漠漢家營，閨中不相識。

長相思

長相思，雙淚垂。採桑歸路芳草悲，玉簪落鬢容顔非。鴛帷結滿蜘蛛絲，珍珠簾外孤鵠飛。君身在妾夢，時見黄金鞚。妾心爲君礫，猶如紈素坼。舉頭參與商，長河渺無垠。風流荀令遥相憶，燈前黯澹珊瑚脣。

俠客篇

趫捷世無比，金纓七尺騋。平原掣鷹去，南陌鬬雞回。呼盧百萬，一朝擲新豐。罏頭飲數石，碧地紅泥釵花橫。新聲激楚按檀拍，道逢新客柳條邊。萍梗相期如疇昔，投膠永示青松心。贈人不惜雙白璧，匕首插腰似有神。從橫白刃飛黄塵，等閑揮袂向河北，終身恥作蓬蒿人。

企喻歌

一

本欲萬里行，勞勞謀粒食。種粟趣南谿，輟耒長歎息。

二

空手格虎兕，单行戲猿猱。魯儒皆咋舌，從横讓爾曹。

三

我貧尚可爲，人貧更勝我。臛羹與人嘗，自己嚥殘菰。

四

乂戟復讎易，持金報恩難。功成汗馬上，垂涕酬一餐。

行路難

將新易故，如刈葵藿。反故爲新，如問兔角。難易各不同，轉盼分榮落。麻枲與管蒯，丘陵與泰嶽。隔絶亦太甚，俶詭誰能覺？澤蘭非不芳，其如委荒壑。修嫮非不長，坎壈溷泥濁。君不見，昭陽歌吹試新衣。緑錢堆滿應門時，瓏瓏雷聲車轡稀。君恩妾意東西飛，秋風團扇空自悲。逝川長晷去何劇？寸陰尺波亦堪惜。藻翹瑶璠上下垂，趙女燕姬如雪白。合歡帶織連理枝，流蘇錦帳芙蓉蓆。一朝華落紅顔萎，散麝裁金徒隕摵。絳樹新聲向何處？莓苔滿路無人迹。君不見，銅雀臺前望墓田，西陵松柏欝連天。武皇雄劒俱銷鑠，漳河流水往復漩。琱榭終成螻蟻郭，阿閣分香還可憐。

採蓮曲

朝雲落鬟輕花墜，小裓腰身迎風吹。玉潋平川新溜媚，葉影参差含光翠。清湑浮荇移蘭枻，雪腕蕩槳槳聲細，蓮花未摘心先醉。花潭葉嶼衣摇曳，一雙鸂鶒晴沙戲。縈波點點溼紅袂，寶光蘸水金釵膩。見蓮同心心欲跂，紉蓮歸作畫屏瑞，艷歌未罷暮潮至。

五言古

春日泛西湖

春岑侵水緑，渚芽憑風颸。幽衿襲花氣，潋灩縈蘭橈。出浦勢紆緩，廻圻無奔濤。樓雉影参差，上下隨寒淘。柳陰媚芳洲，新絲垂高梢。蕤英蔚林薈，裛露濡平皐。笊師停岸莎，鷗鳥伏塘坳。恣遊極西北，夕霏連青郊。返棹情何已？頳霞照鈐鑣。

妙峰寺望大江

深林眇天末，浮陰接混濛。凌高聽松聲，薄雲上羣峰。水氣捲秋烟，浩然見青空。晴沙舒宿霧，錦浪湧流虹。圻岸吹疎篠，蒼茫迷歸鴻。曲激珠光廻，清源銀漢汎。遠嶼乍有無，巖影共傾溶。黄蘆覆汀洲，出没漁歌中。寂歷萬籟起，泝沿思無窮。

過東皐

東皐者，南海陳侍御園也。余爲令時常遊其地。丙戌再過，已爲墟矣。作此志感。

珠海怒濤飛，虵矛螻蟈聚。牙羽旖旎來，戍鼓城東路。荆棘曖衰林，輕蕪濕零露。荒井礐蜃突，頹壠狐狸赴。停驂問樵人，指向東皐去。憶昔全盛日，麗景紛無數。窈窱虛堂敞，紺碧雕欄護。薜帷張松風，竹町籠烟霧[一]。黛鮮[二]青甃生，緑水金塘注。曙花羣鳥穿，密藻儵魚哺。載舫月中行，按歌雲外度。更見諸茅屋，點綴衆農具。行潦溝塍溢，苗黍原疇布。畫譜輞川莊，仙蹤桃源渡。闊

[一]『烟霧』，師大本缺，據補。

[二]『黛鮮』，師大本缺，復旦本作『昏蘚』。

絶曾幾時，物象已非故。瓦礫堆道旁，不見橋邊樹。躑躅試延佇，歸鴉日欲暮。

端江禊飲

浩流霪雨後，江瀆散朝暾。南徼政暄和，周遊同洧溱。時鸎動芳樹，嶺外生餘春。清風激迴瀨，平浪吹沙文。高蝶遠近颺，落蔕還繽紛。蘅皐遲日景，遠阜舒晴雲。誰謂曲水遠，盥潔盡佳辰。

端州閱江樓

晨光見空澹，裾帶烟景收。江水自西來，奔赴無停流。沙汭映華薄，鸛鷁觸行舟。掠水蕩紋錦，唼草恣游鯈。波懸雲氣曙，瀲長霞光浮。近塔臨川聳，遠峰積翠稠。畫棟對明鏡，長欄下滄洲。麗日還滉瀁，鮮飈弄寒漚。階除鬱奇樹，嘉蔭更環周。修幹翳繁枝，屈盤如潛虯。疑有風雨至，飛舞卷潭湫。簿牒乘餘暇，閒曠資冥搜。俯瞰足徜徉，爽然自清幽。

粵歸别袁特丘時特丘將歸公安

百泓滈隄岸，横流没平原。獨掌堙巨河，安能無傾翻？念昔侍黄門，左右同宫垣。連軫粵水濱，三載屬櫜鞬。七星北斗懸，穹窿窮天根。羚峽古戰埸，魚龍互吐吞。山川騁遊覽，花晨常酒樽。阮籍托冥契[一]，畯茂重一言。轉盼物態變，羝羊還觸藩。進退兩無據，寥狼驚心魂。嶺外秋雲生，辭君歸南園。濯足洪江流，隱几歌羲軒。思君苦無見，何繇共扳援。朝暮黃牛路，空巖啼夜猿。

過大庾嶺

清氣廻瘴癘，險道逼鳶蹲。地窮百粵盡，岸折兩江分。衆崖斷復連，陘匝披雲屯。側行石齒中，空響谷口喧。落日照林莽，窈然見前村。疇昔思壯遊，結綬鳴華軒。甿謡媿桐鄉，童叟時扳轅。草木顏色改，陵澤各變翻。憑危眺餘暉，寒色冷梅魂。願言稅歸鞅，長嘯息衡門。

九日登淩霄臺

蕭辰日色薄，透迤策山椒。秋巒貯空翠，傲睨青穹高。霜氣衿袖間，紅葉滿庭皐。沙際斷雁翔，疎林寒蟬號。凉飈出松陰，激響如弦匏。丹萸尚帶露，嫩菊更含嬌。雖無鶴林花，道情自清劭。日暮岸幘歸，幽谷信參寥。

[一] 冥契：默契，暗相投合。

贈劉赤子

雲日蔽兜鍪，莊馗薄俴駟。發機落雁影，引月決虎眥。手挽和垂弓，眼欺蒼頡字。巾卷委道路，侏儒作虫臂。冷官一廣文，逢場竿木戲。籍籍負雅材，五經能鼓吹。未能向天鳴，且自抱書睡。榮萎信有時，松菌各殊志。僶俛安足稱，貧賤不可致。非無樗里明，徑率勝多智。

雜詩

袖有徑寸珠，華鬠貂襜褕。紫茸高橋鞍，飛走驊騮駒。翻覆成風雲，喣籍凌萬夫。其中何所有？母乃皆潢汙。世俗競榮利，相與尚膏腴。循名不責實，盲眼多蘆蕪。

二

重霧翳城郭，曾冰失川坻。朔風吹菁林，鳥寒無故枝。白日現山岑，闤闠多伏狸。出門畏荆棘，蹀足欲何之？屈原佩秋蘭，墨子涕練絲。知止物不議，憺然得所依。幽贊德圓神，方寸有龜著。

三

避寒愛洪燎，畏暍宜清樾。寒暍違其性，造化亦荒忽。叫呼自縣旌，聲名悔題拂。人倫無許邵，玉石互伸詘。伊優張虓闞，厮臺並纓黻。詩書既蹈籍，抗髒反沉鬱。所以南昌尉，變名爲門卒。

四

東鄰氣砰磅，容與步華劇。希光勢難止，柴轂填街陌。摐金開玳筵，按衍度檀拍。濡唇歠瑶勺，授餐切熊白。西鄰傷縣薄，困窘甘黄馘。屈指平素時，豈無舊賓客？一朝倶散去，戶外無屨屐。俄項成欣厭，膚理分肥瘠。空嘆漢灌夫，發憤亦何益？

五

蛭螾飛千仞，鯖鮈亦嶽嶽。翔步還審顧，偶旅循牆角。破觚非不能，圓融失常格。躏躏爲廉謹，本自守其璞。蝸廬燃竹根，樗林遺草蹻。盥耳戲青沚，萬木新雨渥。畦肥種瓜田，慎毋忘鐇钁。

六

縹瞥問高栖，幽人惝怳間。神蔬披秀葉，青鳥海上還。西風捲寒籜，時序催金丸。芝术信可茹，無如絳雪丹。

聞雪

丙申燈夕飲曾遠公池亭，雪下三尺，吾閩從古所未有也。

海澨炎燠地，依稀似朔方。寒氣積陰瑄，晻靄凍南荒。兹值良宵節，火炬方熒煌。竇馬走香陌，歌鐘殊未央。同雲忽然布，清光旋飛揚。浮烟逼丹楹，落霰侵荔墻。擲棱類曳紈，委蕤疑截肪。魚鱗鏤閒階，鶴毳儛空塘。粉蘗拖新梅，珠瑩凝幽篁。芳草經冰濕，初鶯倚樹藏。蒙密下河漢，大地何冥茫。座客皆咄咄，未卜何妖祥。鼓鼙正喧闐，鴻雁尚餘瘡。相對各嘆息，聊爾盡餘觴。

夏日尚幹村

煩蒸遲日陰，步屧長楓側。新苗肥覆壠，舊澤積成洫。平岡散芬靄，野燒菁林出。石虎峙千仞，牙爪皆蒼壁。仰視五峰高，青天如列戟。村塢烟波起，淼淼江頭碧。柔鱅往來潮，鸕鷀沙際立。閒鳥鳴杉松，清音引虛寂。小橋連斷岸，古廟堆殘礫。樵人抱枯枝，尚帶白雲濕。斜景槿蘺開，牛羊下故柵。

更衣臺訪藍素先是夕風雨大作雷發庭樹

崖崿勢欝紆，重霧起山陘。竦石倒千尋，崩壁懸梯磴。一線聊可攀，振策更宜勁。香烟出松蔦，中有維摩病。咳唾青蓮花，揮灑長松柄。義窟恣周遊，宗門知究竟。丹霄積虛嵐，空庭眇竦磬。草亭近曾穹，俯視衆埃淨。寒沘流不舍，潭色皎如鏡。萍溜合廻波，漁唱動清聽。人影與溪光，上下互相映。轉瞬日西汜，深林忽已暝。重陰結前巒，寒川昏氣并。風雨乍喧豗，拆木洪濤競。雁鶩哀洲渚，鼪鼯亂幽磴。震蟄砰陵生，激駁衆車横。浮爍起樹杪，疾聲空谷應。始悟天地妙，動寂皆見性。

斗姆宫新松

英上擢秀質，結根南山陲。偃亞列層徑，夾道垂芳蕤。森竦密成林，清陰何離披？嫩茸凌衆草，翠帚轉蟠螭。花幢谷口暗，喬榦石亭低。雖無九霄翔，條直具威儀。朝嵐布餘景，欲與遠峰齊。微風潛入樹，泠泠瑶瑟悲。常雜魚磬響，歌吹無定時。應是岩阿上，曾經東嶺移。

玉環歌

原隰田正肥，香稻芬華敷。空天更遼闊，悵望青林狙。自念孱小質，屯難生瘖疽。彊起惟顛仆，不復飛槍榆。坐此嘆啾唧，低徊心血枯。螻螘恣不仁，呼羣嘬其膚。無異遇鷹鸇，餘生直須臾。君纔六歲兒，見之意鬱紆。置在篋箱中，保惜如弱孥。階下掇黄花，手捧親自哺。精液信甘美，飲我如醍醐。從是霍然起，凋瘵體復蘇。懽暢刷羽毛，輕微翔清虚。遠志渺鴻鵠，巧啄卑雞鳧。禎祥占禄命，讖兆啟丹書。惟君功德深，竭力曾揞扶。古者翳桑食，倒戟禦公徒。更有哀王孫，江頭救餓夫。一飯尚如此，何况惠微軀。吾今持玉環，寶色産璠璵。鄙意未足展，聊以充玩娱。譬如昆明池，啣鈎放大魚。後來報武帝，一雙明月珠。凡情思本源，今昔安有殊？吾慨世上人，反覆成轆轤。冷煗摧肺肝，揖讓肇戈殳。豈不懷舊恩，轉盼秦與胡。廉翟無故客，凄風捲寒廬。予也豈其然，矢念永不渝。

咏蟬

寒意華林遍，蕭然百感生。霜泫日西馳，浮陽陰漸輕。微踪忽隱現，嘒唳有餘情。銀甲碎珠玉，窈然鼓琴箏。危湍自擊觸，急流寒澌并。花從角上出，喙向脇間鳴。峩容垂縷勁，高懷吸露清。抱木勢難遏，廻飈響易傾。自傷雙翼薄，適意且飛翃。

贈石鑑和尚

丹霞渺八垠，瞻望頻縮步。白雲谷口横，苔滑石頭路。芒鞋嶺外來，振錫乘烟霧。智劍斬危藤，日輪續餘炷。雪浪與銀花，匝地空中布。新詩發海潮，微茫絶依附。宣説第一義，提唱起沉痼。愧余世網中，半生溷泥於。孰如師知[一]見，一往無回顧。怡然辭孔顔，斷不理章句。余聞法幢至，私欲吸甘澍。策杖過西郊，仙唄出林樹。小溪遶緑墜，香草浥新露。長風吹清音，妙偈如懸圃。杳然鐘磬深，大衆夢方寤。

[一]『知』，師大本缺，據復旦本、上圖本補録。

洪江曉發

出門秋色澹，蕭條細草稀。晨明榜歌起，挂席泝流移。菰渚露初白，雲津樹欲迷。朔吹起寒沙，疎烟薄湫湄。林際絳葉下，嵐光潭影微。寥嘹天雁遠，閒適江鷗嬉。叢蟬鳴斷岸，孤猿嘯前蹊。汀闊依山翠，波澄連曙暉。貧窮傷劍鋏，孱弱對詩奚。悵[一]望橋西上，浮萍上客衣。

中秋舟泊衢州

夜渚綠烟滅，停橈隱城脚。圓光散空闊，虚無流熠爚。廻峰湧微波，寒漲起清角。縣鏡耿星河，臨枝駭烏鵲。霜雪沙汀滿，潭景互參錯。爛柯如曙日，虚暈抱丹壑。平岸黄蘆白，浻浩極廣莫。陰蟲時幽咽，秋杵更蕭索。孤客無限思，蒼茫望碧落。

邯鄲道上柳

微飈度廣陌，朝暾景方升。游絲罥柔條，嫩碧吐芳英。栽比隋堤整，烟同灞岸青。翠氛頻拂面，金穗自飄纓。大楊欝成列，敫樫亦鮮榮。飛花散餘雪，碎葉綴繁星。陰濃雲蓋密，香動酒旗傾。行

[一] 悵，師大本爲『帳』，據改。

人一何疾？車馬日喧轟。君看路傍柳，閑曠有餘清。

咏竹

絳雲矗青節，惠風揺華滋。蒼蒼犯霄漢，密色信陸離。水汎團圓影，峰高屹仡姿。鴛鸞噉其實，鼯鼠聞夜啼。世人重音聲，採拾作笙篪。笙篪雖悦耳，剪伐傷其枝。安得軒屏側，擁護無枯萎。

梁錦衣園亭看芍藥

餘春尚流麗，葱蘢浮山莊。巴蘺護紅藥，移來仙禁香。妍華挺緗蕋，熠爚敷絳囊。焰吐火旗起，光閃電景長。彤雲繞瑶圃，朱霞靚明粧。蓮臉初匀膩，燈輝乍熒煌。欝林剪叢綵，金盤凝赤霜。婀娜渾無力，醉酡更微狂。名園此幽賞，極目足相徉。

廣平蓮花

策馬平干道，蘭秋方始赢。長堤十里許，頳陽尚餘熒。晴陂緑水漲，微飈稍輕清。雲葢差差見，鏡花灼灼榮。紛纚如綴貝，次第若流星。茄影侵潭吐，芰容傍岸明。緑情與紅意，交發一時并。裴回武安郡，無異錦官城。

趙州水

包幕應天地，靈胥具尺幅。毫端極神妙，疑有鯤鱗伏。其一爲平瀾，澮泞恍在目。順流若障川，細吹泛微緑。液清夜珠廻，光射白日沃。舒徐吐明鏡，浩遠映空渌。其一爲怒喝，蜩像勢傾覆。亂潒碎牛漢，迅湍逼琴筑。皇波迷雲雁，陰風吞舟舳。山嶽相擊礧，鼉鼉互抵觸。險易各有性，當前異所觸。造化信在手，滄海眇一粟。即此恣浩遊，何用窮四瀆？

箕山

一覘薄天下，神人甘隱淪。耳根既云淨，妄性自能馴。尊生遠物害，煬和娱道真。息心脱維繫，清風吹高旻。片壑守孤操，千秋奉芳塵。虞舜爲卷婁，艱難闢荒屯。英皇帝室貴，皓齒無千春。可憐洞庭竹，終古含酸辛。何如辭館甥，茹草爲齊民。

七夕

巫峽停彩雲，珍簟冷如水。杼柚不成章，尺刀凄入耳。空房揭虚幌，悠悠隔涯涘。同生此青天，如何舉踵跂。人間歇羣芳，蕙草漸靃蓌。微露白且清，冉冉商飈靡。此日獨沉吟，擲梭飭容止。雜珮試瑶璠，華髮耀笄珥。袿裳更鮮明，花紋蘢瑀履。笑靨從中開，低徊如有俟。倏忽青穹冥，餘光逼濛汜。弦月景初升，絳河近盈咫。星津靈旗飛，霓軿移玉趾。璇宫徹夜曙，始信非懸揣。經年盼今日，不知幾屈指。珍重解衣襟，羅幄香塵起。

飲酒

枯菀自今古，何爲動累歔？草屋蛸絲密，蕭然耐窮居。寶鼎泣玉脂，金樽燭影餘。不如渾坐次，班荆同樵漁。

二

芳晨殊可惜，萬象日颷回。木葉任摇落，寒爐積餘灰。壺漿驅憂煩，風雨時相催。古有淳于生，醉卧南枝槐。

三

志氣蕩江河，天下皆横潦。亟離埳井中，蟬蜕更翾好。鵬鴳自逍遥，蹤跡溷屠保。只愛朱顔酡，不知玄髮縞。

四

聖賢尊蓍卜，時人尚覡巫。行藏我已定，夢覺還徐于。東隣有劉阮，折柬時招呼。花前促膝語，相與傾提盧。

五

明月上階戺，出門沽濁醪。夜闌興未停，直至曉鷄號。義理渺無極，謦欬皆靈銚。我羡盧幼章，痛飲讀離騷。

送黄元虚之淮上

柔露濕岸樹，江北草色肥。淮水何湯湯，春流蕩日暉。蘆洲信泱漭，靈濤勢欲飛。蜃氣依芳甸，颿影落長圻。楚雲覆漁津，導漾射陽陂。爲訪枚皋檄，高文尚在兹。

過宛在庵訪生庵禪師

亂埃迷俗幻，榛路復芊綿。神鸞有遺音，獨立百尺巔。冲心躭道妙，矯志絶庖羶。名山藏先業，空性悟臞禪。我來北城隈，春光正娟妍。叩籥問真源，字字皆青蓮。修竹挺高榦，檀欒隨風翩。階下苔衣緑，墻陰旭景縣。疎簾汎微波，清漣床席前。鷗鰷時出没，戶牖生雲烟。相對方塘裏，物外意悠然。

三月四日遊觀音山

霽野游氣清，衆蕚姿態展。秀嶺多白雲，繁陰林麓滿。古寺松杉際，磴道餘芳蘚。瓔璐諸法寓，鈴磬隨風轉。遊女蘿徑穿，忽見紅玉輭。繡裾雜寶幢，香烟欝未散。

吴門贈吴香爲

冥鴻久無見，旅泊歷暄凉。執手吴市上，黄鸝鳴風篁。杯酒與君飲，相對皆老蒼。慷慨話疇昔，開眸望星芒。新詩窮杜叟，閒情寄蒙莊。中逵伏塹峭，大地餘刀槍。河流信瀰漫，空闊濟無梁。道遠志彌厲，豈爲頹髮傷？

二

萬物各有時，人事畏衰歇。達者觀化理，塵坱不能奪。惟君飽藜羹，彈琴聲未絶。我更持空瓢，鸕鷀亦百結。同是貧賤人，相看無分别。昔有梁平陵，賃舂自摧折。時作五噫吟，千載尚高節。至今過臯橋，軼事猶能説。語默任自然，升沉原一轍。粱肉非不肥，啖之恐傷噎。勉爾寧澹心，怡然嚼冰雪。

贈逐庵和尚

吾宗具梵行，妙指契靈山。反本脱羅罥，澄心止廻瀾。法踞芙蓉巔，提唱古壽安。我今過吴門，相逢曲水灣。昏雲忽爾開，豁然徹疑團。定境抱瘿床，落花滿柴關。院靜草俱幽，日午鐘未殘。樹梴聞真偈，旃香吹佛壇。

虎阜訪黄處安

虎據地靈勝，停舟恣窮搜。鮮雲翳林岨，喧鳥時唧啁。晴嵐結青冥，駘蕩惠風柔。寂寂對峰影，澮澮聽春流。繙帙散餘香，人在山上樓。幽花吐火樹，清景日以悠。亭古法長在，劍隱光尚浮。寄跡珣珉宅，曠然銷百憂。

壽證研上人

擁褐空林下，毫光照霜顱。青桐殘子落，涼風吹蘆蕪。義理同餿酸，章句成觚盧。寶几當機現，燈花妙諦敷。潛穴藉虛豁，靈津隱溷濡。臘高猶誦戒，頭白還結趺。清露浥叢菊，烈炬開紅芙。廻勘囫地時，月影上閣扶。

昌奇侄四十

我昔遊鍾阜，南渡比豐芑。承露滴金莖，鳴鑾步玉陛。文衢度紺幰，紫陌連朱邸。一旦豎降幡，離宮長荆杞。宛雒冠蓋稀，衛霍門第毁。黯黯景陽鐘，寂寂秦淮水。我家仲容賢，避地烏衣里。彦倫食藜藿，次宗築山趾。時御白袷衣，還隱烏皮几。窗牖傍名巒，圖史供清泚。新句振賁鏞，清歌嚼宫徵。閒登孫楚樓，側望石頭壘。復工金匱術，三竈列庭戺。橘葉走短狐，肘後得神髓。阿翁高尚流，曄曄商芝紫。飛鴻惜毛羽，聳身青雲裏。筋力更柔疆，深契黄頣旨。阿兄幹濟才，舉止殊秀峙。翩翩書記選，曉暢識治體。爾盡啜菽歡，何必捧檄喜。潁川追前蹤，仲方差足擬。寒柯朔風鳴，小陽斗北指。煖爐杯斝浮，爨燧集新社。吴猛政授方，公孫尚牧豕。濃霜凝遠岫，縷雪綴瓊蘂。雲光滿長干，金石出蓬累。故園烟靄重，榕陰欝青綺。十月梅花發，海氣結蜃市。鉄甲湧寒潮，嶺月開殘嵧。何時罷戰鼓，相待洪江涘。

五言律

秋日江行

滄渚移舟疾，丹楓曉露侵。秋嵐隨嶂合，岸篠向風吟。腓卉傷頽髮，閒禽寄遠心。疎林烟火密，落葉近霜砧。

寄郭蓮峰

摇落霜風樹，閒吟秋水篇。故人空谷際，蘭隰自香荃。海氣烟雲卷，江聲夜雨連。鷂冠思不見，夢到蘖山巔。

開化寺

爲尋湖上寺，苔徑衆峰西。睥睨臨川汜，旃檀散稻畦。冷雲岸草濕，寒籜夕禽栖。誰作機鋒契，陶然過虎溪。

送闕甫田北游

流落閩南地，依然事簡編。歸程未到粤，舉袂更趨燕。白日塵方起，黄河冰正堅。前途傾蓋少，應惜孝廉船。

宿下渡

古巷藤山路，江頭正暮暉。桑麻成戰壘，榛草幾家歸。泫露凌疏木，新蟾上白扉。主人猶剪韭，辛苦迓征騑。

佛山道中

亂離經再見，嶺徼更鳴刁。墟坂逢殘叟，簪裾散舊寮。石沉山峽路，霧暗海珠潮。十載徒王事，松間愧負樵。

送友人之任高凉

多難時方釋，還空櫪馬羣。南溟同作客，花縣更推君。翠羽猶王税，黄茅盡嶺雲。海鄉征戰後，顧頷不堪聞。

順德龍涌村泛舟

暫作避秦計，尋雲到小邨。夤緣時出浦，飄泊且開尊。轉鵜空潭緑，連鴛曲潊翻。廻思供奉日，無策謝金門。

何處難忘酒倣白樂天體

何處難忘酒？鶯過薜荔墻。虚檐臨洞壑，沈榻冷雲莊。百卉聞雷坼，羣禽汎水凉。此時無一盞，誰與惜春芳。

二

何處難忘酒？人居離垢園。捫唇吞海嶽，抱瑟誦虞軒。卓女還當市，黄公未閉門。此時無一盞，辜負蓼花村。

三

何處難忘酒？街頭賣藥歸。空除蓬刺密，曲巷草蟲肥。瘦鶴方長嘯，啼鳥更忍饑。此時無一盞，胡以敵寒威。

四

何處難忘酒？聞聲倒屣迎。忽驚風雪至，原結笠車盟。説劍千秋鐵，彈棋半夜兵。此時無一盞，冷落故人情。

五

何處難忘酒？蘅蘭九畹凋。枯桑承曉露，疎竹號寒蜩。蓬葆茅蒲戴，琴聲木葉驕。此時無一盞，天地亦參寥。

六

何處難忘酒？山川戰後過。傷心聞錦曲，繫馬見銅駝。易水凄風勁，新亭灑淚多。此時無一盞，安得壯悲歌？

七

何處難忘酒？名傳定遠班。短衣縋險入，没羽射生還。奮袖幽并俠，衝風虎豹關。此時無一盞，枉説勒燕山。

村居

古巷青莎曲，幽扉箭篠横。谷空澗水落，風定稻花平。枯枿聞禽語，殘梨抱蟻行。白雲臨天漢，更向嶺頭生。

萍

蓬轉渾無準，平低任往還。翠鈿含影細，緑罽浴波鮮。摇落江湖裏，逡廵雁鶩前。明神曾作薦，勿訝受風偏。

華嚴院

雷巖鳥石勝，緑磴勢峩巍。四壁聞空響，千山共落暉。林間衆鳥息，雲外一僧歸。叩籥説真義，眇然坐翠微。

期劉隆生不至

聞君新度曲，繁響近伊州。悵望山城暮，月明何處樓？撫絃悲玉柱，秉燭冷香篝。鐘漏綿綿下，還愁半夜秋。

溪泊

老至猶舟楫，螢光岸影分。虛茫千壑月，浮白半溪雲。菰渚明星入，漁磯夜鼓聞。向空歸雁疾，跂首欲同羣。

北嶺

郭北披晨策，晴和萬籟停。寒雲橫鳥路，飛軫接鯤溟。巘絶插天紫，藤幽傍石青。千巖海日出，半嶺一孤亭。

斗姆宫觀漲

澶漫到南城，天津萬頃盈。蟲虵濤上見，舟檝岸中行。涓澮衝江岸，青坰近海瀛。只愁廬井裏，鼉黽未停聲。

贈漁父

來往南塘側，長綸叠浪低。苧衣歸月皜，蘆笛向風凄。潮滿漂菰米，潭空起鷺鵜。穿雲雖可去，故港自當棲。

二

鶴髮對空湍，秋風波岸寒。菱芒牽小艓，鳥影下清瀾。江雨兼葭泊，村醪螯蟹飡。客星銀漢上，側望更垂竿。

安溪苦雨

假日藍溪上，猶如坐定僧。水衣寒廡織，林葉巨波憑。墨竈遲烟火，阮途仗友朋。濛濛連夜急，四壁擁虛燈。

泊白沙驛

隔夜家鄉遠，孤征烟水愁。落紅浮雪浪，宿莽汎霜洲。次第賓鴻羽，洄沿白鷺秋。停艫一眺望，村市驛樓頭。

過延津懷林六英

晚帆孤嶼轉，茭葦緑波深。爲客驚衰鬢，思君戀舊林。仙山人跡少，龍洞石床陰。獨有溪雲白，愁聽月夜砧。

湛苑叔父靜海罷官歸舟至嚴灘不值作詩以寄

濶想勞晨夕，孤征欲奮飛。碧雲明繡嶺，白鷺下漁磯。王粲依人去，陶潛解綬歸。如何江上路，咫尺竟相違。

二

吾家冷落甚，大半不如前。原隰無膏壤，詩書有蠹編。禦冬惟枕杫，仰屋總窺天。世態秋雲裏，誰能更乞憐？

三

露草寒螿聚，空山落木秋。暮帆隨岫紫，野碓向溪幽。直道方難入，微名且暫休。眼前諸弟妹，未了尚平愁。

四

寥廓山河迥，憐予直北行。板橋看雪嶠，塞月度秦箏。趨幕寒鴉路，經霜古戍程。何時瀕海側，白髮侍躬耕。

朱仙鎮

社稷和戎去，孤臣只背癥。早知班旅易，空説撼軍難。水市蘋蘩古，江聲鐵甲寒。千秋祠屋在，猶是宋衣冠。

過普救寺

河東蒲坂上，出郭古招提。院角依墟落，門前信馬蹄。短墻荆蔓罥，方塔日痕低。明日潼津去，直過渭水西。

真定北郭

青郊春景遍，處處見芳韶。穿柳班騅疾，扳花粉蝶翹。晴旻連麥隴，遠塢欝山蕘。此去長安道，誰人共采樵？

鳳陽火神廟

故宫何處覓？地自古濠梁。息轡方停宿，鳴蟬始戒凉。商聲來畫壁，日色冷虛堂。知是祝融廟，居然巫史鄉。

蒙城莊子祠

渦陽江水畔，炎日倦征鑣。莊老留禋祀，鄉人尚焫蕭。郊犧資笑劇，野馬入空遼。一枝聊寄跡，高樹暗鳴蜩。

二

洸洋成傲吏，世界一焦螟。古廟依殘莽，虛廊落遠坰。庖牛能磔解，姑射自神靈。千載漆園叟，南華自作經。

虎阜玉蘭花

幽意發芳埃，亭亭巖石隈。鶴膺隨蝶起，月姊倚雲來。垂墜瑶爲室，寒晶雪作堆。對花須盡興，清影上銀臺。

送古巖上人歸金陵

聞返蘭陵棹，輕筇向暮潮。蘆芽乘月白，花片渡江遥。草色明千嶺，雲光貯半瓢。蕭梁遺蹟在，法會重南朝。

楊園牡丹

緋衣仙禁出，移植水之涯。客醉蘭陵酒，亭開洛下花。彤雲天上密，絳幘日中斜。誰奏龜年曲，金箋咏露華。

送潛夫弟之武陟[一]

江介春方晚，離亭且共斟。鷄聲將母夢，馬首棄繻心。修畛翔雲翮，斜陽落劍鐔。惠連今遠去，勞我十句吟。

二

此別分南北，揚舲過濁河。麗詞梁苑勝，盤隴太行峨。鄉國連烽火，天涯隔笑歌。巡簷應有約，梅下共婆娑。

贈楊組玉

我過延陵郡，獨聞處士名。衣冠存古意，鴻鵠見深情。土窖彈弦樂，聊城蹈海貞。應知冰雪裏，自絶去來蠅。

二

世人如暗室，擿埴欲冥行。折芰自高志，聞鷄豈惡聲。抉幽須寶炬，閱變屬青晴。不盡滄浪興，臨流且濯纓。

[一] 武陟：師大本目録作『武陵』，其餘藏本或作『武陟』，或作『武陵』。據詩作内容，此處所指應爲『武陟』。

錫山

梁谿西嶺過，信有卧龍蜒。翠巘九盤路，寒川萬里船。山容分自合，塔影倒還圓。落日窈林莽，沙村樹樹煙。

二

振策芳涘上，澄眸開遠心。雪泥山尚積，霜景谷還深。襟帶長江暝，杉松古廟陰。何年疏浣沼，流水到如今。

惠山寺

嶂曙寒猶緊，鐘深日尚紅。蔬香通曲水，雲氣散東峰。佶屈庭前樹，青冥雪後鴻。岧嶤山閣望，遠澗落長虹。

送南庵上人歸翠雲

師禮天台懺，能知止觀宗。了因曾喫棒，執柄會談松。金策侵衰草，麻衣返舊峰。獨行姑孰口，江路白雲蹤。

春日同吴香爲黄波民黄處安伯騶叔集林天友别駕署中分得真字時天友病初愈處安將歸閩中

琴齊親串集，柏葉酒行頻。共探維摩病，初看長苑春。條風吹緑畝，嶰谷慰窮賓。忽聽驪駒急，誰非故國人？

五言排律

共學書院社集坐雨

諸生呫嗶地，崇搆傍西城。遲日垂簾静，停陰昏霧并。春風邀翰墨，雅韻奏韶韺。院邃芳蕤落，林疎法界清。沉潛飛黑喉，激溜駐流鶯。修霤蛟龍鬭，紅樓杼柚鳴。噴庭侵繡幔，度隟潤朱甍。白練堂坳直，盤渦階戺生。泫叢倒影瀉，洪潦怒濤盈。碎浪迷河渚，浮漚近海瀛。雲屯蒼闕隱，靁敫寶車轟。霎霎青磯石，凄凄玉管笙。跳珠新沼亂，奔瀑小橋擎。鵁避翻盆勢，蟲悲齕草聲。瞻空浮芥下，灑密舞絲輕。梅實垂文貝，湘筠結水晶。夢臺幽珮響，馳馬白衣靈。梁上燕泥濕，花間蝶粉傾。氤氲緑徑曖，屏翳遠山冥。珍簟凉飈入，纖絺寒意萌。麈麈揮錦席，歌板度銀罌。淨梵披甘澍，文昌萃宿英。譚棋疑賭墅，汲古欲横經。妙義紛如霰，清醑滿似澠。羣公詞賦手，四座芝蘭情。嚴漏譙初動，晚鐘音正鍠。興來殊未極，懽洽有餘酲。

雕橋莊古槐和弟子槃韻

策驢出郭外，北眺始幽尋。大茂迎青巘，韓河遶碧潯。仙居環別墅，錦里識遺簪。獨樹容顔古，叢枝歲月深。開跗芳散影，結幄密成陰。不受雪霜蝕，無憂匠石侵。春秋渾莫辨，根榦實堪任。烟罩雲霞景，風來絲竹音。抱姿長近日，聳勢欲捫參。綿幕龍蛇伏，𧜟褷矛戟森。飲香迷過蝶，巧語集哀禽。偃蓋垂雕砌，馮高對遠岑。虛精藏木火，蟻穴悟升沉。攢翠當軒立，敷榮小閣臨。恥同筠櫝質，慵學棘荆心。蓮渚留殘粉，虹橋散暮露。山莊添畫景，村店響秋砧。油幕鳴騶動，弘辭倚坐吟。飄香非殿省，集雅足園林。勝會方齊賞，醇醪喜共斟。凌雲能適意，望蔭更披襟。物理傷搖落，人情論古今。律吹嶰谷竅，材作嶧陽琴。何如保貞素，可爲智者箴。

鎮州天寧閣

龍興古佛寺，百尺跨青蒼。澄漢廻璇極，駢雲覆杏梁。影隨孤雁迴，翼並大鵬翔。縷檻花紋密，重軒霧縠揚。虹霓浮畫拱，燕雀度危墻。結締丹梯上，岧嶤大道傍。繁烟開井里，高構逼巖廊。扉啟長衢曉，牕縣麗景颸。錦城排藻色，淨國縕旃香。神咒慈悲願，圓機沙界光。海潮現寂靜，寶絡迴熒煌。應化無塵迹，分身莫等量。皈依悟妙理，瞻禮見金相。迷多須皎鏡，岸遠藉輕航。像教羣生仰，人工萬禩長。善緣欽藝祖，法力自空王。

贈柳偕蛾

天馬雙魚現，聲光絶等倫。源從三泖滙，氣向五茸甄。姑射鏤冰骨，華陰出濁塵。長天廻過雁，錦水避游鱗。素榦修容澹，嚴衿内側循。硯田螺黛黑，帙笥蜨香紛。秀靨填星宿，輕軀抗典墳。魚戔旋霧縠，蒲牒散霞氛。揮霍方觚啟，含毫尺素伸。飛颺還振藻，駁遝若崩雲。得句方歆柳，忘形更斲輪。緼蟠諧雅籥，綏肆被韶鈞。小閣雞林重，横塘鶴夜聞。蘇詞舒妙杼，唐韻積餘緡。鈎篡燈花落，丹鉛碧管頻。雕虫揚鳥翰，掇蚓動鵝羣。瀝液千川濯，芳蕤衆草蕡。應機謝道韞，得法衛夫人。金剪霜英撥，銀鈎雪腕陳。吐羢針帖剩，擷翠畫圖新。軋軋縈纏轉，微微絡繹分。江山移繡榻，仙佛下朱垠。跡傍生公寄，居偕短簿親。水湄寒浸玉，松徑緑生筠。塔勢層城峻，池洼短壑噴。一坳開麗苑，千座叠花茵。纓絡蓮心淨，金猊柏葉熏。烏鳶林外噪，虎豹石頭踆。清幕籠青岫，疎簾漾璧紋。亭陰迎旭午，海氣逼嶙峋。羊子尋師返，梁鴻舉案勤。吹簫嬴女曲，饁耨冀妻饋。静好修琴瑟，共虔執櫛巾。合酺憑酒醴，潔祀問蘩蘋。倚竹衣裳薄，牽蘿棘蔓棼。俗袪宜昵古，慧極易招貧。儉歲志常飫，窮廬意轉温。豈甘蟬翼曳，不待蚌珠紉。槁束當羅蔫，磁罌適酒樽。琮珩辭佩觿，荆布足釵裙。並蒂芙蓉灼，偕飛孔雀馴。惺河金綫布，藿谷緑條歕。弱質風難撼，柔梯木自欣。菲薇垂蔭庇，靈爍稟清純。虚府懸娟素，晶宫望結隣。傾盆凝縞潔，飛蓋入高旻。按節憑金御，彈丸仗嶜嬪。蟾光盪象緯，兔魄上河津。湛霜原出皎，圓壁自韜真。鏡波誰可共，應是影娥身。

五言絶句

寄湛苑叔

泉洌有修綆，稻肥且截穎。何爲淄水中，漂流作桃梗。

二

陶令歸來時，宅邊五株柳。登山采栩實，還勝金龜鈕。

過延津懷林六英

老來清興湧，曠達度衰冗。日射海潮廻，只怕蛟鼉恐。

二

把盞斟春蟻，長歌還曳屣。何妨麋鹿羣？自是漢黄綺。

蟬

秋風響不停，愁腸轉牽揉。只聽樹間音，不見吟時口。

烏

鵶鵶朝露飛，联翩約共歸。薄暮風竿急，開翎不肯低。

紅鸚䳇

異種出重溟，桃花一樣熒。畫堂縣寶炬，巧語逐風鈴。

雉

春暈奮翹英，麥隴青青發。只爲雙頸妬，苦鬬未肯歇。

白鷺

片玉弄兼葭，寒雪下江沚。亭亭立潺石，澹澹向秋水。

蝶

翠鬋西園艶，微蟲小苑香。何似隨蜂去，採花積作糧。

擣衣

孤鴻方嘹嚦，乾鵲已排橋。容與理紈素，碪聲近斗杓。

二

錦石淚痕盈，交河一望傾。纖纖舒玉腕，秋月倍分明。

春曉

幾陣迎梅雨，風掀花絮舞。迷離烟霧深，糝徑皆香縷。

二

寒塘春去緊，榆筴飛欄楯。流水并落花，細細彈瑶軫。

林咫臨入吴未久復爾北上戲贈二首

悠悠錦帆水，草草虎阜巔。不聞白紵曲，怕見採菱船[一]。

[一]『船』，復旦本缺。

二

朝看京邑色，暮走黄河側。策馬平棘城，幾度曾相識。[一]

七言古

歸雁行

金河慘淡黄埃冥，隴頭衰柳微霜凌。長坂迢迢草連天，恨不高飛過洞庭。洞庭瀠熒元氣浮，裛蔣寒蒲流沙汀。肅颯西風湖上起，瀟湘水色惟蒼青。弱軀遅回驚秋蓬，辛苦豈敢戢毛翎。招呼同羣差池行，關山雖渺道曾經。願早連翩辭朔北，南浦蕭蕭黄葉零。影滅更入衡陽雲，陣排徐開鄂渚萍。高韻寥廓逼霄漢，邕邕歷落夜月明。回憶塞塵石磧裏，此時冰雪漸陰凝。

大梁歌

三川地勢極坤垠，昔時雄麗稱絶倫。人肩相倚汗成雨，帶闤通闠衆響臻。金鞭絡繹繡陌轉，挂轞軒車撲黄塵。重棼鍔鍔甍標舉，甲第瑰瑋還嶙峋。跳丸舞絙雜戲作，沸天歌吹連青旻。疆埸紛綺溝塍錯，原野沃壤插爲雲。西疇納稼束菑積，家室櫛比皆禾囷。自從闖賊起銀州，倏忽蒿藜生三

[一] 此首復旦本缺録，『朝』、『看』、『京』、『邑』等師大本缺，據上圖本補録。

秦。流入魏都腥血污，抱弩凭弓如納蚊。虹蜺揚煇雲漢赤，戰壘慘淡飛青燐。官軍錦臂袖手坐，寒毛鐵馬臨風呻。朝廷趣勦檄屢下，借匕誰能救荒屯？大吏辨賊辨不得，虛言談笑著綸巾。大帥敗衂外援絶，羸奔麞怯惟逡巡。城上濛濛烏鳶落，繚垣千雉無重闉。羣盜狡計決河水，洪河一圻迷涯津。可憐龍盤虎伏地，崩雷撼日同漂淪。百壥列隧乘濤入，夾道烟花寧復存。博浪沙中衝鱣鯉，監者門前開島濱。蛟螭趨向繁臺苑，湖海還生艮嶽春。孰主廟謨有如此？致令巨浸陷生民。至今陵谷俱非是，行人焉能知其因？

鼓山爲霖和尚惠珊瑚念珠賦謝

蜃市鰲峰欝宮闕，赤城散布蓬萊碣。大壑沉冥異物憑，英靈此中常出没。枯柯小榦激浪生，森竦屈曲光氣横。骨節未受莓苔蝕，摇落豈關霜雪傾。莫愁焦槁似槎牙，枝枝拗起分朱霞。丹楓滿林不成葉，絳桃出樹已無花。誰使神工費雕削，細碎噴發如流爚。蓮乘蜂臺諸法涵，長將寶色護瞿曇。夜光媚水浦灣旋，天淨空明海月圓。彤雲成片巖岫連，衆星離離河漢邊。電轉虹垂欲吐烟，仙人金掌露華鮮。紅藥婀娜臨風前，臙脂著濕淚如川。生來島外應奇絶，玲瓏剞破蛟龍血。今向空界作提挈，如來智慧從此徹。現前精采郎若揭，窮子何須向外擷。顆顆消融化冰雪，清淨本來無可説。昔者世尊有藏珠，天王之言人人殊。青黄赤白皆咨諏，真珠在裏誰能呼？吾師贈我何爲乎？我見色相徒爾拘，開口讚歎亦凡夫。

哀王孫

江頭淼淼望冥灝，撥剌江鱗跳寒藻。枵腹垂竿意悄然，白浪清淮增懊惱。一飯聊救王孫饑，王孫記憶縈懷抱。破趙襲齊下邳歸，恩仇眼中分白皂。王孫不是負心人，設壇一拜即傾倒。何況區區一婦人？千金自是意氣好。王孫斲殺如刈蒿，神奇變化皆天造。丈夫行樂須有期，豈能終守戰塲老？山川土田成滄溟，鐵券丹書亦潦草。少伯輕舟易姓名，文種血濺焉足道？存亡倚仗直須臾，達士知幾恐不早。人生難信金石交，惟願王孫各自保。

晉陽訪毛子霞

汾陽道上馬印沙，連轘接軫絡繹車。晉水支流智伯渠，方山環軸吞朱霞。毛子翩翩作書記，較文飛檄殊紛奢。瓊瑤衝戛聲清越，蘭荃香氣抽新芽。指間離披更遒絶，恍彿春蚓與秋蛇。我停凌井訪君處，轅門落日吹蘆笳。鐵衣玉劍耀如月，知君夜宿將軍家。俄驚皓髮帷帟出，繡覆金鞍白鼻騧。腰佩寶刀赤錦縧，貂帽蒙茸帶雪花。憶君昔日嶺南路，黑葉荔子垂丹葩。結綬彈弦三瀧清，桄榔樹前聚曉鴉。祇今零落舊桐封，蕭蕭萬里隨高牙。曳裾趨府豈所願？英雄屈折寧堪誇。高戍雲生細柳陰，欲説不盡空周遮。

寶劍行贈胡將軍

昆吾谿邊迴出羣，鐵英金穎欝氤氳。湛然澄波拂淥水，夜光紫氣干星文。蚴虬騰廻雷電摽，巨蟒作勢崑崙遶。一片清霜接素秋，白練横浮茫影皎。寒冰凝結無點塵，淬利還能截玢豳。按絲細捲青蘆葉，吐鍔蓮花寶色新。憶昔幽烽初曖昧，曾從鼓角馳長塞。鋒頭濺血染新紅，號震黄埃神鬼碎。一經棄置匣中藏，牙門大將徒張皇。砍地鳴天幾回首，黑面猶思入戰塲。

送春曲

西橋酒市芳期誤，桃谿柳陌夢中去。不見當時油壁車，一陣輕寒榆筴雨。翩躚燕子引新雛，嘴上香泥簾外度。苔錢階下襯落紅，墻頭寂寂無花樹。佳人自惜金縷衣，流光浪擲向誰訴？天涯芳草思悠悠，強欲留春春不住。明年須共早鶯來，殷勤認取蘼蕪路。

挂劒臺

屬鏤一賜子胥絶，湛盧去楚王僚滅。吴人得劒作厲階，枉使純靈鑄金鐵。惟有翩翩號延陵，劒霜偏向交情熱。四牡飄征上國賓，欲許徐君心已結。歸來白日冷崇丘，棘徑松烟轉凄咽。脱劒殷勤挂樹頭，此心死生無分别。蕭條喬木鳥鳶巢，金星寶鍔清光徹。古人義重原如此，始信交情非戲媟。昔聞讓國郃諸樊，敝屣千乘繼高節。觀樂能知列國風，歷歷興衰皆剖析。況復氣誼出倫俗，肝胆照耀如冰雪。我今孤蓬到兖河，裴回古岸長流側。亂鴉來去叫殘秋，野上荒榛見遺碣。眼中三尺蒯緱寒，欲決浮雲向誰説？

猛虎行

陰陽錯雜班文皮，窟穴深山似伏雌。形容斂息殊狡險，藏身淺草人莫知。忽爾狂嘷空谷應，聲振林木淒風悲。鈎鋸自矜牙爪利，盛氣踔厲張雄威。長舌捲人如拂草，目中固已無童麋。一旦將軍尚武節，鳴鐲叠鼓飈雲旗。權奇寳馬躡恍惚，金鞍斜景躞蹀飛。將軍夙負輕車志，雕弧滿月無虛機。射落寒鵰没青雲，何況白額觸前麾。一發猛虎應弦倒，頃刻搤吭批其頤。前者生獰無與敵，祇今丹血流山陲。原來運蹶亦狼籍，將軍藐視如嬰兒。丈夫及時宜立功，人生巽懦奚以爲。

驪騧行

驪騧庸庸多福利，華場居然列上駟。生平喜食甘露芻，不比尋常輕秣飼。背拖身毒琉璃光，敲金寳鐙紫絲轡。錦襜璀爛明霞開，朱纓照耀桃花媚。道傍見者爭榮羡，嘖嘖信爲天衢瑞。轉盼邊烽玉塞連，北風鼓行河瀧邊。將軍服乘凶門出，曾拜金壇寵命宣。鳥章旖旎角聲哀，兜鍪鮮明函鎧堅。準擬此馬受恩深，追奔不著珊瑚鞭。誰知漠漠向黄沙，陰山凍滑蹄欲顛。合努滿天鼙鼓動，十步不得一步前。將軍志欲馳絶域，臨陣計窮膽縮栗。自悔昔年青眼昏，誤認權奇無與匹。渥洼虚傳汗流赭，大宛浪説鬛至膝。歲時豢養何殷勤，緩急那得秋毫力？君不見，世間神駿矯如龍，爭奈葉公魂魄失。艱苦鹽車坂上行，斷雲落暉淚盈臆。

恒陽至夜聞簫

鎮州城中風凜栗，霜堡陰沉笳聲急。一線漸長愁事添，寒雲渡雪到直北。窮鳥隨林且學棲，枯魚苟活不作泣。座中有客善吹簫，宫商含和嶰谷律。新歌暗度悲且清，貫穿連珠互絡繹。哀猿嗅鶴不勝情，澌響奔流勢推激。宛疑梅花落隴頭，更似卷蘆吹觱篥。窈渺參差燭影摇，鄉思纏綿還永夕。候氣方飛葭管灰，占祥愧乏書雲筆。復亨剛反竟何如？且向天心説周易。

臨清曉行

枕聞咿喔雞聲酷，隅落殘星挂茅屋。城頭鼕鼓漸不明，細露團團滿城曲。林間宿鳥初出樹，寒沙壇曼轉車轂。鳴槳接續渡兩河，渡口行人何其多？鞭馬上船如嵋峨。

寄楊玉辰

北風慘慘枯桑號，肌膚刮利如針刀。寒禽嚾嚾過簾幕，朔馬凍折伏窮槽。天色迷濛寒雲積，嶽雪河冰陰氣高。楊子此時客鉅鹿，音節凄然冷琴筑。率意未容岐路悲，厚食聊分故人禄。珠填玉篏墨千行，蠹剥虫彫書數簏。丈夫原無磬折容，能使形骸同槁木。翔舉俛喙自有時，慵把行藏問響卜。我思君兮渡滹沱，草上霜花遶岸多。吁嗟荆杞滿路隅，欲往從之無斧柯。延袤險奥山陂陀，楊子楊子可奈何？

過嚴陵

長河耿耿横秋水，客星影墜寒溪裏。錦峰繡嶺舒鮮雲，啼鶘翠荇烟波起。石角磷磷激流湍，高低回合如列壘。丹楓枯荔翳重陰，漁燈隱現隔江涘。先生曠邈不可攀，身披羊裘釣澤間。避囂獨與市朝遠，濯足垂綸心自閒。使者徵求何太急？安居空載畫圖還。三反方至北軍舍，願早陛辭歸故山。矜嚴赫奕大司徒，詔令法度資廟謨。君房鼎足殊不惡，先生戲作癡人呼。愚弄三公同蠓蠛，得不名之爲狂奴。世道悠悠逐路塵，青松白水枉紛淪。龍吹鳳笙無寒士，繡柱華榱輕賤貧。貸粟河侯不敢前，千樹誰分一葉春。自古刎頸尚不久，天子猶能思故人。

蕩子從軍行

蕩子亡命臨絶漠，負戈萬里意氣廓。丈夫許國宜遠行，豈學女子守閨閤？瀚海疾風卷沙礫，陰沉河塞連天黑。斷鴻古戍結青霾，防秋玉障孤烟直。虁首明月凝素輝，黃蘆雪裏聞羌笛。虞旗獵馬向平原，曹伍合部金鉦宣。野火燒紅旌旆動，流矢飛鋋列宿昏。扔輪梧轊完瓶泣，猑號縮束封猏奔。鷙獸怪蟲積山阜，僄輕狗鶻同虎賁。朝廷昨夜羽書催，鐵衣千隊轟如雷。漢墉西出疊鼓急，霜磧哀榆落照摧。度冰須是陷重圍，輕身引弩皆神機。策勳飲至尋常事，願早鐃歌奏凱歸。蕩子慷慨欲起舞，不記家中少婦苦。門前綠苔行跡稀，閒房寂寞向誰語？佳期遼濶參與商，懷音傾耳徒延佇。奩鏡塵封金翠暗，蓬首怕結青絲縷。帳中蘭燭光還冥，長夜繇繇擁虛景。夢到玉關不得成，披衣更望天河影。瑟柱繁絃哀曲亂，轆轤綆促深深井。弄梭漫織別離文，湘篁漬染淚痕紛。使驛殷遥朔雁渺，錦字何能即寄君？三門五壘籌邊樓，蕩子血戰卒未休。藁[一]砧空憶無消息，幾度春光花鳥稠。只愁長戟倚天歎，未得封侯漸白頭。

楊花篇

江南三月天氣和，楊花餞春春漸過。榮盈細逐韶風發，飛來獨院撲簾多。誰家芳樹亂銷魂？萬點輕纖澹蕩翻。珠琲玉屑斷續出，田田穿入長短垣。昨夜桃片紛然落，紅綃剪破吳刀剳。今日青條又吐烟，綠陰到處成帷幕。漫天舞雪空中襞，露井雕欄任拋擲。羅袖花裀承不著，弓韡踏遍無痕跡。此時行人路正迷，長亭古道餘霏萎。天涯人遠無繇見，惟有楊花相對悲。楊花相對自嬌態，黃鸝葉

[一] 復旦本原作『稿』，師大本作『藁』。

底聲同碎。闌珊春事已若斯，怕見梁間雙燕隊。更愁香夢渾無據，枕函暗逐楊花去。指點當年離別時，畫橋曾上蘭舟渡。

古鏡篇

石黛沉埋精氣堅，歲時久長不記年。神物呵護未淹没，天上蟾蜍秋月圓。圓月色相本皎潔，雖遇塵壒尚自全。白旃刮磨金膏塗，漸見菱花出水鮮。萬象玲瓏空碧裏，深潭微波含漪漣。疑是異物無勞境，曾在僊溪崖窟前。又疑天竇進真龍，吐霧興雲勢盤旋。玉匣開時鸞影廻，珠臺挂起錦光懸。正氣飛騰邪性伏，駭散野魅並胡祅。君不見，人間肺臟如百川，闇沕那知媸與姸？胡不取之照重淵。

讀笻在上人蟄茶經賦贈

風雅以降有靈均，遭時闇亂幽思頻。身被放逐不忍去，感欝抆淚常哀呻。依經立義離騷作，規諷比興體格新。宓妃娀女非詭怪，崑崙流沙豈滅泯？班生未免妾婦見，露才揚己殊失倫。笻公守道如圭璧，韁羈繩束無跳躑。甘心萎絶固不辭，菑萸揭車衆香積。落筆更看刳巨鰲，擲地琅琅響金石。赤字奇形岣嶁碑，芸樓松槧龜龍迹。御氣會從八極游，抽華直奪三閭魄。聞公昔日佩吴鈎，金絡連錢青驄蹂。飛塵翠葢綺霞照，錦帶珠袍麗日浮。促尊客試葡萄酒，弄絃夜奏楊柳謳。瞋目便能扼彫虎，長拳還欲縛貪鷙。陸沉漸次流光换，弱蘿亘蔓蔽蓬丘。摩尼彈指領上取，淨花慧沼從中吐。澄心空澹映青谿，妙義連綿種繁圃。還將平子兩都才，竟作遠公廬阜主。敬亭山上峰巒高，飛錫凌空到吴土。青松緑篠甘露香，曉月霜林聞法鼓。秋風岸草白蓮塘，冷牕欲泣還欲舞。石盤虎阜講臺浮，門前江舸迴山塢。

毘陵晤毛燕山

五湖烟水江南淼，菱芒凌亂棲寒鳥。渡口始停蘭陵舟，相逢沙白蘆花秋。故人經别多難後，銅駝荆棘馬蹄蹂。戰鼓雷轟戍柝哀，玲玲金鐵關河吼。西風殘葉離亭飛，帶甲餘生那回首？遺簪敝履棄菰蒲，坼壁枯崖逐猿狖。黄歇提封依舊廬，箬巾藤帶歸東吴。賣藥修琴人事少，灌園種黍聊自娱。漁罾南浦挂幽草，棋聲閒院落高梧。志和築室回軒巷，老聃至關道德書。君隱田園戢鱗羽，我向流落恒山路。他鄉玉笛紫塞愁，蔟烟斷磧黄塵暮。滹沱橋邊水潺湲，此地不見蕭王渡。雪花瀰漫鷹長征，濁河萬里停雲顧。詎意秋夢過南塘，美人娟娟佩琅璫。藍輿過訪蓬蒿徑，清尊錦席敘暄凉。青楓日落吴洲暗，談天説劍何其長？垂絲白髮柳條細，共把黄花惜晚香。回憶當年海潮發，伏波銅鼓軍壘列。緋袍初映荔子紅，翠管銀罌甘露浥。前後牙旗閃鶻亭，彩毫判牒如流决。鵁鶄翱翔翡翠浮，爛柯洞石題碑碣。爾時梅關息堠烽，高峽咸聞未央鐘。廣南春色來江閣，花雨崧臺烟霧濃。蜃嶼波恬珠景湧，水晶簾外尉陀封。貢道始通迴僰刺，半壁依然連笮邛。迄今物態幾迴薄？舊日賓朋皆零落。諫官洗鉢七條衣，白毫光裏摇鈴鐸。寥寥老樹覆茅茨，刼燒餘灰散丘壑。如我兩人更有幾，相守賤貧亦不惡。世事真如團扇輕，風塵撩眼心暗驚。亡羊遍覓成何用？一任闌珊無所營。瘦瓢細掠芙蓉水，子夜新翻明月箏。南樓笑噱傾懷抱，且聽嚶嚶和友聲。

阮郎行

花臺虎阜芳霏節，羅綺紅塵飛蛺蝶。草樹山阿問酒樓，遊絲簾外暄光揭。阮郎學得崑丘鳴，吹笙杳靄宫商迭。清歌直上絙青雲，海湧峰前廻白雪。我問阮郎家何處？百花巷口堆紅葉。可憐辛苦撥金槽，轉喉擊碎珊瑚缺。日向街頭博十錢，一闋涼州更凄咽。纏綿疊破似有情，協律新聲與誰說？君不見，柯亭竹椽稱奇絶，不遇知音空消歇。

清明林武林邀同鄭肇修王平叔潛夫弟遊虎阜

闔閭城外春光媚，落花飄蕩河橋水。東風畫鷁捩柁開，萋萋緑草蘸涯涘。金堤酒幭吹香塵，紛淪玉勒賣花市。佳人踏青臨春渠，冰紈綸絮耀桃李。珊瑚寶髻鵶翎翻，芳洲遺落珠璣珥。青松虎冢川之隈，停橈廻曲尋山址。貝塔精光日華散，千人磐石奔螻螘。吴人信巫爭賽神，豐肴酌醴肆筵几。綵斿仙軑廵街陌，贊殿呵喝儼堂陛。林壑繁稠絲管催，巖椒遠岸夕陽紫。風流詞翰足周游，羽巵參錯如流駛。歸舟月渚動微寒，柳陰燈火千門裏。

千尺雪

林巒亂潨清光薄，天空虛籟銀河落。逢逢鼉鼓出窈窱，填填雷椎響激駁。今古如斯不斷流，翻渦挂壁寒如秋。烟杪時帶滄溟色，山水聲長猿鳥幽。

潛夫弟案頭見黃處安臨歐王法帖作爲此歌

古今書法誰獨絶？抽毫點墨難剽竊。人工不敵天工奇，筆劃無如心劃捷。黃君體勢變化生，霜輝錦字松烟潑。緩案急挑輕重勻，翹首放尾長短協。靈胎照月蠙蛛懸，玉繩雁陣繁星列。蜿蟬舒翼勢欲翔，黑雁峙立青山虺，薤葉垂枝曉露鮮，離離苕穎連陌畷。伊昔右軍習衆碑，昭陵玉匣藏真帖。即看信本更遒勁，妙法亦曾傳八訣。黃君意匠似有神，方圓流止任點綴。隻腕能翻兩古人，直抉毫芒按筋節。如此精渺世希有，盥手開卷爽眉睫。琅函隱躍彩色迸，珍襲勿使蟲蠹齧。

黃鶯

蠶生椹熟柳條嫋，初辭幽谷翔空早。仙籍新製麻姑衣，睍睆輕姿學嬌小。弄吭乍轉山陽笛，斷續間關出寥渺。疎星零落滴漏殘，霏露細微紅樹杪。玉門人遠夢中歸，數聲叫破珠櫳曉。

咏燕

生來窮島學消摇，烟波迢遞度清遼。山川不知幾道里，横天上下憑奔飆。憶昔東風銜絮飛，依依楊柳舒柔條。我時望氣傍簷入，歌管嘹亮諧咸韶。玉樓朱閣半虚空，高甍綺翼霞錦翹。洞房寶帳新芙蓉，雲霧披靡吹紫綃。玳瑁鈎垂漾簾影，文杏雕梁彩色描。那知滄桑忽翻覆？白珩注碎黄金鎖。粉墻走蒼鼠，繡戶綱蠨蛸。眢井莓苔緑，荒臺茨棘膠。銀屏翠幄無消息，舊壘空窠生寂寥。我今漂露何所依？穿花落水魂黯消。東西顧盼思淼茫，街泥慘悽聲嘵嘵，高門廣厦何時無？豈能俛仰同鷦鷯。夢裡依稀見王謝，烏衣舊巷時輕翲。何年腰鐮刈黄蒿？平地突兀畫拱高，院落籠光復見招。

襄城紀異歌

崇禎之季妖孛起，羣盗延蔓如螻螘。名都大邑縱鯨鯢，高墩短塹走蛇豨。五城十城無饑鴉，昏昏一色萬餘里。氛沴直逼臯門橋，雒陽金谷生荆杞。潁昌斥堠燧火連，潢池攪亂蛟龍水。大帥擁纛擐犀梁，見賊不敢瞪目視。鼓鼙音啞譙聲暗，空使至尊思拊髀。牙璋鐵騎自逍遥，三川處處無完壘。維時關西李將軍，劍纓絓髮誓斷指。七尺超踔躍馬出，雙眥直上無轉徙。願將一戰掃攙槍，不惜賭命報天子。汝州轉戰賊勢湧，援師不至孤軍抵。中丞汪公亦赴難，五千義兵同日死。陰風慘澹猿狖叫，寒雲摧天白日紫。西向再拜睢陽同，海島徒屬田横比。將軍有子稱隱君，孤蹤卓品出塵滓。浩氣沛然灑八溟，彷彿鸞停與鵠峙。絶學上接濂洛傳，窮源直探孔顔髓。白社董威百結衣，歌頌原生還拖履。徵求使者日相催，除書屢下黄詔紙。膏肓不换游巖服，蒙面竟覆姜肱被。每念亡父戰塲時，中懷哽咽常出涕。重跰出關抵襄原，淚血招魂虔禱祀。帝告巫陽使反身，魂兮歸來馮筳几。吏人慕義勒貞珉，鬼聲號切落霜卉。青燐閃忽四野飛，髑髏磷磷皆壯士。豈是游魂能怪異？要之仁孝格神鬼。義林欝欝列松楸，百年俎豆留芳軌。吁嗟乎！闖賊甲申潰京師，將帥蒙恩誰寢兕。殉烈獨有寧武軍，忠誠奕奕照青史。國家養士欲何爲？忍看離黍宫門裏。

贈唐君知

霜漂林昏地牖折，絏馬崎嶇駿蹄蹩。野潦浸淫崩巨河，鴝鵒占斷蛟龍穴。窈窕明月照丹丘，逋客往往居編列。寂寥窮巷卧孤雲，皓首不肯低頑頡。唐君守道如握瑜，蒼蒼高松抱根株。江左門第匹王謝，緋衣赤棒何時無？郤爲洗耳寒泓溜，巾履翛然寄五湖。鷙翰恥同凡鳥逝，紉蘭自與軒于殊。我今訪君白板扉，處士星芒隱少微。紅顔疑是羲皇人，洞谷雲液桃花肥。櫻笋蔬蔌雞黍俱，馥芳毴玉麈揮。柴關苔緑花陰轉，舍北籬東無是非。

送謝穉升之真定

舊年吳閶月正秋，與君相逢在虎丘。今年對酌毘陵城，春雨涔涔烏鵲愁。江南三月桑陰薄，海棠嫵媚桃花嫋。油壁青驄絡繹飛，君今卻厭江南樂。江汜綠烟春水瀰，帆檣日落川光移。黄河白浪高如屋，夕風冥冥岸草迷。吹沙白晝陰霾路，廢壘殘堞幾回顧。修坂人從遠坡出，齕莝還聞蹇驢怒。草市旗亭村酤陳，荻簾土銼皆灰塵。晨雞欲舞前綏動，箬帽椶鞋曉露勻。問君驅馳何所以？白首征蓬猶未已。君言直北有故人，繡節花旌袍綬紫。層崖徧結恒山雲，汪洋噴沫滹沱水。前者曾分幕府金，而今再作兼葭倚。念君疇昔氣如虹，騕褭朱閑摇花驄。先世威名著行省，横槊賦詩稱巨公。琳瑯寶樹神采發，樵軒佳句長城工。穉升有《樵軒集》。負甑名山食桂爐，五噫歌唱出關東。可憐處處霜林杪，倉皇擇木傷窮鳥。龍門雖是羡李膺，荆州豈久依劉表？吁嗟！謝子奮袂還翹首，耳熱仰天頻搳缶。河朔黄雲石磧回，寒日慘慘欝山阜。廣川城邊訪賣漿，望諸墓下問屠狗。君不見，中山歃血越石翁，枕戈待旦憂思焚。

文游臺歌

莘老抗疏至尊前，熙寧直排青苗錢。舒州仙觀乞歸田，元祐黨籍還牽連。太虚豪雋如飛仙，黄樓作賦名早闐。淮海情思瀝百川，樂府新聲被管絃。定國客遊泗水邊，吹笛飲酒乘月旋。謫監濱州何屯邅？窮經著書探幽玄。文忠發迹峨眉巔，立朝大節殊貞堅。元氣淋漓千百篇，放浪嶺海墨猶鮮。四君相值湖水漩，瀠瀠盤渦明珠圓。接袂登高凌八埏，雄譚揮麈如璣璿。彩筆飛空氣象縣，日蒸雲爛迴中天。嗟乎！人物風流自昔年，朋來盍簪非偶然，銅雀章臺安足傳？

七言律

黄蘗拜葉文忠像

寂歷空山一老臣，諸峰侍立對垂紳。東林壇坫儀刑遠，元子封章草奏頻。赤舃三朝高劍履，皂輪兩次上星辰。誰知落葉疎鐘裏，重見當年衮繡身。

遊黄蘗和葉文忠韻

得法曾推選佛塲，耳聾一舉播諸方。前峰翠欲供多寶，苦蘗材堪佐藥王。列祖鉗鎚窠臼落，千年眼目舌頭長。蒼茫海岸觀無極，錦纜須收遠去航。

二

絳節分來幾折盤，五雲層叠望中寬。莖粘青草琳宫敞，雪點紅爐碧嶂寒。著意策笻渾未穩，擬心踏地渺無端。懸崖撒手誰堪任，千仞危巔自在看。

三

教指紛淪意不窮，龍章猶帶御樓風。珍藏雖有千函在，簡點都成半字空。臨濟昔經三棒痛，石門今接一燈紅。要知佛法無多子，欲擊西來又向東。

四

若箇當關透識陰，風光別頂嘯孤岑。石盂無底攢空立，岩乳生香没罅尋。獅子張牙平地吼，龍王聽法古潭沉。低眉欲問安心處，内外中間不見心。

懷陳喬生

抗顔久罷青蒲草，醉眼還欹白鷺巾。劉向原爲漢諫議，陶潛自是晉遺民。火雲迢遞石門路，海嶠迷濛桃樹春。遥望少微星正隱，休嫌江介有垂綸。

洛陽橋

溫陵東北長橋上，風景依稀洛下過。中日旗亭開估市，靈潮雲島泛滄波。石虹隱跨鼋鼉窟，畫堞還棲烏雀窠。多少行人忘地險，古碑猶勒萬安歌。

同安縣

亂後初傳驛路通，輪山寂寂見青空。千家樓閣茅蒿裏，三市鄽闤瓦礫中。嶼帶蜃蛟乘海日，葉鳴松栝響秋蟲。荒城悲角同邊塞，風獵旌旗夕照紅。

夏鷺峰分緑齊

倦向平林入杳冥，蟲絲挂戶晝常扃。秋來院落寒蛩號，雨過藤梢小逕青。草榻陰凉飛鳥毿，畫欄靜悄動花鈴。爲誰分得庭前緑？數點芭蕉醉未醒。

飲夏爾穆漫園和壁上韻

躡草幽尋到竹根，主人高致自軒軒。望空但見羣峰小，習靜方知古佛尊。雲陣色侵青史案，薜帷香射菊花魂。卻貪雞黍歸來晚，霜葉成堆已滿園。

永安即事

竹枝新葉叫黃鸝，幾曲重灣汎碧谿。漁浦人來懸釣網，桃花雨過濕春荑。舟行危石忘灘險，水漲寒沙與岸齊。更入栟櫚最深處，千盤如黛乳峰西。

西湖禊飲

桃花欲盡晚春天，禊祓芳時向碧漣。天際游絲朱檻外，峰頭疊影羽觴前。平臯草色籠烟黛，畫舫歌聲咽管絃。最是羣公懽賞日，風流不讓永和年。

和林介庵移舫西湖

汎湖非是厭江干，江色湖光一樣看。雉影參差蘆荻裏，佛燈明滅水雲端。綠塍面對諸峰靜，淺浪風隨片葉安。一自放生持半偈，臨流且莫理漁竿。

二

小舟清課意如何？廿載歸來一短蓑。變態久經漚上影，人情且問水中莎。凌風不減滄洲興，學道還同剡曲歌。爲憶豐湖雲島下，朱轓曾似布帆過。

石鑑和尚自丹霞至長慶開堂

雷峰頂上日初曨，闘聽新鶯眼已聾。潑墨早知儒術誤，抽身便識世緣空。嶺封猿洞看飛錫，水急龍灘好落蓬。扭碎蒲團無坐處，花香鳥語盡家風。

二

一條鐵橛任西東，化作刀鋒大地逢。法塹從來推嶺表，天花今日雨閩中。連珠筋斗翻霄漢，流水琴音出古桐。覓箇警鈴摇不住，博山宗匠許誰同？

得澹歸上人書

故人遥寄嶺南書，舌底青蓮香氣餘。惠遠能開山上社，辛毘曾引帝前裾。桂陽花發迎甘露，石洞猿啼聽木魚。聞道丹霞銀漢接，可憐舊苑已丘墟。

横路望林侍御故宅

先生廷杖還山日，海畔沙田自結廬。千壁峰巒來院落，四時花氣撲階除。墻開高塹青窺漢，橋隱長虹緑滿渠。一自滄茫移故岸，荒榛哀壑野麋居。

百舌

花林動摇春欲歸，枝頭零落紅雨飛。一舌間關叫殘月，衆音連絡流金徽。忽逢新燕雲崖至，更對晚鶯朝露稀。腸斷塞鴻征客遠，聲聲何故入羅帷？

妙峰寺和林涵齋韻

山春逶迤緩步登，洞門關鎖坐禪僧。參差石齒生幽草，巉絶峰陰覆緑藤。虚唄鑪香深院磬，寒江秋雨夜船燈。窮參直悟西來旨，墜葉林柯月半稜。

二

丹梯梵宇渺雲蹤，作體迦尊五體恭。碧潋寒光看過鷁，陰廊蕭瑟聽吟蛩。幽蹊古甃清泉冷，粉殿文梁翠影重。日坐蓮花珠網裡，管弦如沸咽長松。

方聲木西園雙鶴

比翼猶如雙玉立，叢密池館珠欄干。更舒月羽冰縠舞，豈識籠檻稻粱飡[一]？裴回塘坳景自寂，懸思滄溟意欲摶。琴曲數聲頻往復，清唳恐驚霜夜寒。

洪江訪曹深廬約同北遊

高人幽隱水之湄，路過千峰下竹籬。卧雪最長摩詰畫，趨庭原有石倉詩。村前早霧迷桑柘，江

[一] 粱，師大本作『梁』，據改。

徼清風卷釣絲。知爾名山願未了，相逢共訂五臺期。

過黄河

長淮一望衆流渾，蹀叠洪濤勢若奔。禹貢衹今歸砥柱，河圖何處識乾坤。輓漕無數危檣下，風雨欲來秋岸昏。浩歎不須窮九曲，已看天險出崑崙。

張秋鎮

兖東都會棘梁高，近市橋頭且息篙。危堞中流分兩岸，青天一線走千艘。黄花晚色餘霜露，嘹雁平沙惜羽毛。短袷西風蕭瑟甚，小帘颭處望村醪。

廬州中秋

玉繩匀淨鏡華生，肥水巢湖汎灧明。過客尚看金斗氣，老漁不見夜箏聲。臨枝鶖鶬亭亭上，匝戶陰蟲咽咽鳴。千里相隨惟此月，秋光蕭颯倍多情。

太行遇雪

攀崖初上千盤路，流霰俄成六尺冰。叠壁連雲寒皓皓，窮陰蔽霧碧層層。虚疑複嶺開梅塢，已見青山作劍稜。準擬驅車下晉水，肌膚應與藐姑稱。

西安上元日

漢室宫門化白蒿，春風誰逞五陵豪。星橋夜景銀河轉，酒市歌聲朔管高。花散章臺成寶焰，月明覇水數秋毫。征鞍惆悵長安道，燈火依稀照二毛。

寒食過雒陽

去歲幔亭逢上巳，今年寒食向三川。剪桐封土惟衰草，入洛春流仍舊瀍。新柳猶然思向日，廢宫何事更藏烟。一聞閩語半城市，孤客泫然故國牽。

天津早秋

孤城水市冷梧楸，颼唳西風古渡頭。千舳牙檣茭影亂，一聲木葉海門秋。嚴更粉堞悲清角，明月倡樓起暮謳。惟有蕭條萬里客，滄波斷岸使人愁。

春日過華州

關中廣沃與天横，借得東風送曉征。少華青峰連太嶽，弘農古地拱西京。郊原草色秦田路，烟火街頭社鼓聲。却憶杜陵州廨處，朱衣玉几更生情。

滹沱河

蒼茫古道盡黄埃，問渡滹沱夕照催。設險最雄河朔地，分流原自雁門來。故人有約開尊待，秋水無聲隔岸廻。此處蕭王曾策馬，衹今塵跡滿寒隈。

真定懷古四首

叱咤重眸誰敢儔？帳中喋血冠車頭。湛船人備三朝飽，破敵功從九戰收。楚國赴軍多死士，轅門伏膝盡諸侯。昔年壁壘今荒草，河水悠悠西北流。

二

淮陰新受築臺榮，此日東行氣倍横。間道萆山漢騎伏，詭謀馳壁趙旗更。傳餐准會今朝食，背水佯輸陘口兵。白骨可憐泜上積，王孫國士已成名。

三

饑鷹風起欲凌霄，解過絛籠不可招。鄴下馳師開魏郡，中山建國定燕朝。冠車虚負英雄恨，朔漠終思故土飄。七十老人尚殺賊，智囊叩底有餘驕。

四

成德一軍驍悍甚，百年跋扈實堪哀。承宗屢掠幽滄地，庭湊羞稱將帥才。傳命中璫馳驛出，行營元老罷兵回。猶誇衛國當朝日，河朔郊迎制使來。

寧晉西寺

瘦陶城裏客來稀，晼晚殘陽散夕霏。餘景晴川饑鷺逐，微紅秋漢亂鴉歸。小橋珠檻搖潭鏡，暮磬清聲出竹扉。少婦搗衣還未罷，臨流尚坐曲塘西。

黃粱夢

墟里悲蕭日乍曈，驅車還過蓬萊宫。疎林小鳥經霜濕，方沼殘荷墜粉紅。紫府仙胎皆土木，神丹金竈半虛空。今朝夜宿邯鄲市，只恐黃粱在夢中。

天亮弟自高陽來真定

肌骨衝寒大茂來，匣琴響泣朔風哀。青鞋布襪還稱健，鏤管銀毫未作灰。麥飯淒凉亭畔水，中山潦倒雪前杯。故園窮臘遥相憶，此日梅花已盡開。

送天亮弟還高陽

白晝沉陰驛騎疲，黄榆野戍亂雲披。杜門早已推周黨，擊筑還能弔漸離。落日關河岐路濶，白頭兄弟夢魂期。塵沙北望孤城上，顓頊祠前有所思。

有懷道山園林

茅堂林麓白雲端，烏石峰來谷口攢。月暈虚檐侵畫幌，藤陰曲徑繫朱干。古榕森竦參天立，寶塔崢嶸蘸水團。春色南園芳草緑，幾回坎坷負青巒。

二

當窗紫靄對蒼岑，步屧亭皐爽氣深。澆圃多爲名菊種，環山半是老梅陰。寒鼯出穴窺新栗，戲鳥將雛到晚林。静坐小齋青簟上，一天風雨聽松吟。

三

凴高眺望迥孤青，景物森森思不停。烟火萬家開井里，原疇千頃見郊坰。霜畦新灌春蔬茁，石几高眠竹戶扃。更欲濠梁頻遣興，緑波吹動半池萍。

四

名山第一自嶒峨，記昔芸窗鐵研磨。彩筆敢言干氣象，朱纓久已挂藤蘿。自傷王粲棲遲賦，長愧堯夫安樂窩。酒幔河橋風雪夜，年年清夢滿庭莎。

毘陵即事

城南一曲蓼花灣，果市街頭竹院閒。枕熟每常聞法鼓，屐行從未見青山。延陵古廟人烟裏，隋主離宫草樹間。惟有吴歈聲宛轉，雲中拾得紫簫還。

陸西侯招同周梓庵白雲渡看龍舟時又五月四日

鳧影蘆香水面多，重聞鼉鼓疊清河。神蛟氣激翻濤勢，黄雀風來起棹歌。翠羽牙旗蘋裏出，朱顔細葛岸頭過。高春斜日催歸興，逗浦微凉醉欲酡。

贈鄭素居

子真谷口足幽貞，方卧爲宫只數楹。但有鮑焦三日菜，不須婁護五侯鯖。藏書架列朱衣秘，施佛家傳長者名。蟬蜕塵中殊暢適，此心原自澹無營。

和鄭桐庵乙卯元旦

欲挽頹流不涉波，休論八十易蹉跎。逢萌帶盎幽居早，劉向傳經著述多。吴苑烟濃花夾路，錦帆春到柳垂河。年年此日常稱健，孌觸何心鬬小螺？

吴門遇伯騶叔

昔年房子古城頭，倏忽離筵四易秋。不謂驅轅幽冀路，更同貰酒錦帆遊。哀時庾信多新句，落魄馮驩惜蒯緱。莫羡將軍書記選，雁征總爲稻粱謀[一]。

訪顧云美

躡蘚閒尋仲蔚宅，到窗細讀茂陵書。門前捩柁參差過，池畔芙容爛熳舒。草徑最宜來鸛雀，江村只合老樵漁。還誇白虎亭邊塔，常伴幽棲水竹居。

虎阜中秋晤陶東籬適余有京口之行留此志别

琴臺燈火石盤浮，潘椽相逢古寺樓。半夜松陰吴塚月，數聲歌板海峰秋。江瀆岸脚同漂泊，菊醴蘭樽暫勸酬。惆悵版橋揮手日，何時更得燭華遊？

[一] 粱，師大本作『梁』，據改。

林天友別駕惠酒

江頭水垞似瀼濱，野外禪關竹作鄰。極眺黄雲多遠雁，翻疑滄海有窮鱗。忽來吴下梅花酒，便當滎陽土窟春。却笑金華山北日，射洪寒緑轉傷神。

和澹歸上人旅貧八首

秋稿春華兩不妨，暄凉終歲早相忘。堆塵短劍吟無倦，覆壁空瓢舌尚强。只有江蘆當錦薦，更將墨甲作銀章。河侯貸粟徒勞頓，羸馬長鳴幾欲僵。

二

支離深悔昔年非，無用猶如櫟百圍。伍相市中聊自慰，仲宣樓上更思歸。斷編蛀蠹千行字，殘縷懸鶉百結衣。吴渚紫菱秋岸近，摘來且療六時饑。

三

曠蕩胸開四瀆尊，趦趄不肯向侯門。百年感慨情安極，半夜蕭寥枕未温。風浪世成瞿峽路，虎狼人滿石壕村。天涯白髮驚時序，何日能酬國士恩。

四

守道無營與古齊，南金北毳賤如泥。九天殘夢思京闕，萬里寒霜動鼓鼙。桂檝遍移臨極浦，芒鞋偏愛踏荒蹊。蓬驅未止憐窮子，三尺孤琴到處攜。

五

玳筵歌管可憐生，不敵香蓴碧澗羮。舊嶺隔時虚杖策，磽田幾歲誤春耕。停雲延佇懷陶令，索酒猖狂識步兵。誰説壯心零落盡，星辰夜望獨關情。

六

偌大乾坤一散人，須看現在即閒身。車輪軋軋殊無狀，江海茫茫何處津？草葉尚能知日夕，藥鐺猶自記君臣。原生履决高音遠，惟有孤雲識我貧。

七

乍聞促織感年華，摇颺秋霖濕桂花。補屋豈能忘故壘？傍枝及早護新芽。敖遊吴楚更懷古，飄泊東南便作家。荒餒不堪思辟穀，安期可有棗如瓜。

八

廿年世事未曾諳，何事容吾捫蝨談。且守散材辭匠斲，莫求芳餌學鮦貪。烟霞隨意雲山共，芋栗無收雀鼠慚。持鉢竟同僧乞食，歸來高卧一茅庵。

臘月二日

雪霽低檐玉筯流，梁谿臘月聽鳴鳩。應知江縣春將動，長傍真壇客正悠。細簡折鐺煨芋栗，閒看短鬖簇龍蚪。逢迎倒屐誰堪問？釣水韓生未解憂。

二

寒風颯拉驛橋迷，舊國無繇走尺蹏。冷氣幸除蟲豸窟，幽居似逐水雲蹊。枯枰飛角著猶在，老柏經霜志未低。楮葉儘能消日夕，朱黄部帙更新題。

三

九龍山色照層城，茗葉新泉客思清。襆被追隨惟短策，樓臺蕭瑟只疎樘。斷蓬孤棹何時已？白雁寒鷗到處迎。且喜江南蝦菜賤，忘歸少伯五湖情。

四

紅樓猶見柘枝塵，脆管柔絲舞榭陳。節概是邦推季子，敖遊何處訪春申？亂烟門外滄江遠，暝磬風前小閣頻。奔走天涯餘白氎，忽驚歲晚臘醅新。

第二泉

甘讓中泠第一名[一]，蒙泉石穴本來清。傳聲忽見青雲濕，抱甕應看玉露傾。欲焙松枝供茗葉，早隨蘭枻入江城。飄蓬剩有文園渴，且試當年陸羽評。

[一] 泠，師大本似『冷』，按文意，當作『泠』。

懷黄處安

自别馬卿稱病日，烟艅霜渚漫留連。青燈殘穗寒宵逼，白首疎星客淚懸。鄙俗偶因違叔度，新詩常自憶庭堅。溪雲遥隔吴門水，短簿祠前雪正翩。

懷周梓庵

長征拍水雁呼羣，結袂曾看雉尾雲。何意滄江翻改岸，至今皓首始逢君。寒烏夢集甘泉樹，白鷺波横楚水濆。回憶夕郎批敕日，西風灑淚不堪聞。

二

五雲烟靄曉光舒，罷畫溪邊高士廬。草逕早栽蔣翊竹，秋風長飽季鷹魚。伏迦抗諫封章在，阮籍窮途客興疎。見後那堪常悵望，白蘋江館漫躊躇。

送張超然之京口訪賢牧上人

三冬水涸滯江關，欲挽扁舟上瀨艱。時河乾陸行。落日斷郵愁馬首，白沙潤岸失漁灣。芙容樓畔魚龍合，鐵甕城邊雁鶩還。此日披星訪石隱，孝然草舍萬重山。

贈惲孫庵

長劍崆峒倚向誰？何妨含笑自搘頤。彫殘風月惟濛霧，愚弄山川屬粉兒。獨枕竹陰臨草榻，預栽菊種遍東籬。相逢却憶閒關事，腸斷鑪香曉仗時。

二

孝標詞藻號書淫，更有凌寒古柏心。文武經時調異藥，嬋娟終日理閑琴。深山自此存薇蕨，濁世應須乞砭鍼。長戴墊巾還隱几，始知城市即雲林。

三

幽徑春生衆草蕡，閉門何事絶人羣。袁宏竟築庭中土，弘景還邀嶺上雲。非是猿窮悲失木，多因豹隱欲成文。可憐六合相知少，青史閒評對隙曛。

四

白首荷衣似鶴形，分明南極老人星。天留危石凌千壑，戶卷清猋灑八溟。閒學青山窠雀頂，更從邪舍問風鈴。半輪壁月千江白，翻倒空中一淨缾。

登文遊臺

高丘樓觀散香煤，淮海風烟春漲廻。杖屨翛然初出浦，菰蒲深處獨登臺。諸公綵筆晴霞麗，五嶽荒祠水鸛來。甓社玲瓏千頃白，夜光恍惚莫相猜。

二

中天浮碧接雲冥，石臼神居入望青。蚌穴皀陂連水寨，蘆人漁子隱沙汀。舳艫過影隨飛鳥，城郭斜陽落遠坰。茵席祇今惟緑草，宋朝文藻此孤亭。

秦郵城樓

高樓粉堞午陰遲，淼淼平湖巨浸迷。鰋鯉忽來移岸谷，桑麻是處淨琉璃。戰圖舊入秦淮水，築版曾張吴會旗。南望蕪城邗漲滿，豫州擊楫幾回思。

二

大閱牙旗部伍分，衮堂巵酒陣鞞聞。海山節制增邊戍，承楚張皇立水軍。門鑰幾時空戰壘，城鴉每日渡江雲。官河楊柳增惆悵，鐵笛前川起夕曛。

送秀上人住持樂善庵

枝筇長與故山違，洗足隨緣乞食歸。鞭草誅榛置蘭若，畫地漫天落箭機。松堂時聽牛笛響，竹廊更見村烟飛。色空不識滄桑刼，莫道閩川有是非。

問關羸足訪庭闈，膝下相逢世所希。都道山川成異域，却從荊棘出重圍。幾年通客思桑土，是

黄處安郎榊季自閩來迎處安歸贈別二首

花秋滿錦帆遲。何時重訂雲霞約？寶璐明珠看陸離。

穩散曾同老畫師，亭亭不肯學依隨。名高管樂身還退，腕有山川事亦奇。楓葉霜黄江路冷，蘆

四

坊綠草占柴門。相逢却悔經過少，南望楓橋欲遠魂。

抹水拖雲搦管翻，清譚揮麈逸思存。落茄雅擅元章體，妙理還稱衛玠言。牽柄金徽搖玉几，一

三

帙關心禮法疎。匝地桐陰霜月遍，幅巾瀟灑自如如。

灌園種樹獨看書，宛在伊人水竹居。若上桑翁應識陸，南州高士總推徐。尊菰遣興風埃落，部

二

簾采藥幾時還？平生蕭瑟無他事，聊賦哀時似子山。

烟樹濛濛故苑間，枳籬棘舍晝常關。蘭荃滿徑繁香迸，蟋蟀吟秋短榻閑。角里避人何處問？穹

懷高澹游和林天友韻

處清溪有釣磯。此日葉舟歸夢近，莫愁世事與心違。

二

去年準挈青春伴，今歲君歸我未歸。鄉國那堪征戰苦？驛程況值路人稀。神鷹終欲寒空去，怒馬還能颯沓飛。回首虎丘絲管裏，一坳晴緑正芳菲。

和黄波民過黄處安山樓夜話兼敘别思四首

雙髩相看白髪何？錦裘金玦夢中過。見愁南國戈鋋滿，不禁春來雨雪多。商洛好招芝谷伴，狙猍堪作竹溪歌。幔亭峰上松篁路，羨早歸山訪薜蘿。

二

倦翮終思入舊林，悽悽衰鳳學閒吟。吹簫作伴商音促，采藥相攜草露侵。白舫紅亭春岸緑，寒猿古木故山深。遥看斥堠仙關去，宛在伊人水曲尋。

三

車帷零落付埃塵，澤畔逡巡倍愴神。誰作劍歌廻易水，祇令郢客和陽春。三山夜月明孤嶂，千里寒潮起白蘋。回憶江南楊柳色，蘇臺尚有未歸人。

四

刀環明月望征烟，幾載春光歲序遷。吴楚烟花留勝概，江山詞客應前緣。斜陽遠墅新鶯唤，急瀨寒谿白鷺眠。飛槳劍城知漸近，牽衣遶膝更欣然。

七言絶句

贈鼓山爲霖和尚二首

岃崱峰高花霧深，石門宮闕鎖空林。惟有白雲天漢上，蔽虧起滅總無心。

兩鈷金環雷電鳴，瓦礫摩尼甚處呈。百千微細無繇盡，喝水巖邊嘘一聲。

西湖訪草庵和尚二首

竹隱蘿軒柳委墀，水光半頃葦聲吹。門前只見略彴在，度人無數誰能知。

楗椎龍象翻多事，圈檻獮猿亦枉然。試看朣朧湖上月，蚌珠桂影自洄漩。

別靈谷上人二首

松崖寶鐸護香輪，畫拱琱臺鹿苑春。入寺未深還出寺，陌塵長愧坐禪人。

歷歷晨雞與暮鐘，圓珠七尺見機鋒。應知前路寒溪雪，夢在洪江第一峰。

妙峰遇雪曉上人自芙容至二首

雪公度嶺過西家，懸河口説滿恒沙。試問芙容開幾朶？曾似空園須曼花。
仰倒曾經解木毬，袖衣抖擻自風流。如今請罷鉗鎚話，微月籠杉萬壑幽。

閨詞三十首

香閣妖閒洛影翩，曲房椒壁一爐烟。水晶簾外遲長日，白馬驪駒何處邊。
柳葉輕烟澹澹容，月彎空翠鎖雙峰。刀環心折因愁蹙，螺黛蛾黄一半慵。
幽恨盈盈未肯降，金巵玉盌冷春缸。青天最酷不堪訴，惟有焚香繡佛幢。
芙容幕裏曉霜融，十二闌干日色紅。貼鬢呵花撩百遍，含愁且入緑楊叢。
巫岫重重結翠嵐，空從淼淼望江潭。可憐昨夜漁陽夢，未得分明鵲語喃。
山鳥水泉悲伯玉，蕭關藹藹泣劉雲。只因慧性偏多事，蹙損瀟湘裙褶紋。
幾回戲謔百花傍，珍重相於芍藥將。一自皐蘭征戍後，開函怕見雙明璫。
朱戶魚鐶玉漏高，自嗔自嘯自煎熬。紅牋記注相思字，猶恐鴉鬟似賊牢。
十里飄零黄柳花，畫橋烟暝片雲遮。廻思繫馬郵亭處，斜日西黄起絳霞。
四時總被好花嘲，懶把青蚨問六爻。撥盡燈煤金剪落，攲針唾縷向誰拋？

記昔當年教鳳簫，便將雙翼欲沖霄。君今領取龍驤印，不及鞋幇繡雀嬌。

輕衫羅襪入西園，緑徑撩衣霧縠翻。栩蝶不知人意緒，翩翻雙影欲銷魂。

梨花雨過叫黃鸝，新壘還看燕作泥。驀地關心推不去，長河界斷玉關西。

翠翰油車緑竹坡，夾道齊唱踏青歌。病倦請辭諸女伴，閒煞雙尖紅錦鞾。

瘦盡纖腰緩帶圍，茫茫青鳥信音稀。七襄宛轉迴文錦，絞杼聲殘氣力微。

空庭皓質鶴翎梳，一樹朱纓照綺疏。畫舸滄江俱不見，鞦韆院落午陰初。

鴛鴦牒上姓名偕，誓重丘山豈戲俳？誰使分開南北路，繡鞍玉勒自天涯。

斜立倚門望歸津，紅暈梨頰粉未勻。酒壚雖在無醽醁，不見當時傭保人。

摵摵淒風罨畫樓，西墻駮蘚更清幽。空閨細聽莎雞泣，瑶井深深桐葉秋。

齋身巾笥三生約，寥落音徽萬里程。何似幽蟲階草際，啁啁時有和鳴聲。

露堤霜渚隔萬山，月榭花臺成等閒。香肩欹嚲久凝睇，欝金堂側淚潸潸。

落槐秋颯嘆凋零，網軒飛動雨中鈴。幾陣涼生纖手怯，蔄取蟰蛸翡翠屏。

雕籠鸚鵡短長吟，玉鎖珠條未稱心。安得搏風超北塞，遍尋遠水與遥岑。

同心結似兔絲藤，不怨人間怨赤繩。斷送黃昏已無數，辜負龍盤半炷燈。

麗譙夜夜度更籤，屈數分離費指尖。縱使氤氳欝蘭麝，爭奈清簟如刀鐮。

畫廊響屧倩人扶，軟玉懨懨一捻軀。蕩漾衣纓仙佩近，自憐孤影落氍毹。

枘瘤小枕珊瑚篏，玳瑁文床巧鏤劖。那得心情長宴息，睡時長憶澣衣衫。

百鍊菱花掩玉臺，貝宮海底走珠胎。紫蘭葉滿送南浦，蓮落青房尚未回。

湘血鵑魂錦障寒，裂紈斷曲與誰歡？舉頭雲母窗前月，冷浸箜篌不忍彈。

君是中原游俠兒，鹿盧寶劍向邊陲，隴頭雪片知多少？還似珠簷月出時。

明妃曲四首

永巷沉埋窈窕姿，漢宮春樹亂烏悲。君王不自選顏色，按圖早已失娥眉。

渭橋一别燕釵移，馬駝雪路陰山迷。忽聽霜鞞秋塞遠，曾如鳷鵲觀前時。

斂眉久已辭蘭殿，事後徒勞殺畫工。絶代佳人等閒去，翠華金屋空玲瓏。

回首中條翠岫沉，蕭關淚點更噓唶。翩翩聊寄西羌怨，樂府流傳知妾心。

題唐若營一竹圖

孤翠亭亭敵雪霜，白花鳳影美篔簹。昂藏不作湘妃淚，欲截長竿釣玉璜。

題伯騶叔溪山無盡圖

絶壑門前萬木紛，書籤藥臼未曾焚。何時共作青春伴？更訪溪湄數白雲。

和唐良士悼歌姬紅於八首有引

唐子良士，華胄瑶琨，名邦僑肸。擅詞賦而叶鏗鏘，買娉婷而教歌舞。有侍姬名紅於者，姑射清風，高丘崪氣。灼華香糝，色暎朱霞；穠豔脂浮，容欺嫖電。並紅藥以階翻，偕丹楓而露濕。苧溪試輕越之姿，桂旗浛赴洛之態。秋泓迎曼睩，濤卷新鈎；緗綺露微尖，蓮開綵緤。綰遠峰于螓首，貼鬢呵花；蘸文縠于龍綃，揚塵廻雪。雁簪敲鳳竹，唱鶊鴂而淥水流澌；麟帶壓鸞簧，翔鴻鵠而空雲縹渺。牙籤玉帙，竊傍藜燈；春蚓秋蛇，時臨柹葉。春含翡幄，盤旋錦步之團；夜卜蘭釭，嗔罰屠蘇之盞。斯寶瑟之擅塲，莊姝之領袖矣。夫何乍見捧心，旋驚落蔕。賈矣蕙摧，慘然瓊折。歌停金谷，霓衣忽委梁埃；鏡黯西樓，粧篋徒留粉葩。良士情種填膺，哀思掩噎。漲鮫宫之珠淚，合浦難還；愁隴樹之寒烟，北邙空弔。蟾歸冰魄，想竊藥以何期；舄跨蓬壺，欲叩扉而無路。爰作《薤露》之歌，聊訴吹簫之痛。撫衿惻惐，遣律纏緜。彼吟樊素于飛絮，長悲駱馬之辭；送紅線于扁舟，永抱《采菱》之怨。豈足方其離憂，寫兹幽恨者哉？余因和詩八首，而爲之序。

授調抽絃玉板催，穿雲裂石乍成灰。凄凉明月西園夜，無復歌聲扇後來。

華燭晨霞總一般，風摧雹碎忽闌珊。殘春落盡桃花片，斷鼓零筝不忍看。

攤書説偈擅能文，更會臨池倣右軍。記得六如亭下路，緑毛么鳳泣朝雲。

楚水巫峰入窈冥，鳳樓烟鎖罷風鈴。玉人湘管皆成恨，金盌應隨塚草青。
錦隊花叢一片紅，釵文釧影散簾櫳。郤辭女伴生天去，蘭麝香翻五采虹。
桂櫝霜燈帙影移，芸窗香閣兩相宜。祇今零落書籤亂，不見當時舊雪兒。
院落魚鐶湛露繁，蓮花宵漏斗橫昏。應知冉冉花梢下，環珮魂歸笑語溫。
誰把填河作斷橋，冷灰難續篆香消。擬君瀘爇揚旌日[一]，再囑東川獻玉簫。

詩餘

小令

西江月 私晤

綺苑初飛蛺蝶，沙汀乍繫扁舟。杏花新雨畫樓西，錯憶夢中紅袖。
品罷玉簫尚暖，調他笑眼還羞。酒闌燈灺月籠鈎，背解羅襦時候。

[一]『旌日』二字，復旦本缺損。

又白鷺

戲渚參差玉嘴，浮湍次第霜毛。荒葭溪畔一羣飛，雪點青山欲曉。
垂頂絲絲不亂，穿雲肅肅爭高。半蒿秋水碧連天，一陣銀河月縞。

陽臺夢彈琴

紫猊裊裊珠簾捲，孤桐指下徽聲粲。幽蘭緑水思悠悠，誤入離鸞怨。
調比蘿鶯喚，絡繹鳳絲休斷。秋風夜雨近瀟湘，宓女應長歎。

好事近春雨

珠串壓重檐，聒耳長廊相續。一徑香魂方吐，見梅枝新沐。
青冥爲甚響涔涔，著意催銀竹。林下如連三峽，忽然生衆緑。

夜行船本意

寒江菰葉凉蟾上。捲秋濤、青簾白舫。玉人千里，寒浦三更，今夜凄其情況。
遠天漁火明罾網。似數點、疎星摇漾。霜前蓮粉，橋畔楓聲，一片浮光洸漭。

點絳唇走馬

寳蹬飛敲，香塵襯屧雙尖茜。柳橋灞岸，墮髻隨風顫。
滅没蘭筋，流汗浮金鈿。雲裾亂，停鞍欲倦，將息桃花院。

柳梢青本意

密葉長莖，萬條千縷，車蓋停停。張緒絲絲，王恭濯濯，絶似卿卿。
章臺幾度凋零，空目斷、吴山楚汀。翠黛灣灣，宫腰細細，誰惜惺惺？

誤佳期本意

珠露薔薇新沐，畫幙高燒銀燭。曲廊掩掩響模糊，可是風敲竹。
海誓作刀槍，繡口成酖毒。迢迢河鼓玉繩迴，依舊空房宿。

雨中花本意

忽地雷聲天上，翻起松濤柳浪。粉蝶偷潛，黄鶯坐濕，百和香風颺。
惟有海棠偏異樣，一隊胭脂無恙。珠淚倩花垂，紅點千行，懶揭芙蓉障。

又贈古峰上人

枯樹巖邊覓路，試説誰今誰古？別頂雲中，妙高海上，截斷人來處。

落雁紫駝何足數？自有通霄平步。漫摸月扳藤，踏向峰頭，直上千峰去。

踏莎行夜讌

几列銀簧，燈垂金藕。微波暗送仙裙縐。疎簾摇漾夜如珠，高樓月影催蓮漏。

乍落金鈿，還鬆寶扣。香塵舞罷紅羅袖。生來怯弱受郎憐，那堪更罰葡萄酒？

又照水

消瘦人兒，臨鸞畏縮。只疑菱鏡多愁蹙。景陽粧罷奪春輝，鳴璫轉袖長洲曲。

水荇牽風，金鱗戲瀑。髩雲斜墜釵痕緑。如何絶代有雙身，瀟湘影裏桃花浴。

浪淘沙憶昔

酬酢眼波中，驀地相逢。仙姿初出蘂珠宫。一捻身材輕似筴，慣辱英雄。

檀板興還濃，流水溶溶。櫻桃小曲遶簾櫳。無那玉樓蓮漏歇，别騎倥偬。

虞美人本意

漢軍垓下重圍匝，倉卒移香榻。重瞳叱咤爲誰誇？醉看鸞韡飛雪撥紅牙。
悲歌泣下提刀起，慷慨垂青史。沛人亦會解風流，落得厠中瘠藥一幽囚。

青門引美人

淺黛明花院，恰似漢宫飛燕。斜轉闌干香步遲，粧成羅襪，欲待陳王見。
飛魂縹渺疑驚雁，婹裊金蟲粲。釵魚鏤玉，鏡鵲啣珠，編入巫山傳。

惜分飛本意

畫舸風斜青草岸，料峭孤寒一片。待把愁城竄，玉釵恩重難回轉。
雙燕忙忙檣語亂，不解生人隔斷。懸想西樓畔，香喉此日停歌扇。

添字昭君怨本意

不禁冽風沙塞，冷浸阿嬌珠璹。單于夜雪射生歸，揭羅幃。
那日玉鞍輕別，淚點尚留紅頰。箜篌彈罷憶河津，是三秦。

武陵春 贈三非和尚

烏石淩霄籠古殿，危壁倚青雲。擁褐安居獨閉門，丘木長桐孫。

林簇花宮歸鳥外，斜月挂松筠。緝薜袈裟浣濯新，將法與何人？

桃源憶故人 讀書

纖纖玉指翻緗縹，簾外風枝清悄。揭過牙籤多少？一陣脂香繚。

畫屏閒几微吟了，惟有洛神賦好。不學男兒潦倒，偷揣登科稿。

尋芳草 荔枝

絳雪水晶溶，不盡丹華醲郁。朱顏偏種團圓福。蘭氣風吹馥。

南海路漫漫，空望斷、雕盤紅玉。待霎時、飛騎芳塵簇，譜入長生曲。

醉花陰 櫻桃

最先百果呈朱實，萬顆調崖密。英霞絳脣開，點綴勻團，銀漢繁星集。

鶯含紅蕊流香液，薦寢恩波滴。此日漫嘗新，玉筯金盤，却憶前消息。

海棠春紅梅

暗香恰與吴妃逅，出落處、酡顔微逗。絳雪挂春絲，影入寒塘瘦。
百花頭上標孤秀，真色相、肯隨人後。含笑醉紅潮，繡頰彤雲覆。

錦堂春贈味禪上人

任他烹龍飲鼠，爭如虀甕餘鹽。踢翻冷竈殘鍋去，辛苦爲誰甜？
莫説聚沙兒戲，當前即是瞿曇。服松不讓醍醐美，請看普明龕。

浪淘沙村居

流水接奔潮，小小紅橋。應無馬跡到蕪臯。籬下曲蹺聽犬吠，門外歸樵。
日曝與風繰，斗大茅椒。肉生脾裏老無聊。新緑南園扶杖看，雨甲烟苗。

中調

天仙子 閨情

風月塲難容譎詭，縛不來飛溟兩翅。城頭畫角數聲哀，神似醉，腸如刺，借取燈光焚錦字。銀漢澄清新月霽，今夜想無雲雨翳。依然獨自倚空牀，最不分，傷心處，兀地閃人殘夢裏。

撲蝴蝶 贈隱者

蓊欝修林，仄徑餘霜蘂。閱歷千峰，竹策環山址。但看塢内閒雲，果是乾坤一指。危窠木末，人在藤花裏。山廚並没登俎，餉我惟松子。倒海懸河，不是人間字。烟迷幽嶺輕荑，風落香階細毳，好闢槐安穴蟻。

又 歸家

鵲報蹺蹊，忽地簾前送。花驄門外，寶絡青絲鞚。看來今日重懽，記得前宵在夢，喊地呼天，賜下吹簫鳳。

不經幾許凄其，不顯郎珍重。郎非無信，此際知情種。花陰玉盌同斟，衣帶蠙珠再捧，打叠郎懷飽擁。

蕙蘭芳引 七夕

百尺鍼樓，纖指動、向天爭巧。乞得巧來時，偏會絮煩招惱。關心甚事？頻望箇、鵲橋傾倒。想黄姑此夕，那管人間啼笑？

簷角疎星，麗譙戍鼓，幾多虚杳。便一刻懽娱，也合夢魂清瞭。問誰學得，長生殿悄。背著人、魆地生生相保。

傳言玉女 焚香

寶焰金猊，斜上黄雲一穗。珠屏翠障，看乍開蘭蕙。嶧桐閒理，恰是離鸞孤唳。氤氳院落，數聲清徵。

小榻清幽，隻影孤、晝簾閉。重添龍餅，試芳臍沉水。莫教烟燼，要似牽絲引緯。空房功課，捨他何事？

錦帳春偶題

萬卷空存，千言無當，值不得寸鍼白棒。嘆長年，洴澼老，紙張兒薄倖，不須提唱。
怕月窮廬，悲風細巷，夢不到犀舟虎帳。枉稱銖，兼論兩，且愁來把酒，釣魚竿上。

两同心有懷

楓葉清霜，吴閶秋暮。想玲玲、法部宫商，似天上、花卿暗度。依稀見，摇曳霞衣，夢魂飛去。
那日凌波閒步，蓬蒿輕顧。嘆孤樓、空鎖松筠，殢人情、青苔滿路。只剩得，陌上芳塵，那堪錯悮。

漁家傲本意

渚清沙白晴川路，游鱗鼓浪真堪數。錦片江山閒裏度，行樂處，荆條竿上盈車取。
青筰輕舟如細羽，横吹小笛斜陽暮。天半孟婆愁欲怒，休前去，短帆卸郤蘆灣住。

感皇恩本意

奥渫驟升華，谷風虎嘯，驤首高衢抒懷抱。九閽知己，西序叨稱周寶。草茅何福分，天恩到？
退食容容，趨朝草草，哀職從來能補少。許身何在？愧乏南金持報。望宫門日曙，肝膓繞。

西施本意

春溪如畫水溶溶，鶯囀杏村中。浣紗纖手倦，無語對東風。試問佳人何事，將心捧？愁黛鎖雙峰。屬鏤血濺胥山下，館娃歌舞方濃。還聽得虛廊，步屧響瑽瑢。待向湖光深處，看浮碧，一派洞庭紅。

風入松本意

含星漏月翠離離，麈尾拂長枝。濤聲漫捲雲幢上，是幽林、乍奏笙篪。除却蒼髯老叟，眼前勝友還誰？
龍攣虎跛谷中噫，逼側樹陰移。青巒碧澗憑空撼，見鱗文、幾陣斜飛。自是參天蔽日，何妨雨掃雷靡？

御街行劍池

青殘翠禿流泓注，昂宿潛金虎。蒼茫鐵色幾千年，試問干將何處？闔廬劃石，祖龍勒馬，化作寒烟去。
轆轤修綆懸冰素，似聽靈湫語。鞭神役鬼劈重淵，只作噴霜吹露。霸氣山川，講壇花雨，誰識輸贏路？

愁春未醒 無題

殊隣讋伏，列國輸平。念椎牛饗士，幾人鞲臂？是書生、鳌瓚封茅，消息何曾到管城？凄凉此際，緼袍殘屨，麥餅菁虀。

搔首天庭，幾回高望，顥氣清英，但青蒼、不知何處，空費叮嚀。歲月銷磨，惟知閲史與繙經。還偷暇日，問津陟巘，犯露乘星。

長調

齊天樂 曉起

房櫳弄曉羅帷敞，風動半簾疎竹。乍卸香衾，旋開斗帳，新軟一團紅玉。金盆盥沃，看秋水微波，芙蓉初浴。三尺巫雲，朦朧似對遠山緑。

愁來慵見面目，只鏡臺厮共，時常親熟。螺黛輕拖，彩雲細整，難展眉兒雙顣。心頭跼躅，且收拾香奩，賸膏殘馥。强試鮫綃，瘦身軀一束。

鳳凰臺上憶吹簫 偶題

谷口孤雲，江濱亂葉，閒心漫付沙鷗。試抛殘棋局，細整針鉤。今昔誰人知己？惟有箇、向邴堪遊。還思省，莫嗟猿檻，不及鷹韝。休休，是非何在？悔龍門金櫃，季野陽秋。且暗尋茅洞，寄興滄洲。寵辱憂懽不管，經營事、只在糟丘。任他說，暮鸞晨鳳，半豹全牛。

滿江紅 壽黄處安

桃面霜眉，隨處是、竹巾藤帶。猶記得、銀鞍走檄，金門展采。清夢依稀宫漏滴，咽流尚向長河湃。捹青鞋、踏破遍名山，堪瀟灑。蛇蚓現，蘭亭格。烟霧欝，樊南派。總詞源三峽，自然天籟。孤琴調湧海峰尖，寒鐔光照魚腸色。看生公、石上紫霞浮，紅雲靉。

絳都春 咏馬

西風寒緊，看安排薌粒，將嘶還懶。不辨妍媸，與衆齊名空驕蹇。隙駒逝矣閒牽絆，遮莫似、瓦鷄陶犬。凄凉夜半，無心翹首，去窺河漢。

堪歎。凡胎庸碌，倒疾馳善走，錦韉組纂。且自渾同，遍地昏盲誰青眼？也曾説奔虹跳澗，龍支選、慶雲無散。最憐潦倒，埃塵倚軥吴坂。

沁園春 閨憶

烟鎖銀屏，夢斷瑶徽，萬斛牢愁。憶題柱才雄，慵看珠麝；封侯念切，莫挽驊騮。一别凄其，高岑遠水，不覺迢迢數十秋。閒蒨點箏，寄來芳訊，字字荆璆。邇來偏愛清幽，儘掩著重門獨倚樓。最刺人心坎，雨淋風暗；引人思路，花密香稠。拭淚難乾，加餐無力。何時飛鏡大刀頭？且閒取錦厢繡帖，補綴寒裘。

蘇武慢 閨憶[一]

繡閣幽閒，香欄静悄，冷落門前芳草。紅蕤枕畔，翡翠屏中，不見當初哄笑。頻來錦鯉，浪擲霞箋，枉掞蕭郎詞藻。最堪憐、梅花一曲，拋却何心撥調。恨生來，婉若游龍，柔如弱蕙，偏自臨風嫈㜲。較書燈下，説劒奩前，悔殺憐才顛倒。冷暖難憑，高低不就，鎮日幾回煩惱？箏無如、孿耳蓬頭，厮守登徒同老。

[一] 此作内容上圖本缺録。

念奴嬌 壽鄭素居[一]

瓊樓天際，望幔亭綵屋，勝如文梓。籬落河濵蘆荻滿，如此清光誰比？且混漁樵，休談管樂，歌頌拖殘履。一番甲子，幾處江山無異？

憶昔輝煌彝玉，絡繹輜軿，舄奕鳴珂里。金谷銅駝安在也？止有一堆荊杞。疎簟琴床，蕭齋茗椀，閒説維摩義。縞衣明月，年年花下長醉。

漢宫春 九日[二]

挈榼登高，嘆笋鞋藤杖，尚滯三吴。望遍江南幾度，衰柳寒梧？白衣誰是，向東隣、濁酒堪沽。西風急、葉鳴如筑，蕭蕭飛過江湖。

此日兼葭霜滿，似艱難潦倒，白鬢扶疎。暗度年華，箅似雲轍龜途。故鄉門巷，忽無端、心坎模糊。須拋卻、及時作樂，醉看帝女花敷。

[一]　此作内容上圖本缺録。
[二]　此作内容上圖本缺録。

瑶花題伯騶叔郎官雪霽圖祝壽[一]

霧濛林屋，雪泚支硎，正崢嶸時序。沉吟詩卷，費浪仙、此日勞神酒脯。繩床冷銼，滿衣裌、清風如栩。聽爆聲、金管初回，恰是嘉名初度。

溪湄數點寒沙，望白港輕舟，江村漁浦。唅呀指爪，晴嵐染、插遥天孤峰雲護。揞籬罍徑，莫辜負、邵平瓜圃。趁歸期、及早青春，拚受蘭臯竹塢。

萬年懽賀吴香爲壽[二]

律肇林鍾，正南訛晷長，荷沼芬茀。吴苑花明，猶是舊宫烟月。漢日周年未老，且棲息、雲裾霄褐。聊蒨點、琳札青書，庭前風竹聲戛。

看來茶鐺釣碣，止淞江甫里，飄蕩漁艓。放鶴峰高，如許清光颷拂。縱使豐貂雕斧，爭敵得、澗苹岑樾？閒居裏、種就龍鱗，會取柏茂松悦。

[一] 此作内容上圖本缺録。
[二] 此作内容上圖本缺録。

道山堂後集十卷

道山堂集序

三山陳靜機先生歿數月，令子宗柏兄弟彙集先生遺稿若干卷，將次第授刻，謂余託交於先生也素，當一言卷末。先生高文秀德，爲閩中碩果，一旦云亡，僅此數行，不致風流頓盡，其生人感歎何窮乎？先生蚤歲成進士，出宰劇縣，政成報滿，改官言路，繼□憲嶺表，晋擢卿寺。值鼎革，歸来優游里巷之間者五十餘年。當先生在嶺表，久爲四民愛戴。時年才踰三十，又四宇太平，使功名之念未銷，不難濡足褰裳，冀用其所不足，而先生不爾；不則以先朝逋舊，易爲名高，肆志瀓文，亦足附西山之高義，而先生又不爾。淳心道味，抱樸含貞，故其發爲文章，大雅春容，言也可思，歌也可詠，有合於古人不怨不傷之旨。先生家貧甚，結廬道山之側坆，前代黄氏之隐居也。當門石壁數仞，所書長句二十八字，雖數百年物，刻畫如新。先生意甚安之，隨構數椽，課子孫讀書其中，破硯殘卷之外無長物。間一赴里社文酒之會，青鞋布襪，攜朋約乎道旁，不識其爲貴人。天下賢士大夫足爲鄉邦矜式者，豈必在高言濶步、昂首軒眉，譬如對三代鼎彝，正使不言，而自生人肅穆之氣。先生真可謂一代之典型矣。余爲諸生久，始自癸酉，每三歲一赴試會城。從衆人中曾得望見董公崇相、孫公子長、曹公能始，所得友事者，陳道掌、曾弗人、林守一三先生。繼壬辰從周公元亮遊，得交蓮峯郭公、孔碩林公及靜機先生。時戊辰，吊座主榕園邵夫子之喪，重来同人修舉社事，檢點舊籍，止靜機先生一人在耳。今先生又往矣。六十年間，渾如彈指，何待令威千年化鶴歸來，始有城郭人民之感哉！殘年望八，應諸公子之請，自幸得序先生遺稿，仍悔不蚤數月序先生，使先生一見之。其發無涯之歎，當不知更何如也。

康熙甲戌十月，長汀年家同學弟黎士弘頓首拜識。

道山堂後集·文集卷一

閩中陳軾著　男　宗柏　宗咸　宗豐　于侯　仝輯
年侄　湯永寬　林茵　同校

改亭集序

江左計甫草負盛名天下殆四十年。其於今人之文，雌黄甲乙，識精而法嚴。歸安文閑、文在，南昌文定、文待而後不多見也。葢其論今人之文，止其駁亂，以返于醇，去其險盭，以就於平。益其峭薄，以本於厚，天下咸重其識而善其法，而不知甫草之能論今人者，由其得力于古人之文，其識以博稽遂覽，而後能精；其法以神明變化，而後能嚴。非汪洋荒惑，奪朱亂雅者所能與也。至于甫草，自爲古人之文，則亦取其所得力者而爲之已矣。余過松陵，見甫草次君希深，神采奕奕，綽有父風，隨舉《改亭遺集》，問序于余。余得而竟讀焉。信乎甫草之能爲古人之文，其識精法嚴有如此也。夫人肆力于文，非無聰明才辨足以取勝，而纂組薈蕞，榛蕪塞路。則聰明才辨適足暴行越智，緣餙詩書，而無體道之實。柳子厚曰：『文章，士之末也。』然立言存乎其中，即末而操其本可十七八。甫草之學極深研，幾于古今是非，六藝百家，大小無不同條其貫，肌劈理解。故其□爲言辭，如蹀《陽阿》會《渌水》，疾徐抗墜，罔不中節。是有聰明才辨，愽而能化者也。夫以王良、造父，整齊斂諧，周旋若環；不若鉗且、大丙，除御棄策，能軼鶤鷄而過歸雁。葢法守于無執，而識達于無垠。今觀斯集，則鉗且、大丙之御也。論者以甫草雖登賢書而未竟其用，無不爲甫草惜。然天靳甫草以遇，而不靳甫草以才。自古身都通顯，而湮滅無聞，孰□甫草之文足以信今而傳後者哉。昔蔡伯喈謂郭林宗：『匪惟摭華，乃尋厥根。』其甫草之謂矣。

武康沈慎菴元澤兩公崇祀鄉賢録序

士大夫策名以來，得以主持風節者，惟是朝廷耳目之司，所以正绳直筆，能使臺閣風生，奸雄褫魄，一言出而國家安危係焉。次則身任巖疆，鎖鑰邊庭，能使枹鼓不聞，四郊無警。然而直言敢諫之臣，天靳之以其年，使之不得盡展其剛方之略。而捍衛牧圉之臣，復不竟其用，使之終老於山澤之間。後之人景仰前徽，未嘗不爲國家惜也。武康侍御沈公慎菴、僉憲沈公元澤，皆先輩之震爍特出者也。侍御蹇諤臺班，威稜凛凛，有張綱桓典之風。至於斷妖書之獄，犯權奸之忌，主持國是，廷議以平。僉憲公以書生知兵，建績邊陲，北平山海，屹然保鄣。及監軍□杏，遼左情形，畫如指掌。然一則歿於王事，一則投閒以老。倘二公而得以盡其所欲爲，其爲宗社倚毘，當何如也？沈之先世，始盛於六朝宋，司空始興公平逆劭之亂，命内外勒兵。旬日之間，無不整辦。洎奉詔，討賊廣陵。

受縛爲人臣者，盡如司空之戡平禍亂，盡忠王室，可謂社稷之臣矣。至於荊州舉義，以子孟孔明遺訓責蕭道成，觀其言曰：『寧爲王陵死，不爲賈充生。』豈可以櫟林之縊成敗論人乎？若夫名公鉅卿，文學之士，沈氏之接踵者，固不絶也。今觀沈氏所編武康鄉賢録，其爲沈氏者，什之七八。近者闔邑士民，又請兩公而尸祝之。蓋二公風采著於立朝，而爲善於鄉復不可指數，宜爲朝野之所觀型，而長爲一邑之畏壘也。雖然古之祭法所稱，郊社、山川、陵墓、都邑、癘蜡、學𡪏之屬，皆有名實可考。至於鄉先生没而可祭於社者，必其聲實相符，行誼允協，而後譽重一時，馨聞千載，所以闡幽表媺，風化攸系，近者鄉賢之祀，濫觴極矣。或以子孫之貴顯，叨及於祖父之榮，或非輿論之所許，妄厠於學宫之列。使盡如二公者，以之血食清廟，豈非萬祀所瞻仰哉？是爲序。

玉融名勝序

名山大川，天下之文章也。惟其興會偶寄，一拳所指，一勺所掬，皆足分岳瀆之秀，而寓風呼谷應之致，誰謂天下文章不在一拳一勺之中耶？假使志趣不屬，雖有靈區奥府，殊特嶦絶，無以觸其神智，即或捫蘿披翳，一至其地遊者趾錯，卻似盲引衆盲，無怪乎田夫牧豎日與山水遇，其與蒙頭墐戶，處於闇室無以異也。玉融逼處海濱，爲閩望邑，山川之勝，俶詭異狀，其所爲古壁丹青，神剜天劃，參互於星橋鳥路，側徑飛蘿之下，不可勝記。余年友郭蓮峰侍御，獨能搜考諸勝，抉其幽秘。近者纂修誌乘，於山川之目，尚未詳備。因之博採奇蹟，廣集名篇。凡封内山川，糸考無漏。渙若走霧，錯若置棋，爲玉融名勝志。覽斯書者，恍如萬壑馳鶩，百谷盤回。不啻干青霄而舒丹氣，而穹穴嵁巖，莫不效伎奔赴於尺幅之下。奚待騁周王之馬跡，勤謝公之屐齒，躡三峰而知太華之高，望香爐而識匡廬之異哉。夫剪焚榛薉，拓闢朽壤，而見古人經營之勞。崇臺延閣，髮塔喜園，而見古人創建之大。賦嵯峨之百重，咏靈山之千仞，而見古人鏗鏘留連之意。蓮峰之有功於山川非眇也。余因走筆敘之。

林平山集鷗草序

古之善寓言者，莫如蒙莊。其言北溟之魚化而爲鵬，怒飛而徙於南溟，無非以世界爲遼廓，視億萬變態如野馬塵埃。故能絕雲氣負青天，而莫之夭閼，是爲逍遥之極。平山之言鷗，亦猶蒙莊之言鵬也。鷗無心，而與水上下泛然任性而無患，亦猶逍遥而遊於無窮也。今觀平山之言，皆托之於詩。夫言詩似乎有心，而所以言詩，則在於無心。倘以有心言則執爲窠臼，據爲藩籬，轉換推放，俱有不能自由之勢。惟感之有心而應之以無心，任東西所届而不得其影響。此鷗之所以名也。夫鷗或在浦漵，或在蒼洲，或去或來，或浮或没，無定跡也。言詩者，亦若是而已矣。平山澹然無競，自得其適。回想數十年前，徽纏于冠，葢攀緣于朝陛。握征榷之權，則護佑人爲赤子；鑒北寺之禍，則嫉奄宦爲仇讐。其能息機忘形如鷗也哉。或曰：『鳥獸草木，詩所以多識也。鳧雁見於風，振鷺見於頌。』集鷗云者，猶得古詩之體云。

溫麻遊草序

蓋聞蛙井之見量局方隅，牛蹄之涔志安狹嗇。田夫漁父恒誇豐鎬鄠杜之人，丹壁金潭只覩麢兔雁鴻之影。奧區易混蕪塗，輪跡常窮亥步。所以空山落葉，江淹生白露之愁；翠壑回鑣，王勃動浮雲之興。雅會難逢，應緣非偶。粤稽郡城，歷考名勝。高峯聳峙郎官，東鎮碓開石鼓。黄蘗龍潭，蟠桃蟒穴。秘室容千人之座，方廣巖空；春風開夾岸之花，桃溪香噴。林薄紛淪，巒陰重叠。未若溫麻，夙稱神異。因沿東岱，更接雲居。天河挂竦石，呀豁百重；鳥路指金微，嵯峨千仞。仙踪渺忽，宛然緱山白鶴之遺；佛號莊嚴，儼現金界青蓮之果。雲棧縈紆，煙沙莽互。祇林鞳鞳，惟聞鍾磬之聲；虀臼斕斑，盡是隨唐之字。況有塵尾長梢，蒼髯勝友。蕣華晨結，敷含灼之繁英；新雉叢生，供書空之妙筆。信插壿以豐翹，還參差而布繡。及其雲霧殊形，陰晴詭狀。湧巨黿於青丘，飛大鵬於錦嶼。斷濤連浪，分合無時。疏派積流，去來非一。秦橋煙繞，思駕編石之梁；漢闕光横，欲作承槎之客。遂聽銅鉦，聿來金馬。棲丹景以發曜，登甘泉而就浴。因之釜山峙其穹崇，盤谷深其窟穴。宅幽勢阻，李愿少飄裾繫袖之容；緣絶音稀，錢起思騄蜆采芝之侶。斯瀛碣之藴麗，滄溟之變幻者也。兹者律中夾鐘，時當令節。雜樹阡眠，衆草倩倩。則有棕帽水曹，芰衣徵士。偕東夏之貳侯，竝秦郵之牧伯。躡屐曠觀，縱酒騖望。睇鴻溶而煥成章，臨飈杳而凌窮髪。於是弁山負小隱之名，孔璋擅建安之譽。姿情醰粹，麋丸繪丘壑之形；體態瀾漪，鵝素發魚龍之氣。珠液金閏，玉林錦肆。潘陸閣筆，應劉韜翰。白雪緑水之篇，踈雨微雲之句。比諸門庭潘溷，左思筆札未足爲奇；方之玉笛沉香，太白清平差堪竝擬。更寄遠情，喜探禪悦。問一指之天龍，訪六朝之寶篆。枯木巖頭打話，自然解縛釋粘；孤峯頂上相迎，何用擎拳竪拂。陳糟爛醬，倏化神丹；墨汁瓠尊，皆成智水。黄門搐鼻，竟吞甘露之飴；太史聞香，遂証木樨之悟。重增公案之疑，再續高僧之傳。僕歌泌孤居，拘墟淺識。曾染西嶽晴嵐，車厢入谷；更步幔亭鐵嶂，玉女差肩。惟此鰲江，尚稽馬首。願尚隔於蘆根，心已馳於嶺曲。所幸同人，與斯勝賞。遊張公之洞口，彷佛方干；過何氏之園林，留連杜老。瑟竿鐘籥，俱爲廣樂之陳；黼黻陶匏，盡入昭明之選。良得助於江山，應珍藏於琰琬。是爲序。

方聲木入[一]名宦序

嘗讀《甘棠》之詩，言召伯循行南國，以布王政，誌其草舍茇止，而興勿剪勿拜之思。及至子孫經營疆理，猶曰：『召公維翰。』不忘文武受命之烈。凡功德之及于人者，謳□一時，而馨聞後禩，以知甘棠蔽芾，非粉飾之所能文也。近石翁方公，濠梁士民，相與採溪壑沼沚之毛，而俎豆于學宫。僉曰：『公之功德，其及於人也，深且久矣。』蓋公惠心質行，絶不雉蒐鷙擊，以才術相勝。惟以仁

[一] 入，師大本爲『人』，據文意改。

義中正之養，爲樸茂長厚之政。問民疾苦，怛形于色，撫循而噢咻之。惟恐阽危之不去，而安樂之未聞。封以内若挾纊然，諸如飭保甲，嚴斥堠，綜榷税，減徭役，闡揚節孝，賑恤貧儒。至課督諸生，精心品隲，彙刊問業，一編衿佩瞻依，奉爲法程。公之悉心士庶，養而教之。衣食之思，鼓鐘之澤，宜乎中心愾慕，感而繼之以泣也。公以名進士起家，大行分校北闈，所得多知名士。嗣晉民部，鈔關河西，總理崇文税務，惠商裕國，屢有成效。及分臬鳳陽，惟公經濟大才，敭歷中外，始終一節耳。考公先世，慕岩公任上蔡，以賢能稱文；廣巖公藝林宗工，蜚聲膠序。義方之訓，肅若朝典。洎公掇制科，諄諄誥誡。以盡忠報主，爲念公天性至孝，辟咡之餘，胚胎嚴教，盡瘁王事，無日不切雲樹之依，屢欲奏請侍養。而太翁捐館，公倉皇奔歸，祭葬盡禮，更族戚婣婭有力，不逮葬其親者，捐資相贈，其廣推錫類，更爲難及。公德宇醇茂，平易近人。昔伊川謂明道先生純粹如秋金，溫潤如良玉，接物如春陽，入人如時雨，行己則主于敬，而行以恕，公殆得其心法歟。今者鴻儀不再，而弓劍舄履，猶留鍾離之國，無異峴山之碑，桐鄉之祀宜乎？甘棠重植，而明禋不絶焉。謹次而書之，是爲序。

林似之文集序

余與林繕之同賢書，得交其弟似之。嗣丁丑公車還，與似之同筆研兩載爾。時古學蕪廢，操觚家執，兔園舊册，句剽字竊，遂已標榜名高。似之兄弟獨能沉酣經史，倡明古學，術華佩實，在河圖琰琬之間，望者辟易。已而似之亦登丙戌賢書高等。私意毛錐雖小技，經國大業所從出，以二子之蘊，義生風金。春石戛使之處，承明著作之廷。謀王斷國，其精華暐曄，莫可遏抑。即至時危勢蹙，亦能回巨浸，拯胥溺，撦柱於天荒日□之餘。况以簪笏舊業，數代之元僚，碩德比於帶礪公侯，倘襲郇國之餘烈，承青箱之懿訓，高曾規矩，代有傳人，豈特陽夏風流，築室清山，凌煙末裔，雅擅西崑已哉？余憶爲令時，繕之貽余書曰：『祖士雅、虞忠肅，本書生也，爾其勉之。』余之庸駑，大失良友之望，而繕之所期許，抑何壯也？迨陵谷變遷，繕之卒於嶺南，越十餘年，而似之亦赴修文之召。噫！天之生才不使之羽儀。京國進於萋菶雝喈之盛，顧使之凶折委頓，絶琴絃于淥水，傷宿草於黃壚，豈不深可悲耶？繕之有子常薰，業已掇第，略可釋九京之恫。似之有子常向，亦能讀父書。近持其父遺稿，問序於余。余讀之，不覺涕泗之迸下也。夫以夙昔之稽吕風期，致歎於芝焚蘭隕者，已非朝夕。一旦披其遺稿，如見其眉目，夢得之湘江岸頭，十郎之逢春畏老，安能不動故人山陽之感也？余因走筆敘之，至於文之大雅，與左馬頏頡，世之人有知之者，余不復贅。

黃協先詩序

余前後宦粤十年，而南海黃子協先，余壬午分較所取士也。余自辛卯歸閩，已二十七年。嶺海知交，零落貽盡。獨協先尚綰墨綬，種花甘陵。余流寓姑蘇，策蹇值北，相對握手，悲喜交並。回思珠海潮奔，花田香噴，恍如夢事。余憶協先出宰百里，將有所用，其未足而協先將母懷歸，方寸爲亂，拂衣乞休，惟恐不足。噫！榮進之路，哆然朵頤，即使險塗難御，濡首而不恤者有之矣。況厚禄故人，豈非余之所期，而乃毅然長往蘆雪菰煙，返其紛服何與？蓋協先深情至性，以爲捧毛義之檄，不如回王陽之車。此豈可於今人中求之也？協先詩稿〔一〕一帙，篤厚深至，得風人之旨。余獨喜其『將母未遑征，及晨昏，止問北堂安』之句，彼夫《四牡》作來諗之歌，《北山》憂靡盬之役，其意豈有異乎？余馬首且南，而協先亦將歸粤。聊書數言，以敘離別。知吾兩人相與有成，則在乎澤畔行吟之際矣。

容庵集序

恥五莊年翁守秦郵，時余過其地，見其父老曰：『吾郵河决以後，淮渦四出，漂溺田廬無算。得莊使君，而流移以復，賦税以平，不設詬筒，不假鞭朴，桑嘉淵克，恤患澹菑。吾儕深歎賈父之來晚也。』及恥五以憂去，諸父老如嬰兒之失哺，祖餞追送，維舟百餘里，似乎恥五之所耑力而謀者在乎吏治，而不在乎詩之工否也。嘗讀漢史，公孫弘以博士爲内史，汲長孺以中大夫守東海，皆以内外兼任，惟東方朔、枚皋等有文學侍從之才，止以郎中大夫處之，而不遷其官。遂□文章與政事迥不相及。然古者矇瞍有誦，太史有陳，朝廷宗廟，聘問宴饗，皆賦詩以明志。所以登高能賦謂之大夫

〔一〕『稿』，師大本作『藁』，據改。

之材。至如庾亮鎮武昌，據胡床，與諸將佐南樓嘯咏千古，以爲美談。元次山《舂陵》之作，少陵序云：『得結輩十數公，參錯天下爲邦伯，則萬物吐氣。』張曲江、高達夫皆以詩人而躋大位，使爲治者，止於簿書，期會而已。是褰帷□紱者一人，而刻燭擊缽者，又一人也。是遷臣羈客幽人野老有詩，而學士大夫無詩也。然則恥五之有詩，固不爲吏治之病也。恥五寒憁風雨，時有詩；製錦西粵，時有詩。近自秦郵，過京口，渡錢塘，歸里門，新什復爾盈帙。其流連景物，敘懽朋舊，無不曲折以盡其致。夫詩以道情也。與其過於文，毋寧過於情。然未有情至而文不至者。恥五恂恂不勝衣，溫厚和平，得於詩教。其爲詩亦如之。盖刻礉卓鷙，胸次若束縛，方寸若城塹，必不能發爲正雅之音。惟溫厚和平，庶幾風人之旨。夫詩者可以通之政治而達於天下者也。恥五將爲《鹿鳴》《天保》之詩，而不爲《板蕩》《召旻》之詩。豈獨跌宕騷苑，與蛙鳴蟲響，爭一日之長哉？

龔學博詩序

古者政出於學，今之學者未必有政，而爲政者未必盡出於學。余觀唐時文人，流落不偶，往往受節鎮之辟，屈首書記以爲進身之階，如高達夫、李君虞輩是也。要之，經國大業資於技能事功者什之一，資於文章筆札者什之九。論者謂環瑋博辨之士非時所貴，而聖人之道無益世用，則過也。況乎絃歌蹈舞之地，德行道藝之職，非華實兼茂以身爲教，何以成一時之人材耶？然成周時，司樂成均之法，有樂德、樂語、樂舞，皆詩也。既而《宵雅》肄三，操縵博依，詩與樂合久矣。宋安定胡瑗爲國子師，率諸生雅樂歌詩，乙夜乃散。諸齋以其間歌詩，奏琴瑟絃誦之聲，徹於中外，豈非風雅一道，爲教者所首重與？學博龔君，百粵之僑肸也。文辭富贍，尤長於詩。其爲詩也，不假鍜鍊雕鏤而叶自然之□，□蹈鈎棘傷劌，而得大雅之遺。故其作人恒本此意以達之，所以歷羅浮過龍川及絳帳，三山皆以詩教。而詩輒盈篋笥。日進於古，則知風雅一道，實教化所由成。非徒觚翰遊戲、釣譽射聲者比矣。今學博忽動蓴鱸之興，浩然以歸風雅之澤，誌於碑碣。然博學年尚英鋭，使其出而康國理政，必能使含毫吮墨，立試於游刅治絲之間。豈徒令其飄紳襜袂，委頓衢巷已哉？余將瞻高岡梧桐而重有所斯矣。

璽庵雜咏序

四明林殿飏與余庚辰同籍，京邸一晤，近到三山，始得把臂言懽。因出《璽庵雜咏》並《碎筑集》，示余讀之，見其詞義嚴正，義氣忼壯，洵千秋之信史，風雅之餘篇也。昔太史公以屈、賈同傳，然賈得君逢時，未爲不遇，東坡以生不能用漢文爲恨；靈均欷歔鬱悒，菇蕙掩涕，所發憤者，不過蔽賢嫉妬之人，未若南宋謝臯羽、鄭所南諸君子，傷陵谷之變遷，念故國之飄零。呼天愴地，如漸離之擊筑，如文姬之悲笳，如秋風之掃葉，如寒鳥之嚾林，更如煢煢嫠婦，燕釧既拆，鳳操無鳴，香沈孤月之魂，淚灑湘江之竹。哀猿斷雁，凄然欲絶。故其一吟一嘯，皆足以繼西山之響，而與麥秀之歌。此屈、賈之所未嘗閲歷者也。《剥》之上九曰『碩果不食』，葢剥盡而能復生，一陽在上，則爲衆陰所載。故觀其象有順時而易之義，殿颺其今時之碩果乎？細玩斯集，其得於《易》深矣。雖然，余與殿颺同譏，曲江，見其丰采颷發，具有先憂後樂之志。若使主持國是，必非煦煦趄趄，如全軀保妻子之人以賊寇遺君父。今乃角巾鹿裘，隱於蓬蓽，一倡三嘆，以是爲樂。當其長安看花，分珪彩紺，豈意其至此哉？惟是破涕爲笑，吾輩常有文之係於綱常名節者，不可得而澌滅。余數言序之，以當折柳云。

董漢橋孤山踏月詩序

余庚辰京邸，得晤董漢橋先生。時先生以明經奏對大廷，蒙不次之擢，選授部曹。及余補東粤令，先生賦詩贈送，情溢乎辭。至辛巳，先生以漳浦太夫子之案，株累下獄。議者疑爲黨錮復作，諸君子獨謂主尚明聖，斷無部黨逮捕遍戮名士之事。讀《西曹》《秋思》倡和諸篇，忠君愛國，令人有餘思焉。後果解綱賜環，先生之名益高。然先生見天下鼎沸，憂形於色，抗疏請纓，見阻蜀相。及燕京不守，先生早溘然逝矣。余與耕伯令長過蒲坂，登太華，備聞先生平日博綜稽古，業已包洞典籍，刊摘沈秘，且披詞先生所註杜詩，衡論精當，直抉藴奥。耕伯善讀父書，惜乎歿於秣陵。今其書不知散落何地，人琴之感，曷能釋然。兹先生之孫惟直上人得先生《孤山踏月詩》一紙，珍之篋笥。余搜玩之餘，恍眉目之如覿也。夫人不可見而有可傳，觀其殘篇斷簡，得其一二，而愾然想見其爲人，況乎夙昔之所親炙者乎？上人少年能詩，有宗泐、梵琦之風，庶幾無忝爾祖云。

蓼園詩删序

余嘆乎天下之材，而不能爲天下用，何多也？夫有天下之材，而不得經營四隅，縱志舒節，使天下背風而馳，所挾者博而所應者促，非材之過也。豖苓鷄壅，因時爲主，鴟日鶴脛，隨分而施，假非然也。御天上升，制於鰌鯢；培風背負，笑於蜩鳩。雖横禮樂，而從金版，可大有爲，而不能不緩珮玦，困蓬艾，豈遇爲之耶？李子山顔早歲登賢書，迄今三十餘年，悒鬱不得志，可謂落落難遇矣。人所横廓六合，翱翔八極之日，即山顔瓠落一室，嘯歌衡門之日。而山顔不以爲病也。論山顔之人，不可不讀山顔之詩。觀其間關入閩，麻鞋重趼，涉刺游舟，振蕩山谷，至於憂時愛國，發爲吟咏，不減北征，陳陶諸什。及其懷抱雌節，與道爲交，則哀而不傷，怨而不怒。中情好修，而無莛篿占貝，妄萌希覬之想，則尤靖節之餘韻矣。山顔於學無所不窺，於書無所不讀。嘗衡論國史，參駁可否，古今疑案，一言而定。而《蓼園詩删》，特其緒餘。盖其積之有本，縱若委衣，用若發鏃，而澶漫逶迤，著之毫楮，無所不極其致。噫，山顔豈終以不遇老哉？庸詎知吾所謂不遇之非遇耶？昔王仲淹在隋唐之間，見仲長子光隱於河渚，仲淹曰：『身逾退，道愈進。若人知之矣。』余偃蹇南北，不能如汾水之曲，足以自樂。而山顔居然仲長子光之流亞也。余序山顔之詩，知余兩人之相勉，有非世俗之所能喻哉。

上巳連寒食詩序

姑洗肇律，桐芭始出。飛絲薄林，時鸝在樹。和風習習，喜淑氣之登晨；華晷遲遲，欣艷陽之寓目。新葉弄小錢，嫩緑浮珠；錦蝶簇香界，輕姿膩粉。正金人捧劍之年，仍鄭國招魂之日。兼之匝地藏烟，沿門插柳。縷鷄畫鴨，曾傳吉酪之餳；采艾握蘭，復禊東流之水。天氣方新，誰是長安麗人？火禁聿修，舊聞司烜木鐸。褰衣濯手，躍浦潋之頳魚；玉勒香泥，唱竹枝之遊女。落蘂翻風，洪流涵磧。燕語初零，鶯陂微漾。可無佳會，酬兹雙節。爰期同人，寅緣北里。步屧水濱，藉草林薈。倣惠連之郊野携朋，步山陰之少長咸集。攬嘉藻於緱川，灑香醪於清渚。纈沙文之餘波，信行光之容裔。以敖以遊，一觴一咏。峰巒互錯，杳藹春山。稽阮相將，淹留綺席。因而遠道思芳草之遺，芳洲記杜若之贈。念切停雲，緣慳振腕。番州寄興，魂迷陸賈之祠；趵突飛泉，夢繞茅焦之宅。當此盥洗之辰，祇有蒹葭之望。眷言曲水，應在濯纓湖邊；結想清漪，或是荔枝洲上。孫楚遊吴，陸[一]機入雒。遊子三春，美人千里。昔者金羈躞蹀，空目斷於長安；池館葱蘢，悵離群於關外。輕舸釣具，憶羊欣之練裙；野水新橋，咏士龍之賓閣。豈能方斯長吟，比兹惓念者哉？於是文牋展暇，縷管搴芳。吐靈運之清辭，踵唐人之逸韻。庶繡口盈緗，期彷彿於花輿；巧心如繭，永流傳於蠶

[一]『陸』，底本誤作『陵』，據文義改。

市云爾。

三山唱和詩序

聲音之微，通乎政治；風雅之辭，宣之律吕。東都開醻宴，德秀作蔿于之歌；刺史苦徵求，次山發舂陵之咏。惟我蓉翁季候，玉筍名班，梁谿閒氣。紅藥翻階，早拜紫薇之閣；朱輪應宿，偏垂晝日之簾。雨潤梅溪，樫山永留棠茇；勳流渤海，蛋島盡息鯨波。行陟東臺仙掖之司，暫寄螺女鰲峯之跡。遇境與思，感物觸緒。杼軸俱本性情，氣格直追古昔。煙巒雲樹，攬之中懷；風雨鷄鳴，傳之毫楮。鸞哨鳳嘯，無非刻篆流丹；玉振蘭摇，皆是裁緗湛翠。青鏤寶跗拈來，吹龍腦之香；滿牒魚牋揮就，灑芙蓉之粉。遇野王於溪側，縹緲柯亭；操雲和於圜丘，縈回緑水。燕公得江山之助，修撰繼雅頌之體。指日陪未央之巡幸，給《尚書》之筆扎。升諸西清東序之間，編爲帝京龍池之什。淮西紀碑，聖德献頌。惟兹唱和之作，應爲賡颺之徵已。

葉慕廬詩集序

余棲息林壑，困于蓬艾。荒山仄徑，罕接賓客。自分埳井之蛙，芒然無見。楚黄慕廬葉公，惠而枉駕。念菰蘆散人，猥承長者，折節下交，不遺菅蒯。竊以醯鷄甕牖，喜公之發吾覆也。公前理劍溪，嘗從棠茇之下，飫其膏雨。素絲之操，肺石之仁，猶奕奕碑碣間。近以需次郎署，泝遊閩海，晤接之頃，出慕廬諸集及新詩一帙示余。披而讀之，矜爲帳中之秘。蓋其思理函，而節簇成，如山水清音，噌吰響答于嵁巖邃谷之間。又如解牛之技，嚮然騞然，自合桑林之舞。又如師文鼓琴，雖師曠清角，鄒衍吹律，將執管而從其後也。夫詩之正變不一，而所就之工拙亦殊。論者以詩本自然，非雕繪刻畫所能就。古者塗歌巷謌，婦人女子，皆可被之筦絃。似已倘抱質遺文，無事淹洽，則是虫唫蚓竅，可比琴箏；卉服繩菲，妄稱黼黻，得乎？少陵博極羣書，稱爲詩史。其採摭用事，即老儒博士，句鈎字索，莫能究其津涯。且其尊崇六朝，謂李白之詩，方之陰鏗、庾、鮑。又曰『頗學陰何苦用心』，是知詩者，天資學力未有不相須而成者也。公孚尹旁達，取諸性情而爲詩。牢籠萬態，波譎雲詭。沉酣于古人之詩，而不依傍籬落，能自爲古人之詩。蓋非坳堂泛芥，徒工聲悅者所敢頡頏矣。公指日勲名，在日月之傍。應給尚書筆札，令作淮西之碑。聖德之頌，庶幾《卷阿》十章，再賡于今也已。

翠巖集詩序

蔡子中旦志趣超邁，讀書負奇氣，恥爲軨材小儒。字櫛句比，欝悒帖括，中常抽思寄懷，工於爲詩。顧謙遜自牧，喜與長者遊。每是正黄處安、謝青門諸前輩。以余之老拙，亦與疑義與析之列。昔少陵《壯遊》篇之『脱畧小時輩，交結皆老蒼』，當時少陵，剛腸嫉惡，固已氣劘屈賈，目短曹劉，乃惓惓於老蒼不置，是必有深意在也。中旦經營慘澹，選辭就班，業勘凡人之病而入古人之室。今人傭耳剽目，挾其一知半見，自以爲足。假使起子安、伯玉於今日，糊名易書，不至于嫚駡不止，其實爲精、爲觕、爲工、爲否，茫然無辨，何異斥鷃、井蛙之見乎？讀《翠巖集》，鏗鏘應節，居然風流藴藉。而余又取其虚心善下，以爲作詩之準。夫志約而業彌繁，心損而名愈卲。凡事皆然，不但以詩矣。

井上述古序

朱晦翁曰：『讀書義理，已融會胸中，而不看史書，考治亂理，猶陂塘之水，已漏而不決以溉田。』張南軒曰：『觀史工夫，要當考其治亂興亡之所以然，察其是非邪正。』至于幾微節目與夫疑似取舍之間，尤當三復。夫人而不讀史，如處闇室，蒙頭墐戶，目瞪口噤，珪石莫辨。即讀之，而尋行數墨衆説，互相詰難，而能求其理以鏡其是非，則似是而非者，亦將眩惑中心，而無以自主，與面墻何異？古人言『看文字，須如猛將用兵，鏖戰一陣，如酷吏治獄，推切到底』，此尚論良法也。處安博學嗜古，白首不倦，著《玉井述古詩》八十二則，以示勸懲、昭法戒，至精且切。余慨詩自《三百篇》以降，大約緣情綺靡，雖爛若縟繡，凄若繁絃，不過樂府之新聲，梨園之法曲。惟杜陵一出，愛君悼時，追躡騷雅，居然詩史。今處安以庾、鮑之才，宣遷、固之旨，博採古人，糸以己意。昔司馬光《資治通鑑》成，宋神宗序之，曰：『典型之總會，册牘之淵林。』今觀井上之詩，何以異是？凡人之著書也，非析衷于古人，取信于來禩，則美矣而不傳，傳之而不久。處安已逝，而讀其咏歌諸什，如聞其咳唾，如見其衣冠。信乎傳而可久已。

送伯騶叔之潮州序

余叔伯騶以撫軍啟事，將赴選曹，乃於菊月擔簦嶺外，遊尉陀之國。意者明珠翠羽之奇，犀象沉檀之美，有所歆羡於中歟？抑或於羅浮見山之高，於珠江見水之深，且豐湖之左有子瞻之堤焉，錦石之下有陸大夫之蹟焉。至於岡州崖門，危巒斷嶼，爲驚濤駭浪之區，則又古駐蹕地也。今昔之感，諒必有觸於中而爲是遊者。詢其所以，則曰：『將有事於潮州。』潮之太守林公，係其故人，將過而訪焉。吾聞潮州之爲政也，元公之謠著於河東，吴資之諺遍於巴郡，不是過也。入其地而觀其俗，其已除舊而布新，去澆而從厚，可知也。潮與漳接壤，潮安則漳安，漳安而八閩始安。今者吾閩斥堠無警，鈴柝不鳴，未可謂太守保鄣之力止於一潮而於閩無與也。以故人之分符侯甸，能使庶物蕃殖，嘉譽風馳。行將誌其德教，覩其顔色，以爲光寵，豈與夫侯人屬吏同傴僂於彤幨，鐃吹之下哉？昔昌黎爲潮州刺史，上表云：『過海口，下惡水，濤瀧壯猛，難計程期，颶風鰐魚，禍患不測。』蓋唐時百粵，雖隸職方而官其地者，率以逖遠瘴癘爲嫌。今也文物繁麗，與中土無異。夫太守有昌黎之才，而無憂惶驚悸之苦，得以從容燕衎，而盡其所長，宜叔之樂與太守遊也。雖然，今之言遊者，亦約畧可見矣。當其蕭條閒處，青苔黄韮，無非鷄鳴風雨之時。及居堂皇之上，而事與心違，或投刺而躊躇，或造膝而次且，欲求此賡彼和，無論情不可必，而勢將有所不能及。今吾叔與太守以文章相信，而以行誼交勉，是必想從雲霧，高縱琹樽，抗禮於東野，倒屣于仲宣。雖以旌麾赫奕，書策稠濁之日，而鍼芥之投，知其必有合也。余讀少陵之《贈蕭二十使君》曰：『監河受貸粟，一起轍中鱗。』□《贈裴施州》曰：『苦寒贈我青羔裘。』以少陵之風調，可空一世，尚不忘鏤骨酸辛，銀鉤錦袖之感。今吾叔之行也，其不悠悠於方寸，豈減於少陵者乎？吾知太守將解榻之不暇也。於是諸公賦詩以贈其行，而余爲之序。

莆陽黄君碩如蘭亭篆草敘

昔秦同書文丞相李斯作《蒼頡篇》，蔡邕云：『龜文斜列，櫛比龍鱗。』李陽冰云：『某意在古篆于天地山川，得方圓流峙之象。』斯知龍文鳥跡，敷折毫茫，未可以易言也。然秦廢古文，更用八體。四曰摹印，謂施于印璽。而鐵□之工，遂流行於世。莆陽黄碩子所著篆草一帙，皆其傚仿古而爲之，而神明變化不拘于古。蓋古人之爲此一事也。非苟而已爲之，而必極其精鈎之而極其深。孔子曰：『用志不分，乃凝于神。』碩子有刀鑷養生之術，而兼運斤成風之妙。得於心而應於手，碩子亦不知其所以然也。然碩子生闤闠之後，年方□壯，神思迸發，風度儁爽，已自異于恒流。雖□□此見長而雅人深致，可披譜而得之矣。

沙子羽江外遊草序

今夫鸞鳩學飛，決起榆枋。高不過丈，尺不至則控於地。由其淺見渺聞，不知世界之大。若乃處於闠室，伏於席門葦薝之下，至於通邑大都，闉隍障隧，曲臺藻殿之美，文欜華梁之餙，茫茫乎其無所覩也。況於碧海扶□，□吸四溟之奇氣，窮靈胥之異態者乎？余友沙子羽，少年醖藉，有太史遊名山大川之志。遂僦舟車之粤、之浙，更入於南山象郡，文身跣足之鄉。覽百川之勝，極漭沆之思，其所以助益神智，弘長學問，遂浩然其有得也。以故所歷風景，塗次懷人，輒觸發之於詩。夫必有子羽之詩，而後方可爲子羽之遊。匏巴之鼓，不在於繁絲；崑丘之鳴，匪溷於□□。子羽意致深遠，在孤竹雲和之間，誠足與風雅之林者也。子羽精制舉業，爲諸生祭酒。異日掇上第，遊京國，入對承明，即以《江外篇》，爲左券可矣。

嘯雲上人詩集序

洪覺範曰：『百川不竭，爲道日益；水落石出，爲道日損。』天下損者可益，益者可損。必執何者爲益，何者爲損，不幾眼中著屑乎？默照邪禪，如沙不能和羹，影不能赴節。泥牛枯椿，衹是虛憍作態。即使轟然寫金石，入絲竹，□□善巧，如許綴旒，通身敗闕，末法鬬諍，無一是處。惟其洞徹總持，包括精犓，剗除諸法，蕭然無動。乃至逐照而流，隨用而往，以梵師而爲佳士，以僧伽而爲才人，以金乘珠藏而爲霓裳羽衣之曲。同是躭若敷演，在世諦中放光動地也。嘯雲禅師，利根上智，具超宗之□。少年精進，而以餘力觸發於詩。觀其揮灑自如，見境而非摭實，悟理而非掠□。無非詩也，無非禪也。昔貫休苦節峻行，有《西嶽詩集》。中峰博洽經史，作文未嘗搆思。文字之緣，尊宿所不能免。今以嘯雲之詩當獅子之音，可乎？□戲自在，余有以觀其所至矣。

鼓山爲霖和尚五十壽序

嘗讀《法華如來壽量品》，知世尊成佛以來，甚大久遠。壽命無量，阿僧祇刼，常住不滅，辟諸世界，抹爲微塵。一塵一刼，猶不能盡，况甲子耶？不退菩薩，不能思惟較計，知其限量，况凡小耶？然其大旨，則開近跡顯，遠本令□有常住之心，則有常住之身，常住之妙。心不滅則常住之真身常存，非世之頌禱所得而似爾。大禪師霖公和尚，夙植德本，乘願再來，繼席鼓山，播揚宗教。接曹洞之傳，演壽昌之派，飛聖箭而鏃破三關，據岁崱而峰高羣岫。發大機，顯大用，觀其折旋俯仰，動靜語默，無非金剛寶劍，覿面全提，真能於無佛中作佛，無祖中作祖也。邇來諸方，知識如雲，非不開口便喝，入門便棒。然不過打野榸弄虚頭，指東劃西，千説萬説，却與盲脩瞎鍊，相將而入火坑何異？甚者，售塵拂爲納賂謀出世，若壟斷宗門，種草剗地，盡矣。若師者，秉金剛心爲末法，主卓然獨立，挽回頹風，直令見者獲益，聞者起信。豈非末法之津梁，當時之藥石哉？顧而導之，諸祖當其易；逆而挽之，師適當其難。盖師度人之志方殷，而捄世之心獨苦。善哉永老人之言曰：『一髮欲存千聖脉，此心能有幾人知？』是師之心即永老人之心，即千聖相傳之心。然則佛祖之慧命，其係於師一人者，至弘且重也。師不假戈戟，不設藩籬，而卷舒隨時，權實任用。以無上義闡明直指，以唯心淨土勸人念佛，使知禪淨。二者隨其性之所近，無不殊途同歸。至於修天台之懺法，而事不廢；舉百丈之清規，而令必行。莊嚴殿宇，納四衆於菩提之場；放舍生靈，致羣生於仁壽之域。昔永明壽禪師秉單傳之統，而圓會教乘，篤修萬行，師實有之。兹以復月二日，值師誕晨，諸縉紳先生命余一言以當申祝。然余之從學於師也，無張拙河沙之句，殊屈志於石霜。乏曾會勘婆之機，竟逡巡於雪竇。余言何足重師也？惟師春秋方富，法乳滂流。佩心印而登祖位，即爲如來常住之心；入幻界而示幻相，即爲如來常住之身。種種説法，教化衆生，作末法大光明幢，即爲如來之甚大久遠，常住而不滅也。余因誦《法華壽量品》以爲師祝云。

萱草堂詩序

夫人身罹薄祐，丁陽九之會，而能燕衎鼓歌，不失風人之致。斯其如川之源，如山之富，所稱哀哇，動埃塵急，觸盪幽黙，庶幾近之矣。張子瞻，吾鄉奇士也。與予交最密，其嘉言懿行，爲人所欽仰者，俱不贅。亡何賫志而逝，予心甚憾。近又與其惟奎遊，出所藏遺稿，讀之一唱三歎，如見吾子瞻焉。昔白樂天經柴桑，過栗里，思其人，訪其宅，嘗曰：『只見籬下菊，但餘墟中煙。』每逢姓陶人，使我心依然。』夫村落山川動人寤歎，留連不能已，况乎門第宛然，風流猶在者哉？書此感愴，如讀《五柳傳》，而目想心拳，何以異斯？

道山堂後集·文集卷二

閩中陳軾著　男　宗柏　宗咸　宗豐　于侯　仝輯
年侄　林茵　年家姻晚生黃鷟來　仝校

黃檗清和尚語録序

曹溪語南嶽云：『西天般若多羅讖，汝足下出一馬駒。』自後什邡唱法龔公，知識□集。溈山云：『百丈得大機，黃檗得大用。』然百丈謂黃檗知過於師，方堪傳授，且云：『山下大蟲，老漢親遭一口。』當時父子之相信，確知其直下承當。所以放憨賣笑、陰諢瀾翻皆真實義之所敷演，非以法門眼目，同諸戲論也。蓋洪州建樹刹竿，代有尊宿。近者法幢且及於氈車番舫、日出扶桑之國，皆聞梵鼓。黃檗一宗，在今日爲尤盛，而吾鄉祖庭則有清斯大和尚出世其間。師心地光明，慧珠圓映，早已蹴踏須彌，吸吞溟海。及其擔荷大法，則照用兼收，賓主歷然，絡絡索索，辨才無碍，捧喝交馳，雷轟雲湧。惟其廣攝信解之門，提覺筏而渡迷津，以施藥味，而草木皆香。以昔者南有遁遠，北有弘肇，嗣是清凉永明輩多於世諦文字而得三昧；近如紫柏、憨山，能於常寂光中奏五英大招之樂。

讀師之文，將駕古德而上之矣。雖然末法日敝，魔外亂行，鷂過新羅，尚誇好手，擊塗毒而大地俱動者也。今讀揵錐告衆以及詩偈，芒焰迸奔，咳唾轟出，箭鋒鞭影，撈籠接引。即其一言片語，有擒有縱，無非爲衆生解粘釋縛。豈非諸佛祖之所護念，而能河傾漢注，如是之不竭哉？更有一種狐嗥，偷心未盡，便欲支撐法界，如刻人糞作旃檀形，非得師全提正令，痛下針砭，而附疣增瘤，何時割斷？請以是集告之諸方，庶知黄檗大用，全不作山澤癯兒家活計。其有魘寐側出，睹杲日而不斂跡者，未之聞也。

西隱寺請黄檗鼓山長慶法語序

恒沙世界，盡寶王剎。箇箇方足圓頂，運用堂堂。就是敗壞的赤肉團，俱作無位真人；不淨的蜣螂，無非紫磨金色。只因水牯牛未復，猢猻不死，把陽焰空華，當作真實。視這大事因緣，爲五濁惡世最奇怪事。饒他吒吒吵吵，粧神弄鬼，都無着脚處。就是遇明眼人，要與他抽釘拔楔，解粘釋縛，却也喚不回頭。誰作良馬，見鞭影而行？因此，種草剗除，無限風光，當面錯過。忽爾臘月三十，到日作甚折合，古德云：『如落湯螃蠏相似。』豈不信然？今西隱寺主，廣植善根，大作佛事。諸善友信心堅固，不昧因果。十載以來，共斂净財，收骸放生。今冬大懺，更設香飯供佛及僧。又以人天小乘，如箭射虛空，要作無住相布施，特請黄檗、鼓山、長慶三大老，舉揚宗乘，咸願自認迷頭，同歸寶所。三大老有權有用，能殺能活，皆是本色。盤珠機輪走遍，毫無滲漏。又如海天秋月，到處圓明。又如霹靂一聲，直破腦門。山河大地，一齊迸裂。又如虛空中翻箇筋斗，令露柱燈籠，點頭微笑。假使威音那畔父母未生以前，尚覷不得三大老蹤跡，處諸善友，嚼他甘露。請於火光中，作舞一廻，則知三大老放光動地，向無事甲裏覓他不得，向有事甲裏覓他不得。若要窮他蹤跡，尋箇着落，所在倒不如劈開佛面，打碎髑髏，置鍋設竈，炮煮牛馬，入泥入水，撈漉魚蝦也。省得許多思量卜度。小子造這法語，饑餐飽眠，便作法讀，便不作法讀，不覺呵呵大笑，曰：『三大老，老婆心大切，者叚葛藤，何時了也？』

不染禪師詩集序

儒者之説詩也，以四始六義爲詩之宗。如商之起予，賜之知來，皆是悟入處。佛教則諸佛菩薩，梵貝讚誦，皆有唱偈。而古德圓通游戲，多有吟咏之什。然其言則救度繫縛，發明指要，非若熏習於文字，攀緣於名句。至於《國風》之淫靡，《小雅》之怨誹，皆空界所不設也。如曰：『畫律較韻，爲法王所禁，將必掉頭卷舌，障礙於寥廓枯槁之鄉。儱侗顢頇，如鈍鐵相似，不幾塞斷咽喉，反致墮坑落塹乎？』鼓山不染禪師，誠辯才之尤者也。余參叩累日，見其戒力堅定，内外瑩徹，洵爲大乘種草。因出《霜葉吟一葦集》示余。余披而讀之，無非詩也，即無非禪也。蓋有心有境，而後有詩，使執何者爲心，何者爲境，心與境分，便如虛空釘橛。惟心與境如一機一見，皆無邊際。法如燈取影，如手指月，兔起鶻逝，無有踪跡。遂至獅音振播，非野干所得而擬。昔雪山甄陶女歌聲柔軟，五百仙人皆心逸不自持。何嘗作世諦語言觀也？余讀支遁八關之詩，野室掘藥，俱身外之句，劉魯得《送慧則法師》云：『禪客學禪兼學文，出心初似無心雲。』禪不爲詩病，詩何嘗爲禪病哉？不染師上根學道，能以詩句作佛事，信筆點綴，不落見聞知解。吾取其心境之一，如以爲詩中之禪，若以攢花簇錦，纏綿惻愴，與於風雅之林，尤不染之所不屑也。

白生上人大休堂詩序

昔襄州慈照禪師僧，問深山巖崖中佛法師曰：『奇怪石頭形似虎，火燒松樹勢如龍。』明州雪竇禪師嘗曰：『太湖三萬六千頃，月在波心説向誰？』蓋由古德勘破機緣，劈空棄臼。觸境生心，非心非境。真體無滯，應用無窮。丫角白頭，林木花開，皆有寶劍當風之妙。若從語言紙墨上尋討，早已差錯了也。白生禪師，潛心學道，歷有年所。近遯踪削跡，駐錫蔚山，高踞曲盝床，吟咏不輟。遂有《大休堂山居詩》一百七韻示余。余聞澧州嘗言『學人觸身有滯』，蓋爲因他數量作解，所以聽不聞聲，見不超色。讀師諸咏，無非聲也，不見其聲；無非色也，不見其色。殆遠追寒山，叶契石屋者。與慨自魔外横行，聾瞽交煽，榮名養利，恬不知恥。非不升堂説法，雷誦雲轟。然横説竪説，不過蚍蜉撼樹而已。孰如師兀守林莽，清净本然，適得寂照虚空之義？請以是詩爲箭鋒鞭影可也。

林草臣立三合刻和閨怨詩序

慨自殷靁懷歸，伯朅執殳，雉飛下上，瞻望日月，鷄棲日夕，憂思饑渴，閨襜幽隱，極於《風》詩。迨緑草被階，陳思發攬衣之感；清風動帷，茂先寄拊枕之傷。王融朝鏡，春衣擬辭於古意；太白巫山，渌水倣體于楚騷。自此轆轤井上，翡翠帷前。工白紵之詞，訴長門之怨。莫不纏綿斐亹，窮態盡變。豈非摘梅覓燕，細貼其柔情；回月吟蟲，備形諸篇什者哉？近傳閨怨，七言近體，限以名數十八字。林草臣妹丈偕林立三廣文，各和前韻。夫限數匀適，則無牽合之病；押韻渾成，庶免字貧之誚。二子含宫吐商，投袂赴節。漾影波瀾，諧聲金石。信乎文人無所不有也。更草臣《和燕》諸什，音節瀏亮，深得咏物之體。昔盧諶賦曰：『來如隼擊，去若凫泄。』亦如是之雅情深致矣。

錦簫合集序

摩金擊石，和平節八卦之風；奏鼓樅金，清越偹九成之雅。鈞天既杳，煩手隨興。龍門餘響，繞梁聲始韓娥；伊雒閒遊，擬鳳吹鳴子晉。以至雪袖回腰，梨園按部。後庭玉樹，清風披結綺之樓；霓裳羽衣，明月入宜春之院。番綽之晝耳堪聽，龜年之造律無悮。轉喉較勝於車子，聞樂致嘆於何戡。皆足揚絲竹之波，而吐宫徵之序。吾鄉大江之濱，方山之下。青峯翠嵃，突來一派春聲；古渡横橋，吹散半川朱黛。羡張緒之當年，喜潘令之正少。同洗馬之風流，比沈郎之消瘦。柔蝶裊絲，碧桃䫎面。乍習吴歈，輕拈顧曲。細腰曼睇，隨白紵以傳情；回履飄衫，赴危弦而弄影。瑶天清嘯，長笛應落誰家？空谷噴泉，遊魚悉皆出聽。于是孤村永夜，時唱伊州；銀燭青樽，頻歌金縷。遂有騷人觸緒，勝友抽毫。仿作洛神之賦，競傳火鳳之詞。讀歌雪之聯翩，亮文星之萃集。僕自媿朽質，喜傍名花。覩兹懽娱之地，何必少壯之時。聊弁簡端，以供勝賞云爾。

方烈女詩序

夫人象天地之粹□，含岳瀆之靈淑，莫不欲躬際平運，風扇休和。同萬物之宣暢，躭晨夕以燕娱。無如康衢罕值，險塗難御，運蹇而道乃伸，時危而節始見。所以仇牧碎首，王蠋縊樹。弘演納肝，龔勝推印。首陽採薇之句，文山正氣之歌。名爍簡編，無不爭壯其忠。志切艱難，未始不憫其遇。況乎綽約柔情，綃帷薄質。朝霞夜月之間，殘香剩粉之下，弁冕不加其身，詩書罕進其側，而能蹈成仁取義之智，無垂鬢低黛之容，彼翰藻如流，聞之卻步，而鬚眉如戟，見之心顫矣。吾郡福唐方正宋，許同里張可育。初從繫纓，尚遲合巹；育適報殤，女不求活。忍死三年，捐軀一旦。由鐘心而結憤，嘉好難尋；甘殞身而不辭，浮塵若寄。交頸觸相思之樹，每致恨於韓憑；孤丘興葛藟之悲，輒見稱於高允。於是纓緌之徒，紳佩之士，其披蘭蘼之箋，齊掇錦心之口。竊比風詩，以光彤史。庶幾英氣上干雲霓，義聲永鐫金石云。

林氏族譜序

《禮》曰：『因睦以合族。』人之有宗，猶衣服之冠冕，水木之本源，不可廢也。昔晉謝混與族子靈運、瞻、晦烏衣宴飲，風流獎勸，千古榮之。然陶淵明遇長沙公於潯陽，乃云昭穆既遠，已爲路人，不勝同源分流之悲。何遜贈秣陵兄弟，則有所思不見，邈若胡秦之嘆。豈非合者之易離，親者之漸踈乎？族之有譜，所以紀根系，庇枝葉，實爲友順之資。非是而闕畧不舉，棄德曠宗，莫此爲甚。三山林氏，夙稱右族，自宋文節公在孝宗朝，官至朝列大夫。時龍大淵、曾覿以潛邸恩倖，怙寵檀權，文節與劉翔以名儒薦對，論及二人，改知永福縣。後以大臣推舉，召還館職。適張説攀緣親屬，擢拜樞府，命下，文節獨不往賀。吏部謝廓然，以曾覿薦，除殿中侍御史，命從中出，文節付還詞頭。其介特不阿之性，固已燗然于君子小人之辨。至于糸究理學，得程氏之傳，朱考亭稱爲談道極其精微。夫正人君子，名節高于天下者，其福澤必綿亘于子孫，堂構之勤，豐芑之貽，不亦披圖而慨然懷其盛美與？前者邑宰用禮，公既有舊譜。今文學亮臣，復取而增修之。其在福爲一派，泉爲一派，統緒繼承，井然不紊，令覽者與尊祖敬宗之思焉。林氏昆裔繁衍，人材輩出，簪笏甘棠，取孫謀而光大之。其推廓於兹譜也，可計日竢矣。

劉氏理學八賢傳序

道學之名，天下萬世之所共仰也。而禁道學之名，天下萬世之所共詆也。宋陳公輔，首禁伊川之學。初意不過忌尹焞之進用，遂創爲高視濶步之説，而不知貽羞青史，永爲名教戮人。其後奸檜初從游酢之學，及宗程氏者多黜和議，遂反噬以圖快意。至於侂胄柄國，慶元諸奸，復鼓誹議，比大儒於優人，指喫菜爲妖術，籍記黨人，共一百六人。當時論者是孔孟而非程朱，其實狐嘷犬吠，彼不知孔孟，烏知程朱哉？閩中由楊龜山載道而南，諸賢輩出，庶幾海濱鄒魯，而吾鄉劉氏最盛。自光禄公闡道學之傳，接種而起者，共有八賢。或以正學啓沃，或以讜論敷陳，或澤及於民生，或志忘於仕進。父子、祖孫、兄弟，自爲師友，皆程朱之嫡派，而斯道藉以不墜也。昔人羡劉氏之盛，以壁插金花，床堆袍笏，揄揚而盛美之。然觀諸賢之學問、淵源，豈徒競功名、誇舄奕哉？大抵宋之道學，抑於權相。而諸君子篤信之深，不以富貴利達爲念。故於仁義忠孝之實，人欲天理之辨，卓然有以自信，是抑之而愈章者也。今劉梅心牧守摭其諸祖行實，編爲一帙，庶幾先刑具在，不特使後裔動法古繩先之思，而一邦之人，愈切高山景行之慕矣。余特援筆而爲之序。

壽唐君知八十序

毘陵唐君知嘗謂余曰：『吾閲年已久，四方之人，挾轂而至者，未嘗不與之遊。而生平相信，惟澹歸與爾而已。』雖然，澹歸世出世間，受佛付囑，燃法燈於嶺南，機緣相待，在山河世界之外，其懽喜讚歎也固宜。如余者，窮厄偃蹇，樸魯無文，君知乃與之而結深交，何也？吾知之矣。人情之相值，各以類召。使其情或不同，則必短我而甚我矣。君知廓然高邁，世莫爲侶，局趣俛首，而無獵纓舉袂，攘臂作力之態。與余之瘖默困餒，頹然自放者相爲近似，宜其情之無不投，而言之無不中也。唐爲毘陵右族，改步後家多隱者，而君知其倡也。蓋其平日常慕王鼎翁、謝皋羽之爲人，今積之數十年而其志不改，則其爲鼎翁、皋羽，不信然歟！夫天地陰陽之氣，紛葩瓌麗。其在明堂清廟，則紀之鼎彝，垂之琰琬。時而金銷石泐，草爛木腐，則有一種孤清之致，在乎殘山剩水之間，不與世代爲存亡，古之所謂遺民宿老是也。如我君知，殆其人耶？君知有子若謍，啜菽飲水，承懽無替，大者父能仗節而不恇怯洟涊以敗一時之節，父不求名而不荒亂攀附以狥天下之名。若謍之孝得于天性，而濟以深識，非苐致愛致慤所能盡其義。君知之義方，可不謂廣焉。余别君知，參辰阻隔，未知合并何時。而君知適當磻溪待訪之年，余以數言寄祝，知余惓惓之情，非鐘鼓酒醴之所能喻云。

壽林總戎序

今夫人之有才而不適於用也，非不適於用，由於無意於用之，而因以自匿也。夫使裾佩襜鏘，裼襲委垂，而令其騠鳌介冑，機駭鑫軼，則固不能。然而有排健陷扃之才，而不得其排健陷扃之用，乃使之草衣芰裳，伏於簷戶奧漏之下，則無以遂其志之所樂。而極其心之所欲得，然而亟於自匿者，聽鉦鼓而不顧，見呶號而若避。與夫平日擊槊試劍，嗔目語難絶不相類，何其苟婾歲月，而無馳騁中原之思乎？亦其意固有在，而非戰爭格鬬之士所能識也。若林將軍所謂官之而不屈，浼之而不就者也。余于將軍居南容之列，往者擯棄田間，嘗過其村。見其丘原繡錯，桑柘稠密，江流遼回，雲濤欝起，而延首巖谷，則有方山南向聳峙，五虎諸峯鈎爪踞牙。《詩》曰：『奮厥虎臣，噉如虓虎。』疑有俊傑出乎其間。而將軍以榻笏世裔，挺生茲地。前者推轂而出，早以頗牧自沉。今則懸車束馬，韎韐之服，置而不用，霸陵醉尉不知有將軍者，三十年於兹矣。將軍恬然自得，惟經萊晦趨刈穫，與田夫野老量雨較晴。時而鼓笛賽神，飶香饗客，行歌林莽，其樂陶陶。雖鐃管樓船，百校羅列，莫有踰於此也。甚矣，將軍之善於自匿也。近者寅卯之歲，物色屢及，而卒以得脱，豈非自匿之效與？吾慨世之眇識者，役於其名，而不察成敗可否之數。則煊赫之勢，適爲㜸憂增戚之具，而無當于可用之實。如將軍者，策之熟矣。雖然，將軍之不用，非其終于不用也。余于將軍之覽揆也，以一言爲祝。昔馬文淵，年六十餘，據鞍矍鑠以擊武溪自効。趙翁孫年七十餘，馳至金城，圖上方畧。將軍得無意乎？請爲引滿相勸，以鼓餘勇，將軍以爲然否？

羅尚之壽序

天下光明俊偉之才，皆受成於天者也。天與之乘隙立庸，使天下無皴瘃昏墊之患。鳥獸蟲蛾，咸得其所。如古之風后、力牧，位至將相是也。次則不圭組而榮，不旂旐而貴，不鏤彝勒鼎而尊。

乃使之盤跚於坵島洲渚之側，曠逸於青松翠蔓之下。而一時之犂老童孺，莫不歌咏其德。其在一鄉一邑，與其在天下，無以異也。沙邑羅君尚之，余心儀之久矣。君器識淵宏，材略浩博，其果毅奮揚之概，見者辟易。每歎世人喔咿，逡巡翦翦，拘拘往往，靦笑柔聲，約束委頓於衢巷之間。所持不過甕盎盆缶之細，而不適於用前者。推轂而出，早以頗牧自況，然以君之才自謂，尊俎函丈，制勝千里，當取封侯如寄耳。乃一旦懸車束馬，釋鞍韐而不用，聽鉦鼓而不顧，與夫平日擊槊試劍，嗔目語難，絶不相類。何其苟媮歲月而無馳驅中原之思？霸陵醉尉，豈復知有舊將軍乎？亦其意固有在，而非蹴踘蹶張，投石超距之士所能識也。君謝戎幕歸田里，適其村落丘墟，阡陌榛薉。君招集流亡，勸課農桑，浚溝渠，治隍陘，給牛種，修鑁鍤，歸之者如流水。昔開皇勒河西百姓立堡營田積穀，國以富强。君縱不獲上充國金城之畧，獻重華振武之策，然一人躬耕負耒，衆咸效之，則經濟大業，何不在夏耨秋刈中也？君農隙之餘，訓習武備，井伍聯絡，居然扞衛。會山冦竊發，剽掠縣治。君遣百十人馳援之，潢池之衆，倏爾潰散，城内外安堵如故。君之干城禦侮，豈必在乘高伐鼓，築壇而拜哉？然其見聞里閈者，其效章章如此。盖君捧檄而辭，戢翼而退。奉其毳以娱老母，不俟循陔而望雲也。且也藥欄花畦，種種閒適；紛紅駭緑，香氣蓊葧。抗月檻於清湍，臨風榭於林莽。而濠梁之遊，習池之興，趣復不減。時而鼓笛賽神，飶香饗客，羔羊朋酒，其樂陶陶。雖鐃管笳吹，百校羅列，莫有踰於此矣。更置學宮，以勸子弟；捐金錢，以贍貧乏。里有勃谿誶語，驚相告曰：『無令君知。』世方期君以大用，而君乃自比於河上之丈人，蘇門之高士，非賢者而能如是乎？春□某日，值公花甲之周，諸親串侑爵，歌詩以祈純嘏。余從九仙烏石，溯太史之溪流，瞻㶉峰之勝氣，謹掇數言，以當祝釐焉。

壽何君九十序

菊月十有七日爲何君懸弧之辰，蓋再歲而耄期至矣。里閈中所稱鮐背兒齒，如何君者，不數見也。鮐背兒齒而其身康疆若少壯之年，如何君者，亦不數見也。余謂人之有大年者，上之拯洪流而陟崇丘，經二儀而跨六合。鴻功顯號，垂於無窮，如古之宿德元老，天下倚爲安危。次則有德於鄉，而暸然於一方之利病，恤菑攘患，赴之如飴。一人先而衆稟其成，一言出而人被其澤。未可謂側陋之下，無所補益于時也。昔愚公年九十，能移朔東雍南之山。唐且年九十餘，尚能西説秦王，令出兵以救魏。假使思不能窮幽賾，明不能燭久遠，鈎繩曲中，無與於輪桷之數。雖以英劭之年，而不適於用。惟其大智閒閒，謀慮卓越，則追車赴馬，何如設精神而決嫌疑之爲有當乎？今觀年高而適用，莫如何君。何君倜儻多材，饒於幹濟。當其早歲，林楚石、曹能始二先生常器重之。及讀書未遇，自謂挾兔園之册，濡首嘔心，無所見長。遂躡屐遠游，弔季子之高風，過漸離之故里。慨然有想乎其人，既而習積著，理鹽筴，以爲海王之令，非法蔑濟，無法則如無柁之舟，必至於浸淫潰決而莫之禁。何君指畫其中，多所可否，不碌碌因人成事，諸如叩閽𤄃課，及免歷年積逋，更條陳陸運，請復竈戶，賈人咸獲其利。日者客兵佔住民居，何君扶杖率衆力，籲當事，呼號之聲，見者動容。數里之人，得寧幹止，與有勞焉。何君之勇於任事如此，豈與夫軟顔皓鬢之流，徙爾□回日薄，如蒲柳之望秋，而以含飴弄孫，銷磨其歲月哉？雖然，何君少壯以來五十餘年，目不覩旌旗之色，耳不聞枹鼓之聲，不知有挾矛游徼之騎，從而過其處也；不知有五陵六郡之雄，從而戍其地也。其時筦絃比戶，廬井晏然。今也金魚玉佩，非復昔時之人矣；鼓鐘絲肉，非復昔時之音矣。緘縢扃鑰，盡爲魚爛土崩者，比比矣；高臺瑚樹，化爲牛溲馬渤者，比比矣。何君於此日，閲歷既深，而其悲歌益壯，每與余商榷往古，談及豐鎬遺事，一一記憶，不差銖黍。夫古者徵□考獻，必訪求於遺老。以何君之見聞精確，倘有□□□之往誌□先代之舊文，豈非佐良吏采摭所不逮哉？何君矍鑠猶昔，余獨以年高而適用者期之，夫亦年以人重云爾。敬書之以爲祝。

趙聖遊壽序

余襟友趙君聖遊生長華胄，恂恂若孺子，無叫囂隳突，綺靡倨侮之習。早歲爲諸生，窮日夜，獘歲紀，以勤苦力學爲事。及數踏省門不第，退隱村落，清湍修竹，解頤寓目，呿呿吁吁，與古爲徒。丘陵林麓之下，愉樂極矣。晚年更渡錢塘，過楊子，登兖鎮而望魯國，陟太行而訪姑射，近復揚舲盱水、鄱陽之地。其所得於山川者，興會不淺也。聖遊工於詩，所著有《西遊集》，歷覽寄託，深得風人之致。蓋聖遊大王父晉峰公，以名進士狎主詞壇，時與太倉諸公相頏頡，而吴明卿先生爲之師。王父抒赤公、父子厚公，皆以詩名。晉峰之有聖遊，亦猶膳部之有少陵也。少陵之詩自陷賊至行在中，更鄜秦梓閬，雲安夔巫，艱難百折，大約亂離居多。今聖遊所歷之境，無異於少陵，宜乎詩之屢進而未已也。余游宦時，聖遊衣服車馬甚都，所居厚棟大梁，彝庭高門，與余同。余兩人皆以不善治生，艱饑羸寒，詑詑忡忡，常有窶人之歎。然回思數十年以來，升沉通塞不一，其轍見夫儲猜委積，琛賮充仞，烜赫怙勢，適足召侮而取災。何如余兩人鶉居鶉飲，無妢傷之患與？聖遊覽揆，適其修禊之日。余以数言爲侑，知余非祝釐之虚詞也。

太學孫君壽序

吾郡孫氏，遷自中牟。名家世胄，金□玉應，猶之東晉江右琅琊之有王，太康之有謝也。盖孫氏自甲科射策，起家茂宰。外則赤幢曲盖，弼教作人；內則右省左掖，正言司諫。珪重組襲，舄奕于時。而其子弟通明儁爽，胚胎煎烈。譜青箱之業，而躭絲竹之音，不啻烏衣故里。豈非地閥品望有以使之然與？若君則尤其杰出者矣。君奇偉魁岸，頎然玉立。早歲濡首觚翰，蜚譽膠庠，韜芒穎，砥圭角，歷有年所。而朝意國故，與夫成敗治忽，平日承辟咡之訓，漸漬於諸父之所講求者，已詳且熟。雖遇合之數，尚有所待，然臨位從政，即可信之於挾册鼓篋之日。盖其辨敏肅給，素所蓄積然也。彼夫鷽鳩之奮飛，突至榆枋之上，不過丈尺之高，而培風負天，其勢固已不同。君之學澶曼腴衍，適於世用，其培風之勢而垂天之翼耶？吾觀軨材小生，狃常習陋，執其兔園故紙，以求勝於世，與之談天下之務，則屈折齟齬，而不能達。其視太學□□遠矣。君呫□之暇閒，以餘力旁及鹽筴，斂散□□，皆有條理。上依之以爲政，下守之以爲法，不徒以射贏牟息爲能。夫潤下作鹹，著於箕範，而管氏伐芻薪，計鐘釜，以富强東海，未可謂之末計。君留心經濟，助益邦賦，使其掌太府之貨賄，受司會之考成，平準天下，亦猶是焉。君修之於家，即可治之於國。異時廟堂之上，端拜而議，不能傲之所不知，而輕之所未試，知其不以蓬翟隱而章縫老也。今君策名成均，諸郎横經籍史，歌芊伊邇，其爲嘉賓式燕也，如質劑而取之矣。况父子踵武而興孫氏餘烈，依依如昨也。小春某日，適君皇覽之辰，余則叙其家世之顯翼，與君之可大用於時者，以申祝嘏之義。益信舊門長德，風流彌邵。《傳》曰：『公侯子孫，必復其始。』以余言徵之。

林平山八十壽序

康熙甲子歲，菊月四日，余同年平山姻翁林公，值渭水載車之年。公歌《鹿鳴》，爲天啟甲子，至是一周，里人榮之。先是余家大司空，亦以嘉靖甲子賢書，復逢歌鹿之期。然司空時遇休明，官列上卿，元僚碩德，恩禮始終。而公以甲科異等，奏對平臺。剔歷未久，板蕩見告。家鄉烽火，笳鼓未息。當飄風卷籜之辰，而能蟬脱乎塵壒，頤養其性情。視世態之菀枯，物候之暄凉，不以動其心，是司空爲其易而公爲其難也。人之出處隱顯，雖所就各殊，惟敦龎純固，全乎天之所受而食報因之。夫靈木立於千仞，條暢碩蕃，蒲柳之貿不得而並者，以其根抵厚而傲然獨存也。公德性和易，不爲峭險谿刻之習，而能毅然自斷，不爲世俗之所惑。明季士大夫競立門戶，倡爲東林、復社之説。公所宦游吴越之間，正援引聲氣之地。公以爲甘陵之部，元祐之碑，非盛世所宜有也。屹然中立，無所攀附。使公而柄用，必能消水火之戰，杜朋黨之禍，何至恩牛怨李之吩呶未已哉？公榷關武林，惠商恤民，勞績最著，時有織造中使横恃威福，挾制有司，公獨抗不爲禮。被其謡啄入告，幾罹不測，公處之泊如，事究得白。姑蘇財賦之鄉，目爲羶地，公不以爲意，先旋里門，性之恬讓，人所莫及。以公素絲之操，騶虞之德，不吐不茹，足以矢卷阿而揚王休。無何鐘簴忽改，公不應辟召，遯跡丘園，不異潯陽廬阜之間，其爲遼東之管寧與？陳留之范粲與？翹翹車乘，畏我友朋，公計之决矣。時或導情宣鬱，抒之詩文，盈緗溢帙，渟泓潢漾。古人窮愁著書，良有以也。公配翁恭人白首齊眉，尤稱盛事。而舞綵於階前者，左圖右史，濟濟成列，且四世矣。公之福澤尚未有艾，而余畧叙本末，以當祝釐，未敢溢一辭也。

黄處安工部七十序

吾友黄處安，以今年小春十一日爲七袠揆之辰。諸親友以祝釐之辭屬余，余不敢辭。余疇昔與處安同朝，在中原荆棘之時，處安振纓奮袖，發憤上書，似少陵天寳末獻《三禮賦》，以文章遇主知，更念國家數十年水火之釁，在於柄用者重門户不念君父，報私仇不思國恤，以致神州陸沉，海宇糜爛不可復問。及召對文華，痛切盡言，天子爲之改容。洎晉西掖，掌絲綸，旋擢冬曹主事、員外郎。當時以英壯之年，質有文武。倘若設壇具禮，使之磨盾草檄，叫諸夏而號八荒，豈不足回天運於將昃？祖士稚之中流擊楫，虞彬甫之采石部分，本書生事也。惟是長材短馭，未得竟行其志。迨至邦國殄瘁，《麥秀》興歌，處安毁車束馬，匿曜没景，如漆園逍遥濮水之上。夏侯湛贊莊生曰：『垂釣一壑，取戒犧牛，望風寄心，托志清流。』處安之謂與？處安忘情圭組，益肆力於文章。凡夫金版玉匱，瑶氈怪牒，莫不窮其要渺，故摛札含毫，鬱雲霞之情，而備雅頌之體。其文出經入史，在龍門扶風之間。詩則五言古本於漢魏，七言古近體本於盛唐。渟瀠含蓄，灑而有則。蓋確知詩之源流利病，而不爲軨材諷説之所易，遂能去其癥結，歸於龤喈。嘗遊齊魯吴越之邦，所至人爭傾慕，莫不結縞紵之懽。曾寓虎丘僧舍，曹秋岳侍郎、秣陵紀伯紫過訪，皆有詩。曹云：『恠底衰年多快遇，滄浪剩有濯纓人。』紀云：『蒼凉白石無塵跡，不問千人問一人。』其爲時流見推如此。且其精通書法，如逸少學習衆碑，得城池刀弰之法；又如歐陽率更之書，森然武庫矛戟，故能雲鬱蟬揚，鸞驚鵲反。晚年學益進，此又處安之遊戲自在，博該衆有者也。處安天性篤孝，奉其父母始終竭力，至於白首，孺慕不衰。生平慷慨然諾，見人困阸，引手揞植惟恐後。時在東粤，計脱縣令陳宗正於重圍，出河源馬侯心於囚獄；在婁東解黄門張敉庵之讐，釋憾於杯酒之間。或挺身赴難，或婉言動聽，皆苦心熱血，謀而獲濟。此豈腐儒小生，目窮於前堵而足極於四隅者，所得而頏頡與？今處安已爲四代祖，上壽之日，綵衣紛疊，福澤之盛，未有已也。余特畧敘其大概，以當封人之獻云。

韓彝光壽序

儒者正心修身，以及其齊家治國平天下，要而言之，曰『體用』。用而無體，猶無軿之駕，無柁之舟。然未有全體具備而不達諸用者。所以明體適用，謂之大人之學。故夫覽洪波之容裔，乘風而回瀾者，其源遠也；負千仞之環奇，修條而拂漢者，其根深也。取火於燧，採珠於淵，理固然矣。余於韓君彝光徵之君，早歲躭精藝苑，閎中肆外，久著雕龍之譽。壬子登賢書，其文金春玉戞，膾炙人口，淵通之餘，溢爲經濟，則學廣而材博，識深而慮長。猶望兗鎮而見靈嶽之高，遊滄溟而知千里之潤。嘗嘆章句小儒，飄紳襘袂，委頓衢巷，及其卑棲倪啄，同於雞鶩，所持不過甕盎盆缶之細，而不適於世務，則怫然曰：『吾不忍爲也。』以故遇事慷慨風生，恤人之菑，急人之病，旁皇曲折赴之，惟恐不及。雖極人情之疑難，畏葸而不敢前者，毅然任之，而不爲衆人之所撓。蓋其至誠惻怛出於天性，以仁人之心爲豪俠之行。至於生平恂恂孝友，克謹門内，而摭古通今，舉凡國計民生，創革治亂之數，無不暸若指掌，實而見諸施行。夫籧蒢不可使俛，戚施不可使仰，質有所限也。蚓廉蟻信，而拘謹繩墨者，曲士之行也。經方致遠而勝任愉快者，通人之能也。余謂國家之隆替，視乎人材，尹說旦奭，世不常有。誠得其人，而百度尚未熙、庶民尚未乂者，未之前聞。若君者，豈宜以巖穴老乎？余以天下之所禱祀而求者，不能捨是而他有所屬矣。茲以臘月十有六日爲君覽揆之辰，諸婣戚命余一言爲修盥倡。余畧叙君明體適用之學，以當祝釐。君指日敷奏明試，出而圖太平、興絶業，當世必有非常之格，以待非常之人。誠能福國佑民，以壽一身者壽天下，樂只保艾，余載賡《南山》，以記德音可也，是爲序。

林亮臣八袠壽序（代）

嘗讀《宋史》孝宗朝，閩中林文節先生，耿介不阿，適曾覿黨謝廓然，除殿中侍御史，文節繳還詞頭，直聲振天下，懔然慕之。丁卯秋，余典試閩闈，所舉士林子允棡即文節之裔孫。因得悉其家世，知理學名臣流澤未泯焉。林爲三山望閥，簪笏甘棠，後先濟美，而文學亮臣公則允棡父也。公少穎異，頎然玉立，祖鳴泉公、父以初公以孝友德行，爲鄉大賓。公辟咡之餘，佩服庭訓，篤志綈緗，啣華茹實，偕叔同瞻劘切文蓺，事之如父，俱食餼庠序，爲諸生祭酒。雖嗣宗仲容，不是過也。辛卯鄉闈，鑒賞于介庵李公，以溢額未售。然公修身俟命，怨尤冰釋，生平學問，重在敬天。惟是日用常行，實際工夫，不涉逃虛守空之説，巫師邪術，一切屏絶。昔周濂溪之學，具于太極一圖，其言中正仁義，渾然全體而静者，常爲主張。横渠以不愧屋漏爲無忝，存心養性爲匪懈。公明旦真修，深得二氏之旨。若夫天性純孝，生勤甘毳，祭潔苾芬。雖至白首，孺慕不倦。堂弟德卿客粤，遣弟哲卿問關迎歸，同居共爨。堂弟侄婦未婚守節，延至其家，優禮奉養。待諸臧獲，寬和有恩，擇交古處縞帶之懽，不輕一諾。所與遊者，皆束修厲行之士。原配趙孺人，鷄鳴儆戒，夙稱婉嫕。繼木孺人，肅雍女士，撫教前子允棡，恩勤備至。蓋公潛心好學，樂不爲疲。凡夫金匱石室，山徑海島諸書，罔不窮其要渺。公自以才華精妙，南溟之翮，無難扶摇而上。而華門攻苦，不能一試其技于風檐棘垣之下，天或留其意以有待，固眉山之明允也。今長君允棩舉于鄉，指日飲讌曲江，酬公素志。長孫某食餼郡庠，閎中肆外，俱爲清廟偉器。次君某與文孫數人，在堂濟濟。曾孫含飴，慶流四代。殆如萬石君不言躬行，子孫咸至大位者歟？兹以季春念九日爲公八袠覽揆之辰，偕木孺人稱雙壽。諸親屬以公原籍中州，與余有梓里之誼，命余一言以當祝釐。余聞至當之謂德，百順之爲福。德者，福之基。福者，德之致。公福德兼隆。從此與洛中之會，授石壁之書。龍光湛露，焜燿里閈。余且望海濱而識紫氣所聚云。

鄭荆軒六十壽序

昔箕子陳洪範，自身之視聽言貌，思極至於天人之際，稽之卜筮，驗之庶徵，無所不備。雖大道不言，符應而理有攸著，誠有必形。詩言受命長而茀禄康，純嘏爾常，歸之豈弟君子，以知福享盈成非偶然也。如福唐荆軒鄭公，洵足述焉。公系白石望族，世代簪紱。大王父濱鄒公篤學勵行，爲儒林祭酒。父翼文公，抱道自守，學者多宗之。舉大夫子四，公其季也。公天性友恭，事諸兄至謹，髫年失怙，常依諸兄教誠，辟咡之前，時相左右，閨門雍睦，應太史之占。事母至孝，偕配林孺人晨昏定省，敬承罔懈。五峯胡氏曰：『德有本故，其行不窮。孝弟者，德之本與？』夫孝悌爲萬事之根抵，苟其篤念同氣，無忝所生，率倫察則變化錯綜，所從肇矣。公早歲蜚聲膠序，屢試前矛，及升進國學，名溢橋門。生平端慤恂厚，抱真守璞。嘗嘆世人以虚蕩爲華而賤名檢，以放濁爲通而狹節信，以苟得爲貴而鄙居正。語則捷捷翩翩，容則佻兮達兮，銛巧榮利，軒奕自詡，則鄙之而不爲，質實而淵文，秉道而樂。義充乎其躬，而冲冲若不盈也；粹乎其履，瑩而靡有玷也。引繩切墨，韞韥道術，其殆無忝儒宗者矣。公繼諸兄之後，總持家政，蕭規曹隨，罔有失墜。事冢嫂如母，仲叔嫂亦如之。有馬援不冠不入之風，撫諸猶子，恩勤備至。咸依朝夕，不忍別爨以居。公行誼至誠，親黨無間，一邦誦義，而况其一家乎？配林孺人生長名家，夙嫺内則，鐘郝家法，傳習有素。服勞辟績以致其勤，潔治蘋藻以章其敬，敦睦妯娌以昭其和，簡飭僕御以著其法。俾公束修砥德，内助與有力焉。夫物無傷其根，人無斵其真。真全者昌，根培者長。精不滑於機，智則有餘蓄而於見道也明；氣不奪於誘，慕則有餘力，而於敦倫也固。公競競遵聖，軌守公令，涵濡砥礪，漸漬以往，皆壽徵也。公丈夫子五，俱英上駿發，鸞停鵠峙，光大顯庸，方未有艾。老稱重積，易言餘慶，壽考禔福，知公之善留餘也。□季夏某日，適公六袠覽揆之辰，偕林孺人稱雙壽，諸嫺戚登堂介觥，命余一言以當祝釐。余謂公年方耳順，精神愷豫，行將抒明體適用之學，而建殿邦匡國之猷，偕諸郎策名天府，騁足高衢。余將歌《南山之什》與《鹿鳴》《蓼蕭》並賡可耳。

嚴志應壽序

福唐江陰，望極海島，鴻漱縹鶩，滄潦莫測。其間霓霧之所掩蕩，蛟蜃之所回薄，奇氣緼結。遂有非常豪傑，挺生其際。而文章節義，風流未改，亦其地靈人傑，互相感召，有以使之然也。若我志應嚴公，其特出者矣。公少聰警，博學能文，祖春宇公，伯祖元台公，俱蜚聲黌序。父維周公嗜古力學，前庚午闈爲主司嘆賞，俛得而失，遂中副車第一。公與兄給諫白海公、明府志特公同執經於維周公之門，一室咿唔，交爲師友。戊子兵荒洊臻，偕伯仲牽牛服賈，以供甘旨。奔走之餘，講誦不輟。嗣伯兄志樂列名府庠，而公隨爲建甌諸生，歷試優等。公自以才思英妙，南溟之翮，無難扶搖而上，奈坎壈數跌，不能一試其技于風簷寸晷之下，始知天之所靳，因而大其報者，必有在也。公仁心質行，兼長幹濟，江陰調遷，產之丁耗，里胥詭弊，復造舊額，賦去而籍尚存。公爲力請有司，三蠲其二，俾通里不以僅存之丁，輸無名之□，人咸德之。且族中子姓，散處四方，通戶逋課，株累縣居，甲乙莫辨。公代爲總理，釐正册籍，俾免追呼之苦，公力居多。葢公禔躬正己，切繩合矩，不踰尺度，砥礪行節，捧如圭璧，罔敢隕玷。遇人困阨，急病讓彝，惟恐不及。惠窮贍乏，無有悋惜。而大者在于尊祖敬宗，建立先祠以追堂構燕詒之澤，遂卜地烏石之南，拮据卒瘏，輪奐聿新，崇階廣除，有嚴有翼，不憚傾橐爲宗族倡。嘗讀《楚茨》之詩，其言藝黍稷而往烝嘗皇先祖，而格神保，妥侑介福。公殆無忝于世禄大夫之後。與配翁孺人，系本六桂，九世蟬聯，生長名閥，夙嫺内則，寢門寂若，環佩穆然。至于賑賢育德，以女士而兼明師，令妻壽母，于公實相與有成焉。公課督家庭義方有則，閨門之内，肅若朝典。長君常安，次君常拔，俱雅材英郘，一時推爲僑肸。而常拔高掇，庚午鄉闈，傳臚試策，指日可竢。餘俱瑰偉皆國器，諸孫森森立竹，瑶環瑜珥，羅列階戶。昔蘊明允崛起眉山，甌陽永叔稱爲賈誼、劉向之流，乃不得志于有司。而大小二蘓，用科第顯，爲世名臣。從來積學之報，不于其身，于其子孫。公與眉山豈有異哉？兹嘉平廿有六日，乃公懸弧之旦，諸戚屬命余一言爲修盥先。余惟《易》曰：『自天祐之，吉無不利。』惟公履信思順，協乎天人，宜其休嘉戬穀，福澤攸長。余畧貢蕪詞，以當封人之祝云。

施賡白壽序

從來人才之生，多本家世菑畬堂構，自古記之。葢國有長久之計，先于樹人；而家有百年之貽，本于種德。所以淵源之遠，有開必先。如黄河之水，溢爲濫觴；泰山之雲，起自膚寸。而楨幹克生，必原其式穀之澤，以爲佑賢燾後之本。况乎景福之徵，朱顔華髪，時方未艾，里社親黨，躬逢盛事者乎？孝廉施能繼積學稽古，咿華佩實。向曾肄業余家，余竊心儀之。及舉丁卯賢書第一人，聲譽大振，而不知左右辟咡，悉皆賡白太翁之教云。兹以某月某日爲太翁初度之辰，家列長筵，鄉推祭酒，忭舞滿堂，盥洗相接。庶幾東榮西序，笙歌告備之遺。諸戚屬命余纘述行誼，以當祝釐，余不敢辭。謹按太翁生平，懷德握醇，履仁蹈義，箴銘徧于户牖，言動具有典型，孝友姻睦，其天性也。五峯胡氏曰：『德有本，故其行不窮。孝弟，德之本也。』太翁侍養二親，晨昏菽水，躬任其瘁，不以諉及諸昆。丧祭大事，竭誠致敬，務盡其禮而後已。季弟早世，婚嫁撫育，如其已出，太翁率彝惇典，天性克盡，百行之根抵，由斯以立矣。且其悃愊無華，勤儉有則，常有良士瞿瞿之意。間嘗物色儒雅，傾接名流，良朋益友，倒屣不倦。常謂締歡蘭茝，涵濡麗澤，講習之功，不可忽也。過南窗而聞呷唔，輒爲色喜。篝燈相對，勸勉勤渠。孝廉君掞藻春華，掉鞅蓺苑，散帙遥帷之際，教澤攸存。諸孫横經藉史，燕翼詒謀。惟此絃誦加之意而已。賢配欒孺人柔嫕令善，流徽彤管，黽勉輔相，稱良助焉。聞之：受命長而茀禄康，純嘏爾常，歸之豈弟君子。箕子陳洪範，自身之視聽言貌，極于天人之際。稽之卜筮，驗之庶徵，無所不備。太翁年劭德尊，足以被歌誦而衍箕疇。指日孝廉君蜚聲瓊譔，匡國殿邦，以綸綍之賁，當盤水之奉。召雲者龍，命律者吕，請進《蓼蕭》而賡《南山》，可乎？

程母鄭太孺人壽序

蓋聞禮先陰教易重家人，在昔筐筥興歌，濯漑授職。閨門之細事，婦孺之微勞，莫不播之筦絃，著在禮典。况乎肅祇明惠，柔嫕静專，居凜箴圖，動循珩珮，實爲娠賢啟後之本宜乎？協氣欝蒸，叶爲禎祥，而川至方增，天休駢集也。若程母鄭太孺人，洵足述焉。程自慎庵公入閩，金鰲潼水，科名舄奕。太孺人爲南陽望族，生長名閥，鐘郝禮法，其所夙嫻。余友太僕碧洲公，偕孝廉滄州、湛園俱與太孺人昆季，爲余盛稱太孺人之賢而且仁，若櫛髮編貝，不可勝紀。兹當六月廿二日，適其九衺設帨之辰，諸戚属登堂稱觴，命余言以申祝釐。余謂太孺人康强壽考，膺受戩穀，此其致之自天，而非人之所爲也。人之待太孺人也，烏頭雙闕已耳，文駟彫軒已耳；天之待太孺人也，以多福，以壽考，以多賢子孫，白首高堂，優游燕喜。譬如景星慶雲，長在天地之間。夫景星慶雲，一見再見，天下咸以爲吉祥善事，而况長在天地之間乎？太孺人平昔趾不踰序，言不越閾，敬事姑嫜，孝養不懈。及克相賛初公，拮据卒瘏，黽勉同心。無忘鷄鳴昧旦之儆，典祀蒸禴，五齊百籩，罔不供課。臧獲稽畝，鐘錡釜米鹽，罔弗飭。至于教誨式穀，家庭之内，肅若朝典。二丈夫子服膺慈教，遂能光大前業，俾燕翼詒謀，祗承勿替。諸孫瑰瑋俊姿，咸稱國器。長者好學能文，少者瑶環瑜珥，翩翩皆腰褭騏驥之材。語云：『月明則星輝，川澄則珠潤。』指日後先翺翔，顯聲實于時。盍此有所浥，即彼有所注。太孺人福澤綿亘，未有艾也。獨仰太孺人歷年彌永，守德彌堅。近者人代之榮枯，世事之循環，滄海桑田之更换，不知凡幾，而太孺人巍然屹然于深閨秘閫之中，蘭階萱背之上。貌若加少，氣若加充。恬乎其若嬰兒，翛然其若神仙。實於人間世曠絶希有，千萬人而僅覯者矣。不徒圖畫彤管之足慕也。夫桃李之華以日計，葉以月計，柯以歲計。惟徂徠新甫之松，凌霜侵雪，閲千秋而未始改柯易葉，頌太孺人者，其在蒼鱗翠實，磊砢千丈之際乎？余託葭莩之末，望三山佳氣，殆不啻躬膝席而舞蹈也已。

劬庵弟壽序

從弟劬庵嘉平四日爲懸弧之辰，年六十有五矣。余長弟七歲，馬齒亦同此日。顧念余通籍仕宦，適陵谷變遷，中歷坎壈，長爲山澤之癯。而弟身安縫掖，蟬脱塵壒之表，享有田園鄉社之樂。視世界菀枯得失，不以動其心，何其志氣超曠，翛然自適也？莊生曰：『平易恬淡，則憂患不能入。』故其德全而神不虧。』弟之謂歟？弟爲伯父汀生公第三子。汀生公經明行修，規重矩疊，鄉邦之士，推爲先生長者，詳載郡縣誌中。丈夫子四，弟及希古、文夫、熙從，金昆玉友，孝敬一堂，藹然善也。弟少穎異，頎然玉立。及讀書未遇，自謂讀兔園之册，嚅首嘔心，無所見長，遂從辟咡之前，畫理家事。汀生公雅負經濟才，尤諳計然修備知物、范蠡擇人任時之法。然一本于仁義，非苐廢著鬻財而已。弟堂構之肯，守兹勿墜，生平忍嗜欲，損玩好，非租税所出弗衣食。嘗嘆世俗日偷，茅鴟相鼠，習爲固然，非不驅良乘堅，狹斜馳逐，衣裳楚楚，《曹風》所以刺蜉蝣也。弟惟悃愊無華，勤儉有則，當有良士瞿瞿之意。氣平而躁釋，行安而節和。然本柱下之守雌，得北叟之晚福，頤神任運，可以養生，可以延年，弟其庶幾於道者也。至于撫教諸侄，義方備至。或升成均，或登黌序，鶯翔鵠峙，咸著僑肸之誉。行將染彤管，吐洪煇，珥貂簪笏，指日可竢。諸孫、曾繞膝舒雁行列，今者巻韝鞠曆，左右彩舞。諸侄因乞余言以當祝釐。余惟《行葦》之詩，其言：曾孫酒醴，以祈黄耇。《既醉》之詩，則曰：釐爾女士，從以孫子。弟高明昭朗，景命有僕，引翼壽考，介福所歸。余則歌《行葦》、《既醉》，以申頌禱之。

弟婦鄭孺人壽言

坤之六二以『无成有終』爲義。蓋内則之職，無所用其聰明才辨，惟是日用行習，必勤必慎。其事不外草蟲阜螽之微，烹醢紉續之細，極之足以召禎祥而光彤史。余家自叔祖母鄧氏以節孝聞，當其擕遺孤於風雨飄揺之際，集蓼嘗蘗，備極艱難。今者子孫蕃衍，家業日隆，推原所自，盖鄧孺人節孝之報云。若余弟鄭孺人，則鄧之冢孫婦也。鄭八世科名，爲吾閩望閥。孺人生長名家，幼嫺閨範。年二十歸五從弟。鄧孺人在堂，晨昏起居，日承色笑，及奉公姑亦如之。五從少余一歲，幼同師傅，湜依講肄，互相劘切者一十五年。五從篤志嗜學，比於董生之下帷，數十年如一日。孺人刀尺之聲，與南窗咿唔相諷沓也。至於督課諸子，焚膏繼晷，夜分乃已。昔薛播之母通經史，善屬文，授經諸子。楊湜之母訓導有方，長善文辭，與弟凝、凌皆有名。古之文人雋士，得於姆教居多，誰謂古今人不相及哉？諸侄江如、漢如、濟如，俱攻苦力學，蜚聲黌序。洪如諸侄能文，皆得孺人和丸畫荻之教。指日顯庸光大，殆未有艾。此皆孺人之大節，可爲世之法程者也。至於平昔清儉自持，惟茹蔬糲，服縫澣，綺縞粉墨，不供篋笥，又好習勞苦，先人而作，後人而息。天性惠愛，常憐貧乏，不吝解推，德之厚者，流光自遠，不信然歟？兹小春十有八日，適孺人設帨之辰，諸親串繪《瑶池圖》以祝。余畧叙數言，爲修盥先。爰作贊曰：喬松聳拔，擢秀華蘘。雲和一曲，瑶水溶溶。仙槎縹緲，霞佩星幢。侍立雙成，總領玉童。攀霄弄影，海屋光融。鶴顔千歲，逍遥無窮。

道山堂後集·文集卷三

閩中陳軾著　男宗柏　宗咸　宗豐　于侯　仝輯
年侄湯永寬　愚侄祈廣　同校

斗姆宮募修蘭盂普度疏

蓋聞華闕瑶臺，彈指即清凉之界；霞幢珠絡，隨時皆應化之緣。寶字琅書，闡金繩之覺路；曇花貝葉，止苦海之洪瀾。音響横生，雖耆婆莫知髑髏之處；鐵輪輯會，惟慈氏能攝獰惡之形。慨自葛藤種種，業識沉沉，泡影認爲真。每入地獄，如箭射神針無處着，不辨堂室是家珍。五欲瘡疣，長衆生之煩惱；八風波蕩，縱陽焰之空華。毛孔裏堆就荆榛，莫識倒樹枯藤之路；木棚中安排傀儡，半皆披枷帶鎖之人。生死牽連，衹爲命根未斷；雌雄搆扇，總因魔種難降。蕩子無歸，雖針劄而莫入；僇民成隊，欲訶詈以何從。狐妖蛇神，充斥多於麻葦；刀山劍樹，剸割簇於魚鱗。須知時時坑穽，刻刻危巇，誰能熱腸中打箇冷戰，更會峻坂上策着神鞭？會得的鑊湯鑪炭，偏能遊刃。真箇是入水不濡，入火不熱。會不得的斗斛權衡，枉作浮漚。真箇是下梢不得，搔痒無施。曹瞞疑塚，林甫移床，不過枕中長夜；石氏珊瑚，王家水碓，止是風裏遊絲。嘆容顔憔悴蓬蒿，枉費了珠襦玉柙銷粉黛，凄凉錦席。生撇下寶瑟雲璈，傅粉薰香；結果日琉璃易脆，拔山舉鼎。到頭來魯縞難穿，嗜糞趋炎，祗增黑業。搥胸跌脚，悔盡機關。所以宿莽陰崖，聞悲風之獵獵；寒烟蔓草，飛冷火之熒熒。沉淪若此，哀愍如斯。近者海嶠顛連，閩方轉鬭。甫當兵燹之餘，適值凋殘之後。裹創荒野，寢健卒於鋒鋩；血戰黄沙，挫英雄於劍下。色黯旌旃，烽迷壁壘。腥風野戍，嘯哀猿狖之聲；枯骨河邊，彷彿閨幃之夢。極目郊原，傷心鞞鼓。兹有斗姆宫某禪師，弘設誓願，廣結善緣。議於七月中旬修舉蘭盂大會，誦梁皇寶懺之法，闡瑜伽施食之文。收攝六根，見爐香之乍繞；投誠三寶，噴瓶水以初澄。利霑三有，道被羣生。悟蕉沫之虚幻，現樓閣之莊嚴。笑嘻嘻，打破疑團，盡一路仙都佛國；赤剥剥，解開皮袋，遍大千繡盖金幡。庶幾羅刹阿旁，變成好漢。將見泥犁沸屎，化作香檀。嚥不了的鐵丸，悉溶雪片；掙不開的餓眼，忽睹燈光。法雨滂沱，永斷輪回之相；潮音完蒲，悉登解脱之門。念道岸之不遠，信佛法之非遥。願發善信之净財，助成勝舉；斯廣慈悲之法會，指度迷津。

題募法華寺甓瓦疏

六印禪師，十年前買草鞋，重趼數千里。去齊魯，過中山，訪其故人。余遇於秋水，僧舍談笑而別。余聞師平日天性灑落。雖在淄流，嘗傾身結客，匍匐於急難，引援於困阨。其爲故人而來，則友朋之樂，可知也。師曰：『吾願有進焉，故人之貴者，日在鮮衣靡食，雕輪華轂，志氣盈蒲。吾不能益其所無，而增其所歉，惟有勸之布施以破其慳貪，使之植福於將來。吾之所以爲朋友者如是而已。』遂以興復法華，請得其捐贈，携之以歸。余聞之而歎曰：『有是哉，師之爲功，勤而用意遠也。』吾慨世之遊人，役役奔走，日困於雨淋日曬，重岡複嶺之中，不過乞其醪醴芻豢之餘，湎腆醉飽，不知詬耻，其去蒙袂嗟來者，何異？師特以故人之所與而作佛事，則受者不私於己，而與者得以積其無窮之福。庶乎師利他之意，即所以報友朋之義也。雖然古今工作之繁，所稱翠帷紅壁，青瑣赤墀，趙之叢臺，楚之章華，阿房之雲閣，銅雀之層樓，無不極持引執杖之智，窮西偏東序之奇。久之化爲焦土，轉爲墟落，令人過其地，有荆棘蔓草之悲，何如耆山鵠苑，而薩埵來遊；髪塔喜園，而香蓮布濩，足以鳴鷲嶺之鐘，演寶地之教者乎？余讀曹能始先生《募興法華寺疏》，云：鼉江周溪之上，有山昂首於道左，曰鼉頭，山之下，有叢林，曰法華。蓋創自宋之元祐，萬曆初頹廢，殿宇雖圮，而寶相猶新，經火不毁，雖雨不泥，里人異之。當時石倉議興，迄今六十餘年，而始落成。師之有功祇林不既鉅與？今者輪奐已新，甓瓦未就，已成千仞之勢，不無一簣之虧。願諸善友發歡喜心，俾師功行圓滿，庶幾天龍窟宅，長垂震旦，而刹竿道場，永鎮海邦矣。

空雲上人化造靜室疏

余友劉爾南，爲余道空雲師棲心法窟，志意專固。師江右人，客於閩，既不爲客，而受菩薩戒爲僧，且二十餘年矣。余曰：『師昔既爲客，何以忽然而爲僧？師之爲僧，果否有勝於爲客？若使思量分別爲僧之時，有異於爲客之時，則爲客之身與爲僧之身，非有二身，亦非二相貌。余以爲，山河大地皆客也，山河大地之人皆客也，山河大地之僧亦無非客也。師之爲客，可名爲僧。師之爲僧，仍可名之爲客。昔阿若憍陳如悟「客塵」二字，成果豈非有得於不住之義與？』爾南曰：『師近欲搆靜室於烏石山下，意盖有所住云。』余曰：『有所住者，無所住者也。不住名客，住名主人，若使思量，分别何者爲主，何者是客，已落第二義了也。世人鈍根小智，便着見解，如歸精舍，祇見伽藍。小大之見既横於中，去住之形復亂於外，局限方隅不能推廣。以無所依附之遽廬，執爲不能暫捨之鄉井。遂至焚巢焚處，而莫之省所以者，何迷物爲己，認客作主？故誠了達斯義，而得其不住之妙，根塵俱非，客主亦忘。無有動也，安得有靜？無有三千大千也，安有一室哉？無論俶裝前途、不遑安處之爲客也，即使獨處山林、寂然閒居亦客也。五欲自娛，貪着世樂之爲客也。即使旃檀供養，五體投地亦客也。無明闇蔽，客也。即使坐跏趺、叅話頭，忽然霹地一聲，亦客也。閻浮提中，朽故火宅，客也。即使九品淨土，安知其非客也？』爾南曰：『唯唯，余知住而不住之義矣。』因請師造立靜室，謀諸同志，不日成之。

募禮鬱羅臺疏

盧師鬱羅臺説曰：『森羅萬象謂之曰鬱，天帝天真聚息其中，謂之曰鬱。』羅又曰：『人心最靈，可以配上□之靈。』則知心者立於形之先，而得乎天之真，是必逍遥無爲，世間之名實不入，無視無聽，而後萬物炊累，豈非淵乎其居，漻乎其清者乎？不則拉扱莽蕩，將以嗜欲薄。其天機釿鋸繩墨昚昚多。故以高飛遠舉之資，而自同於蟲豸；以超越清淑之氣，而甘混於鴟鵂。無怪乎去天日遠，而元始之妙，不可得而見也。至於道家之言臺，與彌勒之樓閣、宣尼之宮墻同義。原乎臺之所由起，玲瓏洞達，不待斤斲刀削而成；碧玉黄金，不假丹艧塗餙而美。以爲階級之難，而清寧平易，恒若有餘。以爲登陟之易，而解垢同異，種種鑽鑿。反跂望之而不能至，惟取最靈之心，而澄若止水，於以造斯臺也，直彈指頃耳。若言修持之法，務先清淨其心，一香一華，至教所寓。上者存心觀想，次者至誠唱讚。至色祥光，即在現前。盧師言之最詳。今道山某師，發心齋肅，依法頂禮。當其莊嚴壇宇，鐘鼓震動，烏石片地，無數浮丘、赤須往來其中。安知蟒穴桃塢，非崆峒訪道之區哉？諸正信願出淨財，以襄勝事可也。

孟山寺大士亭募緣疏

觀世音菩薩名徧十方，然於聲音不言聞而言觀，緣納聲爲聞，達理爲觀，所達之理，必托音聲，以彰□性。法華《普門品》云：『十方諸國土，無刹不現身』。蓋其身成三十二，應入諸國土。令無量衆生，共得成就。所以或慈、或威、或定、或慧，皆自圓通而出。是其妙德，非思議所到也。今人多生鈍根，甘爲魔民，如耳聾人聽蕭韶之音，了不相入。何異迷頭却走，獨不思聞性，人人本有乎？西來大士亭，舊有古蹟孟山寺。住持海進師發心修葺，近於亭後剏建大殿，供養大士，以便遠近瞻禮。業已誅鋤草茀，糞除瓦礫。但插草因緣，功方一簣，翬飛鳥革，尚遲有待。切本寺前佛國山，左鳳凰山、將軍山，右象山，後營怡山，崇巒列岫，攢翠拱抱。地當西郊，四達之衢。摩肩□擊，紅塵夾路。若使刹竿法幢冉冉旗亭之側，令停驂解鞍生歡喜心，師之功誠詎矣。或曰：『世俗凡夫，一入深山無人之處，皆能了别自性。及至鬧市，其靜全非。』然世人但取境靜，其實於已聞性，絲毫不覺，倘得圓通之旨，則知動靜一如，喧寂同體，安知盂山鹿苑，非現身説法之場乎？大士有言，能令人捨身珍寶，求我哀愍，願諸善信，同耕福田，以助□成。庶有裨於慈悲之教云。

不敏師建翠巖靜室疏

蘭庭厭俗，道樹開一林之花；鷲嶺棲真，慧日皎重輪之彩。虚唄唫風，空山作響。蘿洞依石壁，長聞幽徑疎鐘；香龕挹翠微，頓現迷川寶筏。緣因一莖之青草方拈，遂使萬古之化城聿煥。兹者不敏禅師發心，神光右傍建造翠巖蘭若，庶幾晏坐白雲，飽餐甘露。地結菁茆，萬徧蓮華紺宇起；苔侵標榜，數聲松籟石門深。所願布金長者、正信優婆，各撤珍珠，永資香界，功非淺渺，福不唐捐，謹疏。

心鏡尼募化浄室疏

舍利弗問天女曰：『何以不轉女身？』女曰：『我從十三年來求女人相，不可得。』後，天女以神通力令舍利弗變爲女身，則知男女本無有相，惟視之爲軀殼，拘之於目前。以夢幻泡影指爲實相，遂於男女而有分别。即尊者如舍利弗，尚有人我之見，何况其他也？般若種子衆生無二，如謂修道見性，男人能之而女人不能。何以女子入定，文殊盡梵天之力而不能出？菴提遮女，能了然於生死之義。蓋天下無智與愚，無聖與凡，無男與女，皆成佛之人。若煩惱未化，結轖未除，鑊湯鑪炭，自救不贍。雖鬚眉如戟，曾蟭螟之不若，使閨閫柔婉之質，攝境安心，瘡疣解脱，白毫相光，即在彈指之頃。而鬚眉丈夫，望之如空中之鶻、界外之仙，曷敢踵其後武哉？寶誌大師《大乘讚》曰：『若悟上乘至真，不假分别男女。』此至論也。比丘尼心鏡師正信出家歷有年所，近欲建置草庵，焚修住净，庶幾攀緣，空寂六度，功成昔溈山。時吾郡有鄭十三娘到大溈禮拜，溈問：『這個師甚麼處住。』鄭云：『南臺江邊住。』今師尚在，復初庵院得無自南臺來耶？願諸善信，各發檀施，以副師一莖青草之意。異日，舉似羅山十三娘，天花錦上，再見於兹。誰曰不然？

妙峯寺募修金剛寶像并各殿廡疏

吾郡洪塘，滙泉流以歸於海。其間往返潮汐，浩乎無際。而踞其上者，則有妙峯。峯上俯瞰大江，情態非一。少陵云『色借瀟湘』『聲驅灩澦』，差足擬其形。似視乎埳井之鼃，規匕而自適者，亦可以望洋而返矣。山中有寺，古名刹也。靈谷師住静數十年於兹。昔龐蘊問馬祖曰：『不與萬法侶者，是甚麼人？』祖曰：『待汝一口汲盡西江水，即向汝道。』師於此處參勘得透萬丈洪濤，只作一勺觀天地。稊米毫末，丘山可以概論也。師嘗拈一莖青草，創建法堂，併前後殿宇，皆增新輪奐。惟是金剛寶相，及諸殿廡，尚未修舉，不無功虧一簣。望諸檀那各發信心，俾師一念圓蒲。從此將金剛王寶劍截斷葛藤，方顯妙峯作用，不落瞞頇影響也。

募修洪山寺疏

吾郡由馬瀆而南，分派爲二。自北而東者，歷岊山，南至於洪山。萬安江口即在其地。危峯峻嶸，飛如鳥翅。遠崖叠嶺，蔟似魚鱗。仰聳俯臨，不啻矚星河而披雲島。至於大江湍沛，靈潮往復，滙川納流，則衆壑咸歸。馮濤鼓怒，則百籟俱奏。若其風檣江燕，隨波上下，石湍激濯錦之文，蒎渚聽鳴榔之曲。盖曠然大觀也。江之横流，則有石梁，駕虹浮黿，清浘瀉影。擬授履於文成，應題書於飛騎。然而衝險阻流，乘空跨岸，褰裳不涉，濟川之功鉅焉。橋旁有寺，余少時常至其地，見夫紺殿金層，雕光鏤綵，寶樹依林，芳蓮湧座。當其貝響清妙，鐘聲鞺鞳，與漁歌樵唱，相爲交錯。洵足長泛慧舟，弘資法力。兵燹以來，耆山鵠苑，淪爲灌莽，向之聖容神蹟、龍象經行者，已化刼灰餘燼，不可復識矣。嘯雲上人，少年精進。深山學道，寄錫妙峯。近見江干故址，斷碑遺礎，不勝陵谷遷移之感。期欲剪剔蕆荒，糞除瓦礫，以興復爲己任。觀師之一念勇猛，而碧耀頳飛，畚築其有日耶。盖寺之不可復者有二，寺之勝在於橋。懸磴以濟車，徒隨建刹，以示寶筬，橋與寺相須而有，按橋之水門二十餘處，其七門當衝流善崩。今橋至傾圮，已極其半，論者謂橋至未復，何有於寺？然寺之成壞，亦與橋爲廢興。而寺之工力，較省於橋。易者既成，則其難者將不召而自集，其宜復一也。琉璃寶地，調御闡教，所以托勝因而資彼岸，若珊臺已就，隨喜者衆。風塵過客，停驂解鞍，得游息之所。而正信布捨，亦油然而生。或訪賢而動少游之興，或利濟而留渭水之名。寺復而橋亦舉矣，其宜復一也。師之爲寺也，亦所以爲橋也。願諸大人長德併及善信，各出浄財，俾師勇猛一念，克底於成，福如恒沙，不可爲譬喻者。

募修洪山橋疏

竊聞星文瀉漢，鎮險道以安瀾；月色淩空，向清渑而抱影。會真駕鶴，茅君傳句曲之名；浮渭牽牛，秦代建咸陽之業。立埭丁卯，京口藉以轉輪；治道陝西，河湟因之制勝。昇仙乘駟馬之車，黄石授穀城之秘。以至崇華表而望陽侯，跨長津而連絶澗。鳥鵲堪填，雁鴻欲度。莫不結搆於川流，裴回於岸曲。況夫萬民利濟攸關，王政修舉最急。薄國僑之溱洧，方杜預之平津者哉。吾郡之西，有洪山者。初由馬瀆歷于岊山。發源攸長，奔流更廣。雲霞遠照海濤，鷗鳥近遊洲渚。其折而爲大江，則紅浪蔽日，白波捲霧。瀲灩含潮，聽榜歌於天際；空濛噴雪，懸釣綱於荻洲。中有石橋，爲輪蹄絡繹之區，郵符要衝之地。前者兵燹之餘，傾圮將半。後雖苟且補葺，復爾不戒於火。今者葦筰無施，車徒莫展，行人愓息，履險瀕危。祇有望洋之歎，誰爲鞭石之謀？諸善信等偶觸善根，思張寶筏。將欲移鐵鏁於玉川，護石梁于金堰。補漏缺而復完，俾久遠而無患。但工用浩繁，應資人力；而因緣輻輳，更仗檀心。所願遍撒珍珠，共成砥柱。積細微之香屑，便作長堤；竭涓滴之勺波，遂流廣澤。庶虹連斷岸，不驚鳧雁之聲；而龍伏長欄，隱照蒹葭之色。浮梁跨淥水以臨流，懸磴聳金湯而永固矣。

請梅庵和尚住斗姆宮啓

復以圓音隨處，蒲振法鼓於人間；寶藏大家，擎揚明珠於袖裏。没孔鎚打開活路，千丈澄潭；無縫塔現出真身，一輪孤月。花雨香飛，山川色喜。恭惟和尚，濟北風光，天童眼目。吞栗棘蓬，似泥牛吼月，步踏毘盧頂門；揣虚空骨，如木馬嘶風，坐開彌勒樓閣。煽紅爐之寶焰，慣會銷鑛成金；炮藥地之奇方，更能尋針作砭。毛錐舉似，包括精粗；白棒縱横，刮磨凡聖。獅子臨而野于卻步，秉正令之總持；鏌鋣利而魑魅潜踪，礱金剛之淬鍔。兹者斗姆道場，實爲城南勝景。石林古壁瑣臺，影射諸峯；蘿徑青松雲壑，陰鳴衆籟。欒櫨光暎，萬家在煙樹之中；磴道盤空，四面見閒雲之入。念今榛穢未除，急請法幢高竪。輿志雲從，勝緣霧會。宗教激揚，出世竿飛高峻纛；人天圍繞，環鄉曲奏大平歌。惟冀光臨主席，曷任虔仰傾心。

請樂説和尚上堂

復以慧日弘開，寶焰光垂於震旦；法音廣布，巨筏遍度於人間。諦觀慈殳之慈，須振法王之法。幢幡高揭，龍象騰懽。恭惟樂公大老和尚，滙源廬嶽，樹幟丹霞。當甚難希有之時，持魔強法弱之會。棒喝交加，鉗錘俱備。誠所爲栴檀一枝，香徧[一]由旬；而倚蘭之香，臭俱屏麾。祇片藥力治蟲豸，而饑虵之毒螫悉除。洵末法之津梁，而摩尼之朗耀者也。某等多生猥質，宿世鈍根。幸植勝緣，願聞針砭。復願香雲徧覆，甘露畢霑。導聵破聾，令敗穀焦芽，邀其餘潤；因指見月，俾一知半見，認所依歸。齊心上啓。

少康論

古之稱中興者，自少康始也。念祖宗之緒，其志在於自强；觀天下之變，其謀又在於能忍。是故潛形戢翼，其始若有所甚難。一旦奮而有爲，則一出而成功於天下。羿之取天下者，以其强有力也。改夏爲窮，據九鼎而有之，是無湯武之資，而有莽操之實也。洪荒以來，艱難草昧，聖人無利天下之心。至於地平天成，遂有南面之樂，因以天下爲利。篡弒之禍，羿首開之。然而力足以勝天，雖有賢智，不能與之抗。故以仲康之時，胤侯徂征羲和，申大司馬之法，而不敢加兵於羿。至於寒浞殺羿，是又一羿也。羿止拒太康於河，浞遂弒相於帝丘。芒芒禹迹，至此不可問矣。少康逃於有虞，非有大河東南之地也。一成一旅，非有六師之衆也。官爲庖正，非有肇位四海之藉也。仲康不能移問罪之師，少康遂得著克復之烈，則其深謀秘計，足以勝之也。語曰『能布其德而兆其謀』，况

[一]『徧』，底本作『偏』，疑誤，據改。

乎靡鬲諸臣，同處困苦之中，以君父爲重，而以討賊爲職，而其子季杼，復有英武之姿者哉！漢之光武，與少康同。新莽椒酒之弑劉崇、翟義、劉快等，數舉兵而不得遂。及春陵發跡，而王邑、王尋百萬之兵，殪於須臾。寒浞帝丘之弑，會塗山之萬國，不聞有義旗之舉。及二斟興師，雖以過澆之强圉，而克殄元凶如反諸掌，亦因其時也。夫强有力足以勝天，遂以爲天之可恃，而天卒不可得而勝，惟因其時以合乎天而已。雖然，越之無餘，少康之庶子也。其後勾踐屈首於吴，苦身焦思，飲食嘗膽，卒能報會稽之恥，其猶有少康之遺風與。

三案論

國家之朋黨，釀於人主之一念。所積而成一念，稍有過差，舉朝因之以爲是非，是非生而好惡起。謀公之人與營私之人雜亂，交煽不幸，而有激之者，爭之愈甚，救之愈難。而朋黨之禍，遂至於不可解，則三案是也。挺擊之案涉於國戚，王之寀盡力推究，不遺餘力。神宗豈不瞭然於中，獨以帷闥之際，有難言者，若株連枝蔓，則國法驟伸，而上情必咈，青宫可護，而骨肉轉猜。所以慈寧召見，亦望以調停之説責之諸臣。當時戮張差、殲奸監，法如是止矣。若必以燕啄皇孫，瓜抱空蔓，宣揚其事，何如置之不論不議，而其釁漸弭也？紅丸之案，始於崔文昇投利下之藥。至於李可灼駕言金丹，其實病體已劇，庸醫殺人罪固難逭，况萬乘之尊乎？乃高攀龍[一]則曰：『文昇素爲鄭氏腹心。』魏大中曰：『投劑益疾，非崔文昇之意，固鄭養性之意也。』則又併張差爲一事矣。責方從哲以不嘗藥者，固無失春秋之義，而直指養性爲弒逆者，實出曖昧之辭，亦攻擊者深文之過也。移宫之案，當時熹宗阻於煖閣，王安紿之以出選侍。召還者三，又請即日登極，不允揣選侍之意，或者恃阿保爲勳勞，擁九重爲威福，亦未可知。而忽加以武氏專制之名，恐無以服其心。然移宫理之正也，楊漣曰：『移宫自移宫，隆禮自隆禮。』此至論也，大抵魏忠賢之殺人，借三案以爲刀鋸。而小人之諂附，則借三案以爲功名。遂使神宗一念之差，貽害無窮，卒之延熹逮捕，膺、滂下北寺之獄；紹聖朋奸，惇、卞肆羅織之文。東林何罪，而罹斯酷？然國之元氣，亦以傷矣。人主鑒於朋黨之禍，惟正心以正朝廷可也。

于忠肅論

凡人臣任天下之重者，存乎勇；察天下之形者，存乎智。智勇二者，缺一不可也。當土木之變，百官毆殺馬順於朝堂。忠肅攬王衣而籍罪首，鎮定於倉卒之中，處置於片言之下，業以身膺社稷而不辭，非智勇素具而能之乎？承平日久，戎務廢弛。忠肅爲本兵，練營伍，造戰器，選將徵兵，人有

[一]『高攀龍』，原誤作『李攀龍』，據《明史》改。

固志。也先長驅京闕，朝論紛紛，有倡爲南遷之説者。忠肅抗言『京師天下根本，萬不可動』，調度戰守，機宜悉協，卒使鐘簴不驚，宗社如故，忠肅之力也。英皇北狩，也先挾以爲奇，非忠肅倡『社稷爲重，君爲輕』之説，則彼愈挾而我愈蹙，彼愈恫喝而我愈惴惴焉，莫必其命。夫宋構偷安南渡，今日請二聖，明日請二聖，卑辭厚幣，適足貽羞萬禩，而二聖卒不得復。將欲取之，必固與之，忠肅計之熟矣。古稱社稷之臣，忠肅其人也。議者以爲易儲之舉雖始黄玹，而諸臣將順，不少會議之時，忠肅與王直不過相顧咍愕，而不能貸章綸、鐘同於獄。善乎楊集之言曰：『公等國家柱石，坐享嵩高，如清議何？』使當時忠肅，出死力以爭，以皇儲爲必不可易，則憲宗之東宫，既不可摇，而奪門之變，亦無自而生。意者骨肉之際，有所難言者乎？抑或知其言之必不見聽，而姑爲遲回觀望以俟之乎？猶是景皇不念天倫，貪膺大寶，角弓之釁，有所自來，致使奸人乘隙，升屋而觀天象，持兵而薄南宫。讀史者，所以歎宋穆舍馮之難，而懷燭影斧聲之恨也，於忠肅乎何尤？至於英皇，以夤夜登疊爲得計，論功行賞，多於麻葦；功臣就戮，如棄雛鼠，勢所必然。忠肅臨刑，陰霾蔽天，朵耳外彝，醻地而慟，而曹石之輩，卒不免於禍。天道好還，不益信歟？然忠肅非智勇兼全，烏能功垂一代，聲施後世者哉？

鼂錯論

凡敵之所仇者，皆其忠於我者也。戕敵之仇，而快其欲，冀釋怨解爭以爲乞憐之計，不知自視恇怯，適足爲敵之所輕。漢景帝之誅鼂錯是也。校尉鄧公曰：『吴以誅錯爲名，其意不在錯也。錯患諸侯疆大不可計，故請削之以尊京師，萬世之利也。計畫始行，卒就大戮。内杜忠臣之口，外爲諸侯報仇，臣竊爲陛下不取也。』噫，鄧公惜乎事後之言耳。人主當天下擾亂，宜示之以鎮静，處之以周慎。最患者，倉皇無措，求以媚敵。夫敵豈可媚乎？使媚之而可以息兵安民，猶不憚爲之。然媚之而愈驕，抱薪救火，斷斷如也。袁盎與錯不善，屏人私語，適中其陷害之謀，亦其瞯景帝之無能，故謀得行。嗣後亞夫將兵，破吴、楚軍。使當時無誅錯之事，則有戡禍亂之實，而無殺忠臣之名。豈非萬全之策哉？明靖難之師，以齊、黄爲解，遜國不過謫之而已，既而復召。惟是遜國無任將之智，九江豎子，無堅壁持重之略。且文皇天授英武，又非吴濞僡老强項之比，故至於敗。然不殺齊、黄，非爲失策，未可以成敗論也。雖然，景帝忌刻少恩，固其天性，亞夫以詣廷尉死，皇后、太子以無罪廢，彼有功之人，與夫帷房骨肉之親，尚且如此，何况乎錯？論者謂漢文、景擬於成康，毋乃非其倫與。

漢太公論

嘗讀史至漢高帝伐楚，入彭城，項籍還，破漢軍，以漢太公、吕后歸，未嘗不歎高帝之失策也。當高帝定三秦，發關中兵，收三河，士以伐楚，所須者，謀臣戰士也。太公一恇怯老人而已。爲高帝計者，宜置之居守，以待四方之平。乃使之馳驅戎馬之間，奔走行陳之際。及楚軍一入，不能脱太公於難。雖自以數十騎遁去，然於天性有不忍言者矣。羽置太公俎上，示以欲烹。高帝曰：『必欲烹而翁，分我一杯羹。』帝王之言，豈宜如是？夫太公無陵母伏劍之雄，而先與酈生掉舌之禍。假使項伯之言不聽，高帝雖即位汜水，南面而王天下，其以貽終身之憾，豈少哉？且也有天下與有其親，孰重？古之人尚有竊負遵海，不忍其親之拘於法，而甘以其父子敵，何其視天下重而輕視其親？無怪乎宋構之殘忍，接踵於後世也。論者曰：『分羹之說，高帝亦逆知羽之不能烹，項伯之必能救。若急索之，彼且居之以爲青，不如示之以緩，爲可有可無之物。』彼以爲無足重輕而反冒不義之名，其勢尚可以徐爲之解。此亦高帝無可如何之計耳。嗣是楚與漢約中分天下，始歸太公。父子由是得全。然以天子父而徼倖於萬一，不可知之。數勢亦岌岌矣。更可議者，高帝五年二月即皇帝位，六年五月，始尊太公爲太上皇。以秦之强暴，更號皇帝，即追莊襄爲太上皇。漢之尊號，乃至即位，踰年之久，其不及秦遠甚，未有子爲天子，而其父乃在不論不議之列。孝子尊親，固如是乎？其後五日一朝，不過循定省之虛，文以致家，令有人主拜人臣之說，擁彗還門，名分倒置，諒高帝亦必恧然不安者，何可以爲天下萬世法也？然則高帝之處太公者，殆未善也。

哀猿賦

順治庚寅春三月，沅洲貢一猿，黑面通臂。貢使歸，猿忽淚下，哀鳴數聲而絶。

伊南國之異産，俯荆巒以修潛。隱巖陁而淩崛崎，通欝律而陟危阽。曳陰谷之寒煙，飲翠阜之青嵐。菡萏金翅，弄重雲而黲黲；欐桅茂骫，依喬木而毵毵。鄗徂山之玃搔，異東都之狡皃。含亂草之蕭蕭，步揺嶺曲；挂黄藤之楚楚，影落松尖。周穆南巡，君子可變；越王道遇，劍術能参。或全生以用奇，亦遯跡而彌躭。詎知跛蹇，竟成黔驢之龐；更值坎陷，還作羝羊之觸。虞人張羅，前後要遮；勁卒列呰，左右洶旭。唐陂雷厲，絶阬焱蔟。力詘驚憚，智窮讋復。設籠置檻，就縛受梏。踰川越嶂，浮航駕舳。遂泛洞庭，歷蓬池，涉漁陽，抵上谷。悲薊苑之寒冽，痛玉河之洄湲。念帝鄉之非願，惜故壑之難復。使者言旋，中情若割。迢迢萬里，夢隨銅驛河橋；嗷嗷三聲，腸斷武陵夜月。溯沅水而沾襟，望龍標而哽咽。懷楚峽而裴回，悵郢路而懸絶。似田鵑之流血兮，始發憤於羈孤。比鈎輈而叫落暉兮，戀故巢於蒼梧。不得如度關之秋雁兮，空目斷於瀟湘之浦、衡陽之廬。吟笳發兮嘹唳，變徵鳴兮欷歔。彈神曲而唱哀絃兮，翻白浪而起鵜鶘。淚盈兮潸潸，魂歸兮烏烏。終當化遼東之鶴兮，集華表而返城隅。

道山看梅賦

飄風既發，荔挺始出。撫懷慴凜，感運憀悷。斥繁霜而迎雲鄉，鼓微陽而乘黍律。亂葉聲咽寒臯，廻晷景移炎服。況兹櫛比輷輷，烽煙昱昱。寒笳冰裂，琱亏雪漉。野昏塵合，遶圍連穹帳之營；鷹疾草枯，馳獵比河源之曲。塞鴻北來，朔馬南牧。黯淡川原，陰沉巖谷。顧兹道山踞瀛洲之勝，烏石稱桃塢之奇。羌笛愁生，度隴頭之新調；漢宫粧罷，點瘦嶺之上枝。凝玉臺而獻質，懸青鏡而含漪。弄嬌姿而斌媚，倚弱帶而垂菲。脱粉脂而結秀，凌桃杏以生輝。溜真珠之餘潤，集翠羽之叢棲。矜濯濯之素豔，吐馥馥之瓊蕤。懸雹布於層巒，射旭景於青隄。若夫漏泄春光，參差林趾。植根繁陰，布條亞歲。鶯語未來，鶴膝初起。瘦容颾菁，逸態颯纚。落粉抽絲，懷靈抱異。閒萍逐溜，織素絡緯。香勝酴醾，色浮抹麗。爰携勝友，翫芳辰，翔霄翮，盪海垠。坐松際以裴回，挹良序之靈氛。憐早花之旖旎，嗅清客之薰芬。於是雅典霧會，懽情霞舉。俯瞰長江，眺望平楚。對冷蕊而滌埃壒，酌金巵而催羯鼓。仰浩漢以鴻飛，忘羽檄之旁午。憶壽陽花靨之年，誦何遜兔園之句。醉幡幡而載呶，日冉冉其將莫。辭曰：萌華宣惠，萬籟動兮。遠峯重沓，雲物章兮。晻晻咇茀乍開，跗而傍罅兮。點酥聚笑，先百花而特出兮。鉛華不御，孤骨迥兮。抗志寥廓，據危巔而盡四矚兮。荒壘窮郊，北風捲兮。惟兹城隅，如黄河之磧、塞外之戌兮。流連稽詣，聊永日兮。

靈壁石賦

姑蕪徐子用王，小軒幾上有靈壁石，蒼翠可愛，余覽而賦以贈之。

原夫觸潤雲根，菡萏決盈。擘絮含凝土核，胚胎托始柔祇。散菱影於冰華，浯溪鏡澈；披鱗文於磊質，真觀松移。注萍翳而弄羽衣，霡霂舞零陵之燕；超翠微而排金距，翹鳴飛建德之鷄。斯皆膏輿之異產，積塊之奇姿矣。若夫孕瑞虹州，棲靈楚澤。清音並美孤桐，采色更齊夏翟。欝墳埴以呈形，岨磬山而挺實。廉稜兮如彈鋒鍔，清越兮如叩瓊瑰。元氣氛氲兮，合藴蓄乎風雷；縵理斌駁兮，寧剥蝕於莓苔。鑒堅貞之性兮，歷年歲而不潰。豈同乎宋人之寶兮，惟瓦甓之與偕。當其色暎戶帷，輝騰玉案。丹字難傳，煙痕彌粲。翠縷霞連，碧濤水涣。分蓮勢之參差，侵錦紋之明爛。涵月魄之光芒，瀉花陰之凌亂。何異訪羊角於青城，歸支機於天漢哉？

靖之弟九如賦

伊太簇之應律，欣柳稊之始榮。肇春王之二日，綴椒花以頌銘。惟我靖之大弟，芝秀瓊華，日角珠庭。摛藻淩濤，織朝霞於仙杼；攢柯垂蔭，聳剛木於瑶楨。久矣黼衣繡裳之製，洵稱虬幡輪菌之英。昔時跡奮龍門，名登天府。方賈生入雒之年，擅王褒俊才之譽。盛軌杭莊，長瀾豊注。偕蕁以翱翔，食野苹而呼侶。及試軒綏，遂膺圭組。集雛雉於中牟，撫桐音於單父。覽清流而中宿淵澄，香遍禺山之峽；倚長城而南越煙息，化洽尉陀之土。輿誦勒於貞珉，黍苗沛其膏雨。旋賦懷縣之畏簡書，願思舊鄉；更學彭澤之恥折腰，歸來田浦。寄志江湖，寓情林溆。高致籠霄，飛談卷霧。蓋前有作室厎法，以貽燕翼之休，其河汾之講授乎，爲鄉塾之所儀型；繼有吹箎式好，以著蘭暉之美，信睢陽之義烈也，爲朝宁之所旌敘。先訓丕昭，家聲彌著。而吾苐方且長嘯於蕪門，游息於春塢。步香山之醉吟，訪子陵於釣渚。兹者值東風之煦物，覩青雲之干日。枹鼓不聞，朋酒斯舉。考鼓伐鐘，流商刻羽。相與賡《南山》之章，繪《天保》之句。余瞻彼芳辰，慶兹佳遇，爰作歌曰：初歲元祚，吉日良兮。英莖林薈，翠爵而映玉樽兮。蕣華菱彩，晨鏡之朝發兮。戩穀罄宜，受百禄兮。

令德壽豈，悠且長兮。繩繩蟄蟄，琳瑯而列階所兮。願期爾以西京之園，綺晉室之東山兮。

擬乳象賦

聖王耆定，大介於爍。内撫外綏，陸讋水慴。雲回金築，震銅鼓於牂牁；地接苴蘭，嗷石羅於濮洛。比櫛屯營，行枚表駱。平洱海而服烏蒙，靖滇池而命莊蹻。天笠倒戈，扶南受縛。獲異獸於臨衝，舞赤干而奉朔。於是毛羣之英，貢輸閶闔；南山之美，面内闕廷。林邑之拜揚，禮儀卒媚；新都之祖道，樂部堪聽。卑騶酴之鹵鈍，薄犀兕之挐攖。凌蒼熊之猛憨，疾赤豹之瞻瞪。分大官之禄糈，肅端門之威稜。兹乃絪緼搆質，蕃衍流潢。火長嬴而當暑，日纏畢而正陽。金絡纏頭，再睹齒牙之利；摇精徹漢，重瞻星宿之芒。爰結苞符，既博而碩；甫出胚胎，寖大而昌。斯盖羣生長養之盛節，九重茂對之餘慶。昔《衛風》歌騋牝之衆，《周南》咏騶虞之祥。差足賡颺德化，比擬時康。豈特如宜春老鹿，點綴芙蓉之景；元狩白麟，裴回雍畤之傍者哉？維時雲蹕遥臨，鳳宸肅衛。迎仙仗而奮翹，感宸衷而忻慰。被亭育於不言，仰生成於無地。盖文甲翠羽，僅足獻娱；而珠琛絶賫，未堪侈瑞。信兹生物之奇，允稱上國之貴。鑒燧尾之患，期永銷乎甲兵；重焚身之防，忌溺情於貨賄。協利見之芳時，佐昇平之良會。觀其骨幹定於少成，氣格軼於羣類。筋力强勁，已具贔負之材；顧盻瓌瑋，更識馴良之意。異日嘘吸吐風雲之形，巍峩壯宫闕之勢。長濡聖澤，何芻稿之非恩；日覲至尊，雖縶維其何媿。臣叨陪侍從，謹執筆於螭頭；快遇休徵，聊矢音於蟲嘒云爾。

瓶庵説

天下器之所設，皆道之所寓，非形而上者如此，而形而下者又如彼也。古人立象以盡意，假物以明義，往往罕譬而得其寄托之所存。如箴銘及於盤盂是也。長洲吴子雨岑，自號瓶庵。盖見乎天下之是非好醜，其觸於心，而發之口者，不可勝詰。及至神越氣散，則外重而内拙。不免於以身狥物，而况諓諓善諍，貽脣亡齒寒之誚乎？無譽無訨，與時俱化，雨岑殆有取焉。故引鄭公之説，而以瓶自况也。莊生曰：『兩喜必多溢美之言；兩惡必多溢惡之言。』凡溢之類，皆妄。瓶者所以持蒲而止溢也。試以水喻之，水之在江海也，澶漫靡迤，盤渦谷轉而亡所終極。使其貯之於瓶，則静一而無滃决之患。瓶與江海，則必有分矣，然非其性也。苟得其性之所然，則江海之安流，與其在瓶無以異也。瓶雖小物而有廣大之義。惟至言去言者，足以語此。使天地不閉，賢人不隱，而括囊如故，非大易之旨矣。瓶可守也，而不可執也，則又瓶庵之説也。

道山堂後集·文集卷四

閩中陳軾著　男宗柏　宗咸　宗豐　于侯仝輯
年侄林茵　年家姻晚生黄鶩來仝校

侍御林心宏傳

林公諱汝翥，字大葳，號心宏，福清上逕人也。中萬曆丙午鄉試。謁選日，夢漢高祖臨其寓，曰：『吾乃沛公也。』遂得沛縣令。居恒慷慨自負，好談兵事。及任沛時，承平日久，捍衛守禦之具，封疆之吏，多束高閣。公修城堞、置火器，簡兵仗。日率鄉勇而訓練之。有笑其迂疏而非所急者。亡何，山東妖賊徐鴻儒以白蓮教惑衆，號召數十萬陷鄆城、鉅野、鄒滕各處。攻沛，城堅不能入。公躬擐甲胄，督率鄉勇，臨陳對壘，七戰皆捷，擒馘無算，奪回鄉民男女數萬人。叙平妖功，減俸行取，授四川道御史。公甫衣豸繡，即以矯枉戇直、激濁揚清爲己任。適熹廟時，逆璫魏忠賢竊弄威福，總憲楊應山上二十四大罪。公隨草疏直糾，以日食甘露爲喻，且言其矯殺王安及貴人、裕妃之事。疏留中未發，忠賢怒之甚。其黨曹進傳國興假命搶掠，挾制坊官。公執而笞之，遂歸罪忠賢，条其私庇小璫。旨下革職，廷杖一百。先是屯田郎中萬燝，疏劾忠賢，旨下杖燝午門外。羣閹圈至燝寓，捽之而出，辱毆於道，未受杖而斃。公恐其亦如燝例也。因見大璫數百，各持凶器，攻圍公宅，遂踰垣而走，從鄰人屋上偃卧一晝夜。次日潛出都門，投揭遵化軍門鄧渼，自請詣獄，令其代奏。各道潘雲翼等疏救，不聽。已而被杖，創甚，幾斃。盖公與葉文忠相國同里，忠賢欲借之以傾文忠。自是首揆之席不暇煖矣。公之進退，關係於君子小人之消長如此。公削籍爲民，詭言脚攣，深自韜匿。嗣是緹騎四出，諸建言者皆所不免，獨公不罹於難。崇禎改元，始復原職。十四年，起公瓊州道副使。然未能大用公也，遂怏怏乞休歸。公素好興作，居家自築城堡，鑿池造橋。園林中備四時花木之美，又以海堧不可耕，設法建閘，以防海水之入。斥鹵之地，皆爲沃壤。其經畫類如此。鼎革後，起兵田間，攻圍縣治，戰敗被獲，自經於獄。外史氏曰：『崇禎登極，忤璫諸賢，宜相次引用。適烏程當國八載，其後揆席相繼，多其衣鉢。主爵者遂以公爲福清黨人，沉淪十餘年，始登啟事。及宜興柄用，稍召還東林諸賢，僅補公以外臬使。當時以公曉暢知兵，授以疆埸之重，未必遂無所補，無如臧文蔽賢，必不可挽。即使拜爵升庸，而長才錮於海外，弘畧試於蠻荒，深可惜也。然公始攖批鱗之禍，終蹈成仁之節。司隸發憤，則爲陽球之拊髀；東郡亢扞，則爲翟義之弄兵。豈非善始善終，附編簡以不朽哉？』

黄九煙傳

黄周星，號九煙，金陵人也。父黄老，向執役國子監，家素貧。有楚黄孝廉周逢泰，客寓金陵，結納四方名士，買秦淮名妓爲妾。妾生女，賄收生媪，易一子，以爲己出，是爲九煙，即黄老所生次子也。九煙穎異絶羣，八歲能文，時有神童之目。孝廉所延塾師，皆不當其意，以故天性倨侮，常有藐易一世之意。崇禎登極，考選，貢入國雍，癸酉中北闈鄉試。而逢泰他妾生二子矣。有老僕者，九煙素愛重之，私語九煙曰：『主非周家所生，乃得之金陵媪者也。』九煙心識之，及公車往來金陵，留連咨訪，久而未得。一日，與諸狎客在黄老鄰舍喧呼劇飲，忽聞老者歎息欷嘘之聲，座客爲之不樂。九煙遣僕誚讓之，僕曰：『彼老者有一子而夭。見主面龐酷似其子，是以悲也。』九煙聞而感動，密遣人詰之。老者曰：『吾某年月日尚舉一子，即鬻他姓，踪跡未卜也。』九煙計其所生年與相符合，曰：『此爲吾父無疑也。』遂私往黄老家，拜跪涕泣，呼之曰父。黄老初不敢信，詳述始末，而天倫乃合。九煙秘不令人知。未幾，母亡。庚辰舉進士，繼逢泰亡。九煙終三年喪，葬其父母畢，告周氏二弟及諸宗族曰：『吾受周氏恩撫，實黄姓也。但周氏有子而黄氏無子，不得不復姓以承黄氏宗祧嗣。』上疏改姓，仍以周名，示不忘本也。因迎黄老奉養，遂金陵家焉。九煙初仕戶部主事，適中原鼎沸，二京淪没。麻鞋入閩，授禮科給事中。仙霞不守，九煙落拓無依，漂泊嘉禾、松江之間，以賣文爲活。九煙之文，伉爽奇肆，出入唐宋諸大家，自傳記、詩賦，以至詞曲、詩餘、翰墨、篆刻，無不各極其妙。但時俗日下，混琪樹於菉葹，等巴渝於雲門，重貨賄而輕文章，僅足糊口幸巳。戊午歲有薦其博學弘詞於朝者，當事促之應辟，九煙投井中而死。外史氏曰：『余與九煙同官諫垣，亂離後，別三十餘載，乃得晤於吴閶，相對扼腕，輒爲泣下。九煙爲余文作序，撫今追昔，情見乎詞。今九煙有薛方之行，而復蹈龔勝之節。賢者守義，非流俗所測也。易代以來，已踰四紀，而崛彊仗節之士，尚伉慨激烈，死而無悔。盖朽枏敗腐，更能蒸出芝菌，以爲異瑞。豈可令其電滅飈逝，湮没弗章哉？』

比部鄧緒卿傳

余與比部鄧緒卿同寓粤嶠五載，辛卯歸里門，比鄰而居。晨夕出入，無不與偕。迨後室廬播遷，緒卿卜築村落。而余以貧窶走食四方，驛亭野戍，時動莫雲春樹之思。今春倦翮始返，見吾緒卿則已老且癯矣。初意扶藜籬薄，畹晚因依，何緒卿遂溘然逝也！諸子君邃等囑余爲傳。按：緒卿諱爾纘，别號晦庵。先世自光州入閩，宋淳佑間，族始大。始祖介以解元進士起家，累傳至廣文忠，以明經爲饒平教論。子遷，嘉靖戊子，同弟熺舉於鄉，仕至嘉興府判，實生觀察翠屏公原岳。萬曆壬辰進士，歷任廣東典試、雲南督學，所著有《西樓集》行世。寧州守周生公，其長子也，生緒卿。少岐嶷，年十三，補弟子員。學使者何半莪先生録試上等，食餼郡庠。二十三，登庚午賢書。鄧爲望族星聚，以丙子介從，以己卯同上公車，一門之中自爲師友，亦彬彬一時之盛也。緒卿風骨稜稜，伉爽直上。大宗伯還初馬公，曾任給諫，與吾鄉漳浦相國相友善。後爲黨人謡啄，兩下詔獄，幾中清流之禍。而緒卿乃其愛婿，凡時政之得失，人材之當否，莫不互相辨折。知其肺腑之投，有鍼芥之合矣。乙酉以徵辟，擢刑部河南司主事。是時國難方殷，時局草創，不以鷙擊毛舉爲能，一切以寬厚治之，鉅箳桁楊，措而不用。及至佐郡瓊海，兼署儋、萬諸州，復試新興令。勞徠安集，不以荒遠鄙夷其人民。然而登車叱馭，非其志也，遂解組歸。既而藩封駐省，遂移之遂勝里竹嶼，蓋祖居也。緒卿生長都會，而丘壑之興，尤其所長。蓋擁牙纛、盛騶從，非城闉喧豗，不足顯其舄奕。若使有道之士，肆志鴻冥，則東阡西陌，灌畦汲井，視夫紛淪簿領、朱殷其輪者，不以彼易此也。噫嘻，吾以緒卿爲邦之壽耇、世之遺民，而今不可得而見。刼灰之餘，老成凋謝，回翔今昔，能無慟哉？外史氏曰：『緒卿曾在新州，與强宗搆難，詆毁排笮，幾陷不測。當時同事俱縮頭頓足，畏懦不敢進。余力護之得脱，緒卿以此德余。回憶執手江滸，劇飲中流，今已隙駒奄忽，陵谷變易，不可問矣。然緒卿自粤歸，橐裝枵然，數十年來，安貧樂道，有如一日。靖節之高卧北窗，其在斯乎，其在斯乎？』

胡將軍傳

胡將軍諱上琛，號席公，福州右衛指揮使。始祖胡巴兒，從明太祖定天下有功，賜鐵券世襲。祖龍陽，博學善文辭。所著有《詹詹言集》。父爵，母田氏有娠三月而父亡，後生將軍，龍陽摩其頂曰：『吾家一綫，實繫於爾，爾其勉之。』蓋胡氏自巴兒以下二十七世皆單傳云。將軍性聰警，出就外傅，田氏以二僮俱，記誦有所遺忘，則撻二僮。二僮昕夕趨督將軍，學日益進。年十六，棄筆研，替襲前職。將軍念吾乃勳裔，既不能屈首受書，當先鋒鏖陣，批亢擣虛，爲禾子征不譓，自以氣質文弱，因取鐵石之具，日夜試練。始之力不敵一人者，既而力且百倍，更姍弓矢，控弦以往，有飲羽之能。將軍學武乃大進，惜當時無有設壇而禮之者。丙子、己卯兩舉武闈。母田氏治家嚴整，鈴柝肅然。獻婦功饗賓客，凡禄餼所入，悉歸閫内，將軍不與聞焉。將軍所知，惟定省之禮而已。甲申寇陷燕京。將軍慟哭，旬月不絶。乙酉唐邸立，授金吾，備宿衛，從駕劍津，清兵將逼駕，晝夜走臨汀。時欲微服入虔論止諸扈蹕者，禁旅稍稍潰去，將軍至中道，度無如何，遂步行南還。時永陽巨姓，募兵開道，攻破城邑以迎清師。禁旅之亡者，經過其地，盡縛而殲之。將軍僞爲卜者，爲居停所物色，將獻之渠帥，有陳細八、陳閏一，農之豪者，力止之。遂駕一小舟，曰：『公須亟渡，少頃而邏者至矣。』將軍渡江得脱，與之直，二人笑而不受。將軍以此德二人深也。既至福州，諸生齊巽、中翰張汾等起義兵、立帥府，將軍與焉。戈殳函鎧，家所有者，悉以給軍。既而見所主事者率皆迂闊文儒，所統衆亡紀律，不可恃，於是將軍死志決矣。將軍妾劉氏名蕙，有殊色，十五從將軍，時年十八，爲將軍所素昵。將軍一日私與劉氏訣，曰：『清兵不日至，吾其死矣。』劉氏曰：『君死忠，妾死義，一也。君果死，妾當從之。』將軍聞之驩甚，又懼劉之紿己也。數詰之，無異辭。是時密議始定，將軍告其母率妻子往鄉避兵，而獨與劉氏留。清兵入，城陷，將軍命劉氏煮藥訖，着公服拜天地家廟，坐於中堂。劉氏右坐取藥，先飲，次將軍飲。劉氏一飲而瞑。將軍似作痛，良久乃死。劉氏面微暈，容色妍麗，如睡足狀，見者皆以爲異云。是日曹能始先生諱學佺、城東人趙宗仁，皆自經死。後數日齊巽等爲永陽兵所獲，戮於市。外史氏曰：『將軍事母至孝，其母歸日，常見將軍日侍其側，形容笑語，不異平時。蓋至性之人，身亡而性不滅也。劉氏以幼弱閨幃，從容就義，終已之節，以成夫之名。嗚呼！不可及已！』

林平山傳

臬副林公諱日光，字開鴻，號平山。原籍福清某里，遷會城。大王父某公、王父某公明經博士，後先師幄，與父東里公，俱精曲臺之業。余輯郡乘有三世經學傳，即公先世也。公少英異，成童時即能文章。篤志綈緗，洽聞彊記。抽鋒擢穎，超然出類。年二十以儒士舉天啓甲子鄉試。主司顧瑞屏先生，評其文如河漢而無極。崇禎庚辰始舉進士。是時天子念中原鼎沸，博咨方畧。策試後拔四十人，召對文華殿。公侃侃條對，稱旨，擢上第。公以寒畯書生，初衣未釋，即上閶闔、登紫闥，敷陳忠讜，罄所欲言，洵異數也。及拜工部主事，榷南新關，芟蠹剔弊，蠲煩滌苛。待諸估人如哺赤子，政行而税辨，商感其仁，國益其賦。暇則集諸生儒校，論文藝，每月考課，品藻甲乙。越固多才，受公教化薰陶，莫不咏德造、歌壽考焉。秩蒲晋蘇州太守，吴門與武林咫尺，叱馭旦夕可至。平江素稱佳麗，油壁青驄、樓船簫板，雜遝鞳鞈於篁陰水濆之際，宦斯土者，無不侈爲壯遊，公處之漠然。適祖母太夫人病篤，返駕里門省視，移補江右南康。公之辭羶薌，甘淡泊者，類多如此。然公性至直，從不脂韋滑澤以媚悅要路。中貴人行部至浙，考覈糧餉，撫院藩臬以下奉命惟謹。公獨與之抗，縞紵弗修，酒漿弗設。璫怒未有以報也。因陪京初政，璫勢大張，遂羅織劾公罷職。迨直指使者白公冤狀，奏入，而金陵已不守矣。公忠厚長者，恂恂然若不勝衣屨，而狷介廉隅，爲山嶽之所不能撼。明季黨部日盛，士大夫據壘樹幟，互相排擊。吴越聲氣聯絡，尤爲黨人淵藪。公孑然孤立，絕不依籬傍戶。以故秩僅平進，無躐等超拜之格。洎唐藩繼統，止例陞蒼梧副使而已。鼎革後，杜門不出，衡泌自娱。嘯詠賦詩，瑰邁高古，在樊南、長慶之間。晚年更著四書，《戴經解説》《詮釋》《大全》及《傳注》。訓廸後學，功又宏鉅。八十餘精力强健，手不釋卷，夜分繙閲，尤見燈火熒熒云。子六人存三人，孫十人，曾孫十一人。諸子若孫，或升成均，或入庠序。商彝周鼎，玉樹重叠，皆廊廟之上珍也。卒年八十四。外史氏曰：『《洪範·九五》「福一」曰「考終命」，若君者，洵所爲考終者也。』公委贄入朝，年未强仕，使席泰交、履平運，無難躋列公卿，如文潞公宿德元老班宰相，上乃玉步忽改，歷數十年高尚其事，名曰『遺民』，身隱而道彌彰，未可謂不幸也。史稱管寧名行高潔，望之若不可及，即之熙熙和易，年八十四，公其幼安之流。與余忝同籍，且附朱陳之好。謹摭其本末而爲之傳。

唐潔庵傳

唐諱獻恂，字君知，號潔庵，毘陵人也。世居臨淮，自伯誠公始遷毘陵。子平樂公，舉建文進士，蟬聯不絶。而少司馬荆川襄文公舉會試第一。文章經濟，最爲顯著。潔庵祖重庵公即襄文弟也，與父履薄公俱諸生。潔庵性警敏，精舉子業，廿三入膠庠。丁卯補弟子餼，連踏省門不第。當時衣白鄒先生、内弟吴方之進士，皆心服其文，而乃見擯於有司。甲申國變，聞天子死社稷，涕泗滂沱，不復作身家想。南都册立，江左溺於宴安，貨賂成習。潔庵入都，褰裳而走。清兵渡江，潔庵絶意仕進，需次應舉明經，棄如敝屣。常遊鄴下，過淇水，望銅雀臺及藩邸故宫，徘徊良久，不勝黍離之感焉。平生師事徐勿齋先生，守其遺訓，罔敢失墜。每見古今忠義之士，見危授命，斧鑕如飴者，輒慨慕不已。見有改節易行，蒙詬無恥者，詈不絶口。澹歸大師嘗贈詩云：『劉四罵人人不恨，毘陵唐大亦如斯。』唐史稱陸鴻漸聞人善若在己，見有過者，規切至忤人。朋友燕處，意有所行，人疑其多嗔，其潔庵之謂與。潔庵身爲世家望族，明洪武至崇禎，元魁踵武共二十人，皆恬於功名，急於道德。吾惟守一己之節，以無忝于先人而已。子宇肩，孫三人，年八十六而卒。外史氏曰：『士之懷琬琰就煨塵，抱棟幹困溝壑者，可勝道哉？然君子進退必以其正節之所在，雖頹嵩岱，不吾壓也。其視委靡輭熟、偷生自私者，相去遠矣。潔庵自潔其身，隱然係古今名教之重，身雖隱而道彌尊，庶乎涅而不緇也已。』

黄處安傳

黄公諱晉良，字朗伯，處安其别號也。世居閩縣鼓山之蓮村。大父仙洲公，登嘉靖癸酉榜，仕雲南建水州守。父楚白公，仁心惠質，忼慨有大節。子三，而公其季也。公少聰警，沉酣經史，咿華佩實。在河圖琰琬之間，與仲兄翰伯掉鞅文壇，蜚聲庠序。時人比之雲間二陸云。數踏省門未售，困于蓬艾。時值中原鼎沸，公振纓奮袖，發憤上書，似杜少陵天寶末獻《三禮賦》。以文章受主知，更念國家數十年水火之釁，在于柄用者重門戶不念君父，報私仇不思國恤，以致神州陸沉不可復。問及召對，痛切盡言。遂晉西掖，掌綸誥，轉冬曹主事、員外郎。時公以英壯之年，質有文武。倘若設壇具禮，磨盾草檄，叫諸夏而號八荒，尚可撐柱於天荒日昃之餘，惟是長材短馭，未得竟行其志。迨至陵谷變遷，麥秀興咏，公遂毀車束馬，匿曜弢景，如漆園逍遥濮水之上，夏侯湛贊莊生曰：『垂釣一壑，取戒犧牛；望風寄心，托志清流。』公之謂歟。公忘情圭組，益肆力于文章。凡夫金版玉匱，瑶瓊怪牒，莫不窮其要渺。窮年繼晷，燈熒耿耿。若其歍榷典謨，勾稽掌故，置身壇宇之上，取古今其下而計其是非，不差銖黍。其文閎中肆外，戛戛乎陳言之務去。思理幽而節簇成，伸紙疾書，橫見側出，如遊碧海扶桑之外，收四溟之奇氣。窮靈胥之異態，不能悉其津涯。詩則追《大雅》，宗盛唐，渟瀠含蓄，麗而有則。蓋確知詩之源流利病，而不爲輇材諷説之所易，遂能去其癥結，歸于雝喈。非若時輩矜蟲魚、拾香草，駢枝儷葉，取青媲白而已。晚年更著《井上述古八十二則》，寓勸徵昭法，戒數百代。國家興亡，人品得失，較若列眉，功獨鉅云。至于書法絶倫，鳥跡壁書，夏銘秦刻，莫不細究。及興酣，筆落風雨，作于行間，鬼神役其指臂，下躡羲、獻，上挹斯、邕，鐫碑雕石，佳本流傳。斯誠魚頏鳥頡，足以補造化之工，不過遊戲之餘技耳。公天性篤孝，生事死葬，白首孺慕不衰。

嘗嘆世人玉表而珉中，梔言而蠟貌，斥而不爲。惟平心質行，與人相親。遇有困阨急病，讓彜趨走恐後。在東粤，計脱縣令陳宗正于重圍。在河源，出馬侯心於囚服。在婁東，解黄門張敉庵，杯酒釋憾。視世之恇怯委頓、視人緩急輕若鴻毛，大相逕庭矣。公疾革，年七十五。子四，文章經濟，蔚爲國華。諸孫八，多列膠宫。餘俱岐嶷特出。曾孫四，森森立竹，皆能振公之業，而光大其間者也。余與公往昔同朝，知公有經營四方之志，未竟其用。及脱腕，因依鷄豚，同社還念，酒後耳熱，劇談未已。絶琴弦於渌水，傷宿草于黄壚，能無故人山陽之感哉？遂次其生平而爲之傳。外史氏曰：『天下俊偉之才，宜與之乘隙立庸，鏤彝勒鼎，而使之盤跚曠逸于青松翠蔓之下，蓋有所用之也。公不過一老遺民耳。而鉛槧之勤、著述之富、氣宇之峻，使人望如高岫層巘，而不可梯接。殆河上之丈人、蘓門之高士乎？《易》曰：「龍德而隱。」余無以測之矣。』

王孝廉傳

孝廉王侯慶，字吉卿，號麟山，候官人。先世自太原以宦遊，卜居三山，代有顯者。父應禎，郡諸生，籍籍有文名，中萬曆己酉副車。長詩歌古文辭，晚年與曹能始、周五溪諸先輩結社倡和，推爲詞壇祭酒。舉三子，孝廉其季也。孝廉弱不好弄，周規折矩，不苟呰笑。壯補弟子員，爲文尚樸茂，不爲軋茁傾險之習，人咸重之，曰：『此言行相符，而人如其文者也。』家素貧，教授生徒，得脯修以養其親。隣不戒於火，孝廉視囊槖不顧，獨抱主與宗祖遺像，負老親而逃。後里舍皆墟，孝廉居存其半，人以爲孝感所致。屋有南牕，乃諸親朋爲孝廉醵金搆築。孝廉以己產分讓二兄。古者李孟元紡績自給，薛包獨取荒敗，殆無以過。師棺未葬，經營穸窀，以免暴露。昏夜遇道傍少婦，正色相拒，勸勉而還其姑。至若捐貲而助婢之婚，假貸而贖人之女，種種善行，未易悉數也。慨自道學衰涼，風化弊薄。蜉蝣之羽，致飾於衣裳；佻達之容，貽譏於城闕。非不飄紳襘袂，厠名俊乂，而彝倫未敘，天性多歉。甚至重貨賄、鄙廉潔，錐刀之末，剌剌不休。親人緩急，輕若鴻毛。聞孝廉之風，亦可以少媿矣。前朝郡縣大夫及藩臬御史臺推舉孝廉，榮以棹楔，薦之於朝。迨行社學之令，延孝廉爲興賢社師，孝廉躬體力行，啓廸蒙士，被其教者濟濟然，入孝出悌，罔敢跅跎踰等。夫教始於比閭，設於州鄉，本於家塾、黨庠、州序以達於王國。鄉學者，教化之始也。今使天下之鄉學，而皆有孝廉爲之師，則三德六藝之法可復也。鼎革初，有司薦孝廉授程鄉令，孝廉辭不赴。逾年，寇亂兵荒，殍餓載道。孝廉設法全活，饑而死者，謀爲斂瘞，計八十餘人。葢陰行善必有後云。孝廉既不樂仕進，當事委之講釋六論。孝廉曰：『吾雖不能出而有爲，倘藉此宣教一方，此余志也。』因實心舉行，遍歷鄉校，所著訓解，皆切中人情。一郡之父老子弟，靡然而從之，如是者十餘年。及鐫刻成書，當事作序稱贊。葢孝廉生平之操，足以起衰扶頑。雖未能施之於事，而實托之於言，其大節有足録焉。抑聞孝廉之舉，始自西漢，如蕭望之、薛宣、黃覇、張敞等，以孝廉補長丞。王吉、京房、師丹、孟嘉等，皆舉孝廉爲郎。所以漢世雖重賢良方正諸科，而得人之盛，莫如孝廉。隋唐而後，始有進士、明經等科。自是天下之人，皆馳騁於記問帖括，而鄉舉里選之舊，漸不可復，教化之壞，豈非文墨小技爲之階哉？以孝廉之言符其實，而使之以縫掖老，余不能無世代升降之感矣。孝廉卒年七十有八，子二云云。余忝姻戚，聊摭其行實而爲之傳。外史氏曰：『考古周禮，地官有黨正、有州長。黨正，即一黨之師也。州正，即一州之師也。明洪武初，詔立社學。優給廩餼，猶有州黨遺意。如余所稱孝廉爲州黨之師，服道守義，依於悃愊。道古昔而稱先王，衣冠劍佩，洵足繫人思哉。』

鄭元定傳

余父先太僕早世，同襟連袂者三人，而鄭君元定年尚少於余。雖余視之爲丈人行，不啻如曹耦之相得也。十餘年間，諸姨丈相繼凋謝，而君康强健飯，矍鑠猶昔，不意於小春某日無疾而逝。夫以錢起之哭曹鈞，輒興殘陽鄰笛之悲；休文之傷謝朓，每作尺璧何完之恨。彼締懽蘭茝，尚如斯之追悼不已，而况誼屬親串、尊並父列者哉？諸表孔野等囑余爲傳。余謹按：鄭君諱啓爀，字元定，别號止庵。先世自訓公由滎陽入閩之莆田，數傳至樂山公。由福唐遷三山，再傳至籲齋公、正崇公，俱覃心理學，君即正崇公之冢嗣也。弱不好弄，日誦數千言，於曲臺之學，尤爲專門名家，甫冠補弟子員。余外王父昆明長石鼓林公，博洽鴻儒，掉鞅藝苑。諸後進昕夕追隨，無不以文藝互相劘切。故同門僚婿，皆有文章之譽。而君以少年英異厠其間，嬌客玉潤，無與爲比。外王父嘗器重之。叔懋芳與君年齒相若，族祖計部康賢公延之維摩室肄業，懋芳癸酉擬元，爲江右楊惟節先生所取士。君甲午闈牘，爲主司歎賞，僞得而失。蓋文人之不得意，往往灑淚江蘺，向隅蓬蓽。所以十年獻賦，空憑吊於滄江；千里傷心，轉留連於花陌。無媒失勢，未嘗不以生事蹉跎委之命也。君幼失母，躃踴哭泣，人如骨立。正崇公春秋高，孝養無闕。及歿，喪祭如禮。因慨世俗日以偷薄，捷捷翩翩，習爲固然。甚者，驅良乘堅，狹斜馳逐，衣裳楚楚，詩人所以刺蜉蝣也。正崇公幗幅無華，勤儉有則，常有良士瞿瞿之意。君步武先刑，敝裘羸馬，不以爲嫌。至於應接酬酢，欵洽備至。平日忼慨然諾，曾以千金貸友朋之急，豈非豐詘中節者與？夫殖德樹行，不以隱顯爲屈伸。苟其履仁蹈義，無不合於繩墨。環堵之中居然有先民《大雅》之遺，彼夫香車繡轂，戟門依仗，豈足以語此也？君可謂信道篤而自守嚴矣。余稔其行實特詳，姑爲叙次，俾後之誌碣有所採焉。外史氏曰：『古人掃門隱几，白首陶然，散帙遥帷之際，至教攸存，不必煜爚於榮利也。公言行坊表，不僭不忒。雖棲息蓬蒿而志致蓋遠。以之貽燕後昆，是必種樹謝庭，折薪潘室。温恭棣棣，厥族以昌。天之美報，信有之矣。嗚呼！其可傳也已。』

文學孫受庵傳

余與同籍給諫孫鶴林結朱陳之好，而受庵則給諫猶子也。余辛卯家居，常與給諫過受庵之廬，飲酒懽咍，嘗憶西園别墅。受庵治圃蒔藥，日致賓客。余與給諫及鄭如水司空、葉霞浦翰苑、鄧緒卿比部輩，移晝卜夜，作十日遊。風亭月榭，紅萏青漪，其足供輞川之興，而適濠濮之觀者屢矣。今者老成宿素，漸次凋落，光晷易逝，欲如昔日之獻酬宴笑，其可得哉？余奔馳南北，倦歸里門。受庵訪余，欣然道故，而不擬天奪受庵之速也。謹按：受庵諱元祉，字既受，受庵其别號也。先世河南中牟人，明初有諱甫者，仕閩爲僉憲，遂家焉。僉憲數傳至義齋，以厚德顯。義齋生岊峰，治《易》有聲。岊峰長子進士、知縣、贈中憲含冲公，仲贈給諫儆儂公，季奉政毓亭公。文學德園，即儆儂公第二子，與學憲鳳林公及璽卿鷥林爲從兄弟，與給諫鶴林爲胞兄弟。德園經學操行，恂恂儒者，配胡孺人，生受庵，岐嶷不凡。胡孺人疾篤，受庵甫十歲餘，搏顙出血，跽求良醫。及失恃，哀痛躃踊如成人。年十八受知督學屺瞻葛公，補弟子員。少年俛俯今昔，有遷史名山大川之志。遂從給諫渡錢塘，過闔閭。訪葛塢之遺踪，問館娃之故趾。因而策河濟、抵上谷，與給諫裴回京闕。每以國是人才爲念，當其總轡馳驅，攬衣躑躅，未嘗不愳宗周之隕，而歎叫呼�之無人。

迨玉步忽改，給諫毁車挂冠，抗志浮雲。而受庵進取之意，亦以緩矣。受庵事父至孝。德園晚歲時與一二知友文酒相過，甘毳之餘，資贍無乏。上壽之日，考鍾伐鼓，絲肉迭奏，縹緗玉軸，輝映堂上。親串之侑爵歌詩者，以雲霧集。受庵韝鞠䩞，綵舞蹣跚。家庭之樂，雖蟬佩黿組，不與易也。亡何德園捐館舍，附身附棺，備極盡善。生平先人後己，人有緩急，傾囊倒庋，惟恐不及。大者至數千金，焚券棄責，不以爲意。蓋受庵經濟極博，明於積著。間以餘力小試鹽筴，不問貲算。因其自然，視乎筐篋之智，相去遠甚。然數起數蹶，任運而已。暮年以來，棲心法典，演若迷頭，忽然解悟。臨終日方寸不亂，此其證也。外史氏曰：『《記》曰：「君子恭敬，樽節退讓以明禮。」若蕳峭輕佻，與物爲競，其人不足多也。受庵謙撝自牧，粥若無能，其與人也常嗛然有以自下。《詩》曰「溫溫恭人」，其是之謂與。』

舅氏林樂宗傳

余讀王虞石先輩作《學博林公翼廷碑記》，言崇禎丙子歲，龍巖大饑，公署邑篆，夢觀世音大士指示邑後屏山可以救人。公至其處，啓發地孔，果有米粒湧出，活數千人。余觀古所載，神農時雨粟；倉頡造書，而天雨粟；漢建武陳留雨粟蔽地，視穀形若粢而黑；宣帝地節雨粟。史不絕書，然未有自地湧出者，或者地之功不讓於天，以大士之力不可思議，湧出米粒，亦無有異也。學博者，余之外伯祖，而岳宗[一]舅氏即學博之子也。學博任壽寧、龍巖二邑，遷於清漳，則舅氏與偕。舅氏潛心力學，籍甚膠庠，與郡邑之學者，昕夕講究，以求無負於學博之教。其時郡邑之學者，於學博則師也，舅氏則友也。鼎革以後，舅氏決志終隱。時而乘犢山藪，扶藤野外。華條以當璇室，翠葉以代綺牕。忽見茅茨曖曖有人，則海濱隱者在焉。鄉有力役勾稽，身董其事。自遷海令行，地狹而賦不足，人散而差愈繁起，徒役者無論歲之上下、地之孅惡，愁歎之聲，比戶皆然。舅氏以一老書生，佽助其間。遮道痛哭，訴於上官，役以得蠲。至今絳縣之老，得免城杞。舅氏有德於鄉，不既深與？且也末俗澆訛，尊祖敬宗之義不講，無以觀孝而惇讓。舅氏念鄉井遷徙，大宗之祠，夷於灌莽，因議

[一] 岳，題目作『樂』。

創建，擇地清遠里軍山之麓，崇階廣除，有嚴有翼。子孫宗老，得以勤趨蹌，奠罍犖。夫人當瑣尾之時，所亟者廬井之安而已。然幹止未遑，而先謀及於祖先，可謂得本計矣。余稽遥江爲福唐右族，冠盖相望，絡繹不絶。余猶及見侍御心宏公抗疏忤璫，切諫天子孤立之禍，以王守澄、仇士良爲比，風采凜凜，與應山諸公齊名。幸其杖而未死，後以殉節聞。嗣是省垣雙城公主試東省，有歐陽得人之譽。以舅氏之長德懿行，必有繼是而起者。余因喜而爲之傳。

陳母黃孺人七十壽序（代）

嘗讀《晉》二：受兹介福，于其王母。象曰：『以中正也。』知憂勤之能獲福，中正之可居尊，而母範昭焉。夫閨幃之中，多鐘秀異，往往爲士大夫之所不逮。而名門巨閥，素嫺禮教，代有淑媛，尤稱燕翼。詒謀之盛，所以景其家傳。而崔盧世牒，垂于國史。考其内皦而鐘郝禮法，著之典型，庶令德宣昭，而福澤無窮也。以余所聞三山陳母黃孺人，洵足述矣。孺人爲太史坤翁黃公女。坤翁文章老宿，起衰百代，天下膾炙佩服，不啻捧球璧而就硎冶。殘膏剩馥，猶足沾潤後學。余父孝廉公，素侍函丈，執弟子禮有年，稔知孺人家教皆本蓮矩之輝，而分花磚之影者。至婉嫕貞慧，出于性成。長適□學克枚公，鷄鳴昧旦，琴瑟允諧。敬事舅姑，備極誠孝。迨克枚公捐館，孺人甘荼茹苦，柏舟中河，兩髦自誓，撫子紫巖，俾勿墜其家聲，和丸畫荻，誨廸不倦。昔揚憑之母，訓道有方；薛播母通經史，善屬文，授經其子。孺人兼之。以故紫巖南牕咿唔，與機杼之聲相雜沓。壬子紫巖掇高第，上春官，孺人力也。余父曾遊晉安，與紫巖結縞紵之懽。爲余言紫巖韞櫝道術，思緒雲騫，非時輩可匹。爲觀其文，如五河吐流，泉源如一，弘麗研贍，固稱一代之絶，心竊向往之。余聞紫巖讀書西園草廬，門外常有長者車轍。孺人截髮款賓，以成士行之名，非尋常所及也。且念父太史公久覯金陵，謀運歸里，計營窀穸以慰先靈。待外家諸子恩意周篤，可謂賢矣。孺人以女士而兼明師，紫巖乘時展采南溟之翮，無難扶摇而上。諸孫森森立竹，或晉成均，或升黌序。餘俱瑶環瑜珥，蔚爲國禎。指日袍笏滿床，聯袂帚室，文駟彤軒，珩璜褘翟。庶幾申錫無疆，流徽彤管，起居八座，非其券與？仲夏十有四日，爲孺人設帨之辰。余忝通家世好，聊進蕪辭以申祝嘏。請賡魯頌，燕喜受祉，以爲壽母之徵。

文學蔡文新傳

明代兵制，自京師留都達於郡縣，皆設衛所。以開國有功者，令其子孫襲替。無事勸課屯田，有事征伐，則徵調養兵數百萬，無仰食縣官之費。法至善也。其後承平日久，法令數弛。勳舊子弟，目不識行陳之色，口不言擊刺之術。猶痱癖之病，恣其芻豢，以養擁腫之四肢，而卒以不振。一旦臨敵，縮頭股栗，如驅羊禦狼。柔脆選懦，如婦人孺子。乃至弱甲瑣卒，曾不能壺瓿之挈。論者至此，所以撫山河而有餘恫也。吾郡蔡文新，所謂世胄而有魁杰崛宕之氣者也。文新諱在新，别號未極。其先濟陽人，始祖肅公。明初從信國公湯和畧定閩地，用軍功賜鐵券，世襲福州右衛百戶，居候官五鳳山之陽。嗣是族漸繁，盛名其地曰『蔡家林』。旋遷井關之龍山，歷五代至會泉公，復以功績進階武畧將軍，加秩正千戶。蔡氏以戎事起家，帕首袴韡，勿墜先業而已。至會泉公始通儒行，博涉經史，以及内典道書，無不抉其精奥。前莆陽林龍江先生所著有《三教正宗統論》，其言老氏先天地生，與釋氏最上一乘，儒言上天之載，同一指歸。會泉公盡得其傳。郡中人稱爲三教先生云。子二人，長韞啓，承襲；次即文新也。文新少而穎異，好讀書，尤喜擊劍騎射。時神廟之季，專尚文藝。文新濡首窮經，竟陵鐘伯敬學使深加賞識。爲諸生祭酒，殫見洽聞，益加淬勵。及中原多故，蜩螗沸羮。自嘆帖括無用，有横襟獵纓，翻然勃然之意。每欲設方畧，試鋒犽，馳驟疆埸，扞衛社稷，獨以時未見知，吟潭憔悴，欝欝庠序間，坐視天地墋黷，神州陸沉而莫之恤。然其忼慨激烈，未嘗不中夜起舞也。甲申變後，建城垣之議，畫戰守之策，爲桑梓計深遠，當事時用其言。至於選舉勤王，徵辟甫下而灰刦，適值壞屋漏舟，已不可收拾。時而撫几抱床，縱酒竟夕，或呼、或嘯、或泣、或歌。庸人俗嫗，聞者駭愕。有異僧石田者，慕其高義，握手對談，如平生懽。嘗繪曲阜、隆中、彭澤、汾陽四像於前，而以己附其後。所著有《薪膽紀畧》等書，多自焚燬，僅存逸稿數篇。愁思要渺，繁聲入破，讀者等之《天問》《卜居》焉。噫嘻！艸澤之下，不乏人傑世胄之家，非無智勇，然用之不盡其才，而有才者不盡其用。遂使志節之士，悲憤戞兀，扼腕於鐘簴之莫復，當時必有執其咎者矣。余與文新之子日就善，因次其行畧，而爲之傳。

孝廉邵長倩傳

孝廉邵長倩先生，諱景文，居候官之雲程村。早歲爲諸生，試輒冠軍。嘉禾譚凡同、景陵鐘伯敬嘗奇其文。當時郡有得水、蘂珠二社，掉鞅文壇，先生與焉。同儕皆知名士，乘時飈發。大者建油幢、開幕府，次亦吟花磚、備瑣闥。獨先生困躓不遇，擁臯比爲人師。諸弟子鼓篋孫業，負墻而立者數百人。蓋其時制舉之文，因鵠射侯，往往摹擬俗尚，以嘗主司。而先生視之如蠅聲蚓竅，以爲此塗澤之學，雖拾青紫，無益也。故其文爲古人之文，與時不合。至丙戌，始舉於鄉，爲余年友劉九一所取士。然未閱月而霞關不守，宗社爲墟。先生不升庸於休明之日，而獨策名於板蕩之時，豈非天哉？先生欷歔結轖，一意長往，遂隱於尤溪，懷忠抱義，歿身而已焉。長公元子與余少時爲筆研交，鼎革後，棄諸生，不應制舉，先生志也。次叔子與余同遊吴地，命余爲傳，聊志其大畧云。外史氏曰：『先生爲諸生祭酒，歷有年所，其識鑒往往奇中。余弟蓮石総角，時以塾課就正先生，於稠人中拔置第一，決其必售。後蓮石以二十二歲領雲間守，報以千金，鄉人爭羨之。然先生晚而遇，遇而未竟其志，乃能行歌采薇，鍜心澡行於天荒地坼之餘。功雖不見，而節則可尚。懷先生者，殆與西臺慟哭同日而語可也。』

林重槐傳

林雲經，號重槐，閩縣尚幹人。生平樸茂醇謹，稱爲長者，目不識官府，足不履城市。力田治穡，暴霜露，冒寒暑，至老不休，不知有綺縞錦繡之奉，聲色輿馬之資用。能食其力，豐其產。蓋隱然有豳人之風，而遊無懷、葛天之世焉。俗之靡也，相競以刀錐，相傾以城府，舍本逐末，務華遺根，浸淫橫決，莫知所止。尊卑少長之節，漸以陵遲，惟力是視。公平心曲，當以義爲利，不事貨殖而衣食有餘。甲申以至乙未，兵燹踵至，廬舍盡燬。公經營版築，幹止以復。墾荒蕪，鑿池沼，祖業盡興。余外父以見公天性仁厚，公禮而敬之，待如良朋益友。念尊祖敬宗，人倫大事，創建宗祠，蒸嘗不懈。嘗讀《楚茨》之詩，其言響祀妥侑，格神保而報介福，俾子孫勿替引之。蓋林氏代著閥閱，科名蟬聯。公敦本合族，庶幾無忝大夫世禄之裔焉。公居鄉正大，率先勵俗，族有鬩諍，立爲剖決。至于禁私宰、靖奸盜，人奉其法，凜于三尺。自是慝化爲淑，梏變爲良。嚚陵詬誶，不令而自止，警誡訓迪，不遺餘力。族人之望公，如蒼松翠柏，立于羣卉中，而莫不敬悦也。公更倡舉義學，延請名師，教子興族，文運丕振，壽考作人之澤，于兹爲盛。蓋公之盛德善事，不可枚述。而余竊觀其大者，老成典型，其在斯乎？公年八十，忽爾騎箕，遠近聞者，無不感愴悲慟。公男永挺，高朗練達；次永聞，博學能文；季子諸孫，森森立竹，皆能光大其閭云。外史氏曰：『余讀史傳所載，隱居君子，如荷鋤挽車者流，津津談之，若推而加諸鐘鼎旂常之上。即漢號近古，其取士以孝悌力田爲科；而唐制褒高年耄臺而上，以次受刺史、司馬。使公而遇漢唐之時，名位何多讓哉？然德之厚者，流光必遠。余以徵燕翼之詒矣。』

施烈婦傳

昔彭城劉氏，其夫渤海封卓以事見法，劉氏憤歎而終，北魏高允爲作讚曰：『人之處世，孰不厚生？心存于義，所重則輕。』蓋義者緼結則爲貞，駿發則爲烈。其事起於草蟲阜螽之微，蒿簪蓬戶之細，而極之可以正兩儀而光日月，則閨閣之行，足以砥節而勵俗，要歸於義而已。余所聞施氏，畢志殞身，大概與彭城同。氏福清龍田人，名菊，宋父良猷邑諸生氏，生丁亥九月，故名菊，又名椒乞，以其借乞他氏，受而外之也。週歲母吳氏卒，庶母蕭氏撫之。九歲父卒，號泣如成人，見者掩涕。年十八歸鄭肇恭，事翁姑至孝。姑病，日夜侍湯藥，衣不解帶，卒則盡哀。九年春，翁象乾有江右之行，歲暮未歸。語其夫曰：『老父遠處他省，視問缺然，於心何安？』肇恭然其言，甲寅二月，買舟入南昌，侍奉左右。至七月十一日，嬰於兵難。乙卯二月六日，翁遁歸，氏得夫信，殉節之志已决。初八日侵晨給女出，閉戶自經死。年二十九，葬於閩縣之玉洞山。噫嘻！人之未死也，以有待也，以有爲也。氏僅存幼女，無託孤之責；伏處梱內，無復仇之理。無所待也，無所爲也。以杞梁莒役之哭，當韓憑合抱之悲，氏之大義盡矣。而世之愛惜其身、一二三其行者，聞之而有警夫。

侄婦鄭孺人傳

余叔伯熊自塞外歸，偕嬸氏隱於溪湄。有冢孫昌喬夭歿，孫婦鄭氏隨於次日自經以殉。按鄭氏名瑄，宋鄭廣文梓之侄女孫也。早孤，母丘氏撫二女，而氏居長。九歲入塾，知書，性淳謹，不妄顰笑，十八歸昌喬。昌喬病，刲股和糜以進。及昌喬亡，而從夫九原也，僅踰六時而已。獨計氏以閨幃弱息，無見聞擴充、師友陶淑之力，而能達於大節，則其得於天性也厚。且伉儷未久，年力未深，乃從一而終，直行不顧，絕無濡忍巽懦，姑緩旦夕之意，則其成仁也速，而赴義也勇。此蓋鬚眉丈夫望而却步，而人倫之大，藉之以不滅也。邑之大夫親臨祭奠，爲請旌表其閭云。外史氏曰：『余讀家乘，知節孝秦氏之賢，即叔父伯熊母也。秦以小星側微，提携二孤於襁褓之中，歷試諸艱，有功於宗祊甚重。今鄭復以烈聞，是存孤與死節，嬰杵之所就不同，而其志則一也。信吾家之多賢媛哉。』

翁恭人傳

翁恭人，福唐瑟江人，憲副林平山之配也。平山舉天啓甲子孝廉，公車歸，始結褵焉。平山爲孝廉十五年，恭人篝燈佐讀，黽勉有加。及庚辰掇上第。恭人謙抑自下，無貴倨之態。榷税武林，恭人追隨官署，以清慎相勗。平山廣陵置妾，恭人推誠相與，恩及小星。《詩》稱后妃無嫉妒之心，喻以樛木下垂，而葛藟自纍而繫，以其有逮下之仁也。板蕩之季，時事日非。恭人與平山蒿目而憂，不啻漆室之歎，嫠緯之恤。迨宗社既屋，平山就徵不赴。恭人曰：『縞衣綦巾，聊樂我貞。此我志也。與子偕隱，爾其勉之。』恭人持躬整肅，婉而能順。閨門之内，不苟言笑。敬其翁姑，洗腆以時，晨夕不懈。小而虀鹽井臼，大而燕饗祭祀。小心周慎，罔敢不飭。至於旨蓄以教勤，害澣以教儉，其天性也。閲歷滄桑，當漂揺風雨之辰，而能撦拄家事，不致隕落。内外奉其規模，莫敢陝輸嬉謔，以越教令。若其保抱提携，教誨式穀，諸子若孫，或登成均，或升庠序，皆恂恂質行，博綜圖史，南窗之聲，咿唔不絶。今且曾孫濟濟，舒雁行列，蕃衍爲極盛焉。夫洪範五福起於《河》《雒》，凡人所得於天，有一不備，不足以頌純嘏而稱履祥。恭人距於歸之歲，已六十春秋。受珩璜褘翟之錫，而遂鹿門賓敬之樂。始而爲婦，既而爲母，爲祖母、爲曾祖母。年躋八十而諸福悉備，此豈人間恒有之數乎？今以初秋遽爾生天，音容雖不可即，而福澤之所貽遠矣。余忝姻婭，素聞其行實，援筆而爲之傳。

林宜人傳

林宜人者，余友蔡方山之室也。其父武舉以貲雄於鄉。方山父陟瞻公，中崇禎辛未進士，官至嶺北大条。宜人作嬪於蔡，爾時百兩之將，笄珈之餙，極其綺麗，而翁方珥貂佩印，控制一方，宜人視之若無有也。方山喜義俠，結賓客，盡毁其家，宜人毫無悋惜。陟瞻公歿於王事，時方鼎革，方山奔馳東粤，嘯聚亡命，攻破信宜、電白諸縣。歸則潛匿山海之間，自成一旅。吏詰捕之急，宜人竄諸親識家，一日數徙，如是者二十餘年。宜人性至孝，而孝最奇。姑病篤，刲股以進，而姑病瘉。母病篤，隔二百里以外，刲肝寄之，比至而母已死。姑之生，母之死，雖不由於人力，而宜人之心，則已盡矣。夫人臣當國家傾覆之際，而能肝腦塗地，不有其身，於大義已殫。孔明不能必漢祚之復，張、許不能必睢陽之存。豈可以事之濟否，而計其利鈍哉？宜人結縭數載，即屏暈食，遍誦經咒，房闥之内，日作佛事。爲方山娶妾鄭氏，流離之日，與鄭皈依慈氏，如苦行頭陀，而精勤過之。更若善友追隨，無着天親再出也。迨方山浮海不就，棄刀弩，散徒衆，歸誠清朝，宜人始入居城郭。宜人父爲方山株累斃於獄。方山持節井陘，宜人拜辭父壠，自刲其臂，焚燒以祭，慟哭而仆於地，長久乃蘇。見者皆爲欷噓泣下。妾鄭氏卒於武林，宜人經紀其喪，歲時思慕不已。及至恒陽官舍，方山多置媵侍，皆善待之。方山晚年始舉一子，非宜人樛木之貽，安能使宗祏不墜乎？方山以其佞佛，取所習内典，付之一炬。宜人一一刺血録寫，爲方山懺悔。壬午歲某日病革，猶喃喃念佛不置云。外史氏曰：『余所聞見如林宜人者，殆仁孝之至者也。宜人忘其身體，殘其髮膚，適與不敢毁傷之意合。世儒拘墟，聖人之訓，濡忍護惜，甚至愛其身而辱其親，其蒙詬於天下後世者豈少哉？至於仁至則恩著，恩著則爭泯。原其推誠逮下，直與殳斨朱虎之拜讓，元公之孫膚並例而觀。余將以宜人而風世之服章縫而佩紳綏者，非特以示彤管之美也。』

承德郎工部營繕司主事處安黄公偕配林恭人墓誌銘

余偃蹇歸田，與工部黄公處安風晨月夕，晚晼相依，庶幾昌黎所云鄉社田園之樂。而今處安竟奄然長逝矣。杜少陵《哭李常侍》云：『斯人不重見，將老失知音。』一代風流之盡，今古同悲，豈特如柳州之惜元龍，義山之傷灞水哉？辛未某月某日，公與林恭人合葬于石鼓之原。子農等謂知公者莫如余也，問銘於余，余何敢辭？謹按公狀，公諱晉良，字朗伯，處安其別號也。世居石鼓之蓮村。九世祖梓材公，洪武間以賢良方正徵辟爲澄邁尹，多善政。子素庵公以詩文著，與高漫士林子羽、林琴樂齊名。五傳至梅臺公，教授益府。教授公生建水州守、奉直大夫仙洲公。奉直公生封承德郎楚白公，公即楚白公第三子也。少聰警，沉酣經史，博極羣書，與兄翰伯公掉鞅藝苑，同鑣齊軫，時人比之雲間二陸云。十九爲諸生，試輒冠軍，狀貌魁偉，兼擅穿楊貼烏之能。時督學郭公之奇科試，公與翰伯連矢破的。福寧州守揭公重熙在座，其相嘆賞。會大中丞奉檄勤王，揭公進曰：『非二黄生不可。』趣見，大悦，以三千人屬焉。公曰：『伯也材，乞先馳驅，良有老父母，不得離左右也。』于是翰伯獨將三千人守圖山，防江。及大帥散逃，翰伯整全師歸閩，嘔血數升而絶，公痛惜不已。閩方擁立唐邸，公因嘆國家號呺求賢，不得一當，發憤上書，如天寶末獻《三禮賦》，以求自效。召對闕廷，極言國家朋黨之禍。因言統兵馭將之非人，練兵措餉之無術，多觸忌諱，止擢中書舍人，旋陞工部營繕司主事。噫，以公英壯之年，質有文武，倘若設壇具禮，使之建高牙，樹大纛，祖士雅中流擊楫，虞彬甫采石部分，公何難爲？奈長材短馭，用非所宜。迨《麥秀》興歌，玉步忽改，而公遯世之志，自此益決。昔陸通負釜甑、食桂櫨，姚平仲乘青驢，隱青城山，公其人也。公忘情珪組，益肆力于文章。凡夫金版玉匱，瑶琶怪牒，莫不窮其要渺。移年繼晷，燈熒耿耿，搦扎含毫。欝雲霞之情，備雅頌之體。其文出入龍門、扶風之間，詩五言古本于漢魏，七言古近體本于盛唐。確知詩之源流利病，而不爲軨材諷説之所易，遂能去其癥結，歸于雎喈。非若時輩矜蟲魚、拾香草，駢枝儷葉，取青媲白而已。嘗遊齊魯吴越之邦，所至人爭傾慕，莫不結縞紵之懽。曾寓虎丘山寺，鴛木曹秋岳侍郎、秣陵紀伯紫過訪。曹云：『怪底衰年多快遇，滄波剩有濯纓人。』紀云：『蒼凉白石無塵跡，不問千人問一人。』其爲時流見推如此。公尤精研天人理數之學，得黄石齋先生《易象正》《三易洞機》諸書，究其精微，益曉然平陂往復之理。晚年留心史學，著《述古八十二則》。原情如瑩鏡之照形，斷事如老吏之讞獄。示勸懲，昭法戒，補前史所不逮，洵萬世之龜鑑也。公書法絶倫，鳥跡壁書，夏銘秦刻，靡不貫徹胸中。及興酣筆落，風雨作於行間，鬼神役其指臂。鐫碑雕石，佳本流傳，斯誠魚頏烏頡，足以補造化之工，不過遊戲餘技耳。公天性至孝，陳太孺人疾作，侍床簀，衣不解帶者數月。先工部微疾，須得清曠之地，公擇室以居，有樓臺池館竹木之勝，足以娱目。先工部歿，公力襄喪事，一以《家禮》爲準。及扶先工部櫬歸，與陳太安人合葬，作《恭紀葬事詩》以志痛云。子覺卜居玉井舊里，公喜曰：『此先大夫清宦所貽，吾生長于斯，流入他姓。今得還之，若見先大丈音容，實爲幸也。』尊祖敬宗，至是始恆然矣。論公慷慨大節，敬人之難，濡首不恤。在粤脱陳宗正之險，出馬佚心于獄。在吴海艘侵擾，有司羅織，多所保全，吴人德之。公苦心熱血，能釋憾于杯酒談笑之頃，非如墐戶奧窔，目極四隅者所能辨也。先一月吟絶句，云：『麥秋紅日上三竿，萬里歸程旌旆間。任是晚山如意好，揮鞭直指向長安。』其脱畧世故，去來自如，深得朝聞夕可之義。疾革日，命列闕里諸聖賢像，令子孫焚香肅拜，仍俯伏叩首，後始告逝。公配林安人，文學壺丘公林諱登瀛之女，茶陵守方壺公諱紹用之孫女也。素嫻内則，生長名門，習鐘郝家法。陳太安人，大司馬之後。家方鼎盛，諸姻戚眷屬過從，必委安人經理。安人進退有度，得姑懽心，必孝必謹，稱良助焉。封安人卒年三十三丁卯，農等營葬，虛其中爲公壽域，今于　月　日始合葬焉。銘曰：世之遺民，國之耆耇。考史訂經，網羅萬有。篤志丘樊，忘情藻綬。胸無芥蔕，雲夢八九。猗歟淑媛，琴瑟爲友。紫誥榮綸，紛疊塚阜。罣如之丘，永銘不朽。

江西臨江府知府日華毛公墓誌銘

中憲大夫毛公諱之儁，字伯元，號日華，宜興人也。祖伯山，籍毘陵，移居城西之瑯玕村。世習儒業，數傳至霽峯，爲郡諸生，即封刑科給事中、贈南京戶部、四川司主事是也。霽峯生四子，而公爲長。弱冠時，焚香自誓，願此心如日之光華，因自號曰『日華』。濡首力學，每一屬文，根據理要，窮其窟宅。更博涉諸家，旁通賦咏。二十七登己酉賢書。嘗與介弟禹門公一室，自爲師友，雖窮居時，每以立朝大節互相勸勉。及禹門公捷兩闈，拜言官，適魏璫方焰，抗疏直陳，遣戍平陽。時北寺獄起，閹兒媪子，附和朋黨，齮齕正人。前經譴謫者，旋復被逮，貫械絡繹，檻車四出，其爲喬、固之收者，比比矣。禹門公竄跡他方，不欲以身狥宵小。公遂棄妻子，與弟偕逝，濱危亡，蹈險阻，棣蕚之間，急難相濟。而天下之白晝嘷狐，馮依婦寺者，聞其風概，未有不愧悔於見晛之日也。璫禍既解，公謁選銓曹，補宿松廣文。流寇衝突皖江，且薄城下。或曰：『師儒之職，可無死守，盍先遠去。』公曰：『文廟祭器，非吾責乎？登陴固禦，與城存亡，乃吾分也。』賊至被執，以利刃加頸者三，流血數斗。賊以爲已死也，置之。賊去復蘇。事載《宿松縣志》中。嗟乎！使公當此時，高蹈遠引，以封疆爲非我責，雖得全生而大義已隳，惟堅必死之志，而復有能生之路。則忠節已盡，身全而名益高。蓋公之必死者，人也；而所以不死者，天也。尋陞北雍學正，轉南京户部，四川司主事。遇覃恩誥，封三代，擢臨江守。公按部時，献賊荼毒全楚，袁、吉諸郡，望風披靡。公曰：『吾爲學博，尚不畏賊。今剖符專郡，官爲守相，而顧逡廵巽怯耶？』日集士民練鄉勇，修火器守禦之具，無一不備。封内安堵，無震鄰之恐。未幾，以時事漸不可爲，遂拂衣歸。時主爵已推荆南節使，而公歸志已決，諸父老扳轅臥轍，不能挽也。改步以來，公閉戶匿跡，不入公府。家素貧，布衣蔬食，寧澹自奉。暇時則竹塢棋枰，逸聲交錯，西園部帙，散軸纚褷。視人間可歌可愕，忽榮忽落，不以攖其心，豈非今時之碩果與？所著有《慶餘集》數卷，晚年留心法喜，甚有悟入。易簀日默持《金剛經》，將帛畀指，醮墨大書，如前生事，端坐而化。公之定力深矣。銘曰：濯足清流，置身崒嵂。嬰守孤城，誅僇不惜。澡練靖共，良二千石。規趍矩步，脱然塵沕。遯跡丘園，先民遺佚。相彼幽扃，卜云其吉。變世追求，以光紹適。

周母蔣安人墓誌銘

余與給諫周梓庵同舉進士。余早孤，余母林太淑人含辛飲蓼，備極艱難。而梓庵二尊人，身都榮顯，及見其子之成名。梓庵受主知，拜言官，而余止循例補令。時主爵越次授余北平遷安，梓庵特疏糾，余得改選東粤，就近迎養，少遂將母之私，梓庵之德於吾母也至矣。今計通籍之時，滄桑幾易。余與梓庵邂逅舟次，梓庵以其母蔣安人墓銘，命余一言。顧念梓庵有德於吾母，則梓庵之母猶吾母也，余爲屬筆，愀乎有餘恫焉。謹按：周母蔣安人，毘陵人，父悟爲九侯後裔，居滆湖西之犅轴，饒於貲，族大而繁。安人年十八，彤管□□，無不嫻習。歸廷尉公，秉操塞淵，爲嬪之則。翁太傅公令太康，廷尉公歸娶，僦居常郡。未幾，太傅公拂衣還，與曹太夫人居梁溪。安人曰：『晨昏定省，禮也。有子若婦，遠隔百里不能視問寒煖，親捧槃匜，於心安乎？』遂偕廷尉公移錫山之東里依焉。太夫人治家嚴謹，稍一不當，則拂然不樂。安人敬共齋肅，昕夕不倦，太夫人且愉愉一室矣。思媚周姜，京室之婦，此之謂與？安人早歲即能動引古禮，明於上下少長之義有如此。迨太傅與太夫人不豫，獨安人與廷尉公侍左右，嘗湯藥。既逝，奉遺命，仍歸舊廬。初艱於舉子，勸廷尉公納妾，生子醇儒，安人旋生梓庵，後先僅隔一月。蓋天下之理成於相濟，而病於相軋。國有推讓之臣，則水火之禍可以不作；家無嫉妬之婦，則禎祥之事由此而生。所以讀《詩》至《樛木》之能逮下，而知周道之興也。廷尉公好遊，足跡遍天下。安人拮据操家，家且貧，女紅自給。值歲饑，儉詘守之。外家雖羸，不輕匄貸。二子就外傅，勤勞訓誡，廷尉公客歸，而二子學已就。迨廷尉公掌詰綸扉，服勞王事，安人經營家政，不貽内顧憂。平生食無重味，衣不再浣。至供蘋蘩、洽百禮則情文備至。相國挹齋公之夫人爲其姒，别駕聖因公之宜人爲其娌，家庭之間，和好無間，有協恭之誼焉。丁卯梓庵年二十六，登賢書，庚辰掄魁南宫，天子御文華召對，稱旨，特授禮科給事中。安人迎養入都，諄諄告戒，曰：『爾受天子之知，爲朝廷諫官，慎毋唯諾以傷體，婞直以沽名。』梓庵侃侃指陳，條奏數十。上皆見採納，安人教之也。時寇氛日急，建纛大帥，日縻金錢，殊無死綏之志。兵弱而餉益詘，梓庵啣命督江南餉，奉安人歸里，安人論以時事孔棘，宜速饋運以資敵愾，然東南民力亦可念也。梓庵督率有司，歲鏹如額，而民亦不病。安人以柔弱閨閤，目不見尺素之文，耳不聞嘆息之聲，而國家之利弊，閭左之疾苦，無不熟悉而周知，可謂識大體矣。壬午蒙恩褒封廷尉公，亦奉使而南，輜軿帷帨，象服朱紱，一門貴盛，古未有也。甲申之變，廷尉公年近八旬，傷銅駝之荆棘，痛鼎湖之莫追，憤恚以歿。安人哀毁欲絶，越二年而卒，年八十有一云。先是梓庵擇地於高遥，數年而遷於暇山，與廷尉公合。又十餘載，形家仍以此地宜再卜也，復與廷尉公改葬於某山，爲之銘。銘曰：

誕華宗之澄粹兮，合經典之弘深。鰲爾女士兮，景命攸歆。廣墳奥以施教兮，建省闥而進規箴。蕙問川流兮，藻質神歆。璁珩藏容兮，隧露抽陰。望佳城之欝欝兮，受介福而永德音。

力錦溪哀辭

余少時與力錦溪同受業方汝典老師之門，當時鼓篋樂羣，殆百餘人，輒推錦溪衆中儁肸。所謂凌風之鵠，千里之駃騠也。錦溪博古專勤，朱黄盈帙，恥爲軨材小儒。字句櫛比，學日益殖，而所如不偶，終于蓬艾。《唐史》曰『士懷琰琬就煨塵，抱棟幹困溝壑者』，可勝道哉。錦溪欹歔結轖，蕭然環堵，下帷講授，以資膏火。若噓枯吹生，爲溫飽計，非其志也。迨不得已，姑從變計，勉就錢穀之役，遂絕意進取。惟課桑麻，治生產，非租税弗衣食，久之田廬，視昔有加。而粗糲布衣，不改吾素焉。天性至孝，父疾侍藥，衣不解帶，目不交睫，父思啖非時果，對天號泣，忽得所遺以進，有古人泣竹之異。母鄭太孺人之卒也，哀痛骨立，得腦瀉衄血，病三年。繼母王太孺人、鄭太孺人相繼亡，執喪有禮，竭誠致敬，期無憾而後即安。生平忼慨好施，急病讓夷，拯人危難，無有德色。還遊宦之櫬而代理其逋負，憐裁缺之滯而亟恤其饑寒。諸如横逆羅織，亡命圖賴，不惜捐橐，以解其困。鄉閭爲力役所累，憚人不息，則賙恤之。内外族戚，婚嫁死喪，無不勉力佽助，洵勇于爲義，不求人知者也。甲寅逆變，遭阱陷獄，怡然安命，得處憂患之道。至其兼綜該博，白首不倦，篋中之書，丹鉛錯互，篝燈之下，伸紙點墨，不知老之將至。所著《閩山勝概》六卷、《洞天便覽》一卷。教誨諸子，義方有則，辟咡之前，皆爲令器。長君子俊暨子僑、子侃、子侗，俱蜚聲黌序，子修尤雅邵能文。次君子儼以明經候選縣尹。諸孫俱清廟明堂之器，蔚爲國楨。葢先河後海，禮不忘始，從此高大其門，創業可繼。有基乃能厚墉，肯構由于作室，理固然矣。《詩》曰：『教誨爾子，式穀似之。』錦溪之謂歟？晚年推舉德行，登于賓筵。郡大夫式廬，而請仿古三物，賓興之典，惟錦溪醇和粹美，庶幾三代之英，揖讓聖人之門，圜橋觀者，咸以爲有道君子，名稱其實也。丙寅八月二十七日，忽爾捐館，嗟此哲人，瞻望典型，不可即矣。昔樂天之哭微之，不忘文章卓犖之稱；義山之弔司戶，尚多春雪黄陵之感。釃酒空堂，挂劍識樹，況乎傷心于故人，悲涼於逝水者哉？乃爲其辭曰：『繁星色正兮，覩麗天之寒芒。有美一人兮，婉如清揚。文成瓊琚兮，行合珪璋。洽聞强記兮，横帙縹緗。射劍賁之策兮，未伸光焰。萬丈之長玉在珉而弗售兮，永掩抑以韜光。泓泌樂饑兮，終凱且康。仁心爲質兮，逮昆蟲其勿傷。任恤三黨兮，沛澤淋浪。捐資解橐兮，視財賄如毫芒。劬躬悃愊兮，稟先民之表坊。茹荼蓼而自甘兮，履變如常。詒謀燕翼兮，無媿義方。畢萬之後必大兮，覽麟鳳而翱翔。篤材長養兮，譬之喬木自拱把至于棟梁。源流滙演兮，起大川之汪洋。保世滋大兮，積善餘慶。表厥宅里兮，議于上庠。皤皤黄髮兮，壽耇儀型于一鄉。徵惇史而推壹行兮，桃李不言而自芳。胡天不弔兮，降此鞠殃。乘化而盡兮，葆和以藏。秋風急兮霜露□，靈渺渺兮攬八荒。維洪範之考終兮，膺五福而相當。綠綸重疊兮，册書輝煌。馬鬣榮旌兮，宜熾而昌。』

慧默師誦華嚴募香油小引

世出世間之人，如菡萏之在沃土，紺房緗的，生於淤泥，不壞色相。次則堅忍戒幢，當揀林木交應、清淨蕭閒之地，出於三都九逵之外，而后可以息紛呶而證心印。倘修持方始，動曰：『游戲神通，惟我自在。』姑置之淫坊酒肆、魁劊市屠中，以陶汰其凡情，其不爲魔民盲子者，幾希矣。慧默禪師原寄跡於道山祠廟，忽爾猛省，疾入石鼓山中，誓明已事。此郎淨穢之介，而旃檀蜣螂之分也。入山數月，更欲諷誦《華嚴》，願力可不謂弘。夫《華嚴》廣博浩汗，望之如百谷之王，重溟窮髮，莫可紀極，所以爲教中之海。師之發心諷誦，覺善財童子入莊嚴藏，見無量百千諸妙樓閣，直在一彈指頃也。昔圭峰得清凉國師《華嚴疏》爲衆講説，遂有人斷臂酬恩，以弘大教。天台曰：『佛初成道，爲上根菩薩説《華嚴》。』雲棲曰：『老鼠唧唧，一部《華嚴》經師。』到鐘鼓寂時，試掩卷尋思，豈必聽夜摩之偈，登毘盧之堂，而屑屑於梵貝之喃喃哉？雖然，師之諷誦，是亦功德之所起也。願諸善信量助香油，其所裨益非小云。

馮太史徵言小引

吴門馮太史，學深播穫，孝格神祇。天子門生，彩筆焰騰庭燎；玉皇案吏，紅蘭香噴花磚。用資作史之長，揮毫秘府；莫遂陳情之表，抱慟終天。遂着麻衣，暫辭紫闥。更以贈公遠遊蓮幕，溘逝海濱。不憚風餐，亟扶旅櫬。因之繭足江郎，疾馳柘浦。斷郵殘堞，曾經百戰山川；號穴哀猿，祇益千行涕淚。况乎鐃歌倡凱，騎士過而路斷行人；鐵陣移營，樓櫓連而河無舟子。月明茅店，稀聞雞犬之聲；露濕板橋，只見旌旃之影。從此登馬鞍，踰獅口，奔塔嶺，走羅灘，峻壁崇岡，危沙險岸。風雨驟至，衣衫在泥淖之中；饑渴如飴，囊橐無餱糧之積。及抵驂鸞，始謀駕鵠。過箭孔以驚魂，渡大湘而駭魄。漸泊困關，隨臨古縣。訪遺蹟於縫人，覓先靈於廢剎。頹垣埋宿艸，悵燐火之飛熒；落日射空棺，悲秋原之慘淡。痛几杖而無從，望巫咸而莫訴。既傷《陟岵》之心，因賦《蓼莪》之什。似孫綽之思過庭，摧肝剖髓；如仲宣之咏烈考，頹坻流波。凡我同人，誰無至性。幸大賢之至止，瞻道範之非遥。冀抽班馬之奇思，庶闡閔曾之懿行。將見移孝作忠，書省載藎臣之烈；而居今垂後，儒林傳令子之名。

龔學博送别詩題辭

遶川玉輅，奏離别於朱絃；飛斾桂軺，溯纏綿於芳草。臨南津以揚舲，曳輕虹而倚匣。戀滄波而辭講幄，宛爾閒鷗；守場霍而罷朝衣，杳然黄鵠。因之金羈染霧，傾鸚鵡之餘杯；極浦停艫，寄瓊瑶之逸響。莫不淚灑紅亭，魂隨古驛。而況雅化誌於苜盤，徽聲著於槐市者哉。惟我學博龔先生，金城萃秀，甘露濡仁。髦士攸宜，琴瑟笙鏞悉皆備樂；作人壽考，楩楠杞梓盡獲裁成。矜式著欒城之訓，勸綏傳興國之風。隨珠加磨瑩之益，荆璞發採琢之榮。奈以宋室歐魯，忽爲漢時張邴。倖買青田，興同秋葉。思欲結芳杉嶺，夢移石薜之班；負笈桃源，歸泛江波之渌。結鳳水之遺綸，尋鱷溪之舊艇。平湖曙日，吟庾信解纜之詞；庭雨空階，綴何遜罷酒之什。好音起於臨岐，霄漢時爲回首。凡兹僚友，以及生徒。吟望烟霞，心馳羽翰。低徊洲渚，目斷輶軒。隨風而拍苦言，臨川而結悲情。指河宿而占少微，中夜見真人之氣；撫焦桐而思白雪，清風懷流水之音。余素依厦間，末扳雲舄。覩兹頮水半壁，載亟丈之風流；鼓篋歌詩，誦膠宫之芳澤。聊貢鄙詞，少當祖道。用抒春風灞水之思，并誌柳色河橋之感云爾。

省心堂血盆會題辭

昔那吒折骨還父，折肉還母，然後現本身，爲父母説法。鴦崛摩羅聽信外道，欲殺母取指，佛以天眼觀之，説以不住之義，遂即棄刀投佛。黄梅成童時，隨母乞食曹溪，樵採鬻薪以養母。有謂釋氏出家，取父母而空之，非也。吾儒讀《宛鳩》之篇，憂傷明發，慨然有想於其人。即此一點靈性，與世尊在叨利天爲母説法，其意則同。可知鞠育之懷，世尊從摩耶腹中未嘗斷滅。假使桀鷔叛亂之夫，戕害天性，以脱署人世爲高輒，曰：『吾亟去父母者，將以了清淨，歸正覺。』是入於鑊湯爐炭，而不知反者也。省心堂諸法侶，皈依菩提。倣維摩之行，闡黄面之教。倡舉血盆，絜誠拜誦，此孝之徵也。夫人生所難值者，莫如父母之年，終天憤恨，無以自解。乃既得其年，而又玩愒怠棄，晨昏缺然。求其愉婉柔順，以得父母之懽者，盖亦少矣。諸法侶以地獄血池之戒，爲此凛凛。無論過去、現在，而必爲其母祈免，意盖真切。此即《宛鳩》明發之心。誰無北堂，有不念母難，而憶其痛楚，思乳哺而恤其恩勤者乎？願力而行之，以勸其鄉之人，即以勸天下之人可也。

黄處安三老詩題跋[一]

昔魏應璩詠《陌上三叟》，一曰『内中嫗貌醜』，一曰『量腹節所受』，一曰『夜卧不覆首』。噫，抑何言之淺也？夫老而可傳者，莫如德能古者。衛武九十，尚作《懿戒》之詩。伏生九十餘，漢孝文使晁錯往受《尚書》。豈徒誇《河圖》之流星，羡絳縣之甲子乎？今讀處安所作吾鄉《三老詩》，每每稱其德。能贊颺其生平之所長，則其年與人俱傳矣。三老精神強固，杖履倏然。覽其志趣，尚能作唐且之詞，説騁楚丘之遠謀，後進小生不及也。處安品藻文物，敬重鮐背，情見乎詞。《書》曰：『尚猷詢兹黄髮，則罔所愆。』其三老之謂乎？

達化上人松石圖題辭

佛家空諸所有，以四大爲泡影，所重者佛之慧命。慧命一績，則實相無相，正法不壞。道家所謂傳薪即佛，所謂法輪常轉也。但這道理父母已生以後，與父母未生以前，有何分别？若於此處參勘得過，則發真歸元，便自灑灑落落，所謂未出母胎，度人已畢，豈虚説哉？達化禪師，年當大衍，於此道既有悟入，平日敲鐘打鼓，唱偈拈香，俱可任意縱横，蕩然無礙，自不沉淪生老，虚過年歲。今

[一]『安』，師大本原作『菴』，據改。

日中秋佳境，提起囡地根由，即知色身有形有影，便可悟法性不青不黄。菩提煩惱，似月當空，本一如也。若必以喬松巖石爲師介祝，此養生導氣者之所爲，師當進竿頭而爽然笑矣。

荔枝詩跋

《圖經》載荔枝，閩中第一。歐陽永叔咏水晶之丸，孔稚圭指火中之寶。仙人羅襦，見稱于東坡；舌頭甘露，嘆美于子昂。天下尤異之物，非維高人點綴，雖丹罽明璫，絶類無儔，衹供玳筵綺繢，曷足當上賞哉？慎翁禹公修綆汲古，鏤管搴新，乃以皇華餘暇，流覽山川，吸泉思湧，吹籟風生。因賦《荔枝詩》四韻，窮物體之要渺，極風人之深致，洵羽流錦，樂部篪鐘也。物因人以傳，信然。

與鼓山爲霖和尚書

久别旛竿，已十餘載。弟爲饑寒俗縁所累，奔走南北。只見一團重擔，載不起，放不下，好似撞壁瞎漢，頭穿額破。近始歸鄉井，年已衰邁，於心身安居、平等性智猶如隔膜，耑望和尚金針，妙手刮翳去迷，儌倖向無孔鐵椎尋箇消息。而屴崱峰前，未得躬親宗旨，誰爲提挈搬演耶？今維師退院以後，法席久虚。雖和尚隨地接引，刹刹神通，而與聖道塲，四衆霧集，豈可令祖庭寂寂，不見鑪鞲刀峯之大機大用也？兹特修短扎，虔懇致請，復祈寶錫早臨，不特。弟窮老之年，得親法座，而一切學人莫不喜得一讚一棒，以爲入道之階。庶幾石鼓塗毒，宗風再振矣。

題倪儀甫姑丈小影

嘯傲王侯，箕踞林表，脱塵壒而不滓，抱琴書以自娱。視乎逐巧黠妍，嘔喁奔走者遠甚。束皙云：『全素履于丘園，背纓緌而長逸。』其是之謂歟？

道山堂後集·文集卷五（俱代言）

閩中陳軾著　男　宗柏　宗咸　宗豐　于侯　仝輯

丁學道輿頌序

古者治化之成，被其感者，恒託之歌咏，以形容其美。如蔽芾甘棠，厪剪伐之戒；芃芃黍苗，述原隰之勤。至於《旱麓》之章，豈弟作人，而祝以景福；《思齊》之章，譽髦斯士，而歸於德造。盖其浸漬於風俗，而興起於人心。足以和金石而播莞絃，莫不推其所由，以誌膏澤勤苦之思焉。翁丁老公祖董學八閩，教化之行，業已彪炳海陬矣。吾閩變亂以來，巾卷羽籥，委諸榛莽。及次第削平，虓亂不作，衿佩鏘鏘，始復絃誦之舊。近者威靈肆訖，震叠扶桑，摧朽拉枯。環島面内，而明德服遠，集泮林而懷好音。聕藉文教誕敷，以宣肆夏允保之烈。公以鑾坡宿望，出而掄材。品地優崇，墻宇重峻。其持衡則鎔鈞於六經，根抵於傳註。蕭韶鄭衛，貞淫以別，如升東嶽而知衆山之峛崺，浮滄海而知江湖之惡沱也。而時之卑陬姁媮，取青媲白，工爲柔曼之聲者，既已衰止，而軋茁骫骳之習，亦復返而依於畔，斯盛世之元音出矣。夫炎帝之試百草也，草根樹皮，跂行喙息，以至鼠肝蟲臂，無不驗其剛柔、升伏、寒隰、平毒之理，而爲之調劑。巧工之制木也，大若舟航柱樑，小若楫楔，修若櫚榱，短若朱儒枅櫨，莫不相其方員曲直，斤斲斧削，以適於用。公造就人材，簡擇而差次之，亦如是而已。而且介而不阿，潔而不澤，蓽門圭竇之子，皆得拔茅連茹。而慶彙征論者，謂本朝四十年來，董學之任，首推公第一云。蓋公生長江右，則爲歐陽公；而師帥吾閩，則爲常觀察，是真無忝風化之任者也。今上敦尚經術，崇儒重道，以公之倡明正學，入膺股肱心膂，仰佐禮樂休和之盛，天下自此觀其化成。豈特閩海一方，忭舞於彤蟾曲蓋之下哉？兹者薦紳縫掖，相率吟諷，出於中之誠。然而動於情之不能已，非敢貢諛以媚其上，庶幾備輶軒之採焉。

卞撫臺[一]壽序

從來名臣挺生，功德顯庸，惟得天地淳龐純固之氣，具天縱出類之姿。上結主知，下符民望，而能成天下之大名，萃天下之大美。繁禧茂祉，申錫無疆，其忠勤才美，顯名福履之盛，蓋天心之所篤祐，如此其隆也。在《易·大有》之上九，『自天祐之，吉无不利』，言人臣際大有之世，居上位，而信順協乎天人，天實純佑命之矣。翁卞公老祖臺，奉簡命，陞擢福建宣撫按部以來，綏邦屢豐，幹止懷樂，海澨偏戶，婦衎子嬉，熙熙然若登春臺而吹暖律。仲春十有二日，爲公覽揆之辰。八閩巷居壓

[一]『卞撫臺』三字師大本缺，據目録補録。

次、山谷村落，懽忻皃藻，頓首鈐閣之下。諸縉紳躋堂介觥，命予一言以當祝釐，予不文，不敢辭。予惟采芑宣玉之所來威也，曰：『方叔元老克壯，其猶古聖王命閫制勝，必如元老其人，然後成顯允之烈，而奏師中之績，故其駿功之所耆定，流諸金石，播之雅歌。公家世元臣接踵，夾日月於東朝，永河山於帶礪。豫章之木十圍，璠璵之寶九襲。凡周之士，不顯亦世。此之謂也。』太翁總督公節制雲貴，牂牁滇國，勳振荒徼，鍑彝鐫鼎，勒諸策書。諸昆歷踐清華，聯登膴仕。公從辟呬之餘，胚胎治績，能顯揚而光大之。起家莆中二千石，廉敏慈惠，膏雨普化，治行第一。如漢吴公文翁、黄次公、龔少卿等，委署鹾司，剔奸詰弊，通商裕國，甘棠勿剪，著於謡頌。公治洽恩厚，大有功德於海濱。及分麾山左，隨晉藩臬，明刑弼教，旬宣保釐，歷著勞勩。今者開府八閩，建威銷萌，屹然鎖鑰，實閩人之幸也。公叱馭下車，蒐乘選將，軍容翕習，指畫山川，燎如指掌。治戈船建，旂旐勒部，伍儲糗糧，河陽壁壘，焕然一新。固已輕裘緩帶，叶師中之吉矣。撫兹瀕海赤子，初離湯火，提携哺乳，如入其家，而代爲謀。凡以好惡同民，不出帷闥而安樂之，與其阽苦之必恤，一時之望恩待命者，不謁而得其所欲。念閩人惰窳偷薄，險健成習，舞文之徒譸張牽合，嘗試棘木之下，公開誠勸諭，譬以禍福，一時翻然改悟，洗心滌慮，咸感泣而去。葢公仁心質行，特厭世之網罟，亟疾以爲威，而循循焉和平簡易，盎若穆風，斯誠豈弟君子、民之攸暨者哉？由是統率所司，賦有常經，耗羨永杜。役有常法，驛騷自息，奉行之吏，無不潔己奉公，以稱上旨。從此教化漸摩，凡兹衆庶，遊於光天化日之下，沐膏澤而咏勤苦，寧有既哉？抑余聞萬年之頌，本於邦基天壽之休，廸於保乂。天啓清祚，燕翼方新，基而乂之，實肇自公。而基由樂只，乂歸平格，惟公兼焉。余謹掇蕪詞，以當封人之祝云爾。

陳城守壽序

今上誕隆駿命，河嶽懷柔，專藉師中貞吉，鈴固封疆，肅清海表。以襄懿德時夏之烈，而拜天子萬年之休。念兹八閩僻處遐陬，近者臺灣島外，悉獻版圖，脱劍釋韈。斥堠弛警，而福州爲咽喉重地，惟籌謀綏馭，制勝萬全，而後建威銷萌，久要長治，端攸賴焉。城守□翁陳公以元戎之勳，寄扞衛之重。其茂德鴻功，閩之人亦既歌而頌之，禱而祠之矣。公符傳黄石，靈應雷泉，夙負决勝運籌之畧，更擅鈎援臨衝之策。乘機制變，用兵如神，然以嶽錫關中，擁樊川霸水之奇。地靈人傑，交相輝映。余觀自古名將，莫盛三秦，如漢馬文淵、趙翁、孫班、仲升，晉杜元凱，唐李藥師、李西平，宋韓良臣等，功名福澤，千古莫比。嘗讀《小戎》『俴收』，叙其車馬之備，與夫鏤膺交韔之美，而知秦風之強也。公初起家兩浙，進勦逆賊，所向摧枯拉朽，擒馘無算，隨擢督戎，駐鎮平陽。維時叛藩反側，發難於閩。公之爲浙也，懷震隣之憂，拒燎原之勢，不憚先鋒鏖陣，排楗陷扃。及至血戰風號，飈塵長掃。公之爲浙也，實以爲閩也。朝廷特簡公福州，以公有大造於閩，而能附其衆也。公受事以來，訓練士卒，河陽壁壘，焕然一新。尤念福州八閩根本，綢繆未雨，時厪桑土之謀，諸所守禦，無不備具。夫兵與民不相習也，公飭兵以衛民，俾保其廬井，寧其幹止。而紀律申嚴，持幢夾戟，不敢與齊民抗，則兵與民漸相習，而民不知兵，非節制有方，而能如是之安靖無擾乎？上臺廉公長才，委署海壇、福寧兩鎮，環海戍卒，憚威懷仁。海濱父老望其車騎，瞻戀不能已。公九載勤勞，名播遐荒。荷皇上宣召陛見，溫文宣諭。每興拊髀頗牧之思，指日晉爵通侯，釐圭錫卣，勲業顯融，未有艾也。嘉平廿有六日，值公覽揆之辰，懸壺聚樣，相與慶於伍；巷居壓次，相與歌於野。諸縉紳及成均庠序，沐浴太平，感公膏雨更深，命予一言以當祝釐。余畧敘公之勲績，及功德之在人者，稍伸躋堂之義。庶幾天壽平格，藉此爲純嘏之徵。若誌大椿而讀龍嶠，乃頌禱諛詞，何敢以當封人之祝哉？是爲序。

吴閩縣壽序

從來康國理政，錫福庶氓，必有中和。豈弟之德，篤叙無疆。而後以經術潤飾吏治，烝民允殖，化行俗美。下邑之衆，戴之如日月，愛之如父母。臺萊之歌，兕觥之誼，往往登之聲詩，以誌其盛。此治之所以隆也。平陵邁翁吴侯，以名制科蒞吾閩邑，下車以來，閭左謳吟，懽聲湧合。茲以仲春廿有九日，爲侯嶽錫之辰。諸太學命余一言以當祝釐，余不敢辭。余惟侯名列慈恩，班齊玉笋，其文貫穿百家，閎中肆外，有昌黎起衰百代之思。天下膾炙佩服，不啻捧球璧而就硎冶。及以文教敷爲政事，明體適用，悉本平日治經生時，所諳練而曉暢者也。閩爲省會劇邑，應接旁午，簿書填委，拜跽俯仰之勞，徵索供億之衆，日不遑給，敝敝焉縈帶輿馬之下，紛淪文牒之中。公弘濟自任，肆應不窮。操縱咸宜，細大就理。夫騏驥之力，勝重負，引巨輻，行千里於一日之頃。函牛之鼎，實以千鈞，和姜桂者數石。公之經方致遠，何以異是？條鞭賦歛，時務所重，然胥鄭抗法，蠹害滋多。公悉力勾稽，清釐飛洒隱匿之弊。更熟知民間利病，田土沃磽，户口登耗之數。嘉登江左兩畐，歷年朦混爲之一清。至於催科之中，寓撫字之意，用一緩二，藹然軫念。薄其箠笞，省其誅求，斷理獄訟，其詳其慎。不鈎距以附例，不移情以就律。爰書一出，人以爲神。考校童試，鑑衡精當，前列多入黌序。更愛惜士類，古田諸生，踰期黜革，力白學憲，爲其開復。侯仁心質行，多如此類。余讀兩漢《循良傳》，良吏最著，厘厘數人，皆刺史、郡國守相也。以今稱者，獨王涣、劉寵、孟嘗、劉矩、童恢止矣。考其所爲治狀，則發奸擿伏，簡除煩苛，耕織種牧，皆有條章，無甚殊絶也。當時百姓歌頌之，璽書褒美之，稱爲神君。況如侯忠誠固結，精通於民，豈不赫然盛美哉？蓋公伯父太守公恤刑八閩，平反得情，全活者衆，于公德澤，棠茇猶新。太翁子蒼公，篤學醇儒，貽謀盡善，偕長兄象樞公，大雅博贍，俱著有詩文行世。祖母沈太孺人，貞節撫孤，垂光誌乘。侯之學問，源源猶渾河之有星宿，江漢之有岷嶓。取火於燧，採珠於淵，理固然已。侯指日治行第一，召入諫垣，爲侍從之臣。從此晉卿貳，秉鈞軸，以壽一方者壽天下。天壽平格，祈之以得艾，賡之以萬福，非特海陬忻舞已也。余敬掇蕪詞，以當封人之祝云。

李君壽序

國家慎選閫外，首需將帥之材，而擇將而任，不在乎披堅執鋭，行營居陳之日也。既試之他事以觀其長，置之繁劇之地以竟其用，而敵王愾，建國功，顯允大猷，已具於斯。此奇俊英杰，所以召推轂之求，興拊髀之思也。□翁李公慷慨從戎，多謀善斷，制勝御人，綽有方畧，洵將帥登壇之選矣。公早歲倜儻自任，嘗鄙章句小儒無裨實用，因習孫吴之學，當事委任總戎，畀以軍政。時鎮閩將軍伯知其才，委管□□□□。蓋時當太平無事，斥堠馳警，櫜弓臥鼓。惟是經理郵符，流通舟楫，且軍機翕忽，勢若呼吸，非幹理長材，安能勝任愉快？公受事措置，調度得宜。既乃倦勤請代，將軍伯如失左右手，復數徵召，强起林皐，再莅拓浦。迄今六載，百務修舉，更待下有恩，撫恤備至。至於四郊間有竊發，力請當事，傳檄詰捕，百姓帖然，安堵無恙。雖封疆固圉，公不以扞禦守土，諉非我責，而綢繆桑土，籌謀隄防，至詳且悉，人咸感之。公智慮深沉，謀見高遠。與之擘畫古今成敗得失之際，沛然若谷之應響。至於斷制機事，譬之干將莫邪，剸犀兕，截鳧雁，往往中窾。若乃周人之急，救人之厄，急病讓夷，無有畏阻。公誠足任天下之事者哉。元配林夫人柔嘉淑嫕，素習姆教。嘗讀《葛覃》之詩，見其思而能勤，富而能儉；讀《采蘩》之詩，見其誠而勿貳，敬而不渝。及其黽勉同心，雞鳴靜好，教誨孫子，横經籍史，一室之内，聲出金石。今與公稱雙壽焉。長君□□升名國子，司鐸典教，勸綏有法，聯掇二第，指日可俟。諸侄及諸坦腹，成均黌序，俱乘時而展采。諸孫堂前玉樹，森森立竹。公昌大之福，當未有量也。兹以孟夏望日爲公嶽錫之辰，諸親串登堂介祝，命予一言爲修盥先。予聞壽者，受也。戬穀之宜，視乎其所自受。公勳庸日茂，爲龍爲光，他日如趙營平上，金城方畧，平定西羌，無如老臣。周召虎承命經營，拜手天子萬壽，誠國家之福，而桑梓之慶也。請歌《蓼蕭》《南山》以爲公壽。

南平章邑侯壽序

嘗讀《豳風》之詩，躋公堂，稱兕觥，期於萬壽無疆。讀《有臺》之詩，祝君子萬壽，極於黄耇保艾，頌其德音，曰『民之父母』。古者上下推誠，相孚達於燕饗之節，而竭於朋酒之誠。無非致其尊親，形之歌咏而已。池陽公章侯豈弟令德，徧暨下邑。菊月日爲侯懸弧之辰，花巖雲峽，懽聲湧合。余年友黄宫柱，俱侯同籍。兩家子弟，修盥申祝，庶幾乎頌禱之義也，因請余言以張之。余謂立政敷教如範之有模，斲之有度。明體以達用，溥本以肇末。天下致治，未有不本於學者也。侯秋浦名碩，飲譙曲江。其文貫穿百家，閎中肆外，有起衰百代之思。天下膾炙佩服，不啻捧珪璋而就硎冶。經術吏治，相爲表裏，文章之效，彰彰可覩已。侯恂恂質行，絶無爬搔愎鷙、朴擊毛舉之色。而政之所及，如風之嘘谷，泉之注澮。下里之衆，懷若挾纊，不假赫赫之聲，而大體已得矣。侯下車甫兩月，見夫洞幽察隱，亭平歸於仁恕，則讞獄之良也；革弊剔蠹，掾吏凜若神明，則御下之明也；煦育噢咻，周咨惟恐不及，則字人之慈也；禔躬律己，冰心皭然不淄，則節操之堅也。侯之爲治，不肅而成，不嚴而洽，不教戒而遵其風猷。使其漸次休養，需之歲月之久，庶幾婦術子嬉，康阜復見，久道化成，豈足喻哉？蓋公先世出太傅仔鈞，後由閩遷吴，惟居池陽爲最著。沿歷宋明，簪紱蟬聯，指不勝屈。累世篤厚，咸稱長者。太翁高才積學，授經講道，不異河汾。侯辟咡之前，推爲治譜，固已裕如。長郎早領賢書，餘俱尉爲國楨。取火於燧，採珠於淵，理固然也。余謹按傳記所載，名臣列卿，其間勳業聞望，炳爍史策者，多於縣令爲發軔，卓茂封侯，豈非其始基耶？聞之劍州有神物焉，起自豐城，至延津而化爲龍，俟過化於兹，自此而神受不測，爲霖爲雨，以福佑寰區，壽一身而壽天下。余將進平格之詞以獻。

拔貢録序

今上誕敷文德，勸學修禮，闡濂雒開閩之教，以風勵天下。特加意辟雍首善之地，進秀才異等，輒以名聞。務令四方儒雅，霧會京師。古稱雅吹擊磬，乙夜乃罷。冠帶縉紳，圜橋門而觀聽，未若如是，彬彬盛美也。二十五年，復舉明經之士，貢於大廷，以重成均之典。余視學八閩，恪遵功令，録人以獻。竊惟閩省海濱奥區，夙推鄒魯江山，秀傑之氣，烟島奔湧之奇，鬱爲文章，實人才之淵藪焉。余校文持衡，毖勑有加。雖不敢叨歐陽得士之譽，而采金昆吾，剖璞荆山，庶幾書貢璣組，詩咏隰桑焉。然余之與諸士遇者，文也。諸士之所以自期，余之所以期於諸士者，不但以文也。太學之設，教以六藝，而必先以三德三行，春誦夏絃之餘，使之見大節，踐大義。朝夕服習，無非治天下國家之道，以備公卿大夫，百執事之選。董江都曰：『太學者，賢士之所關也，教化之原本也。』諸士藴韣道藾，拔茅彙征。行將排閶闔，步玉岑，驥騄結軌於康衢，璠璵垂光於廊廟，洵足爲賓雅鼓篋之光矣。今諸士躬逢盛典，因爲叙其名次，載其里居年齒并及宗黨譜系，類編成帙，請序於余。余無以益諸士也。聞之赤神五色，必生軒轅之丘；郊藪一角，用中黄鐘之律。諸士抽鋒擢穎，爲國禎瑞，願以同升之雅，出而乂民佑辟，潤色太平。余得藉乎無忝於以人事君之義，實有厚望焉。諸士勉之。

高文宗壽序

文教之興，自濂洛關西，續綫肇緒。吾閩以山陬海澨比隆中土，遂有海濱鄒魯之稱，良以作興倡導，恃乎原道真儒，明經術以正人心，而後振衰起敝，用襄一代文明之治。夫文章之行於世也，猶日月星辰之行於天也。雲漢爲章而作人之澤，永於壽考。所以豈弟君子，而福禄歸焉。春王三日爲膠東翁高公嶽錫之辰，諸縉紳躋堂稱觥，命余言以申祝釐。余不敢辭。余惟鎬京辟雍，建於豐芑，而伊濯以著。所以國家耆定之後，臥鼓櫜弓，始重學校。閩撥亂反正，甫脱尉堠鈴鐸之警，而復鼓篋宵雅之舊。此政懿德肆夏之秋也。公督視學政，條教科指，章程一出，如風之噓草，水之注川矣。公山左名碩，高擢上第，初掌綸閣，總司清要。文章詞誥，式光禁職，出典粵闈，共推東箭，藻鑑得人，海内早已傾服。迨晉西曹而治獄廷平，轉稼部而度支詳慎，洪名雅望，久隆京省，今上特用之於閩。其所以爲閩計，至深遠也。文章隆替，關乎氣運。若徵影而察形，惟使聞風澡滌，一返於法。即擬議變化以盡其才，不言法而法自合。故雖鞭霆掣電，絶景超塵，不過同化工之肖形，而無奇衺靡流之習。公之程士，取其才法之兼而已。譬之埸氏取材，無非素植；陶師簡器，皆其成模。彼擁腫拳曲，呰窳淫巧之倫，斂迹而遁。蓋公有淵澄岳立之標，而用以羔羊素絲之節，苞苴不入，脂膏莫潤。玉鑑冰壺，孤潔無比。伊尹之任也，蘓子瞻曰：『其素所不屑者，足以取信於天下。』公之謂矣。公惟嚴一介，以砥廉隅，以故蓽門寒畯，共齏連茹，即至決拾韜鈐之子，咸精心蒐採，使之踴躍功名之會。惟清，故公洪纖大小，品題所以咸當也。葢公度量弘博，器識淵通，溫文爾雅，有古大臣赤舄几几之風。指日如漢少傅桓榮，陳其車馬、印綬，以示稽古之力。從此而晉亮弼，秉國鈞。萬年之頌，本於邦基；平格之休，廸於保乂。景命有僕，允襄戩穀罄宜之盛，豈特一方禔福已耶？聞之壽者恒久之辭，世之最恒久者，莫過儒者之道。而道所以恒久者，祇此至誠無息而已。公成己成物，合於至誠，此即悠久之義，而壽之徵也，是爲序。

李邑侯壽序

候官，吾閩之劇邑也。當省會之衝，而爲之綰轂，稱最重地，惟以肆應之才，敷循良之治，寬猛合宜，緩急中窽。至於政行化洽，於民情則久而愈習，於吏事則久而益精。父老子弟，愛而戴之，不啻萬彙之迎和風，黍苗之被膏雨。其爲鼓鬯潤澤，葢難以形容盡也。□山左翁李侯，臨莅兹邑，以約禔躬，以嚴御下，以安靜節愛和民，以實心實事綢繆封疆，以真誠禮意，延接士大夫。剔歷久而望實隆。從來循吏，未有出其右者。侯邑兼併懷安，賦税甲於諸縣，版籍繁重，吏緣爲姦。侯苦心精核，按其戶丁事產，飛詭那移，自此永杜，胥攢束手，抱牘奉法。至其絜令催徵，省其箠笞，緩其追呼，數年召致天和，閭里豐穰，操豚蹄斗酒相勞，懽忻於山陬海澨之間。以故惟正無缺，侯之賜也。徭役之興，起於軍旅，地方寧謐，役猶未已。侯一意樽節，與之休息，一邑無《大東》之嘆。兩造盈庭，片言立折。雖有疑難之獄，談笑平亭，從容而遣之，人皆輸服。閩邑時乏令長，侯餘力兼理。雖未代庖，而左右經營，胼胝不辭。更勸課多士，每月有考，親加詳隲，差次高下，不啻紫識闕門，羣空冀北。歲科童子試，嚴加揀擇，號稱得人。夫刅遊斧剖，犀燃燭照，擅明斷者，皆所優爲。至於一喜一怒，皆得其劑，不競不絿，要歸於平，寧特才之爾殊。其藹然忠厚，家視官、子視民之實心，有幽可以信神明，而顯可以信氓隸。宜其操縱得當，人情感悅，實侯本來真誠之作用矣。夾鐘四日爲侯懸弧之旦，諸縉紳命予言以當躋堂之義。予聞節美初蠶，占扶桑之結繭；辰傳獻稑，咏后稷之來年。侯際茲盛景，桃樹始華。慶五福之介，履平格之實。異時爲霖爲雨，潤澤寰宇，凡在含生，悉受其賜。豈特區區海濱所得私有侯哉？余且歌《蓼蕭》壽考之□，以爲侯佑國揚休之券，是爲序。

吴閩縣壽序

吾鄉閩屬首邑，省會綰轂重地，出政敷教，爲百城之所師表。是必以經術潤餙吏事，剛柔寬猛，劑錯成治，以惠羣生而風有位。葢批大郤，導大窾，技經肯綮，因其固然，而後躊躇滿志，遊刃而有餘。夫騏驥驊騮之乘，一日而致千里，而駑蹇不能入訨；北海之鵬，摶扶搖羊角而上，而斥鷃不陵桑榆，則利鈍大小之殊也。平陵吴侯以名制科，出宰茲邑，植花製錦，士庶欽仰，風裁久矣。侯學問淵深，表宇高邃，一登仕版，明體適用，中外咸宜。精明振刷之令，率作於上；忠孝惻怛之意，灌輸於下。受事以來，仁心質行，次第修舉。民如覩青旻，遊藻日，不啻挾纊之溫，黍苗之潤也。侯真誠爽豁，毫無矯飾，臨民涖衆，洞然如見肺腑。豐蔀之隱，無不畢達。拆獄如射覆，扶隱如列眉。兩造盈庭，數語立剖。人人自謂不冤，勾稽案牘，及一切爰書，如其平日治經生家言，咄嗟立辨。維百務叢委，宴座談笑而決之，得其環中，以應無窮。豈非手觸肩倚，合於桑林之舞乎？今之爲吏者，大率嘵嘵皎皎，毛鷙以明高，鉤距以示威。侯則不鬻長，不炫名，絶遠凝脂束濕之術。惟禔躬束已，安靖無擾。薄其撊撻，省其誅求。冲澹粹穆之容，使就之者心傾，望之者知爲仁人君子。至於催科之中，寓撫字之指，農夫曾孫，負牛車以供惟正，無敢後時。及按籍以核賦，絜令以協法，辨任施捨，胥鄺罔敢高下其手。念傜役之困，加意樽節，汲泉穫薪，自此不作。邑之大者，無如賦役。賦役一清，而治無不舉矣。至於行履訩追徵之法，嚴尼僧錮女之禁，纖悉皆以爲民，而皭然不淄，尤凛羔羊素絲之節。觀侯新政，而耳目滌濯，物情大孚如此。使其撫循之久，則淪肌浹髓，利賴當何如哉？夾鐘二日爲侯嶽錫之辰，諸縉紳躋堂稱觥，命予言以當祝釐。余惟『樂只父母』之歌，『萬年無疆』之頌，大約爲有功德於民者言耳。侯功德在民，歌舞尸祝者且千萬年，從此而進，無疆豈虛語哉？侯指日治行第一，達於天庭。行將晉陟青瑣，洊膺槐棘，以爲循吏之勸，不特一方私祝已也。予且舉《蓼蕭》壽豈之章與《南山》並賡可乎？是爲序。

季邑侯碑記

從來朝廷張官置吏，無論事之難易，職之煩簡，要以愛民爲本。臨川吴氏曰：『縣之於民最近，令之福惠所及最速。』程子曰：『一命之士，苟存心於愛物，於人必有所濟。』召信臣選上蔡長，惟視民如赤子；程伯淳作令，常於座右書『視民如傷』，以自愧厲。所以黔首作頌，式昭德聲。凡兹士民襁老携幼，惴惴而懷恩，頤頤而戀德，相與援衡軒而若失，鐫金石而不忘也。惟我錫山蓉翁季侯，真無忝父母之任矣。侯以名制科，初授西掖，不啻常衮，文采瞻蔚，譽重一時，紅藥翻階，允稱綸閣。顧以右垣灑翰，所掌者書命，煥然文章而已；不如擁軒綏，綰紫授，及民切而奏效易也。因請改縣令，得到吾閩之閩清長溪，幅員狹薄，侯不鄙彝其人民。拊循噢咻，不遺餘力。催科之中，常寓撫字。勾稽出入，胥鄺束手，悉杜挪移詭寄諸弊。追徵設法，勸輸有方，省其鞭笞，薄其撊撻，常賦之外，不溢毫末。農夫曾孫，負牛車以供惟正，無敢踰時。前任之積逋，鄉宦之加徵，不憚墊賠，以完公事，苦心補救，尤人所難。平理訟獄，其難其慎，不聞峻文深憲，以毛舉察察爲能，而譸張牽合，鬭諍舞文，不令而自止。及嚴考校，禁冒籍，振興士類，成就者衆。葢侯之爲政，如春風之解愠，夏雨之解暘。騶虞不殺之仁，伸傴起躄，廬井嬉遊，若瞻青旻而捧藻日。吾閩臺灣，海窟伏戎，盤踞島嶼。仗朝廷威靈，樓船破浪，逋寇剪除，椎結之區，悉爲郡縣，當事廉侯才，移調諸羅。良以地方初定，親民之官，非得文武備足，不能牧圉而禦衆。侯捍衛守土，斥堠無警。建威銷萌，鞏如磐石。至於撫有蠻方，愛民如子，猶之長溪也。侯學問淹洽，貫綜百氏，文方賈董，詩逼錢劉，簿牒之暇，嘯咏不輟，當如顧山陰晝日垂簾，門階閒寂。其在海外，條議著作，文字規畫，洞悉地方利病，更爲周詳。甲子分圍所拔，皆知名士，有歐陽得人之譽。常與博士弟子校論文藝，差次甲乙，入其門者，如登元禮之舟而入河汾之室，興賢育才，於兹爲盛焉。雖然天下之勢，莫不始於小而成於巨，崚嶒𡾟嵲，起於培塿，勢固然也。觀侯之治此一方者，而天下之理，無不備觀。其一方之治此數端者，而天下之端無不貫。按古傳記所載，名臣列卿，其以勳業聞望焜耀，當時者多於縣令爲發軔。侯指日經綸，雷雨弘濟，寰區閩人，嘉賴未有艾也。兹侯讀禮服闋，詣闕候補，囊橐蕭然，不能供脂車之費。諸士民醵金投櫃，以佐行李，命余畧叙公政治，勒諸貞珉以垂不朽云。

田按司壽序

觀察使雖居外服，其於察吏持憲，視内御史臺特重。蓋云：『一方吏民，胥表率拊循，惟仁心爲質，剛不吐，而柔不茹。庶幾稱平允焉。』今上誕敷文德，數行肆赦，布告天下好生之德，洽於人心。一時遵奉風旨，無不弼教簡孚，以襄協中之治。若山左介翁田老公祖，觀察八閩，洵足統率白司而克舉廉訪之任者也。公青齊間氣，卓然名碩，所著文章，周情孔思，式型海内。至於正己待物，明體適用，其容粹然，其氣冲然，其議論井然，其辭受取與介然，其臨對下吏、延接士夫夫愊然秩然。人之望之如登泰岱、臨溟渤，不啻型範。蓍蔡之在前，而瞿然顧化也。初試花封，以治行第一，入召清華，尋陟秋曹。叅綜刑制，詳照如神。出而鎖鑰五溪，及監河朔三郡，撫馭綏靖，屹然南北保鄣，不啻召虎旬宣，畢公保釐。今之臬吾閩也，閩當兵燹之後，俗漸窳呰，嚚訟繁起，公解煩滌苛，與之休息，絶無刻削爬搔之概。慈愛天性，盎然而出山海之間。壤瘠民貧，易於犯法，得公覆育而帡幪之，如萬彙之迎和風，黍苗之被膏雨也。昔張釋之及於廷尉，無冤民，而民自謂不冤；曹平陽師齊葢公善治國，而國不知所治。公受嘉師而監祥刑，雷電合章方之古人，何多讓焉？公聞望日隆，謡頌不絶，指日建牙開府，用奏膚功。從此宅揆彤闈，平章當軸，封揚王休，拜手萬年，不特海澨父老，遥禱於遐荒窮濱之下也。仲吕夏月爲公懸弧之辰，諸縉紳登堂介祝，命余言以當稱觴。余聞之《易》曰：『天地之大德曰生。』程子曰：『藹乎若春陽之溫，汎乎若醴酒之醇。』臨川吴氏曰：『天地生物之心曰仁，惟天地之壽最久。』仁如天地，凡溫和溫良，寛洪重厚，皆壽徵也。公之學問，以仁爲本，而仁者必壽，理有固然。《南山》之言壽也，康成以爲人君能得賢者，置之於位，則可以爲邦家基本，享壽考之福。公樂只萬壽，此儒道之光，社稷之慶。豈予所能揄揚哉？是爲序。

張郡佐壽序

從來明德之世有開，必先菑畬堂構，自古記之。《傳》曰：『公侯之孫必復其始。』夫以中外山川之鬱積，培養一代之人材，惟藉式穀之貽，用衍流根之澤。所以元老世臣之家，多鐘承休濟美之彦。聯袂而起，此亦國運所繫，非特家聲然矣。郡司馬勷翁張公祖，承太翁撫軍公餘烈，按部三山，治聲爛然。始信渾河本於星宿，江漢歸於岷嶓，理不誣焉。公胞伯父總制公兼轄閩服，峴山遺愛，碑石猶新。諸昆五人，或晉二千石，或出宰百里，或次補郡丞。袍笏重積，不啻東都袁楊，西周尹吉。公其仲氏也。公天性易直，仁心爲質，惟是朴茂長厚，非如世之亟疾苛察，相高以射聲而釣譽者。爲挹其氣度，盎然如玉，恂恂若不勝衣屨。及出其穎鍔，截犀兕而剸鴻鵠，弘潤汎應，無有阻畏，豈非仁義中正之效與？公所理者，旗兵禁旅之衆，分遣戍守，與諸道之兵不同，必嚴治紀律，使不敢犯。務令兵與民習，而民不知兵。公爲平其鬭諍，禁其侵凌，擐甲執鋭，不能與齊民抗，境内爲之帖然。且聽斷平恕，協於情法，解煩滌苛，全活無算。兩臺監司，凡百大獄，及可疑難決者，咸以相屬。平允之稱，衆皆攝服。然公才敏學博，上搜六經，旁括百氏，淹洽融貫。凡諸政治，一一本於經術。文章幹濟，非鄙弇所及。至於懸魚之操，飲泉之誠，冰蘗自矢，古稱一介不取與，誠足任天下之重焉。公端方清品，恢廓長猷，指日登陟六卿，爲名公碩輔，建大勳名以著聞於時。則其風流人物，所以耀區夏而垂典册者，葢未艾矣。兹以端陽三日爲公懸弧之吉，諸縉紳躋堂介觥，命余言以爲祝釐。聞之蕤賓叶律，節屆天中，集綵繪，貢鏤帖，所以揚景風、迎地臘也。公應斗南之期，適鳴蜩之候，茀禄保艾，與日俱永。余咏『豈弟』壽豈，以當《蓼蕭》零露之徵，可乎？

祖都統壽序

今上懿德肆夏，河嶽懷柔，聲教翔洽，光於有截。屬在閩陬，脱劍釋鞮，亭堠弛警，尤以邊隅重地，保邦善後，務期得人。於是分遣禁衛之旅，訓練守禦，爰簡命大臣偕大將軍統理鈐轄，用襄保定之烈。而遼左都統翁祖公膺兹重寄，數年以來，綢繆未雨，永寧疆圉。其所以經營吾閩者，至深且遠也。公以鷹揚之才，當禦侮之任。帷中講論如儒先生，而學問廣博，舉凡朝廷大政，及星曆輿地，屯田河渠，諸書無不通曉。昔晉侯作三軍，謀元帥，趙衰曰：『郤縠說《禮》《樂》而敦《詩》《書》。』祭遵爲將軍，奏置五經博士，軍中與諸生雅歌投壺。公文武爲憲，儼然輕裘緩帶之風，庶幾近之。其鎮閩也，勤蒐狩，申紀律，簡器械，整旗旐，嚴鈴柝，厚脯餼。河陽壁壘，煥然一新。以故三軍之士，懷其挾纊之恩，而憚其節制之嚴。兵與民習，而民不知兵。閭左寧謐，不聞脂牽芻秣之費，供億徵索之煩。婦衎子嬉，歌咏大平，公之賜焉。余讀《常武》之詩，言周宣平淮浦，謂内史皇父命程伯休父爲司馬，使之左右陳行，部伍整肅，始成飛瀚江漢之功。公殆既教既戒，惠此南國者與？公年少從龍，出師黔楚，行間歷著勞績。至今牂牁、羅施、鄂渚、雍川之地，不啻伏波碑石，長鎮充南。葢公閥閱崇隆，名臣接踵，夾日月於東朝，永公侯於帶礪。蟬聯鵲起，如豫章之木十圍，璠璵之寶九襲。詩曰：『凡周之士，不顯亦世。』公家世之謂也。公胞兄觀察公明刑弼教，本蕭公之敬，獄行定國之仁恕，與人尸祝，俎豆學宫。嫡侄雅才英邵，循聲大著，至於總制。公綏靖南陲，及鹺使公惠商愛民，皆有功德於閩。而公今按部海澨，爲一路福星，何閩人之幸也？兹以季春一日爲公覽揆之辰，諸縉紳孝廉明經，命余一言以申祝釐。余聞天鐘名世，必予以耆艾昌大之福，保乂有邦。公勳業顯爍，戩穀咸宜。它時如趙充國上金城方畧，郭汾陽中書二十四考，翼輔王室，以福綏一方者，福綏天下，匪特海濱歌舞已也。余畧貢蕪詞，竊比於躋堂之義云。

高宗師壽序

國家文武並重，而教養之法亦無異術。《禮》曰『受成於學，出征』，『反釋奠於學』。《詩》曰：『集於泮林，懷我好音。』唐宋知求將之要，視進士科，增置武舉，遂得郭子儀、狄青、令狐挺等。然異人傑士，飲氣挾術，以赴功名之會，非得延攬在上，求材若渴，安能驅天下之英雄入於彀中哉？山左□翁高公，稽古淵通，網羅百代。當其飲讌曲江，業已名傾海內矣。初晉西掖，紅藥翻階，出而論秀粵闈，精心蒐採，皆梗楠杞梓之材。人有陸宣公、歐陽永叔之稱。洎擢西曹，詳決如神。及遷稼部，金穀出納，雅望隆於朝右。近膺簡命，督學八閩。公秉衡司鑑，揀無遺珠。殆如伯樂執轡追電之跡，皆收匠石運斤干霄之姿。自出樸斵成工，丹雘篠簜，資於格羽。士之從之，如埴之在甄，風之噓谷也。公介守謹嚴，杜苞苴，却竿牘，徑竇不開，寅緣屏息。視李勉之投犀珍，姚察之著麻蒲，更爲過之。昔子輿氏謂伊尹『一介不取與』，爲其任天下之重。夫超冲澹之表者，不可溷以塵壒；凝璠璵之質者，不可雜以疵垢。公之清特，洵足爲造士之本矣。往者學校之司，專留心文藝，而抽鋒擢穎，多受知遇之榮。至於挽強馳突，則鄙之爲不足尚。殊不知朝廷兼設是科，非罷兔罝之夫，薄疆埸之彥也。法宮帷幄之中，未嘗一日不思頗□也。公矢公矢慎，毖勑有加，蓽門寒畯，無不慶彙征，欣利見。凡決拾韜鈐，踴躍思奮，公之造就人材，於茲爲盛云。茲以春王三日爲公嶽錫之辰，諸士念公教澤，躋堂稱觥，命余一言以申祝釐。余聞之蓂莢方新，始和初布，所以施慶惠，暢闓澤也。公壽考作人，匡扶泰運，若元善之長萬物，舒景漸長，茀禄彌永。公身方旭日，率諸士爲朝陽之鳳，雝雝喈喈，媚天子使。異日三壽作朋，更進《黄髮》《台背》之歌可也。是爲序。

于分司壽序

國家精求民瘼，特重外僚，碩輔名卿，往往輩出。非特均勞出入，國有常經，亦以才閲則堅，知練則老。剔歷自久，體望攸隆，所以文學飭治，廉謹有法，守素絲之節，而居之以平；具遊刃之能，而□□以恕。斯誠升庸建勳之本，而考祥助順之徵也。蘭秋二日，廼□翁于公祖覽揆之辰，諸估人感深膏黍，憩比甘棠，懽欣蒀藻，願獻千秋之觴，命余言以當封祝。余請質實言之。公器緼純明，學問廣博，而其大度弘遠，有古人大臣几几赤舄之風。如喬山高嶽，未嘗有意自高，而登假者仰企焉；如和風曛日，未嘗有意迎人，而披拂者自就焉。公之蒞閩也，其心惠以和，其政勤以敏，其法嚴以正，其治安以順。吾閩土壤狹瘠，海王之利，不逮他省。兼以諸估人流離瑣尾，瘡痏未帖。公以時噢咻，止其呻吟，搔其痛痒，不啻父兄之於子弟。諸估人望之以爲和風，以爲冬日，以爲萬頃之波，以爲鴻鈞布物。元氣周流，各以其量。斟酌飽滿於其中，而不自覺也。至於減贖暖，禁公費，而人服其清；趲幫運，完正課，而人服其勤；杜夾帶，止私販，而人服其令。朱考亭曰：『古人察理精密，持身整肅，其意則以愛人爲本。及施之於政事，便須有綱紀文章，關防禁約，截然而不可犯。』公之嘉惠於商，豈非藹然忠厚而仁人長者，非武健束濕之術所可彷彿萬一歟？蓋公治行卓越，剔歷有素，前掌綸閣如常袞，文采瞻蔚，譽重一時。洎佐菰城，謳思未泯。今者仁明著化，敷爲通商惠民之績。指日璽書褒異，晉擢台階，絫鉉秉鉞，以壽一身者壽天下，匪特海陬歌舞已也。余聞之董子曰：『壽者，售也。功與德行於可久者，壽亦售於可久。』《樂只》之詩曰：『樂只無疆。』《閟宮》之詩曰：『既多受祉。』黄髮兒齒，亦取其功德而歌頌之已。余賡之以當祝釐，可乎？

于分司壽序

天生光明俊偉之才，出而謀王斷國，佑辟□民。必其度量弘遠，曉暢時務。即任以一方之賦式，而斂散出入，經國大計，無不寓焉。昔宋李文靖江淮轉運，立法寬民；范文正西漢鹽官，捍堤衛民。其後俱登鈞軸，焜耀史策。所以潤下作鹹，調劑盡善，而經方致遠之畧，已具於此也。燕京□翁于公祖理，吾閩之鹺司，業已化洽而治舉矣。公學問淹洽，品望高峻，起家西掖，典管綸閣。李巨山文章宿老，張曲江一代詞宗，不啻過之。佐郡霅川，仁愛廉謹，菰人思之，棠茇勿剪。洎治閩鹺，諸務釐舉。吾閩幅員儉而賦入少，視淮右兩浙如大海勺水，然而疏而無閼，通而無滯，則裕賦理財之法均也。省其疾苦，搔其痛癢，則救菑恤患之政切也。止其透越，祛其流弊，則詰奸防慝之令切也。公實心實政，出其經濟緒餘，即能爲吾閩貽數百年之利。視西路而稽查惟勤，理東路而追徵得法。省耗羨而廉隅自飭，減贖暖而繁苦盡蠲。閩商資橐涼薄，非有巨商大賈、猗頓烏氏之富。魚頳鴻嗸，痿痺不振，公待如赤子。不待董戒之令，偵捕之科，諸估人之望恩待命者，杲乎如放諸春，沛乎如泳諸澤，勸業樂事，不謁而得其所欲，豈非恩高而德厚歟？公風流緼藉，度越時流。簿牒之暇，吟咏勿輟，蓄古法書名畫、花卉器玩以自娱適。晝日垂簾，門階閒寂，非苐如文俗之吏，排衙頭、押紙尾，縈帶於車塵馬足之下已。公治行稱最，已達彤廷，指日晉擢大僚，佑相有邦，顯融之烈，殆未有艾。兹以蘭秋三日爲公嶽錫之辰，諸縉紳躋堂介觥，命余言以當祝釐。余與公京邸締交有年，忝在宇下，義不敢辭。余聞南山之壽也，曰：『樂只君子，邦家之基；樂只君子，遐不眉壽。』康成以爲人君能得賢者置之於位，則可以爲邦家基本，乎保艾之福。公以名儒嚮用，基莫大焉。而本之以樂只，善其用矣。其恒久也，其無疆也。此儒術之光，社稷之慶，寧獨以公私哉？余畧叙公治行以申封祝。若云吉甫清風，余則何敢？

張方伯祀名宦序

昔晉羊祜鎮襄陽，登峴山，東臨漢水，嘗手檀晉柏，柯幹如銕。當時與從事鄒湛，遠望浩歎，湛以羊公令望，當與山俱載。後襄人感泣，爲之立碑。唐孟浩然有詩云：『羊公碑尚在，讀罷一沾襟。』始知直道在於人心。其人與名並傳不朽，不可以湮没無聞，徒資浩歎也。前遼左□翁張公分憲福州，仁政闓澤，閩人歌思，久而不忘，不啻襄人之思羊公，墜淚之碑，今且再見矣。諸縉紳等籲請崇祀名宦，社而稷之，命余一言畧序公之本末，以當椒奠。余謹按：公受天間氣，命世偉人，澡練靖共，通達國體，洵孝友之君陳，文武之吉甫。初授南曹，風采嚴正，銓敘廉平，如田郎題柱，明允山公明雅邁時，典劇司績，業已望隆朝右矣。嗣分臬福州，以剛正率屬，而以惠和御衆。省會人民稠雜，干陬時警。公建威銷萌，綰軍民重寄，籌謀綏馭，綢繆未雨。諸如嚴保甲，明儆候，繕牧圉。根本之地，鞏如磐石。閩俗窳呰，鬭諍囂訟，嘗試棘木之下，公悉行禁止，武健之風，漸以衰息。更詰奸禦暴，摘發如神。吏民所上罪狀，輒按坐骫法之大者，以儆其餘。郡縣大夫讞成爰書，輒平反之。以故無滯獄，亦無冤民。所治驛傳，清釐扣尅，節省徭役，俾置郵傳，命葛屨履霜可以不作。然破觚爲圜，斷雕爲樸，仁心質行，盎然而出，若挹穆風而覆慶雲也。至於養育人材，菁莪雅化，被於髦士，優禮士大夫，折節不倦，有赤舄几几之度。迨公遷轉以去，吾閩不能遂借恂之願，徒切衮衣之思。公自此儲憲黔中，方岳西粵，位愈高而績愈茂。分陝未幾，而身騎箕尾。吾閩欲爲東人我遘而不可得也。今者宣撫公開府八閩，政教孚洽，肅清海表，爲公蘭玉之暉。方將陟岡瞻望，而人民之衆，黍苗膏雨，安能置諸懷乎？吾觀韓魏公所歷諸大鎮，張忠定公在蜀，百姓皆繪像以事，公何多讓焉？聞之禮崇明祀，神享至誠，尸祝之舉，所以貽馨香、示明信也。兹者蒸禋大典，從於先師，實生芹藻之光，而永頖官之澤。庶幾風澤長存，而頌聲不泯云爾。是爲序。

李君□壽序

自昔授鉞登壇，流勳名於史策。其人類濶達俊偉，不拘常格。及請纓破浪，奔走禦侮，國家緩急，藉以倚辨。非如明經帖括，執三寸之管，踽蹐於繩墨者所能及也。《詩》曰：『肅肅兔罝，公侯干城。』《書》述文武，亦云『有熊羆之士，不二心之臣』。惟不二心，而後可爲干城。天下之需將材，豈不亟哉？若三山□翁李公，余心儀之久矣。余向諸生時就試棘闈，倚公居停。公不以尋常目余，因與訂金蘭之契，結縞紵之懽。及余遊寓拓浦，謁公鈴閣之上。左右鞭弭，更稱莫逆。蓋公出宋忠定之後，元祖少司馬寓翁公，高祖外翰勉齋公，曾祖邛州太守徐峰公，蟬聯不絕。再傳敬宇公，生公昆仲有三，公其次也。公天性易直而沈雄倜儻，多大畧，常耻章句小儒，靦顏柔聲，與人俯仰，於天下事無所重輕。因習孫吴之學，當事奇其才，授以元戎之寄。古之任將者，試之以五材，律之以五慎。有授鉞之儀，有分閫之任。凡以尊重其人，而需委用責成之功也。鎮閩將軍伯識拔公，昇以拓浦塘政。浦屬八閩孔道，庶務驛騷，公措置咸宜，輒加器重。將軍伯帝室，懿親功，震海澨，而所轂首先及公。公誠負鷹揚之姿，而勒當事拊髀之想者哉。既乃息勞引避，而綜理周備，竟無有出公右者。旋復徵召，數四不得已，再莅拓浦，今已六載。待下寬厚，恩撫如家人，及臨諸百姓，撫循慈藹，民之愛之，如醇醪之醉，而挾纊之溫也。城内外未靖，萑苻時警，公力請同事，飭保甲，嚴詰捕，商晝寢奸。弭變之法，綢繆未雨，至詳且悉。以故地方寧謐，皆賴其力。以公捍衛之績肆應之，能左宜右，有指揮如意，使其臨戎制敵，宣克壯之猷，而秉文武之憲，無難經營四方，勒名麟閣。歐陽修曰：『得之以爲大將，此一人之技勇，乃萬人之選。而又粗知變通，因擇智謀以輔之，以爲萬人之將，可也。』公之勳業，洵不可量矣。元配林夫人，賢明慈惠，素嫻内則，典祀蒸禴，五齊百籩，罔弗其課。臧獲稽詘，鐘米鹽錡釜，罔弗飭。督教子侄，南牕咿唔，與機紡之聲相錯。長郎承華，幼年早爲學博，授經北面，耆名宿老，拜伏函丈，業已徵其大用。胞侄及諸坦腹，或進成均，或登黌序，俊才英邵。諸孫岐嶷不凡，瑶環瑜珥，皆稱國楨。公之福澤，方綿綿而未有已也。兹以仲夏望日，乃公覽揆之辰。諸屬員受公厚恩，走尺蹏京邸，命余一言以當祝釐。余忝附末契，略叙公本末，聊貢蕪言，敬颺侑觴之獻。若工長生之頌，侈金石之文，非所以壽公也。是爲序。

劉邑侯壽序

今上緝熙光明，照燭萬里。不越階序，遐陬荒徼皆得周知，而先嚮意親民之吏。蓋周其地則愛其民，愛其民尤重其撫綏。此民者所以循良重望，往往入爲大僚，顯爲名臣，功業章章，不僅課最爲不朽。此即漢詔張官置吏，皆以爲民意也。臨汝沈翁，劉侯洵稱循良之最者矣。侯中州名碩，飲讌曲江，鴻文大雅，業已膾炙海内。余謂文章與政治相爲表裏，惟硼中彪外，綜貫百氏。經世大業，無不從窮理中出。紫陽曰：『胸中義理明，從此量度事物，自然泛應曲當。』侯讀書窮理，左宜右有。由其明體適用，早豫於稽古之年也。候邑省會綰轂，幾務旁午，最稱難治。宰兹邑者惟是俛首朱墨之間，左律右牒，簡文書、按筦鑰，羣吏環擁雁門以進，掏廹齷齪縈帶於輿馬之下，困且不勝者什之九。侯則於戴星出入之中，不失單父弹琴之致，以逸行勞，雖難亦易。以静制動，雖煩亦簡。夫騏驥之力，荷重任，引巨輻，直行千里於一日之頃。兩牛之鼎，實以千鈞，和姜桂者數石，始適其烹飪之能。匡濟之資，誠勝任而愉快焉。侯撫兹編氓，若父母之於子，坦於中，形於色。入公之庭，冷然若聞南薰而解慍，不啻纊之挾而醇醴之醉。已而召諸長老，詢民疾苦，恂然嫗姁，惟恐傷匹夫匹婦之心。一切政令賦役，鰓鰓然必推擇至當，然後便宜施行。訟者過無問細大，必根黑白，約繩墨，質成者原宥，骫法者伏辜，人人帖服謝去，卒無後言。及披圖正籍，辨任施舍，苦心精核，吏胥鄰長，不敢高下其手。追徵之令寬期，會省鞭箠，寓撫字於催科。農夫曾孫，負牛車以供惟正，無敢後時。拔試童子，搜採真才，揀無遺珠。諸凡興革大政，次第釐舉。侯下車治狀，大約淵渟岳立之操，羔羊素絲之節，遊刃轂轉之才，粹之以仁義中正之心，達之爲樸茂長厚之政。使其漸摩濡漬，設施寧有量歟。侯前宰南皮，剔蠹防奸，弭災治盜，課士弛刑，八載甘棠途歌巷舞。今者駕輕就熟，仁心質行，特舉而措之耳。侯家學淵源，金春玉應，高王父夔菴公佐守隴西，曾王父元景公歷任虹州鄱陽，太翁木次公典郡西京。侯承辟咡之餘，取前徽而光大之，猶渾河之宗星宿，江漢之歸岷嶓。更叔父澄庵公現宰姑熟，簪紱之盛，代稱巨閥，以侯之承先啓後，治行第一，指日奏績彤庭，晉陟崇階，如卓茂三公故事，可翹首而待已。兹以季秋九日爲侯嶽錫之吉，諸縉紳命余一言以當躋堂之義。余聞神倉儲穀，毛毬呈祥。惟三壽作朋之期，值萬寶告成之候，際兹佳節，介福攸集。《詩》曰：『樂只君子，萬壽無疆。』請賡之，以申祝嘏。

張撫臺壽序

今天下郡國星羅，猶古五等之邦，中丞其連帥也。比於分陜，非周召莫任。所以國家仗鉞，受脤錯置方隅。極選一時之望，用張九牧之寄，當一面而制咽喉，疆圉洵倚賴焉。吾閩兵革初寧，遠近讋伏，臺灣新附，幅員漸廣。雖僻處海澨，北門管鑰，未易言也。遼左大中丞□翁張老公祖，宣撫吾閩，鴻功茂德，漸摩濡漬，非一日矣。孟冬十有七日爲公覽揆之辰，貔貅侍幕，寮采登堂。奏吉甫之燕喜，歌方叔之壯猷，交賀鈐閣之下，諸縉紳懽忻皃藻，躋堂介觥，命余言以申祝釐。余謂古之大臣，以身膺社稷之寄，必其文經武緯，互相爲用，始能尊俎函丈之間，折衝千里。及其福民佑衆，昌大壽豈之報恒必歸之？公明體適用，張弛競絿，允協至則，其冲和粹穆之度，淵沈奥衍之猷，洞豁開朗之識，凡在公之宇下者，皆若型範蓍蔡之在前，而瞿然向化。如墮山喬嶽，未嘗有意自高，而登假者仰企焉。如和風暄日，未嘗有意近人，而披拂者畽就焉。吾閩當底定之餘，籌謀綏馭，所以扶持而安全之，無所不至。去徭役之煩，而罷其驛騷；禁兵士之擾，而寧其幹止；杜雜派之苦，而主伯亞旅；保其葢藏。嚴紀律之條而懸壺聚槖，惮其節制。疏文網以省株連，崇學校以伸士氣，恤凋敝以甦商賈。興利剔蠹，不可殫書。吾閩沐浴汪澤，不啻萬彚之迎和風，黍苗之被膏雨也。要公推誠愛物，與天地同量，惻怛至性，盎然於中，惟以行仁爲本。朱紫陽曰：『仁是天地生我底意。』藹乎若春暘之溫，汎乎若醴酒之醇。公洞然無我，八方俱在帷闥之內，何況吾閩歟？公家世巨閥，珥貂置笏，金蓋重積。方伯公分憲會城，建威銷萌，尸祝學宫，同於畏壘。太守公条佐清漳，署理守相，潁川渤海，治行莫比，皆公昆季，後先輝映。而公曾建節興泉，適當大軍撻伐，調度機宜，俾環海蕩平，震疊扶桑之外，捷書奏凱，與有勤勞。今者開府八閩，策久安長治之謨，綢繆桑土。吾鄉從此永享太平。

公之功德，殆與嵩岁並高，螺女同深矣。諸縉紳之壽公也，誠愛結於中心，非以貢諛也。余觀世之言壽者，多引蓬海瑶池，容成偓佺，諸神仙者流。凡此皆公身有之，無待余言。惟是國家大計，當賴鴻鉅，而公春秋方盛，行將入秉鈞軸，累考中書，使造福海内，則勲列所披，罔不止於南國，而其爲壽亦不止於公之一身。宗社靈長之慶，實式憑之，此余之所爲公祝者哉。是爲序。

邵太淑人壽序

今夫覽洪波之容裔，乘風而擅瀾者，其源遠也。負千仞之環奇，修條而拂漢者，其根深也。惟源遠則流長，根深則枝茂。所以勲名舄奕，流爍古今，必推究所自，以明顯庸之有本。蓋國家之興也，天生名碩，以輔天保單厚之盛；家之興也，天生壽母，以凝燕喜純嘏之休。其佑相於有家，與有邦一也。恒陽□翁王公以二千石福綏吾郡，自闤闠道塗，以至深山窮谷之編氓，頌公戴公者，如出一口。而遡肇祥之由，皆邵太夫人之教云。太夫人姚江盛族，聖善中和，道齊師氏，作嬪名門，芬芳錡釜。太翁以容臺秩宗，望隆宗伯嗣晉，納言卿士，惟月允稱喉舌之任，太夫人實左右之。若其德比琰琬，訓配圖史，飭躬準矩，具有壼彝。惟以恭儉肅祇，寬仁慈惠爲則。諸如飭齊籩以供烝禴，脱簪珥以贍貧乏，勤恩恤以御臧獲。宗黨里連，無不稱頌其大者。和丸畫荻，訓導有方。長方伯公宣績保釐，屏藩嶺嶠，先觀察吾閩，明刑弼教，愷澤翔洽，桐鄉遺愛，尸祝泮宫。次太守公澡練靖共，悉本辟咡之餘，敷爲治譜。服官臨政，大者斧剸，小者絲櫛。不抗不隨，不吐不茹。吏遵其職，民樂其樂。治化之隆，比於潁川渤海。人謂太守公福民佑衆，如置赤子於懷，飲食而襖咻之，而不知被服母教得於紡車玉雪之下者，爲已深也。太夫人在恒陽時，勉太守公以勤勞王事爲念。而太守公孝敬至誠，四牡來諗，無日不切雲樹之瞻。乞身歸養，意甚懇惻。而邦人環擁，遮道請留，始勉狥就任。夫移孝作忠，古有明訓，況太夫人之所諄諄勸悔與？菊月十六日，適太夫人設帨之辰，諸縉紳馳尺蹏京邸，命余一言以申祝釐。余謂賢母之愛其子也，示以代終之德，勗以從王之義，而不在於撫摩姑息之仁。而孝子之事其親也，顯身立名，無忝所生，能以受之帷闥者達之位署，而不在問寢視膳、傴僂色笑之文。今太守公以治行第一，晉擢榮階，長孫樞部。公望重南省諸孫等，文章彪炳，冲翼雲路，綵衣紛疊，以龍光湛露當盤水之奉。太夫人文駟雕軒，珩璜禕翟，庶幾申錫無疆，流徽彤管矣。異日起居八座，當以余言徵之。

壽王母邵太夫人序

聞之名材之生，必依喬嶂，簡珠之藴，不在潦流。從來哲乂之興，由本娠賢之德。所以古稱母師良云胎教。蓋圖頌之風，珩璜之訓，母儀克舉，臣道具焉。含章時發，遂爲從王者所必資，非徒以辟咡提誨爲能事也。夫考鐘慶之原，而得其所自生，論式穀之功，而歸於所由致。先河後海，義有取爾，余於恒陽王太夫人徵之。太夫人，福郡太守□翁王公母也，秉性安貞，束身祇肅。夙以姚江閥閱作嬪名家，在御靜好，環佩穆然。事太翁納言公出入殿陛，首公體國，左右輔相，雞鳴昧旦，與有勞焉。慈和藹及媪御，靜顓化諸閨禕。因是種玉藍田，飼鳳飽於琅玕；滄海珠胎，織鮫麗於雲漢。理固然也。長方伯公尹鼇五嶺，先任吾閩觀察，清風茂節，邦人尸而祝之，不啻峴山之碑、桐鄉之祀。次太守公，仁心賢行，務以近民，不爲鋒鍔威稜以哃喝當世。察理獄訟，其難其慎，以蘸公之式敬，行曼倩之無冤。大者論奏，小者發遣。有剸裁而無擊斷，衆稱明允。其治賦也，察覈惟正，杜革侵漁。福清瀕海，初復半屬荒蕪，田去而賦猶存。不憚躬行履畝，一一鼇正。里胥無敢因沿詭弊，高下其手，浮額盡捐，人得寧其家室。較試儒童，親詣棘院，寒畯悉拔，揀無遺珠。大比入闈，條陳廣額，以便進取。太守公處繁劇之地，惟以育才福衆爲念。其待諸百姓，如置赤子之懷，飲食噢咻，憂勤不倦。民之漸摩於其治，相與擁而戴之，猶魚之依乎水，鳥之棲乎木，低徊而不能自已者也。近以無妄株累，百姓遮擁，請籲罷市三日，簞食壺漿，絡繹道路。朝廷聞之，特賜還職，以慰輿望。此皆太夫人教也。昔孔子稱子産爲衆人之母，後之誦良太守者，有召父杜母之名。太守公佩服慈教以爲規則，而字人之譜，不外是矣。菊月十六日，乃太夫人設帨之辰，太守公偕樞部諸孫，繩繩振振，望雲遥拜。三山諸縉紳等，羣相忙舞，命余蕪詞以佐太守公。觴爵之餘，余不敢辭。余謂古之爲祝者，以著教而達情，於禮則然。若合一國之人，以奉其親，合一國之歡忻愛樂，以娱其親，則情至而詞信。始知洋溢周浹，導和迓祉，於以祈無疆而錫純嘏，非僅尋常之歌頌矣。是爲序。

石將軍壽序

稽古建國親侯，永於帶礪，而頌述功德，必推本所生，以稱上天篤祐之意。《蒸民》之詩曰：『保茲天子，生仲山甫。』天生名臣以爲社稷，必與以光大顯懿之業，壽豈壑宜之福，以翼保定而凝戩穀，非徒侈頌祝之文也。今上誕隆駿命，四隩讋服。八閩僻處遐陬，亭障弛警，綏邦屢豐，而經營庶定，惟文武壯猷是賴焉。元勳憲翁石公奉簡命，擢福建將軍，鎮制閩士，一時閭左咸拜手相慶，曰：『公之來也，爲召公虎，爲裴公度，此其時也。』按部之日，嚴號令，定營伍，警鈴柝，勤訓練。河陽壁壘，煥然一新。夫民之與兵，其勢難一。今使雲屯魚麗之師，與出作入息之倫，共其廬里，同其井閈。民與兵習，而民不知兵。此必有教戒以先之，而法制以御之也。安民和衆，實爲制勝之本。閩省變亂以後，魚頳鴻嗸，瘡痏未復。公捍災禦患，謀所以扶持而安全之者，無所不至。自是士帖於伍，民安其居，宅爾宅，畋爾田，有幹有年，綏邦屢豐。公鎖鑰一方，膺瀕海安危之寄，而能推廣惠和，綢繆未雨，俾江漢朝宗悉靖鯨海之波，威名肆訖，震叠扶桑之外，豈非八閩藉以久安長治哉？公握符閫外，得師中丈人之吉，而齊之以武，合之以文，恂恂儒雅，折節士大夫，雍容有禮。古者郤縠説《禮》《樂》而敦《詩》《書》，漢祭遵置五經博士，與諸生雅歌投壺，不是過焉。公世代勤勞，条預佐命，銘書太常，又以戚畹腹心，藩衛王室。公不矜閥閲，謙恭大度，居然赤舄几几之風。初任中山，繼鎮武林，滹沱之河，風篁之嶺，至今碑碣，苔漬猶新。洵澤與螺女同深，功與旗鼓並高矣。昔李衛公撫慰嶺表，統兵南巡。所過問民疾苦，延見長老，宣布天子恩意，遠近帖服，庶幾近之與？茲當暢月六日，爲公覽揆之辰，命余一言以申祝嘏。余觀古之稱壽者，必取喻於山岳，於松柏。山岳之峙，至於配天；松柏之青，貫四時，歷千載。天祚斯世，必鍾特亶出類之奇，而膺淳固敦龐之福。曰壽考，曰元老，曰諄茲黄髪。斯人也，天地之心也，川岳之氣也。渾淪磅礴，含陰吐陽，而後集祉凝休，慶流奕禩。公以平格之休，翊天保之治。余所禱頌者，汾陽而後一人而已。謹盥手而爲之序。

傅運司壽序

蓋聞人才之生，國之元氣。天降時雨，則山川効其能；國產賢材，則宗社受其慶。所以聖主注念疆土，寤寐俊傑，願得環材任重之人，以建經營告成之烈。其在《詩》曰『之屏之翰』。先曰：『君子樂胥，受天之祜』，斯知康國理政，錫福庶民。天保磬宜，莫不資之。則集美凝休，非侈爲夸詡之文也。中州□翁傅老公祖以轉運使者，總理閩省。小春□日爲公懸弧之旦，諸縉紳躋堂介觥，命余言以申祝嘏。余按公名家世胄，金春玉應如西周之尹吉，東都之袁楊。先世大司馬莊毅公元老壯猷，名在國史。其家學淵源，先河後海，五世之昌並於正卿。公珪璋特達，策名清時。並諸昆季，旬宣保釐，諸子侄輩爲別乘縣令，珪重組襲，後先輝映，鳴珂里巷，古未有也。昔伊尹佐時阿衡，而伊陟復相大戊，吕望爲周尚父，而吕伋爲天子虎賁，世表東海，公非其流亞歟？公清節鉅望，督餉篼権，夙著勞勩，晉二千石，東魯漢東，甘棠勿剪，治行爲天下第一。旋奉簡命，以轉運使者按部八閩，朱幢玉節，比之藩岳。事權專而體統肅，通商惠民，經國大計，實倚賴焉。閩壤瘠薄，非有巨商大賈、猗頓烏氏之徒，富擬王者，兵燹以後，資本薄然，鴻嗸魚頳，疾窩如仇。前此之𡚒，皆由旁鹽積壓，客反爲主。輸一年之課，行數年之鹽，帮多而課愈滯。公惟督行正額，杜絕帶銷。昔日之閼壓者，今已行如流水。兼以省耗羨，減贖煖，禁私販，嚴查掣，種種善法，次第舉行。蓋學問者，經濟所從出，夫以逐末之衆，所持者，筐篋之智。公綆墜剔蠹，開源節流，使一本於仁義，非有明德平天下之學，安能經理盡善如此哉?近且署理臬，受嘉師而監祥刑，其難其慎，讞諸大獄，衆於情法，深得用辟厥中之義。解煩滌苛，行以平恕明允之譽，衆咸稱之。公左宜右有，理煩治劇，應於從容燕衎之餘。以公之謀猷膚敏，宜其左右禁闥，夾侍殿廷，膺三錫之榮光，佐八荒之壽域，非但海隅禱祝矣。余因諸縉紳之請，略述公之政治功德在人者，以當封人之頌云。

署候官來別駕序

蓋聞有治世之才，必其器足以受，而後可以應無窮。才之用也有地，器之受也無方。夫毛羽抶起，及槍榆枋而控於地。若有培風之勢，則負大而圖南溟。惟器博才優，無論時之難易，事之大小，而皆可以立辨。皋陶矢謨言人之德，至於有九，然爲諸侯大夫，而熙浚明亮采之載，得其一即可爲家國之用，而論及九德之全，非具其兼量不足以當之。如建州别駕□翁來老公祖，洵所爲器博才優，而全德俱備也。公學問淵博，仁澤翔洽，其容粹然，其氣冲然，其議論井然，其辭受取與介然，其臨對下民、延接士大夫溫然肅然。人咸以公爲長者，別乘上游，勾糧剔弊，弭盜詰奸，業已化格黎畝，聲騰遠邇矣。上臺廉公治狀委篆，惠安循良之績，頌聲四起。近以候官乏令，復借才于公，撫而治之。公下車以來，平賦役，公聽斷，飭吏胥，謹筦鑰，約己愛人。孳孳拊循，順而導之，仁心爲質，盎然而出。且專劇解棼，不以擁腫鞅掌亂其志。從容燕衎，安坐琴臺之上，若鼓陽春白雪之曲，而無繁絃，無促節，何其游刃有餘，而手觸足履合於桑林之舞耶？余觀世之論吏治者，率岐煩簡爲兩途，以爲簡宜鎮靜，煩宜振奮，不相謀也。候邑之戶口賦税異於他縣，簿書勾攝之擾山積蠅集，不可謂不煩矣。公不動聲色，事事就理，其治煩也猶治簡也。而效乃更捷，公可謂深於治者也。昔薛珏治三州，皆書上考，謂治楚以簡著，治硤以廉著，治陳以肅著。公蓋兼用之者，簡以蒞事，廉以禔躬，肅以鎮囂，皆吏之善軌也。而要之非肅無以成簡，非廉無以成肅。公之飲水茹檗，皭然不滓。此所以能成其安靜之治哉。蓋公王父太僕澤蘭公清風亮節，彪炳前代，起家侯官，仁政誕敷，遺愛之思，勒於碑碣。公紹述前烈，於先世過化之地，胚胎治譜，以勵名業。宜其德惠浹洽而都鄙山澤，若挾纊之溫而膏雨之潤矣。兹復月念三日，爲公覽揆之辰，諸縉紳命予一言以申祝嘏。余讀《南山》之詩曰：『樂只君子，萬壽無疆。』又讀《蓼蕭》之詩曰：『其德不爽，壽考不忘。』斯知『樂只』之歌，譽處之美，祈以保艾，祝以萬福，非徒揚厲之辭而已。公裕喉舌之猷，具舟楫之望，指日入侍紫闥，輔聖天子天保單厚億萬斯年。余敬颺其盛以徵平格致頌云。

張藩司壽序

藩伯之制秩，視六卿，即古連帥，以旬宣屏翰爲職。當其儼然領袖，表儀羣吏，一方之綱紀係焉。夫衆山之列峙，非不崔嵬聳立。及其興雲致霧，應星紀而奠地維，則必歸之五岳。藩伯以方岳稱。蓋其重也。遼左介翁張老公祖保釐吾閩，諸政備舉，推明聖天子安民之惠，致於海隅，亦既治深而化洽矣。余謂大儒之學，博通經術，在乎致知以格物，明體以適用。惟知之明，則推乎天地萬物之大而無所不盡；才之充，則任乎天下國家之重，足以宰制羣品，役使衆彙，無所往而不當。《洪範》言沈潛高明，必有待乎剛柔之克而後歸於平康。皋陶謨言人之九德，彰厥有常。其爲諸侯大夫而熙浚明亮采之載者，固自大小多寡之不同，得其一，皆可以爲治，公殆兼而有之者也。方乎其外，未嘗止而不行也；介乎其中，未嘗劌而難邇也。動乎其則，而動出於有恒也；藏乎其深，而藏蘊於善應也。《周官》取善能敬正法辨而冠之以廉。羔羊素絲，有位所尚，公則苞苴不入。畛畔明而防範肅，不以錙銖苟然自爽而溷其操。諸如革常例，禁耗羨，躬行廉潔，以風庶司，公之清也。錢穀之任，歛散出入，均節匪易。吾閩向者軍興，悉索敝賦，不足供用，多取給於協助，奸胥緣以爲奸，以致簿書紊亂，侵没虧損，不可勝詰。公加意綜覈，窮其蠹弊，從前積習爲之洗除，公之明也。總成百司，書策填委，蠭起旁午，日不暇給。公朝稽夕考，早夜不怠，銀毫判牒，捷如流水，批郤中窾，迎刃而解。抱牘而進者，羣趨於前，而公綽如，公之勤也。蓋公器緼精醇，度量閎深。人之望之，如麟鳳之遊於郊，而周彝商鼎之陳於前。至其敷教章治，臨茲編氓，不嚴而肅，不煦而親。殫心畢力，綢繆其罅漏，而綏輯其凋殘，如登春臺而就冬日。然公以制科碩望，建麾三秦吴會之地。繕邊圉，司積儲，歷有成效。秉憲西粤，明刑弼教，如定國之不冤，釋之之持平。今者屏藩海澨，功德大固已淺滄溟而卑岣嶁矣。復月三日，爲公覽揆之辰。諸縉紳命余一言以申躋堂之祝。余聞仲冬南極之始，黄鐘政緣，噓動萬物。所以贊陽滯宣地惠也。公剛德方亨，不啻五臺書瑞，當推筴踐長之候。適值維嶽錫畢之時，受福瀼瀼，偕圭景而並永。指日景命，有僕輔天保升恒之治，非特閫所得私有公也。《詩》曰：『三壽作朋，如岡如陵。』請歌之以爲公壽。

何兵尊壽序

國家吏治，綜自郡邑而統以監司。其義於察吏詰姦，平賦斷獄，諸封疆之政，無所不舉。而方隅之異勢，民俗之異宜，阨塞要害之異地，必其練而周於務，循形測委，建威銷萌，可以久安而長治。《詩》言：『仲山甫之德，柔嘉維則』，而『天子是若，明命使賦』，是其四方爰發，皆天監而昭假之者矣。長淮梅翁何老公祖，奉朝廷簡命按節閫方，洵海濱倚爲鎖鑰者也。余聞古之人臣，佑辟乂民，莫不經術閎深，通達國體。要在宅心仁恕，以德惠爲敷政之本。故鋒鍔威稜，爲治若束濕，其術近於刻深。惟寬文法，疎網罟，仁心質行，盎然而出。而吏安其職，民樂其業，其所溉諸心，措諸事，發揮於政治，皆仁恕之效也。公不抗不隨，不吐不茹，仁心爲質，而張弛文武，適合其宜。固已具肩弘任鉅之資，而得大公至正之體。省會根本重地，人民稠雜，難於稽察。公嚴保甲之法，明徼候，申夜禁，止賭博，防奸於未然，止邪於未形。倣古比閭族黨之令，而敦風俗，齊教化，四境帖然。閩俗喜鬪諍，譸張牽合，嘗試棘木之下，公解煩滌苛，無事深其文，致多其科指。杜誣扳，省株累，衾於情法之中。徵爾辭而蔽爾訟，深得用辟厥中之旨。爰書一出，人服其神明，無不以爲仁人長者，定國釋之復出也。公氣和而色溫，質直而用圓，獨以豈弟樂易之性，與百姓相摇拊而摩切。而人之聽政於公也，亦若醉醇醪而神解以去。郵驛之政，杜其侵蠹而弊以清，節其力役而民不瘁。及署鹾司，念估人瘦竭，緩催徵以蘇重困，減常例以布實惠。嚴私□販以清弊源，振衰扶懸如痌瘝之在躬。至于省鞭撻，寬追呼，哺棄嬰，如濡涸轍，湛恩汪濊，膏雨無量。葢公有利濟萬物之思，而懷一夫不獲之慮。功德在人，隨處而是也。公始題輿建甌，右文興學，讞獄明斷。適覲回閩，變効力行間，特推紹興守保障榮陽，無震隣之恐。全城繕圉，治功第一，嗣移古㸑，化比文翁，大鹿香孤，永鐫碑碣。然公剔歷諸郡，咸以吏治而兼文章，風雅所被，名士多出其門。長公碩學偉抱，環奇千仞，早登賢書，指日飲譙曲江，屈指可竢。兹以復月三日爲公覽揆之辰，諸縉紳命余一言以申祝釐。余謂公應景命之期，植邦家之楨，天則畀之，嶽則錫之，俾壽而臧，惟公有焉。余讀《南山之什》，次於《魚麗》之篇，其言曰『樂只君子，邦家之光』，及期以萬壽，祈以黃耇保艾，而歸本於德音。今公化孚政洽，被於謠俗，其爲德音，聲問丕播矣。公不次晉擢，佑相有邦，蓼蕭燕笑與天保並賡，其以余言徵之。

馮糧道壽序

從來文章政治相爲表裏，所以明體啓運，喬喬皇皇。周家獲收經術之效，自古及今，以文人出爲純臣良輔者，不可勝指。如唐之張九齡、陸贄、韓愈等，宋之韓琦、富弼、范仲淹、吕祖謙等，明之宋濂、王守仁等，皆文章彪炳，焜耀史册。昔張方平言：『惟道義積於中，精華發於外，以文取人，所謂叩諸外而質其中之藴也。』今上崇儒重道，加意文學，闡明濂洛關閩之教，以勵四方。而尤注意制科，名卿大僚，皆引通經學古，與之謀王體斷國論，即遠而外僚，亦取學問淹博剔歷吏事，以備股肱心膂之任。以是知選建良法，未有不由右文之治也。雁門□翁馮老公祖以三晉名制科進秩吾閩，叅藩糧儲海甿之民，懽忭𣅸藻歌來莫者，遍四境矣。公碩儒重望，飲譤曲江，其文名穿百家，閎中肆外，有起衰百代之思。常於餘暇雍容歌嘯，趹宕騷苑，振藻毅華，引商刻羽，登高能賦，遂成正始之音。因以歌咏雅清，含毫於簿牒，留神於會計，無非比物觸類之所寄也。公所司者，糧儲租賦，出入實殷。且繫公以底□之心目，討軍實而申儆之。倉庾之積散有期，收支之登耗有準，版圖之增減有序，戎籍之在曠有稽，糧单之日月有考，綜覈釐剔，夙弊盡祛。昔鄭侯鎮關中，撫百姓，給餽運不絶。公豈以海隅積貯爲瑣屑之務與？公前者冦恂守河内，收穀四百萬斛以給軍，輦車轆駕，轉輸若流。公豈以海隅積貯爲瑣屑之務與？公前者督蜀學校，適當兵革之後，巾卷羽籥，委諸榛莽。自公按部，始復絃誦之舊，集泮林而懷好音。岷峨江漢，景物聿新，以河汾之教席，振文翁之雅化，作人壽考，爲極盛焉。公世代巨閥，王父熙宇公以萬曆庚子第二人，高掇巍科，篤學力行，蒸禋學宮。太翁秋水公，東粤方伯，前歷藩臬，如召虎之旬宣，畢公之保釐，縉圉弭寇，勳垂國史。至於傳世詩文，足以鞭箠班馬，陵爍元白。蓋明德之世，有開必先。《書》稱堂搆播穫，作畬與菑，先河後海，功爲獨鉅。《傳》曰：『子之能仕，父教之忠。』公紹弓冶之業於辟珥之餘，宜其淵源之有自也。更介弟翰苑公金馬直廬，銀花院牓，連轡登朝眉山軾轍，豈能出其右乎？·茲嘉平十有二日，爲公懸弧之辰。諸縉紳躋堂介祝，命余一言爲修盥。先余聞三光五嶽，氣合則人材挺生；高山大川，神降而名世間出。古人崇重賢臣，原本於神天而歸功於五嶽，若此其極也。公應期景卲，匡時亮采，天則畀之，嶽則錫之，俾壽而臧，惟公有焉。從此歷考中書，晉陟平格，輔聖天子，億萬斯年。余敬颺其盛，以當臺萊之頌焉。

姚邑侯微言引

竊惟峩峩鼓岫，清風傳單父之音；鬱鬱榕陰，慈蔭甜召公之樹。覩鳳凰之集境，丹詔亟下中都；隨烏鵲以擁車，夾道遮留好畤。佇集與人之頌，永鐫良令之碑。恭惟崧翁老父臺，潔融冰柱，峻拔斗杓。白嶽珠簾，散作河陽花色；黄山仙竈，煉成勾漏丹砂。少年負三公之望，大度非百里之才。試新硎於錯節，理盤結於棼絲。氣扇春風，郊回溫而雉雊；堂懸秋月，釜頻冷而魚游。當竹馬懽迎之日，正海邦多壘之時。錦韃懸弓，給千軍之扉屨；鐵衣佩璲，供萬隊之牲牢。採柁木而造樓船，馳驅峻嶺；捐俸錢而市名馬，飼秣屯雲。累建勞績，用佐膚功。既而耕犂雨足，弦誦風行。正籍邵農，胥鄭因之束手；緩徵革羨，貢賦自爾樂輸。諮保介以來牟，服耕合耦；慶魯孫之多稼，被畛徹原。凡屢豐年，孰非神君之賜？惟兹殘庶，實賴仁者以全。洎乎獄稱平允，達肺石以無冤；法號寬仁，置桁楊於不用。本釋之之持平，識于門之必大，而且造士美於菁莪，作人昭於雲漢。伯樂執轡，追電之跡皆收；匠石運斤，干霄之材自出。由政事而兼文章，以父母而兼師保。更新公署，鳴鼛鼓以赴功；修建學宫，率子衿而鼓篋。湛恩溥矣，仁聲爛焉。兹者晉秩貳守，榮遷江右，叩閽河内，願借恂以無從拒轍平陽，欲攀劉而莫遂人歌。衮衣廳垂，甘露所期，郇雨沾苗，萊庭植柏。流連篇什，比田疇子弟之懷思；宣播樂章，偕葦籥《豳》詩而奏《雅》。其抒下里之吟，以備太史之採，則一言垂於金石，而片字重於琅玕矣。謹啓。

劉母李恭人序

蓋聞禮先陰教，易重家人。在昔筐莒澣濯，閨門之細事，婦孺之微勞，莫不著之詩歌，播之筦絃。而其大者，福家佑國，珩珮玠瑀之間，足以徵顯庸之本，非特圖畫彤管之足美也。余觀劉母李恭人，洵可以風矣。恭人燕冀右族，德性婉嫕，道齊師氏，嬪於名門，芬芳錡釜。遼左翁劉公以前朝勳裔嫺戎事，明方畧，及皈命本朝，著績行間，馳驅粵閩，任折衝而壯敵愾，屢建奇功。恭人左右輔相，交與有成，不啻蘄王抱鼓焉。洎賦《柏舟》，慈幃教範，以相夫者誨子，劬勞匪倦。長君□□綽有父風，以魁梧奇偉之姿裕濟世匡時之畧。協贊油幕，足以當干城之任，而膺閫外之寄，其所以紹遹先業，顯融而光大之者，殆未有艾也。今且四代孫魯，瑶環瑜珥，列於階前。異日文駟雕軒，起居八座，斯可謂德門之盛美，峻閥之流徽矣。兹以季春□日爲恭人設帨之辰，諸親屬命余一言爲修盥先。余聞公殳文伯之母敬姜勤於穆伯之祀，因訓以上下之業，勞逸之辭。吕滎公之母申國夫人教家有法，其子祁寒溽暑，不敢脱巾襪以侍左右，史策稱之。夫樹則于人，享有令名，久於其身，而久於子孫，斯爲之壽。德以召慶，慶必歸之，考德知祥。恭人之緝熙純嘏，比之敬姜申國，均爲朝家植福矣。余因舉是以爲祝釐云。

王總督壽文

今上誕隆駿命，河嶽懷柔，威德肆訖，震疊扶桑之外。八閩海濱暨於臺灣幅員遼闊，咸隸職方，尤念保釐善後，亟須得人，爰疇咨卿士。特簡翁王公總制八閩，永綏遠服。余嘗讀《江漢》之詩，經營告成，則旬宣受命，辟四方而徹疆土。又讀《烝民》之詩，以喉舌賦政於外，東方之役，不得已而遣之。公膺兹寵命，即召公山甫之任也。公度量弘博，學問淵源前者，執筆螭頭，從容講幄之廷，探抉策府之秘。及晉擢東閣，早負宅揆重望，旋以文武經緯，宣撫兩浙。其茂德洪功，浙之人既歌而頌之，禱而祠之矣。及按部吾閩，而閩之人沐膏澤而咏勤苦猶之浙也。閩甫脱兵革，雖枹鼓無警，而魚頳鴻嗸，所在見告。公推誠勤恤，如哺棄嬰，如濡涸轍，撫摩鞠保，不啻入其家而代爲謀。始閩之人苦於徭役，郵符日下，驛騷不息，掾吏之屬，徵索溢額，因緣爲姦，脯資餼牽，扉屨餱糧，比戶轉給，趣相告匱。公首先禁飭，躬行節省，弛征已責，自是《大東》不作，民始爰居爰處，爰笑爰語。痌者以起，垢者以搔，含蓼抱疾者，倏爾手足舉而元氣復也。軍興以來，畸重兵力，抱布貿絲，見攫於市。公申嚴紀律，犯者無赦。卒伍帖於尺籍，而持幢夾戟，不敢與齊民抗。昔廬舍之駐兵者，奉文給還，遷延因循，累歲不決。公刻期清理，民得以寧幹止而祀苾芬，政之害者，無不除也，利者無不舉也。若夫持己率屬，表正影從，百僚奉法，莫不澡練靖共，無敢蕫蓋不餙，以干吏議，而剔蠹馭黠若鋤稂莠，能使豺狼震慴，虓亂衰止，豈待鉅筩而察，桁楊而攝與？蓋公剛柔乂克，張弛合宜，不動聲色，而細大就理。且其睿照所及，不越階序，而四遐之陬，蔀屋之隱，無不洞燭，以故同民好惡，不謁而得其所欲。山藪林麓，絕壤窮裔之人，皆擊轅撫壤，歌頌太平。公之功德，遠播如此。自兹以往，漸摩濡漬，遊於光天化日之下，當何如矣？公異日膺平格之隆，進中書之考，釐圭錫卣，輔聖天子，億萬斯年，以福綏一方者福綏天下。天保罄宜，未有艾也。兹以春王十有四日，爲公嶽錫之辰，諸縉紳受公樾蔭，命余一言以當祝嘏。余畧貢蕪辭，竊比於躋堂之義云。是爲序。

候官李邑侯壽序

國家因人以致治，因地以簡能。地有難易大小之不同，而人得其宜則治。蓋水之積厚，則負大舟，而無杯水坳堂之患。風之積厚，則負大翼，而有培風青天之勢。古今遺大投艱，必藉弘濟長才，辨敏肅給，而後可勝任而愉快。夫以庖丁之技，批郤導窾，以無厚而入有間，遂至躊躇滿志，恢乎其有餘地，況於爲治者乎？吾閩侯官，蕞劇邑也。自公翁李侯按臨玆土，邑之人咸誦神君不置云。侯三晉望族，先世纂述前賢，闡明西銘仁孝之旨，及著家訓《女誡》諸書。侯紹理學淵源，繩武有自，蒞立政敷教，如范之有模，斲之有度，必明體以達用，竱本以肇末。天下之治，未有不由於學者也。侯以明經射策，初筮山左，小試聊城。及攝清源，仁風汪濊，都鄙山澤，式歌且舞，里謠巷頌，連章累帙。遂轉繁劇，福綏閩壤，來莫之歌，有由來矣。侯邑書策稠濁，期會旁午，拜跽俯仰之勞，徵索供億之衆，冗棼填委，日不遑給。惟是俛首朱墨，左律右牒，縈帶輿馬之下。況乎形勢之所格禦，文法之所拘攣，未有不智力盡索者也。侯肆應不窮，絲比髮櫛，細大悉理，念則壤之賦非可罷減，嘗使征督後於綏輯，用一緩二，惠心藹然。至於鄺長胥攢，悉力勾稽，邵農正籍，浮詭屏息。及其聽詞察貌，推讞辨析，不在乎鉤箱以見察，鞭箠以示威，與夫急疾愎鷙以示能，而明允之號，無以過焉。暇則進博士弟子，較試文藝，品藻甲乙，鑒無匿影，揀無遺珠。咏思齊而思無斁，興賢育材，於玆爲盛。夫聖門爲宰，或以鳴琴，或以折獄。而漢之循吏，興學、溉田、種樹、治盜，得其一端，皆足垂光史册。而侯之體用咸備如此，豈非文章經術之效與？夾鐘四日，值侯嶽錫之辰。諸縉紳受侯厚芘，命余一言爲修盥先。余畧敘侯之治蹟，以當躋堂之義。侯指日以治行第一，膺不次之擢。從此功德顯庸，以壽一身者壽天下，非特海隅編户歌《臺萊》咏《樂只》已也。《書》曰：『天壽平格。』敬以余言徵之。

王郡尊壽序

考古刺史守相理官，乂民專郡之權比於列岳。《漢詔》曰：『太守爲吏民之本，所以教化之行，如風之噓谷，泉之注澮。』昔潁川黄覇，召爲廷尉；北海朱邑，入大司農。漢世良吏，於兹爲盛。今上加意吏治，崇奬廉平，與漢重刺史守相同。恒陽諒翁王公，奉簡命剖符晉安，吾閩之歌來莫者，已遍海陬矣。余惟立教敷政，由體以及用，溥木以肇末，必令德豈弟，仁心爲質，而後建之綱紀，樹之風聲，公德足以昭馨香，惠足以濟民生，持重足以鎮躁禦奸，雅量足以茹物納流，定力足以肩弘任鉅，沈幾足以見微知著。治當省會之衝，應酬旁午，書策稠濁，其煩且難，倍於他郡。公絲比髪櫛，細大就理，以靜制動，以簡御煩。批大郤，導大窾，恢恢乎其有餘地也。閩俗喜鬬諍，舞文之徒，譸張牽合嘗試棘木之下。公明察如神，待以平恕無事。深其文致，多其科指，而条於情法之中。微爾辭而蔽爾訟，深得用辟厥中之義，武健之風，漸以衰息。校童子試，品藻甲乙，揀無遺珠。作人壽考，衆咸頌之。至於虚心延訪，謙己下人，汪汪大度，藹若春溫，望之者如玉映孤峰，雲涵萬頃，莫能測其高深。吾閩之人，沐膏澤而咏勤苦，莫不嘖嘖曰：『新朝定鼎以來，太守之治行第一，未有踰公者也。』葢公累代閥閲，甲於畿輔，先世相繼瓊筵，績著中外。太翁銀臺公從龍入館閣，及典納言，望重喉舌。伯兄方伯公曾任閩臬，峴石猶新，公承辟珥之餘，胚胎前業，推治譜而光大之。前者分猷佐郡，譽溢四明。兹爲吾閩福星，專郡一方，宜其爲二千石之最矣。□月十日，爲公嶽錫之辰。省郡諸孝廉，命余一言爲修盥先。余惟讀《南山之什》，次於《魚麗》之篇，其言曰：『樂只君子，邦家之光。』復期之以萬壽，祝之以保艾，而歸本於德音。今公化孚政治，其爲德音深且至焉。余用抒蕪辭，以副躋堂之義。

王郡尊壽序

天生一代名碩，具特亶出類之奇，得造化淳厚純固之氣。而後澤被編氓，慶流宗社。然莫不湅練靖共，宣仁敷教，以爲集祉凝庥之本。所以臺萊之歌，兕觥之誼，往往登之聲詩以紀其盛，則羣奉其德音，而願期於壽豈者，亦以致其尊親之戴而已。仲夏初旬，爲恒陽諒翁王公覽揆之辰，公膏雨普訖，容保無疆。諸屬治郡邑，懽聲湧合，山陬海澨，同時慶讚。省會諸縉紳當燕喜之時，效躋堂之義，徵余以言，余不敢辭。余惟古者吏治首重循良，二千石高第多爲宰相，所以去襜露冕，賜三公服以章有德。然考班固《循吏傳》，如吳公文翁、黄次公龔少卿等，或以興學，或以溉田，或以種樹，或以治盜，得其一端，皆足勒之史策。信乎治效之可睹，未有不鑠於今而傳於後也。公名家世胄，珪重組襲，舄奕於時。先世科甲射策，相繼登朝，剔歷中外，如召虎之旬宣，畢公之保釐，太翁望著銀臺，出納惟允。伯兄方伯公建臬閩省，甘棠未泯。公紹述前烈，接踵青箱，不啻烏衣故里。然公自□郡甬東一麾出守，即以乂民佑國者繩武而元宗，豈非地閥品望，有以使之然歟？公令德豈弟，仁心爲質，至其由體達用，競絿張弛，適協其宜，猶望兖鎮而識靈嶽之高，遊滄溟而知千里之潤。省會幾務繁雜，日不暇給。公左宜右有，澹若無事。抽毫判牒，决如流水。不啻庖丁解牛，手觸足履，合於桑林之舞，恢恢游刃，綽有餘地。若夫察理獄訟，不用峻文深憲，務爲束濕之治，而持平協中，其□其慎。爰書一出，人服其神。校童子試，振拔寒畯，徵鑒惟精。更以汪汪之度，几几之容，溫文和易，寬大有體。輿人謳誦，咸謂本朝開國省郡太守，惟公爲第一云。公應景邵之運，植邦家之楨，指日綸扉，内召入拜三公。宅端揆而秉國成，天壽平格，惟公有焉。匪特海隅一方忭舞於彤幨曲蓋之下也。余敬颺其盛，以當封人之祝。

道山堂後集·詩集卷一

閩中陳軾著　男宗柏　宗咸　宗豐　于侯　仝輯
年侄湯永寬　愚侄祈廣　同校

五言古

題姜勉中學在思嗜軒

黄門挺奇節，誓與龍逢侔。生還荷戟歸，清灡宛淚流。山河倏非故，浩志鬱林丘。遯跡闤闠城，逃名古長洲。結廬治丘樊，褰芳緐陰稠。抱鋤藝棗樹，斐斐素華抽。哲人既云往，手澤今尚留。賢哉二令嗣，愾慕追前修。閒咏蓼莪篇，莫解終天愁。攀枝有餘恫，凄然霜露秋。我過東萊家，獨愛林塘幽。青桐微風吹，倒影波文浮。俯檻臨方沼，足資濠濮遊。輕霏散新絮，衆鳥方嚶呦。孤鶴步煙蔦，忘形同野鷗。捫苔歷前軒，儼然見貽謀。吴市懷門卒，東陵憶故侯。忠孝本天性，作述洵可求。春風沂水上，千載以爲儔。

壽秋庵侄

吾宗推英乂，碩人咏俁俁。姱節步高衢，搏風拭毛羽。紫電與雄鋒，神識窮今古。帷帟藉勝算，戎旃得良輔。樓船蔽海日，五壘開蓮府。虹影隨鐃管，鵝翼急鉦鼓。柳色青油幕，篇翰皆藻斧。偉矣建安才，草檄落如雨。三月鶯未稀，桃花發平圃。走馬過射堂，泛醴藏春塢。遊讌祝東皇，歲歲連香縷。

長慶晤慧則上人

丹霞建浮幢，凡聖同露電。刮破名相滯，詰取本來面。賣弄數十年，張弓並架箭。其地多龍象，盡是佛場選。嶺南菩提種，任性無邪見。師在鑪鞲中，承當分半院。麻鞋到長慶，寶花飛一片。余訪瞎堂來，哺我伊蒲饌。相對話五羊，今古滄桑變。城郭半已非，故老誰堪唁？師昔總并時，適余擁花縣。年少學河陽，徵召乘軺傳。刹那白髮稀，得無心驚鸛。觀河豈窅然？日月難虛遣。若比當時人，頗似靈光殿。老苦聞法遲，藉師指方便。

送昌式侄北上

桐芭始舒華，紅杏已婥約。河干遠行人，舉袂向京洛。矯矯東漢津，高翔雲光廓。北山辭丘樊，結軒出榛薄。惟爾仲容賢，志氣凌六幕。炳靈逸思奔，詞理照金臒。先世累榻笏，接踵直臺閣。紹述藉後輩，大冶鎔耶躍。辟雍講堂開，文舞鼓夏籥。圜橋恣觀聽，學業益礱錯。玉緯垂龍文，更爲吐霜鍔。從此步圭，辛勤問民瘼。

題畫爲九峰别山和尚壽

大道無遮欄，世界少揀擇。心血破沙盆，説法點頭石。波羅五丈竿，祇覺井蛙窄。泥牛與枯樁，聖解亦何益？三月天氣清，林間堆紅白。風和鳥聲柔，日暄草木坼。回思母胎時，畢竟誰主客？冷眼笑調達，庭前長樹柏。撒手須懸崖，九峰如列戟。俯視衆山小，萬態攢几席。

浴佛日梅庵和尚上堂

南訛氣欲來，四月甫建畢。西周甲寅歲，蓮華湧地溢。摩耶右脇生，忽見捧雙膝。瑞草尚未擷，明星亦未出。空手指天地，萬法從何一？雲門會定亂，天下太平日。所以道山側，薰風聞鼓瑟。此道不掠虛，毛錐作用密。苦心障狂瀾，上劑救痼疾。娑羅脱皮膚，林中現真實。佛法少人情，寶劍懸丈室。四路葛藤斷，計較誰得失？一座斗姆宫，彈指成兜率。異香室際飛，隨處聞婆律。

贈朱長儒

素蜺浮清漢，勁風響榮木。抗節蓬蓽廬，美人倚修竹。長夢漆園蝶，竟牧巢父犢。匠氏不得材，牙曠不能録。含味先秦餘，觮槧盈萬軸。吹生嘘枯朽，應物摘疑伏。離堅并合異，恣談頻往復。卷頤戢幽諦，擊扣如灼卜。細者入蚊睫，大者窮地腹。五經藉指南，闇沕忽霅煜。名山信可藏，高音出空谷。

贈黄可範

出門九載餘，彈指成醜老。宿鳥懷舊枝，長風返窮島。朋儕如晨星，林麓半枯槁。兵革尚未息，榛棘復駢抱。訪君南城隅，顔色更翾好。自是古遺民，鴻冥漢綺皓。藤杖手自扶，歡笑忘懊惱。二月新蝶飛，清池長寒藻。桃花百和香，抽跗落似掃。對君坐莓苔，方寸俱傾倒。把酌玩春晨，醉眼向羲昊。

題林洞友畫像六十韻

疇昔學文藝，鼓篋互相資。羣彥俱飈起，爭獻囊中錐。爾能折異同，説古解人頤。長風撼冰玉，蒼吴拂英蕤。少瑜夢青樓，中郎書好辭。築場樹壁壘，建旟開蝥旗。光氣日相射，辰景媚新輝。碌碌卑儕偶，餘子當籍靡。飛揚更跋扈，折蔄雲霧揮。因之戀携手，意氣流素徽。蘭蓝自芳馥，托根俯丹漪。白雪輪心膽，雅律絶依韋。是時方升平，千里罷霜鼙。遊儵沫大澤，宿鳥棲曾枝。活波迴海藻，息岸醉江籬。罛工説鰍鯉，隴畔安耕犂。墉壑刁斗寂，街陌簫笎吹。文章既矜貴，尺蹄達綸闈。噓噏勢駁沓，軼態結瑰姿。楊馬並馳騁，絳灌若嬰兒。我忝金閨籍，爾尚困污泥。騫飛各分翼，寒榮頓異時。神龍伏重淵，哀鳳常苦饑。騄驥瘁長坂，誰與駕皇驪？憔悴百感生，凄然秋士悲。蓬翟守牢落，螢牕傷欝伊。薰園猶黽勉，江筆尚華離。深幃修蕙質，采女隱容璣。君顔仍渥丹，鴉鬢儼纚緇。詎意時局换，荆蔓長山蹊。薜帶本自然，我亦遂初衣。門少接轞車，翟公事已非。緤駟茅茨側，長與鹿豕依。濩落惟驌歌，觀星應少微。君始集生徒，訓詁褰書帷。北面擬河汾，六經藉釋疑。因材隨高下，叩擊皆應機。卻似須彌頂，升座鳴揵椎。海壖戰鼓動，閭左匪孑遺。劒鋋迸野出，箭括隨林霏。挾彈走黄雀，躍馬引曼姬。井廬化焦土，豺虎清晝嬉。烽煙繞邃谷，笳角度寒陴。奄忽數載餘，君始携帑歸。聊從故山下，行行采蕨薇。覆椽刈榛棘，鑿甃近殘崎。小婦供粉墨，大婦奉盤匜。君其理幽素，休論世事違。冷烟幾遷貿，虫鼠盡棼絲。羲和迅如駛，彭眑壽有期。古者濟南生，治書作明師。嵩山讀《周易》，養生餌松芝。桑柘尋舊侣，殷勤執酒巵。脱幘黄公壚，懽噱無畢羈。丁丁咏伐木，竊可被風詩。君子重一諤，哲人輕五綦。試賦滄浪興，傾心箕潁湄。投趾臨香渚，浩瀚憑春澌。鷖鷺枕席間，蒹葭一望迷。窮通任所届，慎勿問龜蓍。

嘯雲上人寄贈新詩次韻答之

窅然自嘘嗒，久已忘湛憂。鶯花轉眼易，倏忽過麥秋。我念物外侶，達生出世流。所思常莫釋，縹渺在三丘。

近聞携杖屨，不住妙峰山。去去十餘里，古德有禪關。羣木蔽幽榻，山雲散復還。江濆月影墜，清光如披顔。

披顔見月影，江流自古今。石戶傍江皋，法鼓虛堂深。纖滓既不留，空有並無心。龕居多薜荔，消息在長林。

不厭牽詩句，優游文字塲。詞意比冰雪，講論歷暄凉。即此具佛智，豈止湯休長？法雨廬阿際，將聞不二方。

辛酉至後久旱不雨

是歲值亢陽，造化失繩矩。冰凝木落時，沸如鬱焦釜。時時摇白團，神志苦呰窳。山嶽繁雲興，金石爍成土。檣烏停浦溆，藻日驪樊圃。蚊蚋帷闥飛，蛺蝶空中舞。負擔役不均，斂錢急官府。禾黍既枯槁，海壖猶𧯷鼓。山中試茗椀，無由浮碧乳。每思澗中泉，傳聲濕如雨。

輓施烈女

桃李喻同庖，死生托齊契。大義粲然明，未許雰雲曀。寒松鬱千尋，女貞勝蘭蕙。黃鵠既少雙，井水波不繼。弱笄度空幃，皎皎歷三歲。中夜忽殞身，斷決無轉睇。就死殊從容，氣節何踔厲？衣帶聖賢書，聞者皆流涕。卑視世間人，大半皆輿隸。

送別林天友

使君貳毘城，恪共守官職。輓漕納秸秸，屢度黃河北。金錢省數萬，只欲恤民力。茂苑與松陵，治辦御糾纆。簿牒有餘閒，開卷誠自得。十年不得調，甘棠遍地植。釋位歸故園，戢羽暫翺息。宗老皆懽迎，村落問溝洫。涕泣念二人，窀穸謀孔亟。負土動羣烏，白鹿止其側。鬱葱華韡堂，佳氣日蕃殖。簪紱先世餘，門閭比通德。忽爾唱驪駒，前谿熠秋色。肅肅露傾枝，迢迢雁奮翼。艱鉅豈得辭，致遠先器識。勉爾事馳驅，攄素定王國。

送陳伯昭北上

恢閎宜駿賞，賢善應旌叙。所以從政才，照灼如列炬。況值賈傅年，治安策盈楮。玉瑲鳴紫霄，黃鐘振飛虡。龍文初出蟄，鳳來方軒舉。省柁清江湄，柳穗蘸遥渚。翹首赴京洛，行將扞牧園。勉矣念民生，因之報朝宁。

遊九仙觀

積翠冠中天，峰勢連鼉極。振衣杖崇岡，晴嵐染巖谷。俯視峻岨小，衆山袖如複。丹竈封古壇，青磴接蒼麓。天苑壯清昊，閎覽窮海陸。磅礴碧漢低，爐香氣鬱郁。仙宅鍾磬落，秀蔄帝房録。地靈秘奇睨，穹崇星斗覆。洞府棲百靈，羣魔應扶服。神光燭金榜，元始灼朱目。虹梁飛觀竦，象闕冕旒肅。虬水涌玉壺，藻井冷可掬。紫虚迎清吹，松風轉謖謖。簷鈴弄餘響，鏗鏘似琴築。羽人棲至寂，孤潔謝垢黷。上藥貯空庭，餉客修野簌。凉生百尺上，熇暑少炎燠。竟日於山際，如承甘露沐。

七夕詞

月弦照戶牖，砧聲響屏幃。白露團如珠，雕鵲河邊飛。萬里天津碧，雙星永夜暉。今夕停七襄，靚粧試綺衣。玉輧畫輪動，雲幄懽情依。誰知回軫急，蕭然下舊機。

重九日道山南陽祠雅集和黃處安張屺園陳紫巖諸子

絳葉飛不已，西風轉蕭槭。山川停戰鼓，野屧城南隙。褰衣蒼翠側，羣英聚劒舄。天界清氣高，琴樽挂雲席。慨想入蓬萊，爲憶南豐客。斯文誠不朽，永勒烏山石。跂首鴻雁天，細覓真人核。龍沙揔泡影，戲馬亦陳跡。俯檻萬象懸，山靈恣遊劇。凉松變秋岑，踈林微雲白。桑落在眼中，陶令醉宜適。滔滔望滄溟，更覺天地窄。

清霜淨天宇，飀飀響山曲。原野光燗碎，遠川煙水緑。寒蟬依林木，輕暾散前躅。開堂舒疏襟，山容如燕玉。谽谺接餘翠，卷簾圖畫足。采采黄金花，尚未展膏沃。近寺碧苔深，鐘磬時斷續。清秋憐鶴髮，殊信日月促。不知筋力異，且覆杯中渌。朋儕結勝會，禮數少羈束。山光晚多態，空巖更欣矚。孤亭澹夕暉，歸陰尚餘縟。

壽爲霖和尚

喝水波濤險，汪洋四瀆津。逆風勤把柁，珍重舉千鈞。用永和尚付囑句高坐曲盝床，任運樂天真。抽釘與拔楔，分明立主賓。大聲振聾啞，密智破微塵。碪椎棄臼落，瓶拂雨花匀。繭足自建溪，離山十餘春。丹雘施兜率，青草一莖頻。妙諦註華嚴，法海度漂淪。近回石鼓座，山川喜更新。還鄉歌一曲，昇平遍海濱。婦孺布金錢，龍象盡響臻。齊讚無量壽，長生轉法輪。摩耶母腹中，曾度億萬人。須知法幢久，毫端悟正因。

贈皎然上人

憶與道林會，桐華小院幽。相對臨棋局，獵獵竹聲柔。老夫走萬里，遠別十餘秋。近聞自石門，移錫道山周。金刹青巒側，香廚花影留。山腰官閣迥，一覽衆翠稠。冷泉洌可飲，奔注無停流。應同雪山水，旃檀供白牛。願作何顒契，微塵悟海漚。

贈王汝言

吾友振衣褐，所畏近榮利。解印携琴往，尺蠖養天粹。晴沙鳧雁遊，香風花萼醉。鐘聲應虚谷，林木浮雲吹。白首趣不減，時復唧情思。常與老農話，歲歲問禾穗。

送景雪禪師之廬山棲賢寺

荒草頭邊路，一望黑如漆。瞎堂具雙眸，毫光現兜率。大用翻空刼，説法超平實。毘盧頭顊上，虚空若憀慄。雲師俊衲子，利根罕疇匹。生來已踍跳，徹悟如鑿軼。大鵬勢欲飛，不同鳥雀唧。嗤笑法門中，大半盲聾質。眨眼與瞠睛，指鳧還道鳦。魑魅坐道塲，誰能張目叱？窮子欲得珠，鸞峰冀成密。假使無導師，譬若處闇室。廬山南斗傍，穹岫高崒嵂。徐君列仙館，婉女撫琴瑟。中有虎溪人，清氣燭慧日。雪峰木毬輥，雲巖獅子出。真味知醍醐，聞香識婆律。准辦草鞋錢，重趼隨兩膝。腰包歷煙水，豈憚風雨飂？德雲應不見，善財条叩畢。

壽坤安叔祖

尚寶大王父，源發崑崙水。時年八十一，尚舉丈夫子。是爲坤安公，早歲稱竦峙。與余同學堂，博涉歷百代。籍籍先京兆，受囑情不已。復與先定遠，友恭篤倫理。甘脆必分嘗，寒燠常問視。作室壯虹梁，庭廡極華詭。公乃躭藝苑，精氣耀長晷。時勢值坎壈，功名如敝屣。衡泌自賦詩，餘音出清泚。今年古稀餘，青松凝素髓。修禊本良辰，佳興涉溱洧。緑草方連延，桃花結紅綺。漱石杏壇中，駢陰蔽林址。小子進一觴，願祝錢鏗比。

立夏後一日社集茘水莊邀楚黃葉慕廬部曹和黃處安

長嬴值芳序，麥秋時始凉。嫩柳綴繁翠，新筠散疎篁。微風結餘響，林籟鳴珠鍠。石徑連長蔓，曙日起晴光。清渠萍溜合，濠濮足相當。荷葉似車盖，次第舒緑裳。迎來金埒騎，情思溢瀟湘。早吟宋玉賦，曾栽召伯棠。高文一何綺，小儒安敢方？脱略少拘束，班荆林薈傍。敷袵論前藻，雄談移宫商。管樂救時客，未厭山野狂。纏綿鬱紆軫，遥情睇霞莊。清琴渌水曲，林塘漸夕陽。

壽鄭友

吾郡通德里，名義何竦肅？昔年識履聲，朱門接華轂。君才比干將，淬礪蛟龍伏。束晢辨竹簡，平一記桓穆。遠績屈時異，雄心局尺幅。靈翼未冲雲，浩志渺孤鶩。仗策從幕府，奇謀若棋卜。銀毫判文牒，斷獄衆咸服。神思湧泉流，下筆乂手速。以斯負經濟，琅玕盡披腹。落落素風飈，曠懷凌四隩。兹值南吕律，恰遇懸弧祝。青女吐明景，秋陽堅百穀。勉爾皎白心，列星開影木。

題施高二節母

融邑孝義里，正氣盪海垠。余友白漁翁，殉節爲完人。宗有兩節母，凝霜徹秋旻。婦姑守寒幃，苦志忍酸辛。凉蛩泣夜月，修白度蕭辰。教誨丈夫子，英概邁衆倫。長稱博雅名，鏘然鳴韶鈞。弘文雲霞蔚，讀書正等身。達官願式廬，名流爭望塵。緊惟慈訓力，鬱爲清廟珍。彤史誌不朽，足以愧簪紳。

送季蓉洲

南交騁丹衢，鬱律雲泉溢。淥水泛輕航，晨川風檣疾。神君爲城表，玉姿比瓚瑟。樫峰翠黛横，絶島微波謐。雷封擁軒綏，甘露如紅蜜。垂簾門階閒，時試江郎筆。應聽蔫于歌，治行洵第一。忽爾言將離，慈母空繞膝。願君開幕府，朱棨耀海日。庶慰父老情，惠和遍蓬室。

壽湛苑叔七十

叔氏揲初潛，今入耆舊傳。觀頤養正吉，福綏饒錫羡。大德信普淖，避名耻鬻衒。銷愁近晚香，賞時采黄鈿。含飴弄諸孫，緑野堂前宴。素交與齊契，頓空人我見。合睦重天倫，隔鄰和四援。明信自章潔，行潦誠可薦。壯歲歌鹿苹，委贄事北面。神明良大夫，華轂臨赤縣。旋鳴宓子琴，種花蒲芳甸。官鑼無溢餘，甑中塵常徧。忠勤撫殘黎，生平塞未變。渤海勒碑碣，名字猶倩蒨。辛苦爲黎元，不合郎投傳。陶令彭澤歸，拂衣辭帳殿。掇擷自幽異，俯仰寓英盼。秋浦蕩白鷗，花艭頻繾綣。昏俗如亂鬌，濁世蜣蜋轉。吾道輕璣琲，習尚專白選。消長戲俳塲，榮林水回漩。坦懷任攘訽，超然離綗胸。已矢煙霞期，不省葫蘆纏。渺視肉食徒，只坐井中見。腰包遊汾晉，山川恣曼衍。安樂當高車，荷衣鄙服袨。茹草差可飽，莫問蠻觸戰。憶昔童嬉時，直至加冠弁。晨夕余追隨，濡首攻筆硯。時對聖賢語，舉目矚萬卷。麟次傍名巒，金石聲朗練。窅映掞天藻，妙思織黄絹。風泉湧白雲，美材鬱東箭。文軸馳子昂，藴籍愛盧絢。盛節勢奔壯，道真更澡鍊。儕輩學修辭，少年多不賤。倏忽成滄桑，晷影泡飛電。余更早投簪，久謝金閨彦。江海悵飄零，逸翮漸飛倦。惟有至性親，白首還眷戀。叔氏杖履健，日長如添線。舊幕結枳籬，呢喃烏衣燕。輪扁尚斲輪，楚丘裘帶便。八月霜紈濕，疎雨秋聲顫。時值覽揆日，德音雅獨擅。考鐘異伐鼓，佳氣臨竹院。瑶圃光烱碎，鶯簧音百囀。綺筵具肴核，仙家麟脯饌。一幅松石圖，親串皆雷忭。小子咏南山，願爲舉觶先。

壽姚虹草

龍眠推勝地，望閥啓冠纓。瑶圃多琪樹，繁星綴玉衡。華年方入雒，草木盡知名。花萼聯珠集，神仙素虎軿。中朝資柱礎，别榻暫干旌。膏雨流輿誦，仁風被海瀛。丹霞開皂盖，甌冶潤香杭。燀赫家傳舊，祥光惠氣清。探春迎嫩柳，命曉報初鶯。願獻岡陵頌，編氓曝背情。

來澤蘭名宦詩

餘暨太僕公，光徽被九區。舊傳毛玠節，典劇皆良謨。昔爲候官宰，太史望雙鳧。鞭箠俱不用，牛車上歲租。藥石療殘瘠，醇醪解饑劬。冷然如秋月，湛然比玉壺。鼓鐘鳴東序，薪槱盛文儒。余家先京兆，叶契情相孚。問民所疾苦，時時勤咨諏。余時初黄童，尚見騶從呼。余友理皖城，與公稱友于。後進附譜末，仰照常步趨。哲人雖云邈，天下欽範模。簪笏遺甘棠，渥水起騰駒。别乘遐荒貴，題輿祖德敷。海陬一何幸，重見雨露濡。公名自不朽，貞碑草木紆。畏壘薦蘋藻，恰與桐鄉俱。應續循吏傳，功德永鏤鏤。

九日閒居和陶韻

茆茨蕭索候，安居足懷生。霜氣衿袖間，冷然厭時名。秋牕鴻影過，南山菊岸明。哀蟬動林景，清瑟雜砧聲。寒英始獻節，白髮苦衰齡。龍沙宴難再，戲馬臺易傾。絳葉馮風下，香萸浥露榮。酩酊發浩歌，可以移我情。放志凌人紘，懶慢本相成。

題羅浮景壽意

衡岳稱佐命，桂樹番禺東。石樓夜見月，一點滄海紅。鈞天響谷口，綵蝶飛洞中。聳勢高華霍，盤趾吸雲虹。春光上翠微，蓬壺喚仙風。長生授神丹，雙燕常騰空。應有青精飯，相期緑髮翁。

喜晤陶東籬

憶在吴閶市，明月正娟好。蒹葭頻停玉，懽如凫戲藻。忽别十載餘，晤對愜懷抱。爾因冠盖客，采幢飛羽葆。神麾沛珠雨，儉歲得良稻。合是旂常人，殊怏彈冠早。雅聽遷鶯聲，不知雙鬢皜。

題吴開士見山亭坐月圖兼祝壽

踐苔如朝霜，皓然甜林趾。堅咢望崚嶒，叢薄列新雉。讀書有深致，逍遥極百氏。觸賞聊縱觀，景曜餘光起。童冠時步偕，亭閣開儵詭。因之吸賨文，更聞餌星隨。蓬萊有神仙，長生留燕履。

松陵晤余不遠

陰涸寒雲升，鷙鳥張疾羽。長橋臨萬頃，零落橋邊樹。笠澤波光懸，煙沙自莽互。百籟更哀吟，晼晚歲云莫。瑶雪淪簾隙，綏綏舞還注。焦光既閉門，袁安更僵卧。桂棹蘭陵來，皎潔照幽素。玩世忘倨傲，平心息贔怒。卮言和天倪，履道常坦步。來往任自然，隨緣得所住。

余君有餘地，往往思戰埸。日臨三尺局，二敵始相當。合圍勢自猛，苦鬬力猶强。差池同雁舞，徘徊似鶴翔。攻刧豈在律？放舍亦無方。有時障塞决，瓠子少隄防。邊鄙敵數入，縱寇在中央。紛挐衆無援，苟貪尋敗亡。余君翻輾然，仗劍不肯降。猶冀桑榆收，寧爲覆亂傷。以此觀倚伏，勝負可相忘。不遠喜棋，以此嘲之

送甘尚卿北上

羃䍥草初長，百華投早春。平沙對晴岸，汀洲回緑津。腰裹霜蹄勁，和風政弭塵。河梁垂柳色，玉管送行人。祖帳歌白雪，川煙起浮蘋。余也忝末眷，夙昔聞韶鈞。荷篠江澳間，矜竦望躍鱗。木鷄誇素羽，噦鳳鳴芳晨。隋珠携在袖，景風賞自甄。三省簪裾列，千章錦繡純。指日彤廷策，賢良比郄詵。

七言古

翁劍士秘泉歌

長谿神仙之海嶠，無數崚嶒與岸峭。高士幽潛桐履飛，掉頭偏向青雲叫。往來霍林洞口開，時聞鐘鼓空中妙。結茆藤村逼蒼嶺，平蕪緑草澹煙照。養鷄抱犢復何求？閒望東皐更舒嘯。步屧山前石罅邊，玉漿湧出如霜漂。似入羅浮初卓錫，淙淙南磵發神竅。昔時湮没無人識，數尺寒水隱藜藋。一經陸羽品隲時，恰與楊子中泠肖。靈芽掇罷爨金鼎，白花浮光眼欲笑。陽崖白屋樂嬉嬉，松聲蘋沫連珠跳。雨腋清風習習來，盧仝七碗與同調。素濤珍重火前春，裁葭未許丹丘誚。

賀鄭甥入泮

吾甥風神如鵠峙，珠玉在側差足擬。龍文虎春羅心胸，月光雲影浮蘭蕊。憶昔太僕坐南省，司輿管劇睢鳩裏。流氛披猖犯京闕，號咷氣盡無完壘。結纓觸柱竞攀□，捐生殉節常山比。白虹燭天烈日昏，光氣熊熊照青史。今知簪笏有甘棠，方信亢宗屬孺子。强項堪傳清白名，家聲應繼梁公美。豐灌隨蟠尺寸株，窮源首泝崑崙水。即看發軔起青藜，院牓銀花自此始。

咏光孝寺松風堂

寶地琉璃射芳甸，修林隱隱寒鐘轉。城南不異雲巖深，紅旛中天照庭院。磊砢擢秀千仞條，布葉凌霜更葱倩。翠盖離離鶴翅翔，清風謖謖秋聲顫。丞相去國如冥鴻，撐支天地無全功。捲簾獨坐上方界，可憐身在洞霄宫。古殿壥墟龍象泣，諸龕寂歷障緣空。安禪閒却經綸手，唱貝收回盡瘁躬。曾憶當時章五上，王室安危全倚仗。涕泗原經動帝容，中興早排和議妄。河北河東復料理，勤王忼慨意氣壯。募兵十萬集車騎，廵幸京都指日望。誰知媒孽有汪黄，乞身罷歸頻海鄉。窮年棲息聽談經，鷲嶺愁猿悵恨長。偃盖陰陰留塵尾，疎琴冷冷半鑪香。何時扶得花幢影，移植高枝鳳沼傍。

贈黄檗清斯和尚

末法横張魔外幔，俳優戲場恣凌亂。拈觔播雨有何奇？盲糸瞎悟互唱讚。鑊湯煮爍蔟如林，業根誰把葫蘆換？刹竿倒却等尋常，衆生正信同魚爛。惟師建鼓斥狂禪，洞然大千夜將旦。善巧方便作導師，抹殺榮名利養漢。狻猊踞座見神通，鰌鱔狐狸盡奔竄。現身應化非偶然，狂瀾巨浸須堤埕。醫王發藥視溫凉，隨方療病絶疑難。能令眯目刮金篦，復使迷頭出冷汗。念昔山下有大蟲，采茵踪跡無崖岸。不是無禪祇無師，一角袈裟拖地看。萬丈龍潭徹底清，五雲山色明如粲。祖恩深重後人知，千聖一絲方不斷。

元宵觀採茶出塞諸雜劇有感

百花吐夜鬬組麗，雲母重叠開火齊。衆星燴燴如連珠，皓月無須愁五翳。臨衢集會隊成行，金石奔飛絲竹唳。時向煙霞泛椀花，盈筐採摘卷零蔕。廣黛輕黄别樣描，清香茶荈飄羅袂。又見明姬出漢宫，手撫絃鞦欲出涕。曲中怨恨倩誰知？惱斷穹廬設氊罽。銀鞍玉勒忽回翔，舞劍跳丸轉踔厲。劍器瀏灕舞公孫，高臺蹴踘畫毬繼。龍盤兔月綺茵滿，氤氲霧裹恣淫裔。君不見，閭閻爨火稀，鶉衣尚自輪井稅。

壽法可上人

長嬴燀赫初暄新，離披萬品閻浮濱。芙渠閃艴敷奇葩，甘瓜朱李如星陳。上遡摩耶方出胎，七步周行現法身。沐浴尼連攬河水，畢鉢樹下逢天神。豈知未離兜率時，一片婆心早度人。始信獨尊天上下，大智光明達八垠。吾師亦降純乾月，一聲囦地種良因。夙昔勘明無相法，日與黄面久相親。白雲西來堆竹戶，萬峰雜沓飛海漘。椎拂錚錚壓衆響，刮磨精犅何艱辛？須知佛恩欲報難，一切緣起那有真？飯龍飲鼠總糠粃，弄線拈絲盡幻塵。惟有向上無退轉，歷歷分明辨主賓。慶快青天與紅日，等閒慴伏諸波旬。吾師應期梅雨熟，依稀雪山無四鄰。焦煙乍曝炎州蒲，滴滴層冰灑落頻。

送潛夫弟之高明任

天南蓊鬱漲溟海，時禽翡翠鬭文采。尉陀自昔控羣蠻，山村野市遺民在。題壁曾經陸賈祠，息侯尚樹將軍壘。青楓岸畔荔子丹。桄榔亭下重雲靉。吾家遍地多甘棠，華轂軒綏草木香。湞水籍籍先京兆，接龍橋邊尸祝長。泊余初筮古春州，復叨觀察高峽傍。十稔風塵遲嶺嶠，却認端州是故鄉。爾領花封應列宿，恰向百粤問耆舊。炎方喜得良大夫，神君特出諸城右。橫浦雄關叱馭樓，大庾峰尖白猿吼。鳶站旂幢捧檄飛，紅榴爛熳開如繡。荒畲斷隴四郊寒，連年征戍徵輸繁。郵傳匆匆符牒促，應知生聚戰餘難。春陵詩思風堪採，惻怛真情一例看。但得循良能保障，魚苗海氣始安瀾。四會聲名潁川比，崇班蒼佩蘭臺裏。東林壇坫藉主盟，一代正人山嶽峙。而今紹遹有光徽，始信纘戎屬孫子。殷勤早植萊公柏，翩翩竹馬環江涘。

送鄭文甫北上

上苑鶯花三月天，滄江早上木蘭船。郎都合奏軒轅律，龍馬還騰翠嫣川。森森青條點林薄，鏘鏘細響鳴繁絃。中和樂職王褒句，甘泉作賦子雲篇。虎頭洲上笙歌發，題遍平康綵紙箋。曲江分賜紅綾餅，政是糝徑楊花氈。憶昔韶州嶺表時，執手分別豐湖邊。故人露草青蒿路，得見郎君喜欲顛。君不見，吾郡孫子長，父子慈恩姓氏傳。而今寥濶七十載，衣鉢相傳非偶然。

寄昌季侄甌寧廣文

白鶴迴翔欲凌雲，黄華舊壘度紅曛。苜蓿盤中清且潔，香氣宛如芝术薰。革履曳聲舊門第，晝省重重勒功勲。羡爾傳家檀瓌瑰，日行千里誇蘭筋。廣文官冷槐宫肅，講幄風高玉屑紛。願比九齡興國日，曲江事業空人羣。

清明日林靖庵黄處安祝林天友壽兼别顧梁汾

芳薈丰茸珊瑚柯，小池春水浮雲蘿。槐火新煙停宿雨，時鶯離合如回波。參差絳棗照花樹，置觴薦壽擊靈鼉。使君頗厭繁華興，暫挂清江白鷺蓑。野王疆記無不有，氣掃六合吞蠡沱。青草依微憶吴苑，其奈驪駒白玉珂。飄絲屢薄桃李園，諸公新韻擬羊何。海棠乍放桐華發，蠟屐巾車寄興多。

壽李元仲

古之義士長貧賤，運去物改爲遺民。苞稂寐歎念京周，匪風匪車何酸辛？天經地義藉不泯，剩水殘山容一身。天子不得友，諸侯不得臣，我觀溪山之奥區，黄連紫氣冠七閩，翠華山色明如黛。靈隱窪樽洞似銀，杖頭閒踏白雲煙。冥鴻遠舉凌高旻，石嵌泉冷花前醉。紫巖青澗無纖塵，著書千萬帙，文藻鬱玢豳。皜皜流雅頌，鏘然鳴韶鈞。戢妙抱密雕緗素，含毫落紙如輪囷。神經怪諜藏靈府，著作源流淩古人。扶鳩適當釣渭年，皓髮龎眉自在春。青史應編高士傳，室遠人遐勞我神。

贈土遹林

慧山東峰挺霄崒，茂林斐雲鬱華薄。江左青箱理舊緘，文章袞袞麗金臒。余昔執經豐湖長，飽飫循聲多煜爚。同披棘院點丹鉛，一尊秋月費吟噱。及聞曲江飛白虹，烈氣轟轟照碧落。時余忝竊在下僚，素仰孤忠冠六幕。使君早承辟珥餘，光大前徽求矩矱。初從楚皖領槐市，藕湖經義刮昏膜。溫麻近喜馭軒綏，宓子鳴琴若鼓籥。佇看璽書褒卓魯，參翊黄圖增式廓。

鄭門雙節壽詩

吾郡接踵多賢媛，清節往往竦星漢。松筠素性美可傳，聲名落紙珠璣粲。猗與鄭門莫太君，卯翼遺孤劬宵旦。程嬰原爲宣孟忠，譬諸委裘植不亂。未忍娶婦先葬親，孝行鄉閭共擊讚。人生大義先百行，《蓼莪》感誦情難逭。天道不可知，芝焚復蕙歎。有婦張孺人，苦志嚼冰炭。學姑無不爲，木葉同斷腕。溫清侍高堂，甘毳惟几案。紡車辟績撫二呱，成人操觚弄柔翰。熒燈風雨閃南窗，霜幃紋杼聲相絆。長君少負濟世資，廉稜高峻似魁岸。藝圃牙籤正等身，早歲利賓遊虎觀。大鵬圖南舒動翮，佇爲家國儲楨幹。煢煢兩姑嫜，一身膺多難。心比百鍊剛，志竝日月貫。昔時飂摇今堂搆，煌然丹臒成輪奐。殷勤作始貽奕葉，福綏綿亘壽無算。崇臺棹楔表德媺，考鐘伐鼓列綵縵。

丈夫鬚眉拜下風，舉此足以愧雌懦。

雨後雅集謝青門宅

昨朝天意蘓羣萌，飄花潤石煙曳鳴。中疇霡霂雲晻晻，垧外懽呼有田更。興居未須占易卦，作歌欲報東長生。今日宿霧忽已洗，物華暄氣欣相并。林巒縟繡千株翠，寥寥遠天回清英。皎日初旭振陽暉，竭來青綺懸庭楹。鹿巾藜杖尋芳甸，凉風蕭颯葛衣輕。東山招我寶樹堂，香蒲樽罍肝膽傾。夤緣直待晚霞出，四座微謡各寫情。

家龍季子槃邀集長慶禪寺劈荔分得笑字

朱光杲杲如洪燎，乘幽出郭恣舒嘯。福地金繩托勝因，重岡北面起崇峭。無數煙嵐靄嵓崒，陸離眩目青翠照。窮岫洩雲翳復吐，繡栭畫拱竦光曜。深殿突兀衆香聞，林葉鳴蟬按清調。紅熒幡影中天颺，問津彼岸寄蘿蔦。丹霞老人法乳深，步步雪山皆草料。時見座下二龍象，况有淵雲擅墨妙。麗藻方逢休上人，翻身筋斗更跱跳。盡日追陪竹院中，緑陰庭靜細雀叫。維時荔子已成丹，絳片神漿火齊燋。臙脂掌中甘露傾，閩南異果誰能肖？昔年遐方貢珍奇，只有荔枝傳密詔。漢武碧桃不足誇，譜入長生姬子笑。衹今顏色年年有，紅塵一騎空憑弔。我輩幸值衰亂餘，烽燧近已銷亭徼。飽餐冰盤白水晶，山野經綸付魚釣。諸公衮衮管葛才，匡時絢采佐廊廟。賸有餘功半日閒，偏向招提供逸眺。戞玉敲金各見長，蘊藉風流稱雅邵。擬將新作過黄初，不比蠅聲並蚓竅。微陽俄驚風雨來，詰朝再訂青尊約。

送鄧君旦之任南平兼祝壽

芳洲素瀨煙艭疾，挂席豁光轉明瑟。沙岸風生絳帳秋，白露瀰瀰濕琴帙。昔年簧業在番禺，北面横經大雅儒。繼述文章著槐市，蘸湖遺訓古爲徒。君今亟上紅蘭渡，九峰天柱指可數。魯國諸生侍講帷，一時桃李成香塢。况君階下有權奇，好辭聲價長烏絲。震爍大名冠京雒，嗚珂門巷復緋纚。壯月繩河無點翳，蠙珠巧綴稱佳麗。爲君高誦《南山》篇，舉觴更祝大椿歲。

壽劉友

希風藴義植靈根，芝草有根醴有源。嗤彼蠅營與蠶縛，考槃築室慕黄軒。瓣香回向法王前，皈依妙湛不動尊。金田香界隨地湧，鐘聲浩浩度朝昏。一色一香皆三昧，婆心熱血護祇園。更得永明雲棲法，二老宗風甘露門。通身踍跳木人笑，四衢衝突石牛奔。何曾擬著壽者相，此心天地共長存。

送鄧惟庸北上

竹嶼森翠如蟰谷，篠簜猗猗出林麓。梧桐今有鳳凰棲，山川蜿蟺生青淑。篤志綈緗著洽聞，思緒雲騫凌潘陸。早歲扶揺上京國，冀北空羣策高足。余憶五十四年前，曾陪爾祖歌苹鹿。世代滄桑幾閱更，巋然靈光堪捧腹。幸覩君赴曲江讌，摘髭頷下何其速？名家不少紅綾餤，公侯之始自此復。

道山堂後集·詩集卷二

閬中陳軾著　男　宗柏　宗咸　宗豐　于侯　仝輯

五言律

過藝圃訪姜勉中學在兄弟

步屧餺諸里，西園碧水潯。石拳成小嶼，葦岸接長林。茅室煙嵐合，雲房花木深。客星曾卜隱，幽壑有遺簪。

花尊臨爽塏，風雅二難並。鎧仗孤臣淚，杯捲孝子情。魚亭分鶴影，鵝館聽鸝聲。更問南曹話，淒然念友生。謂如須吏部也

甘陵訪黄協先適其乞休歸養作此記別

長河秋色裏，葦岸細蛩喧。碧草雙豐社，殘編別墅村。風流懷縣比，絃韻武城存。團露當階白，

頻頻問酒尊。

訪友關河遠，官衙燕鵲啁。披襟燒晝燭，坐漏聽寒簌。莊舄吟方苦，元卿興自悠。天心留薜荔，肥遯復何求？

簾影槐陰閴，寒鴉集訟堂。棄官能遠俗，將母不忘鄉。竟畏王陽道，孤存陸氏莊。知交寥落甚，清夢到桄榔。

爲問花田路，炎荒轉戰頻。亂離經久別，衰白始相親。不分嚶聲唱，還侵馬首塵。莫忘征雁遠，書疏及江津。

和鄭鞠思戶部祝壽

昔年同嶺外，戰鼓夢中過。橫槊君猶勁，垂綸我已皤。長才需管樂，清省重陰何。此日蘇臺上，吹笙樂事多。

送友人北上

離家戎馬日，遠嶼落紅曛。嘯吒曾輕俗，英雄早逸羣。寒江初雁放，秋岸暮蟬聞。挾彈回鞍處，長鞭指朔雲。

煙艓灘聲激，河橋別意悠。射禽開石弩，結客看吴鈎。古驛霜容澹，清砧月影留。他鄉應罷戰，玉笛莫生愁。

西園九日紅梅碧桃盛開和侄昌義二首有序

凉葉雨下，素籥商飈。步屧西圃，眺覽衰林。曲岸疎籬，想竹欄之琴韻；寒煙荒草，聽蘆沼之蛙聲。乃有低徊絳雪，髣髴瑶臺。憐南國之長春，奇葩縟繡；遇末垂之餘景，晚萼鮮榮。啟金蓓于庾嶺，舒新采於綏山。丹蘤擎露，粉靨凝香。殘夢西風，忽作霓裳之舞；蕭辰暮序，竟同羯鼓之催。横笛短簫，唱柏梁於金谷；截肪劚玉，散星緯於璇璣。萬木悲吟，微聞暗麝；一天顚頷，恰值芳魂。鸚鵡喚花苞，非關蝶翻蜂聚；河陽署錦隊，豈假柳陌杏街。倚荷亭而貢媚，綴露井以含光。斯菊月之奇觀，而杪秋之勝事者也。西園主人續廣平之賦，倣西苑之遊。歌以五言，闡兹雙美。愚不揣效顰，以誌海濱佳話云。

粉零紅褪日，蕭摵到秋深。誰意經霜樹？翻成結綺心。朱顔含宿露，月影度清砧。不待黄鸝語，新花已滿林。

黄花休作妬，馥馥盡芳蕤。似向孤山種，曾從鄴下移。落鴻驚曉豔，青女避幽姿。獨有西園賞，陽春一曲吹。

集林立軒池亭和黄處安

秋葉鳴梭日，晴光上九旻。鷺隨花影浴，人立板橋踆。曲沼魚依藻，寒鐘寺作鄰。木蓮猶發艶，裛露濬紅勻。

爲尋彭澤菊，新析盡黄金。碎影浮杯斝，繁香滿客衿。牕雲披散帙，林蔦助芳陰。緑水名園寂，虛檐嶼色侵。

立冬日邵蓉園招飲賞橘

僻徑隱城市，柴關香氣稠。應憐雲夢樹，常帶洞庭秋。寒景移商律，清尊盡白頭。郎兹方沼内，托興在滄州。

南山臨戶牖，朱實自便姍。結翠寒苞重，籠煙小院燀。老來宜舊話，身退合長年。猶見幔亭宴，曾孫盛事傳。蓉翁出其曾孫陪坐

小春二日諸公宴集山園和黄處安

清風開閣待，鳴雀噪山樊。長簟朱絃靜，新詩玉露繁。煙凝修竹塢，客飽腐儒餐。不厭吾廬寂，時時過席門。

淹留欣竟日，通壑落香氛。藤影分棋陣，床頭起甕雲。禮疎成阮籍，莊美愧崔羣。安得如曇礦，籠鵝報右軍。

贈伏陽道者住持冲虚

吾郡伏陽子，辭榮早挂冠。修真勞杵石，鍊藥得琅玕。聚土花千朵，流光指一彈。現身玆福地，都付衆生看。

舊時黄覇井，大地盡黄金。遺蜕雖無見，丹臺尚可尋。虚聲傳錦舌，紫氣出長林。鉛永初成日，西峰片月侵。

送别顧菴湄

海邦迎頓轡，蘭氣浴芳流。元歎琴書遠，涇陽草疏留。高軒方促膝，長浪忽攀舟。南浦晨川急，新春雨雪浮。

文壇矜作述，風雅寄輕郵。去棹嶺梅發，歸驂岸柳柔。清尊遲谷口，英概壯神州。若到趨庭日，言余只敝裘。

雜感

時序屢回薄，寒爐漫撥灰。花窠堆馬埒，越組照輿臺。海曲軍麾滿，村樓夜柝哀。盱心憐杼柚，幾日得歡咳。

園井新蒲緑，酸辛半草萊。徒兒頻作叱，租吏日相催。媚俗金三品，消愁酒一杯。雲雷屯未解，詰屈尚煙埃。

贈蔡中旦移居

三徑初開日，籬門貯月瓢。牙籖隨亂帙，竹榻暖微霄。卜築喬林映，開簾燕影招。應知衡泌樂，無用更塗椒。

高士躭幽癖，深居絶叫囂。波瀾生几席，翡翠集陵苕。赤甲方移杜，蝸牛可訪焦。尚餘抱朴術，金匱著書饒。

辛酉除夕[一]

春來方五日，歲舊自今朝。天已更蓂筴，時初離北杓。雨寒宜衣褐，廚飽幸炊彫。自笑管寧帽，年年對客驕。

嗣紀須明曙，長筵竟夕熒。蚋魚藏秘册，寒鳥甜空亭。瀨石依巖谷，咀花引歲齡。懽呼傳火市，偏照老人星。

羲卦今過一，漸看日月新。鬢同孤鶴皓，心與白雲親。琅史翻銀漏，青袍貰酒緡。來朝百卉發，又是一年春。

熙攘如蟣蝨，紛紛一例看。指囷誰魯肅，主鑄任鐘官。迅晷催流電，衰顔仗紫丹。崢嶸聽熚烞，園竹欲檀欒。

壬戌元旦

蟄振青塗啟，梯榮柳作陰。開軒但一矚，飛霧欝千嶔。顔闔門仍固，袁安雪自深。協風來蔦幕，磵戶學虛吟。

[一] 師大本在『辛酉除夕』后補録『六首』二字。

海錯廻綸入，汪洋禁網寬。提筐捕月蛤，沽酒醉天爨。閒坐烏皮几，頻欹翠葉冠。邇來多雨澤，春至老農懽。

天臘勾芒轉，關河息燧烽。曼辭推太史，寡欲學何顒。吹律能噓谷，排雲更盪胸。梅花開正遍，樹樹盡瓏鬆。

蓽門清課暇，椒酌到縹瓷。有意尋蹊徑，無心問鼎司。發徽彈寶瑟，突思引枯棋。綵勝年年換，編蓬志未移。

仲春三日顧梁汾招集道山書院因見謝斗生爲梁汾擬古寫照及讀二少年壁上新詩和黄處安

屹崪考亭廟，名園半嶺存舊係半嶺園。彥先疑赴雒，文舉正開尊。賓主東南美，春山草木芚。清談叢桂下，生意到籬根。

僧繇稱妙手，原有點睛長。今古皆堪匹，風花自作香。青山來坐榻，新調協幽篁。何意紅顏者？論交屬老蒼。

社日林天友招集道山書院

雅集燕初臨，階庭塔影深。晴曛舒秀嶺，英蔻翳中林。細蝶參差儛，遊禽下上音。宜春堪共酌，潦倒短長吟。

海澝烽堠歇，卜稼祝禾囷。詎擬枌榆會，翻多湖海人。高臺宜纍石，白首惜良辰。爲愛山莊景，頻欹烏角巾。

磵戶日華敷，墻陰起曙烏。岫容長絢麗，客袂正紛吾。簷鵲鳴朱院，江魚入筍廚。登臨鳩杖健，索笑摘花鬚。

陣陣東風曳，相將步紫苔。鶯梭翻柳線，蟻酥漱仙醅。坐雜漁樵話，人誇庾謝才。緑茵芳草遍，排闥白雲來。

贈九仙觀石德通道士

萬石家風舊，金壇道訣真。鳳雛丹穴出，鶴影白雲親。禁蘗開瑤水，香園斷苦輪。訪君青島路，薜荔引山茵。

兄弟成仙易，鼇峰勝境留。牙籤翻秘牒，玉局侍朱旒。冷甃寒泉滴，長松翠幄稠。風箏鳴殿角，掃地卧青牛。

朝輿侄新建南陽宗祠原係少卿一水公道山草廬故址作詩以美之

卿月承金掌，歸田半畆餘。可憐廉吏隱，僅得草廬居。戎馬長叢棘，名山悵負岨。誰能追祖德，重整舊階除。
燀赫家聲遠，恩波錦帊重。介珪傳累葉，薌氣上諸峰。對岸平沙鷺，空山古寺鐘。丹青憶遺老，盛代幾人逢？
昔年誇谷口，今作大宗祠。禮樂衣冠舊，春秋饗侑宜。畫梁來燕雀，高構藉弓箕。韋杜城南地，悠然劍履思。
創建功誠鉅，山光積翠深。青岭連鳥翅，幽壑薄城陰。祖笏堆床永，蘭羞薦俎歆。公侯宜復始，作述凜遺簪。

冬日同黃處安謝青門蔡中旦湛苑叔訪林克溥克千兄弟賞梅花

幽巷尋清客，花陰香正濃。微紅方沃日，弱挺更凌冬。紙帳餘喘動，書籤翠影重。雪牕兄與弟，才調擬鸞龍。
琴聲出壤室，二陸悉珠胎。盆盎遊魚樂，階除啅雀來。芳林臨綺薄，小几淨雰埃。客醉香醪嫩，狂吟東閣開。

訪惟諍和尚舍利壑

石鼓盤紆徑，青林半壑分。尋梅披嶂影，憑檻望江氛。籟向諸天寂，音從空谷聞。始知聲色外，義諦自離羣。

與師同甲子，各有未生揃。念我塵勞日，皆師禪定年。嶺松舒繡薄，山聲發清煙。扣擊鉗鎚落，滔滔智慧泉。

初夏集莊耻五容園時杜鵑尚未謝

失夏迎修景，蒼蒼緑一園。叢篁連桂橑，遲日捧花根。茶藹方坌涌，山雲任吐呑。應多庚謝客，戀影落青尊。

玉友猶爛熳，無數麗星繁。赤玉瑶琴軫，空山謝豹魂。嫩紅翻紫電，剪緑薄軨軒。未覺檀心減，猶留脂涴痕。

立秋後二日黄處安招集荔水庄看蓮午後微雨分得齋字陶字

蟾響動高齋，荷香近水涯。新秋炎未謝，衰鬢興還佳。池雨花間隰，林篁鳥語喈。風來羣木杪，休厭酒如淮。

羣公銷暑日，適興似觀濠。白雪敲松韻，雄譚落塵毛。紅蕖交葉密，玉淑細蛙嘈。爽氣虛堂起，披襟散鬱陶。

贈張惟奎

里巷通名舊，賢聲見仲容。鏡中神銕巧，肘後秘書封。觀色如周廣，精思比胤宗。多君救世術，事業一節從。

壽王友

蕭梢金鐙上，自昔五陵豪。推手彈寒笛，垂條醉緑絛。白頭扶杖穩，狂性寄懷高。還似少年日，清風落麈毛。曾孫稱壽讌，却進幔亭觴。階長新蘭茁，巢棲舊燕梁。駡人成董史，諧物近蒙莊。但願携佳醞，時時喚客嘗。

七言律

同徐耀庵黄九煙趙且公錢均曆過姜學在齋頭小飲和耀庵韻

霜日荷池叫蓼蟲，相逢恰俱古壺公。試看白袷名流在，遥憶黄門隔代中。鶴跡幽林頻度磴，松陰滿院欲吟風。分明吴苑桃源路，石上横琴雅調同。

壽沈聖符八十

俊廚月旦重諸生，黨籍曾高漢室名。茆屋籬根紅樹老，漁潭江岸釣舟橫。松林新月侵春草，笠澤閒雲落酒瑺。南極老人星正爛，磻溪應有玉璜迎。

和李山顔六十自歎

吴江楓葉正飄零，白袷相逢眼倍青。墨石未遑勤瓦卜，東方無用著鴉經。松筠擁護千函帙，藜杖周游一草亭。浩刼餘灰存素髮，幽棲長藉北山靈。

鷦鵬上下任逍遥，獨立高竿百尺標。虹跨長橋迷極浦，雲開笠澤擁廻潮。文章垂暮江關動，杯酒論交塊壘消。共掇黄花籬下醉，晚香偏向雪霜驕。

隱居早已著潛夫，雁渚鷗汀自在娱。但使清如三徑在，不妨貧似一錐無。車中自是衰時鳳，階下偏多汗血駒。據膝持頤塵世外，應知抱道與天符。

昔年度嶺不謀家，萍鹿歌聲遶翠華。淚漬宫門悲蔓棘，塵封劍氣暗銅花。陣開奇正惟棋局，人在滄浪有釣車。出入五湖煙水裹，對君疑是泛仙槎。

雪灘村居和徐曜庵韻

江靜橋横問道庵，東園可有徑三三。一柯玉斧成樵話，數卷新詩作雅南。古廟依稀莎草近，澄潭上下釣綸堪。五湖宜與高人共橋邊有三高祠，爲到菰蒲一駐驂。

壽林振衣都閫

桑弧此日試桃弧，溵水金山入畫圖。鎖院姓名連二第，中原財賦重三吴。星纏寶校飛天駟，日暖蝥旗拂曙烏。鄰相關中輸轉易，應知萬斛接雲艫。

倚劍長關早棄繻，曉風畫角領魚符。五茸草色鳴金勒，三泖湖光醉玉壺。鈴閣繡圍霜氣肅，緑弓白羽雪花鋪。南山一曲歌聲沸，挾纊軍中動地呼。

寄崇安藍素先

洞口閒香長杜蘅，荷衣數片御風輕。蕭蕭墜葉牕櫺下，澹澹微雲篋笥生。木末一巢懸漢渚，溪流九曲泛瓠笙。十年未問維摩病，蘆荻秋深夢想傾。

六時淨業結伽佗，無恙青山帶薜蘿。紫褥紅裀青讌少，石經珠像暮鐘多。差肩玉女留梨頰，牽荇潭魚出水梭。惟有更衣臺上月，蟲沙人世任婆娑。

九日登高

去歲登高河朔地，東歸今日是新豐。偶鋤草徑方謀築，回想車塵任轉篷。遠水層崖青眼落，衰蕪寒葉夕陽紅。誰教牧馬天南路？却似蕭蕭玉塞中。

天氣初晴風力微，叅軍帽落事全非。平原縱獵韓盧勁，瀚海巖關蜃蛤稀。濡露林臯聞鶴淚，凉雲秋影傍鴻飛。餐英本是延年術，白首猶堪把鞠衣。

壽衛公叔

青編曾借鐵函留，瘦頰丹心據上流。搦筆只容雲覆几，畫灰剩有雪盈頭。寒燈花穗遲殘局，小艇菰蘆隱故侯。家世相韓休更問，長生且學赤松遊。

方轅憶昔馳京洛，玉勒香車事已違。白露蕭蕭侵素壁，西風嫋嫋度寒磯。藜牀踞傲頻繙卷，芰服蹁躚早授衣。飲醴采芝煙客慣，何妨長茹北山薇。

移居第一山房

茅楝松軒翳碧苔，古今幾度白駒催。一山氣接烏峰石，二塔光生長樂臺。宿鳥方欣晴日動，青巒還喜主人來。更誇何遜揚州興，香噴枝頭見早梅。

嶺徑嵺嵺最上層，雲端木杪見崚嶒。投林喜似淩霄鶻，擁褐閒如退院僧。掉尾當看新濮水，種瓜何意舊東陵。一瓢樹上粗安穩，白雪青巖興更增。

栩栩無心夢蝶胥，薜幃常對一牀書。重林曉露侵衣桁，叠巘青蘿拂草廬。籬竹蕭疎隨意緑，鄰鐘鞺鞳入牕虚。華門晝掩來賓少，却似鴻濛鹿麌居。

虚空簾牖近蒼垠，雨後晴山鵲影翻。時值干戈偏養拙，性躭丘壑厭聞喧。花間曬藥香生砌，石上彈琴雲出門。讀史有時功課罷，右軍一味更娱孫。

晉安懷古

止戈堂上沸如雷，曾見蘄王飲至回。威武樓船誰轉戰？景炎宫殿只塵灰。五雲虚閣仙踪幻，半畝方塘劍影迴。惟有鼇峰千仞上，朝朝青翠傍山間。

三清臺閣碧雲椽，龍惱諸香寶鼎然。誰意大還丹未就，致令太上像空懸。歸郎夢熟紅綃裏，春燕恩深畫棟蒯。觀察版圖何處是？屏山芳草尚芊綿。

上元日長樂臺觀燈

只聽四隅鳴社鼓，不知百里動霜鼙。漫誇殿上長春曲，欲取懷中明月梯。遠燒疑從天外落，危峰似向塔前低。凴高極目浮雲淨，千炬光芒照杖藜。

和嘯雲上人知足韻

浮幢華藏一真身，不是乘虛鬬勝人。卧棘投鍼空作力，餧魚飼雀未傷貧。瘻瓢勺水隨緣滿，幽谷枯椿自在春。精進政當年少日，浪花住處郎知津。

送友人北上

青莎白舫望如何？千里煙波送客過。閩嶺榴紅如芍藥，吴江菱影似纖羅。蕭條關塞餘殘壘，轉戰山川乍枕戈。自是刺船多忼慨，河橋尊酒淚痕多。

春日訪友人山樓

遲遲春日到華叢，縱目山樓寄興同。叔寶瑩如珠出匣，沈郎清似月停空。爐前香茗消閒晝，檻外繁花向綺牕。惟有海棠偏作妬，紅英半落綵雲中。

仲秋山園梨花盛開

玉顔澹瀲吐幽姿，偏喜秋風葉下時。豈有黄鶯啣落絮？却如亂蝶舞曾枝。叢林晚蔕能欺雪，獨院新粧不畫脂。廻望孤輪河漢上，一團珠浦占巖陲。

淒淒風露濕簷牙，且把梨花伴桂花。悔向玉盤誇箭谷，翻從明月泛仙查。蟬鳴木杪香初散，兔上天中影未賒。清白自知難比並，冰魂秋嶠澹煙斜。

和吴庶常咏其祖諤齋大中丞崇祀名宦

儒雅風流重昔時，鏘鏘鐘筦載芳規。校營部曲留襦袴，魯國諸生起寤思。刻石講堂師氏法，垂名大鎮魏公祠。冶城帥節餘衣帶，恍彿襄州墮淚碑。

憂國勞民盡瘁魂，庾樓參佐幾人存？榕陰日沃繁花滿，溪語煙深古木昏。簪笏甘棠懷舊業，禁闈彤管識淵源。鸞臺相代尋常事，繩武欣看祖德敦。

壽林平山

屈指京華四十秋，軟裘快馬曲江頭。浮名我已輕槐螘，適意君還狎水鷗。湛露灑庭河宿爛，涼蟬遶樹管絃悠。况兼並蒂芙蓉發，偕隱還看霜葉稠。

平臺問答尚初衣，絳闕承恩露未晞。石鼓湖邊迎皂盖，錦帆徑畔望春暉。誰將碧柳開莓徑，只見幽人下釣磯。禾黍油油殘夢在，桃源漁父莫教違。

西峰雪牖冷雲深，馳突彎弓塞馬侵。蓬蔚蘭陂聞畫角，戍亭烽火逼長林。縱然貔兕橫行日，不亂蛟螭偃卧心。白眼任他騎士過，冷然石榻自虛吟。

褰裳久已慕黄軒，半在城西半在村。澤際鸕鷀飛草舍，林中鵾鳩噪丘樊。奇花盤谷神仙現，老樹樫峰鐵幹存平山常遊梅溪。秉耒儘堪延歲月，不須再訪石山源。

風條雨葉見秋稜，菊圃霜深晚色增。鑑水臨池推賀老，北山讀易擬孫登。歌隨嬴女顔如雪，宴列曾孫酒似澠。自是玉京多勝會，一堂讙舞即迦陵。

和黃處安移居

小築幽棲秋草閒，書籤藥竈未教删。似遷赤甲東屯日，更訪潯陽谷口間。掃徑張琴寒杵急，褰幃試墨白雲還。從來石隱能成癖，不待移文有北山。

古巷城南仲蔚家，當窗新竹綠筠斜。侵霜不厭雙蓬鬢，遶舍還栽並蒂花。座上蟻浮頻醉客，江頭潮落九廻車。近聞笳鼓聲初偃，草榻應無煙霧遮。

九日登隣霄臺和壁上韻

紅亭酒幔幾時消？只見天高度碧寥。皂帽却從絳葉落，裌衣更傍白雲飄。秋畦稼長東南陌，人跡霜深大小橋。自是煙岑多勝概，山椒繫馬欲籠霄。

贈何天衢閫戎

蠖伏龍蟠應待時，將軍進退恰相宜。覇陵醉尉休輕叱，定遠通侯會有期。錦韃弓寒馳朔馬，柳營月皎照朱旗。知君本是金壇客，大別山頭間氣垂。

韜鈐上將石公書，醉眼曾乘小鹿車。武庫論兵多妙畫，廣場破陣未生疎。蘆中嗌雪千秋意，鞘裏敲金百鍊餘。况是霍童碑頌在，扶笻爭望佩金魚。

歲暮久雨

歲晚青塗已漸過，深湍激溜灑巖阿。四時灰琯循環易，半畝畦蔬灌溉多。竹葉銷寒如燎火，松林奔瀑思飛梭。野人早辨椒花頌，閒倚風前舞綠蓑。

庚申除夕

數樹紅梅浣濯鮮，臘寒匝月雨風天。亭亭峻址扶藜濕，寂寂青山坐榻穿。茅徑每來千壑影，丹鉛時染百家編。漫言新賦如麻竹，酒脯酬勞有謫仙。

近聞白氣干天象，野老昏昏只醉眠。斗酒團圓秋稻熟，家人笑語燭花偏。公侯甲第朱門幻，勝負人間博塞旋。閒倚綠牕聞瀑竹，爐中商陸待餘年。

草咽絲煩任舞筵，羡魚何必苦臨淵。早知鳩性能呼雨，不記鼋梁欲濟川。謀得火山良夜放，携將鐵硯錦文鐫。春來種竹須千箇，密篠長竿碧玉椽。

居山不用買山錢，蠟屐巾車自在緣。蓍策已過周易卦，松心未負歲寒年。皂衣侲子俳人局，禄閣青藜老杖煙。換取桃符蓬蓽戶，長林先設百花氈。

辛酉元旦

柏銘初進玉蕤醅，石鼓遥岑密霧堆。黄潦奔飛浮石壁，繁聲滴瀝注亭臺。芸香緗史閒挑蠹，皓首衝泥爲看梅。儘日山莊無客到，小欄杆外嶺雲廻。

淋鈴相續似瀼濆，榾柮喂寒任我真。蟄戶始開思解凍，林枝含濕漸偷新。一簾疎榻聞幽籟，十畝青山長緑筠。松樹鶴窠茅屋下，春光只在竹皮巾。

天山成遯揲爻靈，首柞高懸處士星。覽鏡自憐雙鬢白，開簾長傍一山青。草衣盡是峰巒影，懶性寧分鵬鷃形。新韭春盤循舊俗，手披玉宇誦黄庭。

鄒生吹律始昭陽，只把長竿當笏梁。松下浪花穿石亂，丘中雪調引琴簧。且看彭澤來三徑，無用靈均作九章。籬犬塒鷄生意足，山翁情性近羲皇。

乾清選侍出宫門，熹廟辛年政改元。稚歲頗能聞國史，老民猶會憶前論。主張社稷虚羣策，叫號邊疆悵五原。獨有山間功課在，種瓜親自灌南園。

元旦次日久雨初晴

連峰衆壑捲長雲，石路初開錦繡文。翠陌新烟浮霽色，平沙遠浦落香氛。坐隅㚐㚐林陰曙，灌木關關鳥語聞。處處緑緣垂細柳，托根尚自愛朝曛。

飛簾已自寢神鞭，萬象昭回此日鮮。青綺羯來奔瀑去，熹微方展鬱華連。疎林桑柘開青岸，藻鏡雲端挂碧天。遲日徐看筋力健，扶筇須占馬蹄先。

送莊恥五赴選

長日汀州錦纜牽，桃紅嫩色艷陽天。清潮駕渚波流渌，重嶂排雲鳥影翩。鐵馬絳旗傳虎節，玉除丹陛拜鶯遷。念余白首漁竿客，遥指河梁細柳邊。

擁傳邗溝直節聞，甘棠勿剪楚江濆。昔年露冕開珠甕，今日鳴舲度朔雲。遠騎遊絲方颺舞，畫輪芳卉共繽紛。應知千里青春岸，極目蘅皐送落曛。

壽林靜庵

金壇笳鼓雜歌伶，平仲深山曉夢醒。閒煞木牛斜谷道，敲成鐵板白雲亭。間關鶯語來花逕，歷亂魚罾作劍翎。醉尉霸陵休叱侮，少微早伴老人星。

闔閭城下幸相從，鶴市鷄陂遠寺鐘。縱酒欲吞震澤水，開鐙常傍虎丘松。歸來幽巷無喧轍，合耦荒畬有老農。歲歲蔣山碑碣在，秦淮明月聽華封。

重九日

山中無日不登高，偏到深秋氣概豪。閒汲清泉堪灌圃，只餘白髮可簪蒿。輕飈颯颯吹繁葉，遠海濛濛起素濤。留取陶潛籬下菊，一羣香艷冠花曹。

一天霜雁過寒皐，晴霽山川對縕袍。節候每驚人易老，杖藜還喜興如慆。飽看稚子擎殘帙，獨少山妻紡落毛。戲馬興亡徒積恨，不如斗酒更持螯。

讀王友人豫章新詩賦贈二首

仲宣才調重當年，碧嶂重巒蘸臼鐫。輕檝隨潮驚嘹雁，羣林結暝噪鳴蟬。魚龍潛嘯長谿險，關塞蕭條冷戍連。携得滕王高閣賦，錦囊裝束百花韉。

江皐遊客弄青莎，千里風煙白雪歌。樵曲橋邊流水渌，鬱孤臺上白雲多。平川漠漠廻湍咽，宿莽離離振策過。獨怪開襟茆店月，苦思偏欲擬陰何。

辛酉長至

久熯猶然氣鬱攸，中天朗月似搔頭。非關慣習炎蒸俗，幸免新裁粹白裘。緹室未須噓暖律，山農何計祝來麰。近聞瀚海樓船上，爭欲衝潮取徹侯。

針刺從無錦繡投，岸容山意洗閒愁。時看野燒雲霞烘，獨對柴門几杖幽。入夜星辰多拱北，守關將士尚鳴萩。優閒誰似漁樵者，重疊兒孫互勸酬。

寓吴氏鹿園

當檻雲影擁書堂，移坐花陰肅氣凉。荔樹夕陽聞啅雀，莎階秋杪更鳴螿。紅魚儘日穿萍過，碧沼連朝積雨長。地近海門煙月冷，西風蕭颯起寒霜。

南國江城玉露寒，林間落木未全乾。菊籬隱隱含英露，梨實垂垂醮水團。紅葉作花來雁影，錦鬟上髻鬬鷄冠。名園况是鳴珂地，遺笏甘棠片石看。中有英石係襄惠督粵所貽

清音洞

臨流積石激湍鳴，素瀨瀠洄天外聲。水碓逆奔如噴雪，洞門悄坐似聞箏。擬同井渫堪逃俗，便識清名欲濯纓。誰使泠泠長不斷，一泓端欲勝蓬瀛。

石門寺訪如幻上人不遇

靈宅嵌空黃葉堆，羣巒奔峭寺門開。錫䤕虛挂長林閴，玉洞環扃宿霧廻。宋代衣冠餘石馬山下李葯溪墓，梵王宮殿半蒼苔寺近被燬。五臺約伴盤跚坐，繚白縈青四望來。

一徑青蕪鳥雀嘈，萬山秋盡冷風號。泉流古澗雙魚躍，巒列危峰五馬高。客袂排雲穿薜荔，嵐光積翠傍林臯。洞門一擊空中響，塗毒天然建鼓鼛。

玉泉寺

城西晴日過平疇，碧漢穿雲最上頭。法乳欲來緣石棧，丹梯隨接到林丘。半天笙瑟風篁亂，絕磵璘珣冰雪漉。野袷獨行尋法侶，皎然詩思本名流。

真源懸坎出重幽，罄折泠泠玉屑浮。空谷月明秋色皎，孤桐風瀉葉聲悠。兩峰拖黛垂殘照，半日夤緣得勝遊。香刹簷鈴花雨散，應須鵠里問根由。唐獨覺禪師鵠里人

中巖寶華寺

亂石蜂攢萬態俱，長江帆影逐飛鳧。安居塔上慈雲護，天柱峰前碧漢孤。虛洞牕開懸地牖，寶巖花發落山隅。古鐘一動清羣籟，許證三生髻裏珠。

後巖寺

樵響深林灰徑斜，攬裳紆嶺度煙霞。叢菁古木盤鼯狖，羣峭空巖列齒牙。石種蟠桃留勝果，洞垂雪乳挂清霆。一僧七十如嬰孺，閒看芙蓉紅白花。

壽吴他山七十

絳韝紫綬舊中台，累禩清流海水隈。薙草移花皆事業，開壇埽葉盡風雷。時臨短榻看龍卧他翁住龍卧山，閒坐清渠待鷺廻。沙嶼煙波蓬島近，還期老蚌捧珠來。

鼇江懷古二首

李彌遜號筠溪，以忤秦檜和議罷歸，隱居濂湖，有擬一泛舟追范蠡詩。

妖狐當路日昏霿，屈辱仇讐似啞瘖。直筆難回當宁意，北轅空弔老臣心。三生石上看花霧，萬頃煙中狎水禽。當日泛舟追少伯，五湖風景費長吟。

鄭思肖號所南

社稷淪亡未肯休，畫蘭無土爲誰憂？山川有夢孤臣淚，所南詩惟夢宋山川禾黍興歌故國愁。智井鐵函留史牒，寢園玉椀只荒丘。蘇臺浪跡題寒菊，長望天南泣楚囚。

壽郭蓮峰

春秋兩度附茵憑，四十年來幾友朋？王素原爲真御史，邵平本是舊東陵。馱笙載酒花間曲，鼓櫂隨風海上菱。漢史若編高士傳，商山遺逸有同稱。

大生侄自山中遷還玉尺樓居和黄處安

何處谿山載舫來，一條玉尺赤虹開。巾車舊業留書簏，琴瑟餘音出草萊。關塞初停亭障戍，階庭數舉掌中杯。紺瞳素髮還稱健，似奏梅峰鐵笛回。

西平泮壁正英年，簴業曾拖五嶺煙。海外文章浮島嶼，炎荒尊酒共雲天。佩魚未遂題華省，避嫩猶堪慕昔賢。幾許滄桑人不改，相逢應識火中蓮。

和黄處安咏其先人所遺宋硯

雷電舒光璧水浮，媧皇剩石小池頭。摘星曾説端谿種，錫土應誇即墨侯。落翰風摇裛露滑，拖煙雲曳錦波流。珍藏每憶趨庭日，力穡還看播穫收。

几筵灑埽讀遺經，呵護光華素篋扃。噴沫衹堪題白雪，臨池恰好寫黄庭。紅絲胞絡神工巧，巨璞羅紋禹鑿靈。乍得新詩凌彩筆，披吟如見子西銘。

和曾訒庵半圃社集即事

修篁布席餞春還，稽阮風期對酒閒。丘壑情深宜老圃，賓朋座滿比香莆。莫林急雨虛檐下，深巷幽禽古樹攀。我愛廬陵經史富，應多詩賦動江關。燕雛午幕喜新栖，簇蝶枝頭栩夢迷。籬枳開園脩古梗，江魚入饌作金虀。竹叢招隱多蘿薜，霧眼尋花半杖藜。鶵唱不煩喧硐戶，一林步屧欲衝泥。

登鼎峰樓望城中三山

旭日凴軒縱目長，綺疏鏤檻倚青蒼。星纏牛女開崖崿，劍插雲霓落井疆。絢麗晴煙丹巘合，玲瓏玉樹洞門香。躍龍覇業山川在，曾説神仙捧寶王。雲屯紫蓋甸光浮，四境清和正麥秋。歐冶城頭連翠壑，南溟海畔結炎洲。喧囂闤闠榕陰滿，寂閴山阿戰鼓收。欝崒三峰襟帶出，影分醽醁唱觥籌。

壽林常薰

吹葭已過日長舒，暫爾猗犴御笨車。院磬塔光山畔篠，林風月影枕前書。嶧桐自足抽清角，金鐵猶然射辟閰。知是韋經傳亞相，一杯先祝碩人居。

憶昔紅顏結小襦，大年詩賦古爲徒。雄詞旋綴朱衣格，浩氣閒披赤縣圖。銀管彩毫新著述，紫車畫省舊訏謨。編蓬不數麻姑酌，巾拂餘香覆雁壺。

咏吴讓公樂真閣題畫和家椒峰

嵚岑側岸白雲隈，横黛浮巔倒影來。麋鹿應尋張氏宅，鸕鷀常伴子陵臺。林軒籠檜花窠密，谽閜清虚翠幕開。傾洞風塵原不管，西樓金谷莫相猜。

峭崿廻環遠近山，五湖煙水幾重灣。巖陰反徑扶藤險，江曲寒沙落溜潺。羣木幽香堪入榻，諸峰晚照似披顏。愚公晦跡生涯薄，南嶺樵歌任往還。

柳陰極浦抱琴遊，劚藥歸來野渡頭。溪鳥數聲蒲稗出，雲帆十幅玉虹流。浮家終載鴟夷去，黄鵠偏從綺李求。日在畫屏春色裏，讀騷更欲倣前修。

贈林士眉母舅之潮陽

荷香鋏影散朱芬，白坂輶車起韡雲。溟漲水鄉浮蜃現，岧嶢翠嶺老猿聞。凰山思繞巖中樹，蠻瘴煙停海上軍。此去若逢賢太守，整襟細讀鱷魚文。

和阮二陟自壽

望眼鶯花自解愁，風塵澒洞任繆流。軟紅柔緑芳菲競，銀燭春星爛熳遊。已辦負鐮過小圃，願將搦管比長矛。游絲羃歷籠罨戶，舞弄東風卒未休。

成績何須紀太常，人情偏向澹中嘗。塞笳乍掩蜚鴻集，海戍初停野老狂。木椀瘦瓢生意遂，史屏籤室記書長。君家舊有胡麻飯，好佐花前九醞觴。

鬖鬖碧柳愛春遲，社燕江花共一時。宣子長林常好易，嗣宗青眼似觀棋。守貧無慮還生𧎚，坐策難言更逐麋。回憶生身勞震夙，閉關細讀白華詩。

異木上人住持神光

竿木隨身到處宜，還家如洗笑無錐。傾湫倒嶽螭龍種，弄瓜張牙獅子兒。古鏡有靈光閃閃，青山無恙草離離。香浮茶熟重叅叩，蕭槭西風葉下時。

吾家京兆護鷄園，香草拈來竪祖旛。誰意桑田翻刼海？平填馬矢積山門。一燈嗣續紅輪轉，半院承當坐席溫。揸拄傾頹良不易，藉師踢倒破沙盆。

喜晤林殿颺大行次韻四首

四十年來禁蘗春，相逢鬢雪古遺民。寒鳥曲枅心還穩，剩水殘山眼倍親。緯逼少微纏紫洛，影彶巨闕隱青鱗。河源遥憶乘槎使，淚滴銅駝蔓草塵。

自隨綵仗傍花衢，南院東墻噩夢俱。玉笥曾題宗閔榜，銀袍只換管寧襦。山河刼内枯枰度，日月空中駿馬驅。無恙靈光堪一笑，酒酺應拜汝南壺。

誰將往蹟問桑田，長向欹崖側島前。谷口藏身宜自放，仙人辭漢已多年。武陵正好栽桃樹，湖曲還傳賦剡川。却羡炎方來杖屨，輪囷肝膽薄雲天。

金峨赤堇控扶桑，落落晨星燭夜光。鳳翽狐嘷憑往復，鷗飛鶚笑任低昂。玉魚秋老冬青樹，旄節霜深北海羊。野老喜逢同調話，振衣千仞傲穹蒼。

秋江紅葉

烟波淼淼曉霞丹，夾岸長林霜樹寒。白浪斜分金鈿影，青葭巧映彩雲端。星星漁火飄紅焰，片片珊瑚下急湍。嘹雁數聲潮水落，枝頭絳色汎虹竿。

白藕花殘遠岸隈，紅光斜映碧潺湲。濤飛彩絢臙脂雨，目爛流蕤火齊堆。紫蓼灘邊金粉墜，游鱗隊裏錦雲回。芙蓉秋水長天濶，一抹寒蕪曉黛開。

壽謝青門

晞髮長吟思不禁，沉沉紫閣共芳陰。麗眉鶉服滄洲客，冰扣珠排梓瑟音。賸有陽秋垂信史，還餘青眼寄松心。請看獻種中和節，又是春風煙水潯。

壽韓彝[一]光

梅影衝寒染絳雰，開尊絲竹醉紅曛。瑩心人比璿瑰玉，繡口篇多冰雪文。自是救時稱管樂，更看流吟起風雲。年年百卉欣春至，齊慶神仙目緑筋。

飲王爾玉嵩山草堂時梅花盛開

寒葩纖露玉生煙，濯濯瓊蕤態欲仙。錯舄山扉宜永日，坐花林薈好開筵。閉門久著潛夫論，結會多從雒社年。摩詰輞川圖畫足，應當題咏益州箋。

[一]「彝」，原作「而」，據改。

春日訪了然上人

辨才衮衮貯心胸，妙理鏤鏤盡箭鋒。自是澈公居越水，敢言摩詰過青龍。臨窗常潑千行墨，鋤徑新栽數尺松。春鳥喚晴階草緑，纖塵脱落便超宗。

文章祖德鬱蘭芽，妙喜原生斛飯家。白拂缾中摇海嶽，陶輪掌内擲洹沙。閒庭花氣香雲護，遲日風光碧草斜。相對同心稱白社，重煩香積紫茸茶。

林靖庵招仝葉慕廬黄處安謝青門王爾玉莊恥五張屺園楊浴庵道山祠雅集

徽國祠堂迴泬寥，嶺雲如黛起山腰。遠岑縈抱煙嵐合，晴日登臨物色饒。石塔鋒稜超紫極，榴花閃艷醉紅潮。紫車肯許携佳醖，毛玠清風磊塊澆。

閩天楚水賦蒼葭，鄴下論詩屬大家。老倚杖藜吟勿倦，笑迎騶唱興交加。參差榕影人煙舊，潦倒尊前燕語譁。上客風流依海畔，一林花鳥掞餘華。

仝楚黄葉慕廬飲王爾玉嵩山草堂

五月微吹黄雀風，榕陰森秀薄清穹。鵙聲始動方長至，蓮蘂初成尚淺紅。别墅輞川詩思遍，東皐斗酒醉鄉同。况逢南郡西陵客，好取餘杯盛碧筩。

座擁青山作翡帷，名園幽蔭疊曾枝。竹陰摇緑清飈動，鳥影翻林玳席移。炎日正宜河朔飲，高文恰讀楚騷辭。當前太室嵩山上，不異吹笙伊洛時。

七夕烏石山雅集立秋前一日

嶺坳一半在煙蘿，青女明朝到竹坡。淺漢雲軿飛北沚，金鈿月影返陽戈。鳳梭暗擲驚秋近，牛渚方逢載酒過。一水盈盈橋鵲遠，烏山何處是天河？

别槜李嚴止峰之粤和原韻

山齋飛雨落空枰，忽聽驪駒嘹雁鶯。釣澤客星明七里，臨邛著策定三生。蠻荒五嶺孤猿嘯，鳥道千峰古樹平。驛路蒼蒼黄葉滿，可能廻首憶鳴嚶。

名並鄒枚早著書，瑩光水鏡作方諸。秋聲懷友情難已，鳶砧題崖興自如。同調只疑人似玉，放歌莫歎食無魚。羅浮路近丹砂在，好覓仙踪下板車。

别臧喟亭之粤

荔子丹時色未摧，殊方正喜皂旟來。每探海嶠披雲宿，更踏藤陰訪友廻。乍動筲溪臨畫戟，旋飛烏石識仙才。清砧霜滿離筵别，折柳愁深曲岸隈。

今代風流李杜壇，瀧船沙市醉吟看。水中蜃影迎車駐，嶺外秋英供夕餐。尊酒論心憐落木，河梁卷幔悵前灘。桄榔樹下休濡滯，當宁還期策治安。

壽黄寵公八十

徵君本自千頃陂，幾經雪霜松柏姿。雖然寒江釣綸日，仍是紅顔小穤時。滄浪白髮多逸興，疎籬菊花採芳兹。杖藜看雲清秋健，階前蹣跚何葳蕤？

別葉慕廬歸黄州 次原韻

石林才望重神州，漫向炎荒溯舊遊。人憶深恩還勒頌，地停轉戰足銷愁。遍招好友琴樽满，爲愛名山苔蘚幽。曾喜旌麾移白日，行廚竹裏數攀留。

江山麗藻昔曾聞，儒雅吾師迥出羣。湖海一帆能作客，文章三楚應推君。學窮精犻諸家別，詞辨源流衆派分。况有長才希管樂，佇成五色結雕雲。

海濱黄菊逐秋開，一曲驪歌照酒杯。雲夢新傳神女賦，甘棠舊説召公裁。夕陽古道移舟疾，南浦離思倚雁裁。莫戀樊山邠老釀，鋒車直北玉鞭催。

洞庭驛路暮雲驅，疎雨兼葭興未孤。遠水前村聞落木，白蘋秋雁悵寒蕪。殿中補衮惟人杰，江介垂綸有老夫。朝覲從容宣室召，片鱗曾慰草茅無。

和共學書院詩

海濱吹角絳雲開，接衹鏘鏘蒲草萊。翠帟投壺偏作賦，畫熊問俗更憐才。芃芃棫樸烝徒盛，巇巇鸞聲色笑來。白鹿鵝湖追遠蹟，城西絲管日相催。倡教同心大道弘，鵰檐紫柱照藜燈。韓歐此日人文萃，房杜他時相業興。秀畹滋蘭香草潤，瑶階綴玉曙霞蒸。應知霄漢天章近，羽翰扶摇欲化鵬。延禮名儒冠一時，九龄文陣自雄師。從教徵夢能鎪筆，未許傳心止得皮。擁篲築成鄒衍碣，避園聲徹董生帷。當年觀察人重見，追步元和姓氏隨。觀聽橋門不乏賢，曾經教胄虎闈傳。經營江漢宜鼇瓚，指顧山川數舉鞭。滄海樓船停轉戰，炎荒風雅藹孤騫。作人壽考思無極，捧讀瑶篇玉壘前。

花朝後一日

百和香開蝶夢攢，昨朝爛熳霧中看。即空即色花皆放，非雨非晴節尚寒。穠棣階前初艷發，新篁山上正檀欒。青逵四始今過半，羯鼓無須樂部繁。

送友人遊福安

嶺上行雲似曉鬟，翩翩裘帶幾廻灣。青春作伴新知好，法曲淒凉落調閒。柳葉舒晴看戲蝶，筍輿入徑盡名山。長溪風景真如畫，莫戀桃花澗水潺。

壽韓彝光兼慰榮旋

仙槎穿浪日邊廻，瀉影沄沄島樹堆。海外文章浮蜃氣，客中劍舃走珠胎。長生就訪崆峒訣，漱色新開官閣梅。應是盛名推北斗，釣臺晴雪醉蘭醅。

修稧連寒食

水讌何曾引曲環，弄晴媚景日披顏。濁酤泛飲客還醉，斗室藏煙晝自閒。蝶翅拖香過屋角，春陰垂柳舞風鬟。小窗飽噉桃花粥，步踏青鞋第一山。

和上巳連寒食有懷仍次唐人是日有懷京維韻

京雒華林去路遥，山間久不問登朝。時逢冷節藏煙舊，水泛浮巵酌醴饒。修竹鶯聲翻巧舌，晴沙鷺影過平橋。花田渤海風光別，解稧應同在此朝。

山光四睇盡空青，祓禊臨川傍水萍。共道蘭皋褰短褐，曾傳風笛送離亭。齊州罷柝堪行樂，瘴嶺聞猨可慣經。雙節同人共欣賞，攀緣無異步殊庭。

送春和唐人韻

策杖西園白板扉，萋萋芳草百花稀。相邀白社人初集，爲餞東皇春欲歸。倚樹殘鶯催皓髮，窺簷乳燕鬪烏衣。青樽酌別垂楊下，翠滑紅肥繞夢飛。

過徐幔亭故宅

高士南州梁父吟，新詩三世重鷄林。藥欄已逐江河換，書幌曾經劍盾侵。仙蹟空壇留寶篆，鼇峰浮黛照芳陰。秖今蘭若香煙裊，蘿徑惟聞鐘磬音。

相傳佳句過黄初，式禮當年長者居。吹落山風仙樂散，夢殘春草雪歌餘。移缾方洒楊枝水，貯笥誰傳鄴架書。策杖蓮官青嶂下，正宜説偈念真如。

漾樓和原韻

鬱嵂參差列嶂開，物華新霽盡昭回。銷鋒已罷千家柝，步屧如登百尺臺。廣陌飛秧盈緑野，中天積翠引行杯。畫屏南望雙旗鼓，海國金湯霸業來。

九日登高和唐李頎韻

休言高士占南州，登陟如同射雁樓。蓬徑長林霜葉滿，青山小浦菊花秋。杖藜舉處宜乘興，桑落開時不問愁。摘徧茱萸堪捧篋，冷風天漢任樛流。

送友歸甘蔗

徘徊歧路白雲濤，一曲驪歌聆隰臯。村磧孤煙連篠徑，潭光落日照朱袍。紅稀自別榴花色，香撥誰敲鳳尾槽。寒水浮瓜時節好，把君香袖意如慆。

和陳子晉移居

十載芳鄰歲月遷，南村晨夕素心前。近移喬木尋常事，不異茅齋八九椽。河影山光臨淨几，書堂藥竈伴寒氈。新巢語燕隨時定，猶是楊雄解嘲年。

賀迪臣弟入泮

泮沼清池爛熳遊，每聞雷雨起龍湫。雲汀迢遞翔孤鵠，藜杖光芒徹九丘。合浦危科前甲子，比曹踵武舊春秋。老夫傾耳聽鳴鹿，看爾來年北去舟。

道山堂後集・詩集卷三

閩中陳軾著　男　宗柏　宗咸　宗豐　于侯　仝輯

五言排律

咏道山亭

地鎮標南軸，神居接上清。霞峰天半出，篁路磵中迎。叠磴魚鱗比，窮崖隼翼横。邅回臨紫極，絢爛鑠丹英。霧掃扶桑現，瀾澄碧海平。猿吟驚谷吹，鶴下傍霄行。林薈繁陰密，丘原衆色明。陰晴時詭狀，濃緑畫新成。鼯鼬走蒼徑，薜蘿翳素甍。溝塍紛綺陌，露樹綴珠纓。翠嶺多芝朮，滄江碎水晶。長虹駕鳥跡，空竇起松聲。煙穴屯螺髻，瑶梯倚玉衡。曾巒凌日觀，絶巘逼蓬瀛。虚宇探金策，青童度紫笙。崆峒堪訪道，靈嶽欲趨程。恰與九仙對，獨尊别塢名。三山推巨擘，百雉跨危城。豐樂瑯琊美，窪樽峴石榮。登高思作賦，望古有餘情。

李筠仙齊頭賞雪毬

選勝南樓上，便娟縞帶堆。清姿憐冷艷，皓魄出霧埃。夢入姑山雪，香偷庾嶺梅。粉痕含露潤，紈素簡雲裁。聚笑敷霜彩，翻英結月臺。垂陰偏濯濯，綴景自枚枚。最怕胭脂涴，無煩桃杏猜。蘂宮仙作伴，金谷蝶爲媒。爛熳遊絲胸，葳蕤素影來。牕前飛雹布，階下鬱瓌瑰。異骨疑珠圃，前身應鶴胎。銀河翔鷺舞，玉帳曉鶯催。陽氣行時令，嬌娃鬬白苔。蔥籠新幄密，佳麗勝幢開。照日難銷質，描容未染顋。疎簾方蕩漾，煖律足歎咳。白髮看花霧，閒情寄酒杯。風光還嫵媚，冠盖忝追陪。春苑團圞起，毬塲賭賽回。豈須紅撥動，蹴踘落金鎚。

贈何奇玉學博

梅花東閣盛，嘯傲萬枝横。得句高平賦，繙書太乙精。澤宫開羽籥，璧水奉橋衡。儒術懷瑜重，晨光衣錦行。桓榮饒緼藉，張緒占時名。雪幄衣冠古，冰盤苜蓿清。集鴞方食黮，歸馬政銷兵。俎豆明師訓，藴湖太學程。欒城矜式遠，興國勸綏成。在泮箴銘列，諸齋琴瑟鳴。緇帷深杏坐，陵沚長莪菁。虎觀需才急，還期達九閎。

謝李章甫惠櫻桃

天際繁絲舞，名園樹影叢。瓊莩初熠燿，丹實自蒙蘢。色借珊瑚豔，光分火齊烘。乍疑金彈粒，還匹拓支紅。彫飾忻朝日，華菲欲倚風。彤雲深院落，珠露密苞籠。六氣調和正，三春醞釀融。滴階飛錦撒，綴果匝林髹。鶴頂鈎簾碎，霞光彩筆通。繡幃燃絳蠟，翠戶湧晴虹。香酪酴醾貴，真珠鏡月同。繽紛仙禁種，爛熳水晶宮。嫩質璿星列，神漿鳳食克。名傳崖蜜美，盤貯赤瑛空。芳氣迷遊蝶，酡容近醉翁。一枝驚國色，數顆識天工。玉筯思西掖，清都擬綺葱。感君持贈意，清供膽缾中。

寄林郎山別駕

天柱王官谷，仙人姑射居。揚幡重展驥，露冕更題輿。清況秋庭鶴，繁香蠹字魚。星回搖劍佩，霜潔動林於。輪輓關中粟，克盈河內儲。射堂圖史列，蓮幕管絃舒。桑柘連諸邑，花陰遍北閭。河山停戰伐，槍纍省追胥。鐃吹隨符傳，銀毫判爰書。股肱勞季布，慰諭仿相如。沂海謠碑日，江州泉石餘。休源施別榻，黄霸詔高車。定取紗籠護，還期鈞軸譽。異才宜鎖鑰，峻品美璠璵。念我方歌泌，無緣再曳裾。神飛大禹甸，夢繞有唐墟。名世當徵召，新恩應拜除。望君伊吕業，出入承明廬。

咏宋郡守張浚眉壽堂

經畧中原志，褰帷海國陲。閒看陶侃甓，新舞老萊衣。束帶拖朱紱，焚書馥玉蕤。南陔孝子什，陟屺蓋臣思。牙纛堂皇重，綃衣閨閤宜。紡車方軋戛，簫鼓正迷離。琰琬彤章誌，笄珈女士師。攀輿迎素髮，朱戶照龐眉。雅樂雲門奏，晴軒霧檻披。絳帷慈室笑，勝鬘寶花奇。華月還當盛，長松會有期。紫書紅旭近，蘭錡曉風漪。王母池如碧，麻姑酒若飴。冶城歌召杜，姆教萬年垂。

壽許青嶼七十

太史源流遠，高陽風氣淳。夫椒排峻極，震澤耀朱垠。捧檄皇華啓，承家祖武振。晉公槐樹植，竇氏桂叢頻。鄂渚回龍節，熊湘奏鳳錞。鎮南曾憶杜，降嶽始生申。螢影分縹帙，鸞音下錦茵。芸香詞絢爛，篋秘字璘彬。早負青霄志，行克上國珍。鑰傳清禁曉，鞭指曲江春。司度稽圖版，均輸協土均。超遷膺特蔄，榮寵冠羣倫。宜譜青箱客，還簪白筆臣。繡衣隨赤捧，蒼佩重長紳。屈草搢丹陛，纁裳侍紫宸。鵰容持鯁直，隼擊瀝忠純。烏府雄班壯，松廳正色伸。星軺過隴月，霜氣凜秋旻。絶塞寒原熯，殊方渥種馴。花甎迎七貴，驄轡定三秦。誰意剡川曲，寧甘彭澤貧。雪中宜酌醴，江介學垂緡。霧隱南山豹，淵潛東海鱗。素琴鳴壞室，尺組挂河濱。方共閒鷗泛，何妨醉尉嗔？時鋤荒徑草，常掇故鄉蓴。步屐山川遍，班荊杵臼親。膺門多接客，鄭驛每留賓。綵筆葦花夢，魚牋玉屑塵。宣城原雅麗，開府自清新。白首猶吟望，奇編應表甄。波文連綺縠，衝戛合韶鈞。更了維摩義，深知般若身。木樨香正發，甘露味還真。説偈隨竿影，明心悟正因。吹幡歸本性，渡筏指迷津。兼且栽文梓，偏能喻斲輪。輝煌稱鼎鼐，舄奕顯嶙峋。巧匠資丹雘，中林藉荷薪。鶚秋同宴鹿，蟾影共靈魏。興國儀型肅，蘇湖經義醇。孔顔留講幄，皋禹抒經綸。帝里三雍重，奎章萬帙陳。采芹環碧沼，鼓鬣動祥麟。珠顆紅光閃，蘭芽翠色勻。笏棠看濟濟，螽羽頌詵詵。桐葉題嬌客，羊轅號玉人。薇垣魚作佩，蓮蘂燭如銀。蒲長青苔湔，鶯鳴細柳辰。繁蕤舒谷口，翾翠弄江漘。忝律葭初轉，桑弧月在寅。砂成修葛藥，株老記莊椿。曲奏催花鼓，香披瀝酒巾。稑穜方啓發，草木始菑榛。綠野芳陰麗，華堂景福臻。楚丘還少壯，機汜尚逡巡。翳渚欣英薈，丹谿度絳晨。尊生精作液，頤養志疑神。甪里衣冠偉，羅城郵馬詢。海陬顛白叟，儛拜自南閩。

壽王鷗江

鳳曆肇長景，鶯簧報上春。軨軒浮旭彩，蘿薜引山茵。枳落栽蔬徑，煙霞望海漘。初從彭澤隱，遂與鹿門親。藻句雕雲色，鴻辭躍漢津。芬香泛蕙草，修白瀉泉紳。自是川含璞，應稱嶽降神。波瀾干氣象，花月資清真。藜杖臨丹壑，朱顔浮絳晨。竚看蒲轂召，未許久垂綸。

壽馬友七十

鄉評稱大雅，蘭夏正懸弧。絳帳家聲盛，披風世系殊。淳修邦共式，頤志古爲徒。竹影浮金鈑，榴花閃曙烏。經綸依藻野，昭哲契黄符。麗彩朱羲粲，丹漪江景敷。喬松凝素髓，渥水出名駒。階㠔開彤史，瑶環盡寶跗。青尊流皓髮，銀蠟照青壚。珂里旗峰舊，應傳百歲俱。鄉前輩林旗峰先生四歲

贈林武林潮州守

朝家推柱礎，宗鄗望驊騮。漾月瑩金鑑，排雲起翠虯。茂明前譜系，白下舊風流。卧轍經滇國，栽棠遍介丘。浩懷希管樂，膂力富春秋。横槊鳴笳徹，臨軍借箸籌。傳馳巴蜀檄，詔諭尉陀陬。鼇影蠙珠照，龍宫島日浮。銘鏞資上策，仗鉞暢鴻猷。海郭成臯路，南荒控地喉。百蠻迎繡服，五嶺建金甌。長孺淮陽重，望之馮翊留。熊轓從露冕，星緯應連球。雄鎮開帷帟，祥徵被井疇。踈簾看剖竹，導吏唱鳴騶。旌節廻炎水，綸書播遠猶。分珪良刺史，典郡古諸侯。惠化惟勤恤，循聲自淑郰。榕陰千葉秀，茘樹衆香稠。海色侵衣衮，山花拂劍緱。潔方圭瓚品，貴比珊瑚鈎。浩蕩風潮濶，晴光瘴厲收。雅詞宜律吕，逸韻自㻞彪。鄰架懸蓮幕，麟符擁碧油。治名威草木，詩思逼元劉。馭黠豺狼慴，施仁雨雪漉。輕傜謀杼柚，平賦省誅求。時泰停銷燧，年豐褰滿篝。化行嘉穀殖，威震赭衣偷。用鎖關河勝，頻分闤闠憂。滄江停轉戰，葦籥譜洪庥。伐棘扶榮木，憐毛惜反裘。東湖跨

勝蹟，韓廟景前修。蛟蜃同飛鶩，鯨螭狎信鷗。龔黄光赤漢，召畢美成周。村静嶅鴻集，童嬉抱犢遊。澄清虞愿石，嘯咏庾公樓。鱷徒波濤捲，凰棲巖洞幽。射堂千校肅，鈴閣萬煙浮。風俗存淳朴，愕嫠釋歎啾。弛張歸正直，寬猛協剛柔。濊濊膏迎黍，恢恢創解牛。御屏名姓録，官署鶴琴儔。鼓吹彤幨貴，中和佳興遒。作藩堪表率，爲政本殊尤。煦育陽春脚，懽呼里巷謳。延賓逢鄭驛，置榻憶南州。客醉銅鐎落，書成雁陣悠。鹿隨期帝賚，虎拜對王休。佇待罘罳曉，三公正黑頭。

贈友

祈年升令節，佳氣溢林皐。奎宿垂文藻，環材萃譽髦。先河推澤遠，維嶽咏崧高。門地誇人瑞，才華吐月毫。緇經還讀史，繼晷每焚膏。詞譜耆鄉最，詩巾禹錫豪。穿林排竹徑，抱甕灌花曹。積架鄴書富，延賓鄭驛勞。陶情惟種菊，莊意在觀濠。子政燃藜杖，超宗長鳳毛。陽春開麗景，懽讌進冰桃。自是青箱客，應衣玉殿袍。

五言絶句

題畫

蓊林蒼兕吼，嶒崒入空濛。采蕨雲端上，愚公野谷中。

春日二首

碧草濃煙徑，緋桃長絳蚨。雛鶯方匝樹，呼客醉瓊蘸。

軟風花下立，來往傍英蕤。筆寫芭蕉翠，小櫻欲吐時。

送友入幕

讀得等身書，胸中貯壁魚。可憐高渤海，尚自傍歌舒。不識乘驄貴，殷勤佐七輿。風霜凌短褐，紙尾在軒渠。

七言絶句

過資聖寺(二首)

半嶺屯煙翳落暉，緑沈萬箇籜龍飛。濕衣空翠長雲卧，决眥蒼茫宿鳥翬。

微風林樾度盤紆，錯互瓜疇與芋區。石棧煙中見佛火，只看山衲入雲呼。

偶感（二首）

岸木懸根手可攀，强將歌笑學靡顔。金鈎芳餌成何用？枉起波瀾激翠管。
鷙翰如何作鳳鳴，貪尋鬚骨掌漁征。誰無指禿肩頳日？柘汁難將更解酲。

山中雜興（八首）

拾穗行歌作老農，山中塔影起雙峰。漂零已是滄浪客，末契無由托李邕。
紫鳳天吴鬬鷃䳒，凊風何似管寧襦？山條紫葯棼絲出，常見春花集曙烏。
神龜端策揔離披，空望騷人作楚辭。自顧已非時髦匹，但追箕潁已多時。
鹿門久誌龐公傳，幽冀難逢袁紹杯。琴酒悠悠蘿蔦幕，盤桓綺樹待鶯來。
縱是翾飛過百層，無如抱表與懷繩。翹翹車乘今何慕？自信終須畏友朋。
朗誦莊生櫟社篇，遠看鸕鶿下平田。畫棚盆盎奇花列，曲枘新芭映日鮮。
緝翟編扉潦露蒸，夢中不復辨淄澠。英雄射弩須回首，鸚䳇還看健筆凌。
呼僮時煮雪坑茶，椽燭更深結絳葩。月轉勾欄移柳穗，遥看江火閃魚叉。

送龔學博歸潮州（四首）

鈎臺山上漲雲岑，孤劍光芒落漢陰。莫誦長沙飛鵩句，一庭桃李翳長林。
鴻辭寶册媲皇墳，講論時披冰雪文。今日口碑鐫壁沼，始知北面是河汾。
勳業權時付酒槍，分明梧下一先生。山川滿眼榴花照，南浦悠悠意轉縈。
玉軫離徽不忍彈，雲山晻曖鹿皮冠。鳳凰溪畔魚竿在，來往長波與峻湍。

贈歌者（四首）

星臚月貌閃椒庭，舞鳳歌鸞入杳冥。蘭炷清香銀燭夜，始知振木比秦青。
雛鶯匝樹唱鼙婆，緩踏輕挑皺淥波。仙樂雲林新調出，羅袗葉葉鬭銀鵝。
月轉勾欄響未收，啼湘夢峽璧春流。叢霄恰有元卿賞，複澗松聲得趣幽。
燈前傳曲即移情，逸韻神風落酒鎗。夜笑缸花迎玉律，清綿細籥霧煙并。

蒹葭堂賞蓮花（四首）

纖柯容與舞巴俞，照日紅英鬭火珠。出水亭亭清沼滿，一羣蛺蝶醉花鬚。
紫微芬馥降香嬰，菡萏凌波旭露横。莫是佳人南陌上，豔紅颭閃逐風輕。

遠出塵泥君子花，鏡湖一曲季真家。青山朝暮團圓叠，玉溆金塘襯落霞。
蒹葭堂上挂微綃，靜客風期卷黛嬌。無數夜光浮水荇，懸星飛過小紅橋。

噉荔（二首）

丹罽爲衣似火熒，離離朱實綴繁星。明瑎顆顆柔膚潤，崖蜜天然勝醁醽。
南土芳林最上姿，金盤甘露比蘭蕤。茜羅囊裹珠琲現，絳片燈前引曼姬。

贈别潘友

春歸未久送君行，緑岸紅亭驪唱聲。此去西湖荷葉滿，一灣紅藕倍牽情。和太白韻
經年作客不知愁，汀鷺衝潮一葉舟。應憶月明林杪立，雙雙塔影上山樓。
潘令河陽正少年，名花醉倚緑窗前。摘芳劈蕊知何日？定賦蒹葭白雪篇。以上和媿會韻

送余不遠回將樂

吹簫吴市昔同遊，十載相逢北寺頭。來日荔枝尚滿樹，去時玉露不勝愁。
征塵率爾促歸舟，颯颯蘆花八月秋。爲訪商山尋角里，青巖古洞玉華幽。

壽爲霖和尚

博山宗風，屴崱峰前。天龍見指，歸宗豎拳。護摩尼珠，乘般若船。巧續慧命，正智昭然。念茲末刼，魔外盖纏。謁竊統要，高踞法筵。盗禪埽教，嗜名附羶。惟藉明師，斯道仔肩。鏟除邪種，如障百川。刀輪劍葉，湧出青蓮。仕世福德，遍滿大千。其壽無量，普利人天。

道山堂後集・詩集卷四

閩中陳軾著　男　宗柏　宗咸　宗豊　于侯　仝輯
年侄湯永寬　愚侄祈廣　同校

詩餘

長調

桂枝香吴門夜舫聽蘇子晉歌曲

丰神綺粲，看簇馬衣香，畫船宵讌。爛熳繁絃遞奏，暗催銀箭。行雲一駐流鶯囀，分明絶，調移衡漢。亮如蕤銕，婉如梓瑟，清如冰繭。飄白雪，纍纍珠貫，波翻子夜月，摇丹扇唱。徹娼樓木栅，藕塘花岸，名高茂苑才孤擅，聽雪調客心繚亂。莫非伊洛，當年子晉，鳳鳴重見。

又贈何郢生爲余畫老衲趺坐小像

蘭皐蕙畹，羡挾彈章臺，濯如春柳。況是僧繇絶技，虎頭高手。冥思慘淡經營久，醮銀毫，霧披雲就。書生少小，誰知賣弄，許多奇構？

堪歎我、忍尤攘詢，只好逃禪，長捱昏晝。獨向雙峰挂衲，湛然無垢。蒲團似鐵君知否？劈虛空筆端揮帚。果然一座，桐華滿院，讓咱消受。

賀新郎西湖和辛稼軒韻

寒溜連青野。激飛湍，閒鷺戲浴，隨波上下。春草浮光蕪岸滿，誰遣東風欲嫁？是一幅，鐘陵佳畫。蒲稗茫茫濠渚興，緑堤邊，且繫垂楊馬。幽賞愜，意傾寫。

魚莊蟹舍江湖社。碧瀠熒，斜吞半郭，夕陽霏也。昔日後庭游宴處，複道玉欄花榭。更寶炬，輝煌芳夜。誰料空傳亡國話？水晶宮，荒薺牽纏者。今古恨，遍函夏。

醉蓬萊越王臺懷古

漲江流如碧，蒼莽長空，九霄雲翮。鳥喙遺風，應承家開國。鞭撻强秦，推殘下相，受漢家金策。佑舶廻沿，漁罾零亂，只餘寒荻。

當日垂緡，白龍誰擘？尺木潛形，河津鏟跡。秋水明川，只有細鱸圓鯽。古廟殘陰，荒臺疎影，對海門潮汐。霸業虛花，雄圖夢謎，冷然冰釋。

玉漏遲過李忠定墓

戈船宣澤沸，安排拐子，乘空飛擊。疊壘堆門，盡是太師花石。爭奈三關北棄，傾帝座，青城淒戚。嗟去國，寧江路斷，長沙風急。

欣看僕射趨朝，只三月綸扉，洞霄閒客。錦繡中原，久作冷灰殘液。今日大嘉山下，亂峰罩，荒墳數尺。東幸日，車前淚痕猶滴。

燭影摇紅飲莊恥五兄弟容園

雨氣初晴，青巒弄影當牕戶。星毬火樹未闌珊，尚自鳴街鼓。最喜柳梯蝶侶，倩流鶯，疎林暗度。故鄉高會，鮐背連翩，潞公新譜。

護藥栽蔬，灌畦鑿隧宜芳圃。巡簷索笑興偏長，零亂梅花舞。應是文章史庫，二梁併，錦心詩句。賓朋雲集，玉液金漿，急觴無數。

蘇武慢 讀史

襁褓劬勞，掖庭下賤，巧黠當年無比。椒除日麗，寶帳香生，聖女分明從婢。千層殿閣，一曲琵琶，浪説無愁天子。最堪憐，明月長安，果中强鄰奸計。還詫異，玉嘴飛鷹，重鐶走狗，皆署郡君名字。華林村落，藍縷衣衫，願作卑田院主。珠黛方匀，新粧未就，吩咐攻城姑俟。竄高粱橋畔，倉皇粉鏡，猶然閒理。

又

結綺珠簾，臨春寶檻，自是神仙宫觀。裙釵學士，閨閣文章，鎮日新歌頻按。都官畫省，僕射黄扉，只伴後庭芳讌。醉模糊、不辨朝昏，木梯任投江岸。天降下，輕粧霧鬌，角昧秋波，宛似漢宫飛燕。諸司啓奏，百道封章，膝下雙雙批判。石子降旙，景陽廢井，都付一聲長歎。奈齊公蒙面青溪，不令阿麽窺見。

莊椿歲 林恬庵雙壽

長林湛露輕盈，碧天雲雁邕邕起。黄花籬下，寒藤石畔，時披香吹。更叶宫商，覇陵偕隱，芙蓉雙蒂。問邯鄲覺路，指上丹經，蓬萊仙史。

當日傳龜襲紫。掌文章，昌烏衣門第。東園巾櫛，丹崖樓閣，無慚先志。白首滄州，龐眉谷口，長留穹翠。杖頭間、數卷黃庭，得句還題紅紙。

金浮圖 秋思

看叢雁，成行作侶。飛過西樓，倏移華漢。白鱗鱗、一片晴雲漫。搖落長年，懶把雙龍金剪。剛是黃花當面，霜容傲骨，不管人長歎。

心如繭，陰蟲戚戚。凉葉蕭蕭，百籟寒宵囀。衰桐古井閒庭院。浮煙動牖，簾影屏風顫。爭奈淚滿？橫波關情，杼軸悶把霜紈按。

齊天樂 春雨

淒淒雰雰如琴羽，鎮日金屏無曙。坐濕桑鳩，沾濡粉蝶，空惱一庭芳樹。依稀湘浦。更鴛瓦虹橋，珠璣亂舞。神女朦朧，花鈿落楚峰何處？

纖絺殊覺涼爽，將蘭煙麝焰，稍供寒具。散漫萍光，嵯峨雲色，管取花啼鶯愬。搖黃點素。似鳴杼鮫宮，飄絲網戶。枉費柔腸，倩梅魂作主。

又春雪

粧樓拖粉璇蕤貌，飛花與梅爭姣。清影寒光，玉顏冰鏡，却似月明孤嶠。閒簾迥眺。只江浪風毛，怎知昏曉？金勒香車空辜負，有誰知道？

紅欄珠簿細舞，應當庭皓鶴，離褷長嘯。洛水仙姿，章臺柳絮，躭悮眼前花鳥，池塘新篠。銀礫平鋪，舞枝風摽。那得煙開？併長愁痛掃。

又春晴

南樓曙色迎初旭，芳靄正浮金屋。長日重門，沉酣繡榻，强起差排琴築。芬香鬱郁。且裝束羅裙，瀟湘六幅。柳綻桃枝，闌干外宛如新沐。

尋思何處閒遣？只笙歌畫舫，酒香茶熟。千丈遊絲，一叢雛鳥，賺殺青苔芳躅。短長亭畔，待紅杏斜陽，唱歸華轂。碧草如茵，鞋幫嫩緑。

遶佛閣浴佛日

時逢賢刼，金蓮捧足，非是兒戲。懷抱靈異，摩耶右脇，從容指天地。周行顧視，當日賣弄，許多宗旨。棒頭誰是？佛恩難報，虧雲門狗子。

牕牖聞呼喚，子夜天人义手至。鞭馬踰城，宮門同敝屣。看畢鉢枝頭，雲景紛起。諸魔引避，這一點明星，廓然三昧。生前具有如來智。

大聖樂少室

香至王家，多羅法乳，打開疑團。藏妙藥，跨水逢羊，直泛重溟。瑶島滄海瀰漫。般若燈光初閃爍，將震旦，如同竺國看。空煩詔。請人天小果，那識機關。

嵩山寂俏長坐，壁上摩娑鎮日閒。把文章藤葛，凡名聖號，一概平删。五葉花開，九年功就，葱嶺翩翩隻履還。歸何處？這頭頭啐啄，只剩空棺。

又曹溪

滿室毫光，神人灌露，算來希奇。聽市上，數句金剛，便是黄梅心印，嵩少金枝。獦獠利根真種子，碓坊裏，何妨且待時？懸絲慧，命三更暗室，悄悄傳衣。

潯陽古驛渡口，看把櫓飛檣江岸移。漸南旋庾嶺，叮嚀行者，何故癡迷？善惡非真，諸緣屏息，勘破源頭同一師。因緣到，見風旛往復，踢倒須彌。

又百丈

少小何知，便看此佛，與人無殊。爲甚的、野鴨羣飛，便扭鼻頭游戲，啞謎模糊。悲喜任他閒擺弄，昨朝事，明明觸馬駒。振威一喝，耳聾三日，雪點紅爐。

大雄嶺峻巖峭，還喚醒，生身墜野狐。只攀緣放捨，雲開日出，即是如如。逞盡神通，掀開法要，粉碎銀山拍手呼。還奇特，聞鼓聲吃飯，笑破圓顱。

又南泉

郢匠規模，現前遊戲，頓然忘筌。擔板漢、勘透關頭，只把沙彌回互，拍背敲肩。靈利道人今不見，已生日、誰將鼻孔穿？灰圍丈室，觸着門開，兩字蒼天。

株花如夢相似，便好向、庭前指牡丹。揔澄潭寒影，霜天月落，夜半空懸。破鼓休撾，牯牛知有，海裏汪洋筋斗翻。東西望，正猶兒打哄，剪滅何難？

又黄檗

間氣閩南，大乘法器，額隆如珠。京洛上、乞食長吟，虧着棘扉神嫗，指引迷途。來自大雄聞虎嘯，遭一口，還看老漢呼。開田築地，磨刀擇菜，何細何麤？

從他世界如許，向長老、身材這裏居。羡宰官皈禮，安名唱諾，心印門徒。挂錫西川，浮盃章水，萬里香花隨處鋪。無師也，是何人猜着，毒藥醍醐。

又趙州

有主沙彌，伏惟和尚，早知根因。嵩嶽裏，納戒琉璃，回望三更牕月，打散塵氛。探水東西無一滴，看隻箭，南泉命中真。齋筵胡餅，庭前柏樹，總是家珍。分明萬法何處？單剩得、衫兒重七觔。這鎮州蘿蔔，滑州捷鬼，壓倒波旬。摘盡楊花，撲開盂鉢，一草能成丈大身。隨方便，任繩床折骨，只繫殘薪。

又臨濟

邢氏曹州，出塵超俗，慣能猜疑。將几案、天下横行，坐斷舌頭去在，百世明師。石火電光何處覓，笑黄檗、無言射的奇。重關直透，龍生鳳子，衝破琉璃。金剛寶劍覿露，便喝着，誰能窠臼窺。看禪床擒住，塔頭袖拂，機用隨宜。取髓敲膏，論賓説主，隻眼開人一小兒。還提起，婆心三度，似打蒿枝。

又德山

西蜀闍黎，精窮律藏，貫通諸經。呈伎倆、註釋金剛，擔起青龍章句，認作宗乘。婆子澧陽先等待，請上座、當時點那心。龍潭滅燭，法堂舉火，無影無形。

孤峰頂上演法，盤結着、茆庵摇警鈴。總眼中無佛，庭前没祖，舌底鋒生。馬嘴驢唇，花針毒箭，罵盡諸方説鬼神。攀緣斷，這終無一法，救取溝坑。

又雪峰

襁褓聞鐘，幡花設像，輒爲懽忻。米盆覆、就决因緣，恰是鼇山逢雪，開破迷雲。大教播揚非淺易，須自己、胸襟絶點塵。獮猴古鏡，長蛇鼈鼻，賣弄喉唇。

百花春至誰見？抛大地、還從打鼓聞。論洗頭胡跪，閉門救火，密室傳薪。叫月泥牛，嘶風木馬，四顧松山草木曛。機鋒巧，將木毬輥出，泄漏真身。

又雲門

轆轢秦時，掩門損足，從兹窮彔。寄一則、傳語堂頭，請把鐵枷推脱，契合方堪。麻布又加三尺竹，將兩句，蒼天戲劇談。尚書草草，語言文字，衹是髡鉆。

分明靈樹法眼，便行脚、牽牛早已諳。虧前知尊宿，人天眼目，廣主開函。跢跳須彌，藏身鼻孔，如許神通在嘴尖。聞齋鼓，只七條咬破，笑煞優曇。

夏初臨 端午

霖潦初晴，景風乍起，麥凉餘氣猶侵。鸜鵒多情，舌頭慵啑新音。休題萱草眉心，只雙尖、蹙損遥岑。河濱彩鷁，畫橋戰鼓，喧動遊禽。蘭湯初浴，香散羅衿，臂絲方結，色壓浮金。桃門朱索，低徊滿院桐陰。採艾拈簪，獻明璫、洛浦銷沉。更難禁、柳塘蛙部，漸學虚吟。

南浦 競渡

湖西鐃管，掉歌聲，吹散閒鷗無數。芙蓉小檝、引控璧長流。偏是赤螭奔，霧挂飛盧、噴鬣舞芳洲。把錦標高揭，論功行賞，談笑奪封侯。可見大夫，千祀楚湘魂，無處不長留。看那竿頭蜆暈，搴挽似輕輶。血首瘡眉，還作力輪贏，定一局紋楸。分明是、五月江城，魚鳥喜同遊。

惜黄花慢 人似黄花瘦

寒月棲檐。悄空庭霜滿，影落秋蟾。翠顰長鎖，彩毫未展，帶圍寬褪，茶飯慵沾。新苑移花何處問？浮香近、半捲珠簾。且細探。金精洛媛，一概平糸。

銷魂蹙損難堪。歎西風寒栗，病體頻添。自憐龎影，惜開菱鏡，暗抛粉膩，狼籍冰奩。倩將籬下尋清伴，更無意、緑戰紅酣。費指尖，倚闌心事誰諳？

解連環 黄鸝

清絃寫囀。慣芳辰棲托，華林佳甸。辭舊谷、翻翰搏風，乍拂柳銜花，輕拖晛睆。百尺垂絲，縈煙裏、纍纍珠貫。似嚼徵含商，弄曲羌兒，細吹蘆管。

間關東方欲旦，傍花枝裊裊，緑肥紅綻。只是着意東皇，把曙色晴光，聽伊調喚。巧按笙簧，最愛是、新篁池館。問誰憐？錦屏初曉，玉關夢斷。

霜葉飛 秋雁

塞門寒峭。漸飛過，衡陽幾重雲嶠？關山雨雪慣曾經，一路傷衰草。是何日？稻粱堪飽。江南水濶蘆洲杳。見明滅斜陽，頻顧影，蕭蕭浦渚，落霞相照。

珍重早避虞機，弱軀輕翰，況是長空天縹。清絃夜月等閒回，伴白汀紅蓼。憶海漲、蒼茫夢渺。洞庭秋色年年好。最堪憐，淒其處，汾水歌辭，上林書秏。

南浦 顧梁汾爲友吳漢槎入閩歸而送別

毿毿綠柳挂長堤，行幰染晴煙。領取烏峰片石，縹瞥引星紈。海曲喜聞白雪，恰倉庚聲碎杏花天。奈驪歌唱徹，吳潮楚瀨，吹動木蘭船。只爲故人塞外，譜伊凉金縷，調流傳。此去論文尊酒，京雒撫朱絃。須是管鮑情重也，高樓明月巧連娟。望河梁滉瀁，春潭青草正芊綿。

水龍吟 贈吳奇生

柴門一帶、藤梢密叢，秋色寒煙照。石欄點筆，竹陰調瑟，泠然長嘯。芰𧂐持鉏，溉花抱甕，忘情簪裊。任霜封果實，籬開菊圃，閒目送、飛鴻矯。濠濮儘堪寄興，哺金魚，坐臨清沼。胡牀理事，香階支策，宛然綺皓。丹橘黃柑，菜根松葉，且供餐飽。課兒曹、螢燈雪牖，書聲林杪。

望湘人 贈胡晉卿

步寒蕪村塢，草蔓雙扉，分明蔣翊三徑。茵室鷄鳴，椒園雀噪，日午山庄人靜。商洛逍遥，蘓門棲導，居然幽屏。笑相迎、皤髪紺瞳，只見神峰標映。

須信英雄本性，論射鵰搏虎，據鞍猶勁。認切玉昆吾，鍔上芙蓉弄穎。金鈴羯鼓，緑情紅意。爛熳一庭花影。菊籬畔，潦倒青尊，暢好剡谿佳興。

菩薩蠻慢 雲居淨室訪幻智上人

雲紆石棧，過青櫪林深，吹來香瓣。落泉奔，嫋嫋餘音，點丹崖翠甃，素湍如練。十尺青松，無數煙波凌亂。步岧嶢天末，直覰扶桑，蜃樓奇幻。

等待夕陽將倦。忽短笻破衲，歸來庭院。疑阿難重出，夙慧因緣。應洗器，文殊服勞執爨。埽榻相逢，只聽風鈴細轉。縱辨才，扣開妙鍵，纍纍珠貫。

水龍吟 秋江落楓

一天濛漠浮煙，西風摇曳迎香吹。華林芳景，朱顔絳采，清漣游戲。沙渚熒煌，休猜薄倖，落英零蒂。看漁舟依泊，蘆花牽惹，似金谷、珊瑚碎。

一望玻瓈千頃，任縱横，霞光綺靡。臙脂乍染，鮫綃方剪，影隨波委。錦浪如山，虹梁似索，巧排紅隊。忽飛來，蔟擁羣攢，是一片、彤雲駛。

沁園春 壽林殿颺

節近蘭亭，早辦青鞋，桃源放歌。芳林秀木，幽離薜荔；仙眉瑀葉，映帶雲阿。阮籍謀身，孫登被髮，只有松心不改柯。休提起、沙填蹟海，手障長河。

廻思往日鳴珂，看勒馬長安氣概多。奈蟲絲蛀粉，縈纏玉闕。星移物換，悵望銅駝。海岸山孤，蛟門風順，好把閒心向補陀。扶鳩健，是盟尋鶴社，瑟倚雲和。

雙頭蓮 壽林平山

秋老菰蘆，正香滿東籬，噴成花霧。鹿羊初步。算甲子重來、芳年如覯。恰遇偕隱同心，伴鳳晨鸞暮。真佳侶，歲歲青尊，堂前引商流羽。

憶昔金殿爐傳，荷彤廷召問，鴻辭高吐。襜帷行部，歌吹遍、武林煙樹。只爲世事滄桑，任逍遥林淑。誇風月，高據胡床、一羣綵舞。

金明池飲友人園亭

謝墅登臨，陶廬瀟灑，昔日甌香欲笑。看踵起，風流如舊，緑叢裏，重拈花草。對晴曛，院落芳陰，見蒲徑，無數樹蘿垂蔦。聽修竹鶯啼，粉墻蜂語，幾許春光厮鬧。

小苑海棠紅褭窕。似粉黛臨牕，錦幃催曉。魂畔絳霞乍曙，凴檻處，臙脂初燋。念賓朋，遲日牽情，儘縱酒高歌，玉山傾倒。

畫錦堂壽鄭瞻亭

緹室吹灰，黄鐘届節，琅霜飛滿芳筵。道是當年仙令，五柳投閒，留得琴聲花譜在。夫椒山上口碑鐫，霞光絢千丈，鼉峰影浮，朱閣含煙。

名篇元稹集王粲賦，錦堂逸思。清綿一曲，屏山香爇，銀燭長然。斕班綵舞，階前立文章。賈董鉢衣傳，良宵永好。看翩翩絳雪，九轉成仙。

莊椿歲祝壽

濯枝新雨初晴，南樓歌嘯飛金屑。彤幨日麗，朱幡花擁，清心似雪。綏寧海甸，棠棣傳碑，芄苗未歇。喜紅榴照眼，正抱犢山村，安瀾魚艓。

恒嶽中山佳氣。諳青箱、千秋名閥。穎川集鳳，淮陰集鹿，覆甌天闕。晹蔭風凉，疎簾晝永，仙筵方設。黑頭公，身履星辰，應與三台齊列。

應天長 祝壽

旭旦朱明，候正荷氣，天香緑池輝蕚。芳宴蓬萊靈藥，丹傳蓮幕。恩膏流海國，遍天地，刮開昏膜，棠蔭蒲、下里笙歌，時聞清籥。晉水誇名閥，論賜鼎樅金，計功垂爵。昔日褰帷曾見，穎川神雀。鹽梅推治譜，依舊是，青箱家學。虹光現，五色雲高，影浮鈴閣。

金菊對芙蓉 贈行

淮海名流，楚州偉品，鴻音響動關河。看爐香身惹，鸞佩聲和。九重宫殿排閶闔，正微風，燕雀頻過。皇華靡監，如絲六轡，霞嶺盤陀。最喜烏石嶒峨。遇軒車留覽，點綴松蘿。況佳朋勝侣，白雪高歌。緑荷開後秋江冷，恰疎林，驟唱鳴珂。問期宣室，恩承湛露，影近天阿。

瑞鶴仙壽廖震生

丹書飛紫軸。正爛熳桃紅，花光醲郁。笙歌頻按曲，喜華堂清讌，高燒蘭燭。承家韓穆，見玉樹、三珠葉沃。步蟾宫，雁字聯鑣，戲作萊衣舞祝。

戩穀同心舉案，簾影房櫳，婆娑雙福。瑶環重叠，鞠䏴（上大下巾）耩相續。風飄翠柏，雲廻青鳥，彷佛蓬萊仙籙。記年年，岸柳初柔，修篁新渌。

雨霖鈴送楊浴庵之齊趙

木蘭帆疾，柳絲煙岸，春水凝碧。離亭風笛清切，驪歌驟唱，衝潮飛驛。孤劍長披錦帶，跕鳶馳金勒。念故人，暮角寒山，河橋悵望灞陵側。

迷濛霰雪邯鄲磧，更平原、渤海晴雲擘。遥岑孤渚遊遍，題咏處，瑶篇名什。獲助江山、無非是，江淹花筆。途路杳思，烏嚶嚶，願整歸鞭急。

漢宫春壽方母

雪滿寒梅，看水簾香暖，玉珮霞裾。黄裳叶吉，安貞直配坤隅。珠胎滄海，鮫綃織錦繡雲鋪。奩鏡裏，翩翩黄髮，畫堂笑舞軒渠。

劬勞菀簟堪念，但載衣朱芾，慶大門閭。還是功編女史，彤管曾書。珩璜著，訓表芬芳，柏秀松腴。他日定，起居八座，恰迎文駟雕輿。

沁園春送何辦齋

黃蘗山中，霞蒸雲絢，恰遇軒綏。正值遍河陽，千枝競秀，羅張殿陛，雙舄南飛。五斗腰輕，歸來情遍，誰料蓴鱸繫夢？思攀轅日，似遮車烏鵲，永記豐碑。曾聞東閣鳳池，留下這平章辟咡時。更接軫同輿，雅傳花蕚，金昆玉友，奏叶塤篪。蓮燭餘光，畫簾初捲，堂上還開綠野扉。菰蘆裏、看煙汀白鳥，故國鱸肥。

漢宮春寄何永安

來莫襦歌，喜絳霞製錦，鳧舄朝天。奇花潘縣苗黍，普潤南瀍。琴聲嘹亮，階庭靜，流水潺漫。簾陰外，栟櫚如畫，溪光一帶青山。處處細吹葦籥，想耕犁雨足，絃誦風閒。惟是清心映月，玉瑩冰寒。郊溫雉呴，遍雲巖，棠蔭碑鐫。鶯遷早，蘭臺瑣闥，身惹御爐煙。

滿庭香賀建州守

竹使朱幡，祥徵畫鹿，現前甘雨隨車。曲江風雅，瓊宴耀華裾。只見前溪香滿，蓮花上，岫紫雲舒。恰宣布，中和樂職，謳頌沸郊墟。兕觥同介祝，公堂躋彼，比屋懽娛。況是清澄越石、煙霧先驅。恰遇三公入拜，依稀鮑爰漢時俱。願化日，汾陽眉壽，廿四進中書。

又賀入泮

三峽詞源，長川東注，依稀吐鳳吞珠。曲江讌會，祖德重天衢。恰是先河後海，汪洋起，溯湃坤輿。遥追溯，百年燕翼，繩武只編蒲。論白羊車上，鸞停鵠峙，玉樹風俱。雖是泮林碧沼，暫遊戲，借徑飛烏。管他日，撫胸抵掌，嗚劍志伊吾。

意難忘賀名宦

勿剪思棠，念明刑辟教，膏雨遐荒。好生詳十議，約法守三章。炎火熄，淫祀亡，兼轄紫薇堂。誰料身騎箕尾，淚濕滄浪？

曾聞白簡凝霜。指鷹鸇鵰鶚，橫榻南牀。冀寧鈐鑰壯，江右保釐長。詩禮在，過庭傍。重披豸繡光。潔蘋蘩，邦人畏壘，永祀桐鄉。

金菊對芙蓉贈友

把臂林皐，披雲撥霧，星橋斗柄頻移。忽皤皤黃髮，歲月交馳。却稱玉面青筇杖，恰磻溪授夢時。據膝揞頤，錦囊新句，欵叚相隨。更擅探微畫師。儘芭蕉雪裏，六馬塵飛。慷慨風流增意氣。度清商，推奏凉伊，香山白老，輞水王維。

千秋歲祝壽

珥貂重積，衣袂聯皇極。映花磚，持簪筆。沙堤新寶馬，青簡垂奎畫。堪榮羨，雁行競爽鸞龍翼。

玉樹琅玕液，鳳閣珠璣側。桃李滿，參苓集。洪濤凌海表，雅調聞柯笛。頻舞綵，摩娑老子看銅狄。

滿庭芳賀祀鄉賢

蘊義生風，劬躬肅後，燕貽雅擅良模。睦婣任恤，砥節首廉隅。門推通德天賜與，鳳閣名雛，方信是，介圭璞玉，申命賁黄壚。

鍾離歌頌沸，承家匡國，操比冰壺。三徑堂開緑，野寄逸興，清沼魚凫。真堪羡，宫墻俎豆，繼述播芳敷。

意難忘送姚君之廣信

岐壁藤花。雲巖石室挺，生懷縣風流，梁國救時，清望早著。芳州香遍蟠桃塢，琴聲颯颯韻偏悠。喜海戍，初停戰鼓，抱犢嬉遊。

櫺影動，榴影蘸。眄使君幰盖，珠勒鳴騶。宛似元紘好，時鵲擁行輈。遥想鄱陽，江路煙波起處，屢凝眸。青苔漬，碑陰斑駁，姓氏長留。

應天長壽詞

圓荷香氣展，正南陸朱羲，土圭長日。凉閣清池，筵列琅玕仙液。升平歌保定，叶瑞應，鳳芝龍術。梅吹靜，細柳風清，高舒蓮帟。

環海波濤掩，便遠島遥濱，羽干來格。原仗良籌，腹笥盡，皆黄石。麒麟圖畫就，膺上賞，鼎銘鏞勒。最好是、嶽錫生申，聳巃喬陟。

八聲甘州 送别

依依南浦路，上西樓，望遠去帆迷。問浪生葦岸，影翻沙瀨，幾處蘭漪。况是鶯聲欲老，春色又將歸。孤劍中流吼，青草寒谿。

記取趨庭辟咡，堂前倚立，説禮論詩。簾陰閒寂，晝靜吏人稀。望廬峰，石室琪樹露華滋。還誇勝、雲居煙霧，明月湫湄。

滿庭芳 壽金母

今節陽生，夾鐘叶律，繁陰密華叢。雙星紫塞，長白擁巍峰。曾記羔羊退食，同黽勉，砥節清公。琴雙奏，蘋蘩式序，箕帚仰高風。

汾溶羡膝下，奇花異卉，葉附枝從。看燕喜鳴鹿，先聲桂馥蘭紅。他日起居八座，慈幃上，瞿茀新封。還遥望，絲綸早降，鳳馭出關東。

鳳樓春送行

海嶠仰褰帷，仁暨茅茨。誦清漪，極寬鹽鐵合機宜。恩意飫，比瓊飴。忽覩衮衣車馬驟，誰與慰流離。

太湖湄，童叟諧嬉。望隆專郡，風噓泉潤，晉陵春色棼麗。治行吴公，星辰曳履入綸扉。三山棠芨，長載豐碑。

歸朝歡送陸義庵

携得紅蘭宮錦覆，聳立南溟看鳳味。梗楠杞梓成陰綴，行盡入、英雄彀。飛泉鳴玉瀨，波瀾霧籜舒文繡。鹿苹歌，宣公永叔，無出持衡右。

史學原推班馬手，詞賦陳思才八斗。丹經緑帙蒲緹緗，洋洋皜皜羅星宿。旗鼓山容秀。前迎彩幰秋光透。喜皇華，雁陣帆飛，正是陽春候。

滿江紅義興周王廟

毒害何來？笑父老、癡騃冤苦。念當日，和時豐歲，恁般憂懼。白額威能行百獸，長橋嘘會興雲雨。須翻身，勤讀陸家書，尋章句。

綱紀重，中丞府。彈章貴，烏臺疏。任桐封親戚，寧愁疆禦。將帥非才空媚敵，前鋒受制功難舉。歎英雄，止博廟門高，蘋蘩古。

道山堂後集·詩集卷五

閩中陳軾著　男　宗柏　宗咸　宗豊　于侯　仝輯

詩餘

小令

踏莎行 泛舟

皺影微波，霞粧星靨，横塘一曲風煙咽。汀長花蒲水粼粼，可憐獨上芙蓉檝。芰葉迷離，銀濤浹渫，交交鸂鶒浮還没。意中人面隔瀟湘，緑鬟遥對嵐光潑。

又 別意

鴛瓦霜華，蓮房露液，譙樓鼉鼓風飛疾。嘐嘐角角曙鷄鳴，早是征人牽馬出。恨展珠綦，緣慳玳席，牽裾攬帶渾無力。相思正與柳條新，長楊夾道青門側。

憶秦娥 集松陵吴慊庵鴛鴦書屋賞菊

青尊列，黄花笑傲陽春節。陽春節，延華駐彩，雲羅煙抹。畫簾碎影摇寒月，銀毫濡翰飛紅雪。飛紅雪，東南賓主，錦鈎珠篋。

虞美人 梁溪顧梁汾客松陵紫庭女史夜訪信宿而别

畫橋雀舫停江渚。爲問檀郎處。芳洲執手夜潮生，傍着蘆衣，月下更分明。明朝又是輕離别，煙水應漚鬱。姑蘇臺畔騁驊騮，記取金鞭，斜指舊紅樓。

又 吴香爲復作妬詞諸友索和嘲之

蕩舟行樂青莎曲，獨占鴛鴦宿。落釵胸鬢倚郎肩，但覺星河好夜珮環翩。粉屏香帕相偎抱，只怕人知道。長橋悄悄楚雲屯，妬殺遥鐘促漏枕中聞。

點絳唇 題友濯足小像

彼脛無毛，茫茫重繭何時已？不如休矣。箕踞晴川裏。觸目滄浪，孺子行歌地。臨清泚，褰裳投趾，竟比巢由耳。

又梨花

珍重金鈴，桃夭杏媚曾相續。襯紅搓緑，那比花如玉。

籠月幽姿，偏向東風簇。披芳馥，冰魂新霂，悄度屏山曲。

南鄉子春閨

憔悴笑歌顔，霍霍菱花照淚班。青雀空庭相對舞。生煙。桃李花開覆井欄。

悄步動星紈，茜袖香裙出洛川。金縷新詞吟未歇。間關，小院黄鸝雜管絃。

眼兒媚本意

秋濤澹瀲擅清矑，一對蘂宫珠。晶光曼睩，畫簾偷覷，不慣糢糊。

淚痕容易滴衣袪，心事半欷歔。爲誰長夜？雙瞳炯炯，莫解羅襦。

少年遊美人眉

九和楊葉試星弓，合德遠山峰，翠羽方開，新蛾欲繭，鉛黛幾時慵。

連娟如畫曉粧融。初月挂高穹，戛喜何曾。笑顰不敢，幽意兩彎中。

玉蝴蝶咏端硯如雙蝶狀

念生成古端溪，寶劍切來泥。鳳子挂羅紋，參差翠鬣飛。雙雙翻彩筆，對對逐輪糜。小幌試輕姿，蒙莊夢覺遲。

中調

風入松題畫

楓林紅葉點山茨，明月紙牕移。蟬風鶴露凉亭下，憶蒹葭，夢寄江籬。待整瘦尊茗椀，共拈麗曲清辭。

蕭蕭蘆荻泛瀾漪，渡口片帆飛。煙汀白鳥寒光照，望滄州、一帶湫湄。人世知心有幾？柴門好扣雙扉。

柳初新庚申元旦

世事相填惟是忍。不待更央詹尹。花畦藥臼，鷄塒豚柵，兼有實書玉軫。且任春來嘲讔。須却避，一堆螻蚓。

早識潯陽遺隱。久忘懷、楚辭天問。抽梢竹種，鬭香梅影，全向東君索韻。此日椒盤花醞，一般兒繁華芳訊。

江神子題畫

青林葱翠散芳煙。悵平川，戲輕漣。枯棋對面，彈子落花氈。柳眼松梢香閣畔，綠水政澄鮮。江嘲吹叠，畫欄前、聽潺湲，汎珠淵，平蕪瀉浪，人渡板橋邊。一帶長堤斷也，看鷺浴、並鷗眠。

魚遊春水題顧茂倫雪灘釣叟圖

澮影垂虹照，沽酒罷，河橋雪漂。莎裳沾濕，獨向寒蓬寄傲。清汀歷落摇文漵，小艑蒼茫迷遠嶠。幾度衝潮，綠蒲紅蓼。短笛斜吹新調。唱徹湖山天籟杳。看那笠澤煙波，雲遮霧駁。一星鐙火流螢過，萬頃江田孤鶩矯。片葉飄然，筆牀茶竈。

蘇幕遮有憶

綠楊天，芳草路。繡戶璇閨，記得凌波步。一自鸞簫新譜誤，碎珮叢鈴，竟逐湘雲暮。雀釵遥，鴛枕妬。淺笑低鬟，隔斷花間語。縹渺浮槎牛斗渚，弱水蓬山，冷落裴航杵。

臨江仙題袁重其負母看花圖

槃勺堂中親捧罷，階前紅緑方然。鶯聲蝶影鬬便姍，人從花裏，望眼似、霧中看。不待攀輿軒輊疊，劬勞止有雙肩。誰將花下駐長年？陰晴時未定，憂喜夢還牽。

洞仙歌輓姜如農給諫

畫堂抗草，爲中書阿匼。叩請朱雲尚方劍。血褁朝衣宮闕夢，荷戟恩深堪念。銅駝悲未歇，且理絲緡，漫向江頭逐葭菼。蓋棺方論定，一片清縑如雪。豈隨人濡染，成就箇孤忠，高塚上，萬古敬亭山，月明雲斂。

婆羅門引贈僧聖子之晉陽

趙州粧束，風流不惜草鞋錢。舉頭無數蒼天，逢箇路窮山盡，試着一鞭先。覷誰人賣弄？鼓笛彈絃。花明草芊，滹曲上、潞河邊。有文殊化相，姑射生蓮。街頭布袋解開時，萬法此中宣。道家日，忘却蹄筌。

解佩令題畫

黄昏閒院，諸峰暮影。檜煙深、數聲金磬。明月如霜，照圓巓，鵲窠珠頂。悄空林，鼪鼯穿徑。香山鐘暝，青龍蟬靜，醉扶藤，碧崖崎嶺。剥啄風高，可喚起，小龕禪定。喜相過，澗泉清茗。

蕙蘭芳引月夜

鵲鑑新輝，看滉瀁，薄帷穿透。念兔杵蟾河，無補素蛾孤瘦。紅簾綺幕，似水國，海笊江留。雪臂驚寒慄，閃倚燈縈圖繡。

闃寶雕輪，蠙珠濯影，長捱清漏。虚暈微雲，應照塞垣烽候。杳茫清海，朦朧金岫。待夢來，遍覓玉門花綬。

師師令行經太華

神功鑄就，應洪鑪鼓橐。連天黛色向青冥，排峭仞，森森稜角。合是三峰霄漢上。任霞張雲邈。

崎嶇西鎮拖芒屩。問羽人仙落。卜師酒母有無間，只見那、翠微寥廓。漢畤秦關誰筦鑰？河水仍浮洛。

一枝花送友人入粵

莎磧重雲霎，嶺徼青林薈。過津亭，猿狖吟虛籟。盻里樹桄榔，即是天南界。攬轡休驚駭，算魑魅叢中，無數翠毛珠琲。歎往日惜陰，官廨運甓功何在。草蕭蕭，晉代山河改。只陸賈城邊，蜃嶼猶淜湃。近説軍書解，越秀西樵，乘清興、淋漓感慨。

爪茉莉和柳耆卿秋夜韻

月照東垂，凴欄甚意味。青楓葉，勁飈吹地。蟲思動，嚶嚶聲碎。操悲風，暗數離鴻，漏長衹堪滴淚。博山燎燼。金柝轉，還無寐。霜樹縞、木蘭香細。移階側望，薄雲空自傳遞。夢難飛，只在魚鐶院底，凄然盤，毬帳裏。

過澗歌贈嘯雲上人

峰頂上、籟鳴鳥哢，關鎖禪扃，霎䨴雲崖深洞。絶閒冗，直待林枯川涸，剩有香山痛。開放日，一榻松煙渾似夢。

惠休詩思遠，擺弄才鋒。錦泉坌涌，名家凌沈宋。試問生前、文字空時，語言斷處，依舊是、合盤無縫。師閉關妙峰三年

華胥引 題畫

重岑疊翆，高掌天開，揭來千仞。氣結青冥，空濛駘蕩乘虛牝。試看蓬闕華巔，峻嶫連雲陣。采藥長生，是處真源堪問。

鳥路難攀，睇碧落、參差飛隼。輕舟鶩檝，悄聽嶺猿聲近。又見煙沙斷岸，長颿風緊，谷口亭皐，武陵香氣猶噴。

又 壽邵郎霞

高牙門第，劍閣風清，庭前絳樹。鳳舉鴻軒，芳埃爽氣排芊路。想他緯絹牽絲，比涌泉垂露。拂羽浮金，雪牕煙起鵝素。

南陸長薰，嗅荷香、緑陰修渚。飲同河朔，不數玉漿虬脯。好是梅峰吹笛，欝華仙侶，含景蒼精，芰裳嬴似青組。

意難忘 題畫

桑陌芳辰。有鈿車香擁，衮衮飛塵。桃花含淺笑，柳眼寄微顰。鶯乍囀，草成茵見。翠綴紅勻夕照時，殘霞深水，吹散遊人。投林鳥影紛淪。遍山莊閴寂，明月爲鄰。樵歌喧壑暮，牧唱入村頻。升皎鏡，走靈皝，孤魄上高旻。杖屨歸，柴扃雪縞，小睡藤輪。

品令 題竹林七賢

放誕忘羈束。生成這，風流福。奇辭斐暐，閒情散藹，撥開塵俗。晉代江山，都付酒杯醽醁。密竿修竹。素篁矗，新筒緑。眼前無數，薙龍總作，名人館谷。把袂長林，鎮日清談相續。

一枝花 醉中戲作和辛稼軒韻

金彈抛隨手，瓊酪頻沾口。陸離寶劍，氣冠牛斗。更步障，華燈豔裔黄昏後。歌扇廻翔久，便青鏡紅裾，算爾書生怎有？

偏倚仗、松鱗枯皺，白晝猶蓬首。抱寒藤，好覓王倪友。聽趙瑟吴謳，捱得更闌否。且種堤邊柳，金馬無期，不怕道河東使酒。

洞仙歌題林靜庵小像

當年氣概，指彎弓飛羽。跗爭先，眼如炬。向白鷺洲前，橫槊題詩。催柳浪，明月秦淮來去。英雄還未老，逃入初禪，貝葉喃喃落花雨。更清宵銀蠟，醉取千杯醽醁，度迢迢譙鼓。但楚尾吳頭行樂處，省多少、紛絮篋蛇藤鼠？

撲蝴蝶咏蝶

橘種根因，蛻化成雙羽。青春遥，特地輕來去。只因一點芳心，走遍紅階綠塢，慣愛新拖珠粉花間步。

枝頭竟日閒嗅，偏向葳蕤舞。畫樓穿過，影落香猶度。魂消暗麝千里，動惹晴絲萬縷，應伴鶯儔燕侶。

鵲踏花翻題龔學博送别圖

竹葉開尊，榴花擁路，瘴雲柳色催離袂。分明帳設扶風，干戈羽籥，雅歌曾沸橋門水。蒲關落月亂蟬吟，雲霄出岫清猿淚。

休擬，昔日魯鸁秦稚，臨淵且自投竿餌。試聽風笛紅亭，青青匹馬，嘶向空林際。殘更驛樹晚涼生，巾車冉冉人千里。

錦纏道送韓彝光之日本

蓬渚長欄，一葉香浮文鷁。且休提，秦皇碣石。渤鞮瀚海磨崖迹。只望滄溟，高浪涵天碧。趁玉律風融，五鐖瞬息。棹歌悠、細笔仙笛。問扶桑，島樹沄沄，赤城閃爍，笑揖延霄客。

錦帳春送廖友赴京

燕頷儒生，紅翎霜鏃。迷草樹舟檣江曲。細柳營，常山陣，淮陰符滿腹。無慚推轂。袁粲孤忠，侍中舊血，荷殊寵千秋信録。闕庭前，燕薊路，看金壇將種，八州雄督。

婆羅門引拈花微笑圖，壽長慶雲機上人

白毫金相，秋光猶帶月輪。揮寶珠，清淨摩尼。試看靈山唱演，勘破未生時。海幢親法乳，冷煖曾知。
賣弄鹽醯縫，金縷只傳衣。豈肯爐邊設竈，土上加泥。無多風景，生意足，剩有舊伽梨。這纔是、黃面青虀。

玉人歌題潘友小像

輕雲藹。染篁嶺濃陰，西湖煙黛。雒陽擲果，早貯盈車載。海濱本是神仙派，忽地來珠彩。好珍重，緑髮龍駒，培風鵬背。

錦句奚囊佩。是陽夏文章，龍門風概。斗酒微醺，醉墨淋漓灑。青山巧借金籯客，竹籟吟秋噫。看丹青，片幅一林方茝。

錦纏道賀學使名宦

醉李鴛湖，川嶽早鍾師表。擁襜帷、一輪孤嶠。嶧山桐響諧新調。薪槱芃芃，朗鑑分蘭鮑。

論星析校讐，晴牕檢點。絳紗中，雪圍冰繞。遍海陬、桃李成陰樹。烏山畏壘，香氣升蘋藻。

鳳凰閣壽姚將軍

嶽生推京兆，藥師方畧。雅歌細按徹蓮幕。看那星門倚劍，風動金鐲。昏霧掃，南天海角。

早梅飛雪，錦片花磚照灼，詩書几上橫冰槊。累考中書，應是汾陽如昨，留名姓、高標麟閣。

道山堂集書後

明末清初，候[一]官陳軾所著詩、詞、散文，初刻者曰《道山堂集》。詩詞一卷，文一卷。每卷首頁首行標『道山堂集』，第二行署『閩中陳軾靜機著』。詩按體排纂，附以詩餘；文按説、論、序、誌、表、記編次，冠以黄周星序，盖軾所自刻者。其目録作《道山堂前集詩目》《道山堂前集文目》者，其後人刻後集時所加也，故字體與正文不同。後刻者曰：『《道山堂詩集》五卷，前三卷分體詩，後二卷詩餘。』曰：『《道山堂文集》五卷，前四卷分類文，卷五皆壽序、頌序之類。』首頁首行下有小字『俱代言』三字。每卷首頁第二、三行之間，署『閩中陳軾著，男宗柏、宗咸、宗豐、于侯同輯』，冠以黎媿曾序。序云：『軾歿後，其子宗柏兄弟所刻也。』《四庫提要》云：『《道山堂前集》四卷，後集七卷。』又云：『是編前集文一卷，詩三卷，詩餘附之。後集文二卷，詩三卷，詩餘二卷。』《福建通志·藝文志》亦云『前集四卷，後集七卷』，皆誤，應作『前集二卷，後集十卷』。

《四庫提要》云：『軾前明崇禎進士，入國朝，官至廣西蒼梧道。』《通志·文苑傳》列陳軾于明代，採黎序中語云：『由知縣入爲御史，歷廣西蒼梧道參議。解組歸，葺道山故居，著書一室以終。』

［一］候，師大本此處作『侯』，而在陳軾作品中均作『候』，據改，下文同。

不提入清後事，而在《藝文志》中加按語云：『官廣西，在明末，詳《託素齋集》。』考《託素齋集》中，有關于陳軾者，僅《道山堂集序》一篇，即《文苑傳》所引者，文殊含混。《全閩明詩傳》云：『由南海縣擢御史，桂王時，官蒼梧道』。而《榕城紀聞》載有順治己亥陳軾往招安國姓事。關于陳軾之出處，殊令人疑莫能明。樾按《道山堂集卷四·比部鄧緒卿傳》云：『余與比部鄧緒卿同寓粵嶠五載，辛卯歸里門。』辛卯爲清順治八年。是年明桂王走廣南。（清兵于前一年庚寅陷桂林，桂王走南寧）軾云：『在粵五載，由庚寅上溯五年，爲順治三年。丙戌是年隆武亡，桂王立于肇慶，明年改元永曆。』《道山堂集》卷四《黄九煙傳》云：『九煙初仕戶部主事，適中原鼎沸，二京淪没。麻鞋入閩，授禮科給事中。』又云：『余與九煙同官諫垣。』九煙序《道山堂集》亦云：『乙酉秋，板蕩間關，崎嶇嶺海，余乃復得與靜機相見於榕城。榕城，靜機家鄉也。余時以羈靮至，短褐麻鞋，憔悴枯槁，而靜機顧獨踔厲飛揚，意氣軒舉。余睹之芒若有失也。已復得追隨後塵，左右櫜弭，未逾期而板蕩又見告矣！』則陳軾爲御史乃隆武時事也。軾于崇禎庚辰十三年第進士，至甲申十七年明亡僅四年。在四年中，絶不能由知縣内擢御史復外放監司。根據上述，則軾在崇禎朝官知縣，隆武朝擢御史，隆武亡至粵。永曆朝，官蒼梧道，迨永曆走廣南，軾未扈從，始歸里，斑斑可考。

歸里後事僅見於《榕城紀聞》。順治己亥十六年云：『廵撫固山併三司主議，令鄉紳前往招安國姓。有原任廣東道陳軾同生員林芝草、林叔器三人貪功，往任其事，再至未果，部院李率泰以通賊罪之，監禁候旨。』

庚子十七年云：『自己亥七月三十日，大風雨後旱至本年四月，各鄉田荒大半。引舊例，放出前往招安海兵鄉紳陳軾、林芝草、林叔器。』

辛丑十八年云：『招安海外鄉紳陳軾、林芝草、林叔器已放。上本批審，七月十三日復監候。』按往招鄭成功事，陳軾出于被迫乎？抑別有恢復之意乎？觀李率泰加以通海之罪及《道山堂文集》所載諸抗清事蹟，知軾固抱禾黍之痛者。其再入獄，何時獲釋無可考。而軾與九煙丁巳晤于吳門，則兩人在序、傳中所自言者，黎序謂軾優游里巷，已已卒于福州。是爲考終之驗。《紀聞》云：『貪功往招安。』黎序云：『當先生在嶺表，久爲四民愛戴，時年纔踰三十，又四宇太平，使功名之念未銷，不難濡足褰裳，冀用其所不足。而先生不爾不則，以先朝逋舊，易爲名高。肆志微文，亦足附西山之高義，而先生又不爾。』觀此則軾不獨以遺老自居，且與喪節賣國之周亮工盤桓（見黎序）。故往招國姓事即以被迫論，亦軾或有以自取者矣。《紀聞》作者隱其名爲『海外散人』，乃一極愛國之士，目軾此舉爲貪功也，固宜。

明末閩文多未雅馴。甚者，臃腫決裂，次亦譎詭，傲岸以爲高。漳浦泉上兩先生之大節，彪炳寰區，世共仰矣。其文磊砢而晦澀，有非末學所能測其高深者。若曹能始、謝在杭、徐與公、曾弗人諸人之文，或駢散不分，或格局卑弱，均未脱明末習氣。《道山堂文》雖未深厚，而清婉和雅有如《四庫提要》所云者，不愧一時作者之翹楚矣。其尤可貴者，傳、誌諸篇，皆有關明末史實，如林心宏、黃九煙、鄧緒卿、胡將軍諸傳，蔡靖公、黃處安、毛日華諸誌，趙止安墓表等，足見明清之際吾族抗清同仇敵愾之烈。與夫中原板蕩，民不聊生之情，而尤于明之遺臣，抱滄桑之感者，三致意焉。處文字獄正熾之時，其措詞委婉，具見深衷。讀其文，然後知軾實有心人也。《道山堂集》堙晦幾三百年，世罕知者。今福建師範學院圖書館忽得此書。吾幸而獲讀，故表而出之。

黎序稱軾『優遊里巷之間者五十年。』《閩中録》則謂『優遊里巷五十餘年，日事著作，有《續牡丹亭》一書，文、詩、詩餘各若干卷。』按黎序謂軾死于康熙二十八年己巳，距順治八年辛卯歸里僅三十八年。軾死年七十三歲，上溯五十年，爲明崇禎十二年。軾二十三歲，正在計偕北上，獵取科名，安得云『優遊里巷』乎？《序》又云：『先生在嶺表時，四宇太平』。以瀕于滅亡之崇禎末年爲太平，皆臨文失檢之大者。軾有傳奇，黃序亦言之，其名爲《續牡丹亭》，則賴《閩中録》而始著，有無刻本待考，世未見此書，惜哉！

一九六一年辛丑四月

永安黃曾樾跋

四庫全書存目提要

道山堂前集四卷後集七卷（福建巡撫採進本）

國朝陳軾撰。軾字靜機，候官人，前明崇禎庚辰進士。入國朝，官至廣西蒼梧道。是編前集文一卷，詩二卷，詩餘附之。後集文一卷，詩三卷，詩餘二卷。軾詩文皆清婉和雅，特未深厚，七言古體亦多未諧音節，蓋非其所長。

後記

二〇一〇年，承蒙陳慶元老師和黄金明老師的推薦，我有幸忝居福建師範大學王漢民老師門下，攻讀古代文學專業博士學位。

由於個人原因，在讀期間，我常常需要半工半讀，一心二用，無法像其他同學那樣專注于學業。王老師向來對學生要求十分嚴格，所以我很爲自己的學習狀態感到不安。令人欣喜的是，王老師在瞭解了我的情況後，不僅不嫌棄我這樣的學生，還給予我非常多的鼓勵和支持。每念及此，我心中總是充滿溫暖與感激！後來因爲學位論文選題，我需要研讀陳軾的劇本《續牡丹亭傳奇》及其《道山堂集》。由於這兩個文本均爲沒有句讀的古籍，在一定程度上增加了我正確理解作品和引用文本的困難。因此，王老師承擔了《續牡丹亭傳奇》的録入和點校工作，並提供點校版讓我加以解讀。他建議我先對《道山堂集》進行整理，並在此基礎上撰寫博士學位論文。

循著王老師的思路，我著手開展《道山堂集》録入工作，並逐步標出句讀，詳細解讀。由於撰寫博士學位論文的時間很有限，因此，《道山堂集》整理工作只完成了初稿，來不及進一步修改與完善，當時付之梨棗的宏願未能實現。

博士畢業后，王老師仍十分關心我的學業，也常提醒我儘快完善《道山堂集》的校録工作，並在校對工作上給予悉心指導。陳慶元老師也給予我很大支持和鼓勵，他幫我聯繫了《道山堂集》出版資助單位及出版社，也在《道山堂集》輯録過程中給予諸多指導。沒有二位恩師一直以來的厚助，我手中的《道山堂集》點校版將難以面世。作爲學生，只能勉勵自己繼續努力學習，以感謝、報答二位恩師的辛勤付出！

同時，也要感謝廣陵書社編輯部老師在《道山堂集》輯録工作上的審閱與指正！老師們丰富的古文知識與崇高的敬業精神，令我十分感激，十分敬佩！也特別感謝編輯部張敏、李潔、李佩等編輯的悉心幫助！

感謝幫助我查閱、提供《道山堂集》資料的所有老師和同學！特別感謝同門李在超同學對《道山堂集》校對工作的支持與幫助！

感謝福州外語外貿學院對《道山堂集》出版的資助！

張小琴

二〇一六年十二月於漳州薌城問樵書屋